ER IST UNWIDERSTEHLICH

JULES BARNARD

ER IST UNWIDERSTEHLICH

Wenn Sie *Er ist tabu*, Buch 1 der Reihe *Die Männer aus Lake Tahoe* nicht gelesen haben, ignorieren Sie diesen Hinweis. Machen Sie sich keine Sorgen, denn *Er ist unwiderstehlich* ist ein eigenständiger Roman und Sie werden nichts verpassen.

Wenn Sie *Er ist tabu* mit Cali und Jaeger gelesen haben, sollten Sie wissen, dass sich einige Szenen in *Er ist unwiderstehlich* mit den Geschehnissen in *Er ist tabu* überschneiden, aber aus der Sicht von Gen geschrieben sind.

Ich könnte die Geschichte von Gen und Lewis nicht erzählen, ohne auf den Moment einzugehen, in dem Gen und Lewis sich kennenlernen. Denn seien wir ehrlich, es ist der Moment, in dem die Geschichte beginnt. Also, hier sind nun zwei meiner Lieblingscharaktere in *Er ist unwiderstehlich*!

~ Jules

Kapitel Eins

Ich ziehe das Bustier hoch, das mehr von meiner Brust zeigt, als ich jemals in meinem Leben gezeigt habe. »Diese Uniform ist scheiße.«

Meine beste Freundin Cali sieht mich unschuldig von der anderen Seite des Umkleideraumes des Blue Casinos an. »Du siehst in dieser Uniform gut aus. Du solltest mir dankbar sein.«

Unser Plan war es, jetzt, nach dem Collegeabschluss im Blue Casino zu arbeiten und so viel Geld wie möglich zu sparen, bevor es im Herbst mit dem Masterstudium weitergeht. Cali behauptet, dass sie nicht gewusst hat, wie die Uniformen aussehen, aber das wusste sie sehr wohl.

Cali ist in der Nähe der Casinos in Lake Tahoe aufgewachsen. Sie hätte mich warnen können und dann hätte ich mir eine andere Position ausgesucht. Zum Beispiel Croupière. Stattdessen bin ich jetzt Cocktailkellnerin, in der Überzeugung, dass ich so weniger im Mittelpunkt des Geschehens stehen würde.

Da meine Brustwarzen einen Zentimeter davon

entfernt sind, das Tageslicht zu erblicken, bin ich wohl doch nicht so inkognito.

Cali versucht, mir wieder auf die Beine zu helfen, nachdem ich mit meinem untreuen Ex-Freund Schluss gemacht habe. Ich dachte, sie würde mich einfach ein bisschen aufmuntern. Aber jetzt stehe ich *wirklich* mit beiden Beinen im Leben.

Kellnerinnen und Croupièren tummeln sich um die Schließfächer, ziehen sich aus und schlüpfen in ihre Uniformen, die vor Beginn jeder Schicht vom Casino zugeteilt werden. Einige bereiten sich darauf vor, ins Casino zu gehen, andere sind für heute fertig und ziehen ihre eigenen Klamotten wieder an.

Die Frau neben mir schlüpft in ein dünnes, goldenes Kleid und Stöckelschuhe.

Offensichtlich haben einige dieser Leute heute Abend Größeres vor, als ich. Ich ziehe meine Jeans hoch und steige in meine schwarzen Ballerinas.

»Vorsicht«, ruft Cali.

Der Fitness-Tracker, der ihre Schrittzahl aufzeichnet, fliegt durch die Luft.

Cali hatte in dieser Woche zwei Sekunden lang Lust auf Sport. Sie ist fünfhundert Meter gelaufen und hatte dann keine Motivation mehr. Offenbar hat sie beschlossen, ihre mangelhaften sportlichen Fähigkeiten genau jetzt einzusetzen, um mir mein Gerät zurückzugeben.

Der Tracker fliegt einige Meter weiter rechts. Ich springe hin und lande bäuchlings auf der Bank, damit ich ihn gerade noch mit den Fingerspitzen auffangen kann, bevor er auf dem Boden aufschlägt.

Ich sehe verzweifelt auf. »Mein Gott, du bist doch nur ein paar Schritte entfernt. Hast du überhaupt gezielt?«

»Was denn? Ich will nur sichergehen, dass deine Reflexe funktionieren.« Sie schließt ihren Spind und schwingt ihre Handtasche über die Schulter. »Wie war deine Nacht?«

Ich schnappe mir noch ein paar Sachen und schließe meinen Spind ebenfalls. »Sie haben jetzt angefangen, mich Snow oder Schneewittchen zu nennen.«

Es ist nicht nötig, näher zu erläutern, wer ›sie‹ sind. Während Cali ihr Leben als Croupière genießt und ab und zu ein paar Karten austeilt, muss ich mich in zwölf Zentimeter hohen Pumps abschuften und Getränke servieren. Dabei habe ich versucht, mit den erfahrenen Kellnerinnen mitzuhalten. Aus irgendeinem Grund haben sie beschlossen, mich aus dem Dutzend neuer Kellnerinnen herauszupicken.

Cali blickt auf, ihr Mund zuckt, als würde sie den neuen Spitznamen tatsächlich in Betracht ziehen.

Ich senke meine Stimme, als wir auf dem Weg aus dem Keller des Casinos an anderen Mitarbeitern vorbeikommen. »Ich sehe *nicht* wie eine Prinzessin aus.«

»Nun, ein bisschen schon. Aber mit einem größeren Vorbau.«

Ich öffne die Tür zum Casino-Stockwerk und erhebe meine Stimme, sodass man mich durch das Klappern und Summen der Spielautomaten noch hören kann. Zu dieser Stunde ist der Geräuschpegel hier fast schon ohrenbetäubend. »So groß sind sie nicht. Ich bin sportlich. Sportlerinnen können keine großen Brüste haben.«

Sie sieht mich skeptisch an. »Du solltest stolz auf diese Babys sein. So wie ich.« Sie grinst und streckt ihre mit einem BH von Victoria's Secret hoch gepuschten Brüste heraus.

Es kann sein, dass ich meinen Vorbau – wie Cali es nennt – von meiner Mutter geerbt habe, die wirklich beeindruckende Brüste hat. Vielleicht habe ich auch ihr Aussehen geerbt. Nur, dass ihre Haare ein paar Schattierungen heller sind als meine beinahe schwarzen Locken. Außerdem hat sie wirklich grüne Augen. Meine sind haselnussbraun, weniger auffällig. Ich mag meine Augen.

Ich bin sicher, dass der Spitzname ›Schneewittchen‹ etwas mit meinem dunklen Haar und meiner blassen Haut zu tun hat. Ich bin ebenso sicher, dass die erfahrenen Kellnerinnen denken, ich sei jung und naiv und nicht robust genug.

Während diese Damen zwanzig Getränke servieren, schaffe ich in der gleichen Zeit zehn. Aber das liegt daran, dass ich meine Kunden nicht finden kann. Die durchgeknallten Gäste bewegen sich im Casino wie Bienen, die die Spielautomaten bestäuben. Ich orientiere mich räumlich; wenn die Leute nicht da sind, wo ich sie zurückgelassen habe, kann ich sie nicht finden. Also ja, ein Teil der Schikane ist gerechtfertigt. Aber wenn die anderen Kellnerinnen mich für naiv halten, kennen sie mich nicht sehr gut.

Niemand, der von Chantelle Dubois erzogen wurde, könnte so unschuldig bleiben. Die Frau hat ihren Namen so geändert, dass er wie ein französisches Bordell klingt, um Himmels willen. Ich bin Genevieve, oder Gen, wie mich meine Freunde nennen. Und obwohl meine Mutter eine absolute Französisch-Fetischistin ist, habe ich ihren Mädchennamen, Tierney – ein hundertprozentig irischer Nachname – beibehalten.

Sosehr meine Mutter es sich auch wünscht, in unserem Stammbaum gibt es keine Franzosen.

Theoretisch könnte mein Vater Franzose gewesen sein. Aber da ich keine Ahnung habe, wer er ist, ist dieser Punkt irrelevant.

Eine Sache habe ich Cali gegenüber nicht erwähnt, einfach, weil es mir unangenehm ist. Schließlich hat sie momentan finanzielle Schwierigkeiten. Meine Mutter hat angeboten, mir das Masterstudium zu bezahlen. Eigentlich brauche ich diesen Job nicht. Ich weigere mich nur, noch mehr vom Geld meiner Mutter anzunehmen.

Meine Mutter arbeitet nicht und wir haben auch keine reichen Verwandten. Ich nehme an, dass sie sich mithilfe der reichen Männer versorgt, die schon seit meiner Kindheit ein fester Bestandteil unseres Lebens sind. Einer nach dem anderen. Deshalb bin ich entschlossen, mir das Geld für den Master selbst zu verdienen und eine gesunde Distanz zwischen uns zu schaffen.

Cali registriert meinen Gesichtsausdruck. »Es ist scheiße, dass sie dich ärgern, auch wenn du wirklich wie Schneewittchen aussiehst.« Ich runzele die Stirn, was sie ignoriert. »Sag ihnen, dass sie den Scheiß lassen sollen. Oder noch besser, ich mache es für dich.« Sie dreht den Kopf und sieht sich um. »Welche Kellnerin hat damit angefangen?«

Ach, scheiße, jetzt habe ich es geschafft.

»Cali, sag bitte *nichts*.« Das würde sie wirklich machen, so großartig ist Cali. Aber manchmal bringt mich ihre Hilfsbereitschaft in Schwierigkeiten. »Die Person, die damit angefangen hat, ist meine Vorgesetzte. Du machst es nur noch schlimmer.«

Sie zuckt die Achseln. »Wie du willst.«

Wir gehen an der letzten Reihe von Spielautomaten vor der Sportbar vorbei und eine Kellnerin, mit der ich während meiner Schicht geplaudert habe, sieht mich und zeigt dieses markante, breite Lächeln, das ich schon mit ihr assoziiere.

Nessa ist zierlich, etwa ein Meter sechzig groß – dank der schwarzen Pumps, die zu den dunkelblauen Satin-Hotpants und den mit Pailletten besetzten blauen Bustiers unserer Cocktailuniform gehören. Neben ihr sehe ich mit den High Heels wie ein zwei Meter große Amazone aus.

Ich winke, während wir an ihr vorbei gehen.

»Wer ist das?«, fragt Cali.

»Nessa. Sie hat uns auf eine Dinnerparty heute Abend eingeladen. Tacos. Lecker.«

Im Umgang mit Fremden fühle ich mich nicht ganz wohl, aber es wäre schön, noch eine Freundin in der Stadt zu haben.

Cali schüttelt den Kopf. »Ich kann nicht mitkommen, schon vergessen? Ich habe ein Skype-Date mit Eric. Aber du solltest hingehen. Es wäre gut für dich, mal wieder rauszukommen.«

Oh Gott, ich habe den Skype-Anruf vergessen. Cali hat recht, ich sollte hingehen. Aber nicht aus dem Grund, den sie im Kopf hat.

Das Ferienhaus, das wir für den Sommer gemietet haben, hat dünne Wände. Ich möchte lieber nicht da sein, wenn die beiden Sex-Skyping betreiben. Außerdem steht Calis Freund auf meiner schwarzen Liste. Er hat mich vor ein paar Wochen angemacht. Und damit ist er nicht länger nur der nervige Freund meiner besten Freundin, sondern auch ein Arschloch. Wenn ich mit Nessa zu dieser Dinnerparty gehe, schlage ich zwei Fliegen mit einer Klappe. Cali wird denken, dass ich endlich aus dem Haus gehe und über meinen untreuen Ex hinwegkomme. Und ich muss mir kein Stöhnen anhören, das eventuell durch die Wände vibrieren könnte. Eine Win-win-Situation.

Und es gibt keinen Grund zur Sorge, dass die Jungs auf der Dinner Party mich genauso nerven werden, wie sie es dank meiner Uniform hier im Casino tun. Das ist nur eine kleine, zwanglose Gruppe — außerdem habe ich Scheuklappen auf, was das männliche Geschlecht angeht. Mir reicht es.

ALS ICH IN meinem verbeulten Auto auf dem Weg in das Al-Tahoe-Viertel bin, sehe ich Häuser mit abgerundeten Dachrinnen und Fensterläden aus Kiefernholz.

Das Haus von Nessas Freund hat eine mit einem Satteldach geschützte Veranda, das bis zum Boden reicht und den Chalets in den Schweizer Bergen ähnelt.

Ich gehe zur Tür und hebe meine Hand, um anzuklopfen. Ich werde mir bewusst, dass das Dach nur wenige Zentimeter von meiner Nase entfernt ist und das gibt mir irgendwie ein Gefühl von Klaustrophobie, als die Tür aufschwingt. Der Geruch von Chilis und Fett weht mir ins Gesicht und Nessa steht da und grinst, ihr glattes schwarzes Haar über eine Schulter drapiert. »Ich habe dich herfahren sehen.«

Hinter ihr brechen Jubelschreie aus und ich sehe über ihren Kopf hinweg, weil ihre Statur es mir erlaubt. Mein Blick landet auf einem Typen mit einer herumgedrehten Baseballkappe, der, mit dem Rücken zu mir, mit der Faust auf einen Tisch schlägt.

Nessa führt mich durch die Tür, nimmt meine Jacke und meine Handtasche und trägt sie den Flur entlang.

Ich zögere einen Moment lang, starre den Flur hinunter, in dem sie verschwunden ist und blicke alle paar Sekunden auf die beiden Personen auf der anderen Seite des Raumes.

Eine Minute später kehrt Nessa zurück. »Was darf ich dir zu trinken bringen?«, fragt sie. »Zach hat Coronas im Kühlschrank und ich habe eine Ladung Margaritas gemacht.« Sie wackelt mit den Augenbrauen.

Margaritas klingen toll, aber ich muss noch fahren. »Wasser wäre super.«

Wir gehen in die Küche und Nessa füllt mir ein Glas mit Leitungswasser an der Spüle. Auf dem Herd köchelt das Essen, bei dem mir das Wasser im Mund zusammenläuft. Sie reicht mir den Becher und wir gesellen uns zu den anderen.

Der Typ mit der Baseballmütze hebt genervt die Hände in Richtung der attraktiven Brünetten, die neben ihm sitzt. »*Das* nennst du einen Schluck? *Komm schon*, Mira. So viel trinkt vielleicht ein Küken. Hör auf, so ein Mädchen zu sein und trinke es wie ein Mann.«

Ein paar Münzen schimmern auf dem Tisch und in der Mitte steht ein niedriges Glas.

Mein Herz flattert ein wenig in meiner Brust. Quarters ist eines meiner Lieblingstrinkspiele.

Ich trinke schon, seit ich zwölf bin. Meine Mutter dachte, es würde mich weltgewandter machen, zum Abendessen ein bisschen Wein zu trinken – das hat etwas mit ihrem Französisch-Fetisch zu tun. Daher ist meine Toleranz für Alkohol sehr hoch. Dazu kommt noch eine gute Koordination, die ich *garantiert* nicht von ihr geerbt habe – ihre Treffsicherheit ist so gut wie die von Cali, also nicht existent. Deswegen gewinne ich bei Quarters immer.

»Zach«, sagt Nessa. Der Typ mit der Baseballkappe blickt auf und lächelt sie an. Wow, ein verehrendes Lächeln, wenn ich es richtig deute, obwohl Nessa nie einen Freund erwähnt hat. »Das ist die Freundin, von der ich dir erzählt habe. Gen arbeitet diesen Sommer als Cocktailkellnerin im Blue.«

Ich erkenne Zach als einen der Blackjack-Croupiers wieder. »Das Essen riecht fantastisch«, sage ich.

Er grinst. »Schön, dass du gekommen bist. Das ist Mira.«

Das Mädchen neben ihm schenkt mir ein schwaches Lächeln und nimmt einen Schluck von ihrem Getränk.

»Sie sind *Washoe*«, fügt Nessa hinzu und drückt mir den Ellbogen in die Seite. »Mira und Zach kennen sich schon lange. Ihre Familien kennen sich schon seit etwa hundert Generationen.«

Zach rückt seine Kappe zurecht und kratzt sich an der Stirn, wobei sein dickes braunes Haar durch die Öffnung in seiner herumgedrehten Kappe lugt. »Warum erwähnst du immer, dass wir vom Washoe-Stamm sind?«

»Es ist interessant.« Nessa schubst ihn spielerisch und geht in die Küche.

Er schüttelt den Kopf während sie weggeht, doch in seinen Augen erkenne ich Wertschätzung.

Zach leert die Münzen aus dem Quarters-Glas auf den Tisch. »Setz dich zu uns, Gen. Hast du schon mal Quarters gespielt?«

»Ja, aber ich muss fahren. Stört es euch, wenn ich nichts trinke?«

»Nein«, sagt er. »Du kannst mir helfen, Mira abzufüllen. Sie wird erst sympathisch, wenn sie ein paar intus hat.«

Sein Kommentar erntet einen finsteren Blick von Mira, der einem Laufsteg-Schmollmund ähnelt, denn ihr Gesicht ist wunderschön. Ihr langes, schokoladenbraunes Haar umrahmt ihr Gesicht, welches nicht ganz herzförmig aber auch nicht ganz oval ist. Es ist symmetrisch und interessant und ich bin ernsthaft eifersüchtig auf ihre definierten Wangenknochen.

Ich setze mich auf einen der altmodischen, hölzernen Esszimmerstühle und Zach schiebt mir eine Münze zu. Ich halte sie zwischen Daumen und Zeigefinger und blicke auf das Gefäß in der Mitte. Ich ziele und knalle die Seite meiner Handfläche auf die hölzerne Hochglanzoberfläche.

Die Münze prallt vom Tisch ab und versinkt in dem leeren Glas.

»Klasse!« Zach schmunzelt in Miras Richtung. »Auf geht's.«

Im College haben wir einen Becher mit einem größeren Durchmesser und einem breiteren Rand benutzt, um möglichst viel Münzen aufzufangen – und die Leute schneller betrunken zu machen. Das kleine Glas in der Mitte von Zachs Tisch ist so edel. Ich fühle mich richtig erwachsen.

Er reicht mir noch eine Münze und ich bereite meinen nächsten Schuss vor. »Washoe? Du bist ein amerikanischer Ureinwohner?« Die nächste Münze landet ebenfalls im Glas und ich fordere Mira auf, etwas zu trinken.

Sie wirft mir einen tödlichen Blick zu. Für jemanden, der so hübsch ist, hat sie einen verdammt fiesen Blick. Ich hoffe, Zach hat recht und sie wird freundlicher, wenn sie mehr Alkohol trinkt.

Er nickt. »Wir sind alle zum Teil Washoe. Das ist der örtliche Stamm. Auch Lewis, aber der ist spät dran. Mira ist das einzige Vollblut. Ihre Eltern kommen aus dem Reservat von Dresslerville. Aber ich bin sicher, dass einer von Miras Verwandten mit jemandem von außerhalb ins Bett gegangen ist.« Er zwinkert Mira zu und sie verdreht die Augen.

»Was auch immer«, sagt sie. »Du bist nur eifersüchtig, dass du kein Vollblut bist.«

Zach sieht mich an und schüttelt den Kopf, als wolle er sagen: *Siehst du, womit ich hier zu kämpfen habe?*

Er starrt auf Miras immer noch volles Margaritaglas und runzelt die Stirn. »Wenn Gen die nächsten drei hintereinander trifft, trinkst du dein Mädchengetränk auf Ex.«

Ihre Augen verengen sich. »Sagen wir fünf.«

Fünf? Ein Kinderspiel.

Mira ist umwerfend schön. Mit Mira im Raum bemerken Männer keine andere Frau mehr. Sie wäre der perfekte Puffer auf Partys und da ich mich nach meinem letzten Freund vor dem anderen Geschlecht verstecken will, ist das hervorragend. Aber das Mädchen muss echt ein bisschen mehr lächeln.

Mira seufzt. »Lewis ist so ein Workaholic.« Die erste meiner fünf Münzen versinkt im Glas. Ja. »Ich kann nicht glauben, dass er noch nicht da ist«, sagt sie.

Zach sieht auf sein Handy. »Er wird schon kommen.« Ping. Das war die Nummer zwei. Nur noch drei übrig. »Er geht jetzt erst aus dem Büro.«

Mein bester Quarters-Rekord war siebzehn am Stück – aber an dem Abend war ich schon halb betrunken. Ich schlage erneut mit der Faust auf den Tisch und die dritte Münze landet im Becher. Ich bin gerade erst warm geworden.

Mira runzelt die Stirn. »Das ist nicht lustig. Er hat gesagt, dass er kommen würde.«

Schmollt sie? Lewis muss Miras Freund sein – und Nummer vier landet im Glas.

»Sein Vater muss ziemlich zufrieden sein.« Zach sieht mich an und ich halte inne, bevor ich noch einmal aushole. »Lewis arbeitet für die Baufirma seines Vaters. Er leitet sie praktisch für ihn, jetzt, wo er wieder in der Stadt ist.«

Ich hebe meine Hand für meinen letzten Schuss, aber das Knarren der Haustür lenkt mich ab. Ein Typ, der fast so groß ist wie der Türrahmen, betritt das Haus.

»Wenn man vom Teufel spricht«, sagt Zach. »Gen, das ist Lewis.«

Für den Bruchteil einer Sekunde sind meine Gedanken zerstreut.

Lewis schließt die Haustür, breite Schultern füllen ein kariertes Hemd aus, die Ärmel hochgerollt und über die Ellbogen geschoben. Sein Hemd hängt auf einer Seite aus dem Hosenbund, als hätte er es in Eile hineingestopft. Er hat hohe Wangenknochen, einen quadratischen Kiefer und dunkelbraunes Haar, das aussieht, als hätte er es gerade lässig mit den Fingern nach hinten gestrichen.

Er ist mehr als nur gut aussehend. Er ist eindrucksvoll. So, dass es einen sprachlos macht.

Meine Augenbrauen ziehen sich zusammen und meine Mundwinkel ergänzen das Stirnrunzeln. Was mache ich da? Ich habe vor Monaten aufgehört, Männer wahrzunehmen. Nachdem ich beschlossen hatte, dass es am besten ist, sie zu meiden.

Mira strahlt, als Lewis den Raum betritt, während ich mir geistig einen schnellen Stoß versetze. Ich greife die letzte Münze, schlage sie auf den Tisch und sie fliegt auf ihr Ziel zu.

Die Münze saust am Rand des Glases entlang und fällt auf den Tisch.

Ich starre sie ungläubig an. *Scheiße.*

Als ich aufblicke, beobachtet Lewis mich, die Stirn leicht gerunzelt. Sein Blick gleitet weiter nach unten und mein Atem stockt. Ich sitze und er kann nicht viel sehen, wenn man bedenkt, dass ich eine weiße Bluse trage, die nur am Hals offen ist, aber trotzdem beschleunigt sich mein Herzschlag.

Was seltsam ist. Normalerweise will ich immer den Kopf einziehen, wenn mich jemand abcheckt.

Lewis' Blick kehrt zu meinem zurück. Seine Augen sind dunkel, beinahe schwarz, tief wie der See, für den diese Gegend bekannt ist. Mein Gesicht erhitzt sich und plötzlich flattert mein Herz in meiner Brust.

Was zum Teufel? Ich meide die Jungs seit Wochen. Der hier sieht gut aus, aber das tun viele andere auch.

»Hey, Lewis«, ruft Zach. »Quarters. Gen hier macht uns fertig. Deine Freundin musste fast alles auf Ex trinken.«

Lewis' Augen flackern zu Mira, dann wieder zu mir zurück.

Zach hat Mira als Lewis' Freundin bezeichnet. Offensichtlich sind sie zusammen. Ich werde mich Lewis auf keinen Fall nähern, selbst wenn ich es in Betracht ziehen würde, was ich nicht tue.

Ich rolle eine neue Münze zwischen meinen Fingern, streiche über eine Kerbe im Tisch, beobachte Nessa in der Küche – ich lenke mich mit aller Kraft von Lewis Anwesenheit ab. Und das gelingt mir auch gut – bis er den Arm hebt und sich mit den Fingern durch die Haare fährt.

Mein Blick verfängt sich an den Muskelsträngen, die unterhalb seines aufgerollten Hemdsärmels zu sehen sind.

Ich blinzle. Checke ich jetzt schon seine Arme ab?

Ich muss zu lange hingesehen haben, denn als ich wieder zu seinem Gesicht sehe, starrt er mich an und beobachtet, wie ich ihn anstarre.

Mein Herzschlag pulsiert irritierenderweise in meinen Ohren und blendet damit alle anderen Geräusche aus, meine Wangen brennen jetzt förmlich. Ich huste in meinen Ellbogen, um mein Gesicht zu verbergen.

Heiß, nervös; ich mag dieses Gefühl nicht, als würde meine Haut gleich von meinem Körper springen – und auf jemanden zu. Ich sollte gehen. Mir geht es nicht gut. Aber ich kann nicht so früh verschwinden. Wir haben noch nicht einmal gegessen.

Mira springt von ihrem Stuhl und schlingt ihre Arme um Lewis' Hüfte, bevor dieser es überhaupt zum Tisch schafft. Sie umarmt ihn und er erwidert die Geste mit einem Arm, während er mich anblickt.

Er hat seine Freundin im Arm. Warum sieht er mich an? Diese verdammten Männer.

»Zach«, sagt Nessa und verschiebt in der Küche einen

Topf auf dem Herd. »Ich weiß nicht, was ich mit dem Huhn machen soll.«

»Fortsetzung folgt später.« Zach lächelt und fegt die Münzen in seine Hand. Er geht in die Küche und übernimmt für Nessa.

Zachs Grinsen ist freundlich. Nicht heiß oder lüstern, einfach unbeschwert. Gutmütig. Nicht, dass Lewis' Blick lüstern ist. Sein Blick ist … neugierig.

Ich mag Neugierde nicht. Sie führt zu Interesse, was wiederum zu Dingen führt, von denen ich mich fernhalten möchte.

Es ist beunruhigend, dass ich meine Augen nicht von ihm lassen kann. Er hat eine *Freundin* und leider ist das wohl die einzige Sorte Männer, die sich zu mir hingezogen fühlt.

Eine Beziehung in seiner Heimatstadt – die er mir gegenüber natürlich nicht erwähnt hat – hat meinen Ex auch nicht davon abgehalten, etwas mit mir anzufangen. Hat auch nicht Calis Freund gehindert, mich anzumachen. Oder die Männer, die meine Mutter nach Hause gebracht hat, mit mir zu flirten und ihre Hände etwas zu weit nach unten gleiten zu lassen, wenn sie mich umarmt haben.

»Räumt den Tisch ab, Leute«, ruft Nessa. »Das Essen ist fertig.«

Sie bringt hausgemachte Tortillas, zusammen mit einer Schüssel pikant gewürztem geschnetzeltem Hühnchen.

Zach holt ein Bier aus dem Kühlschrank und Lewis tritt hinter ihn. Er gibt Zach einen Klaps auf den Rücken und sieht mich erwartungsvoll an.

Zach blickt zwischen Lewis und mir hin und her, dann greift er nach einem Flaschenöffner. »Gen ist Nessas Arbeitskollegin«, höre ich ihn sagen, während er sein Corona aufmacht.

Lewis studiert mein Gesicht, als würde er nach etwas suchen.

Was ist sein *Problem*? Er kann mich nicht so anstarren. Seine Freundin ist im Raum.

Okay, dann habe ich eben seine Arme abgecheckt. Die waren ja auch ziemlich auffällig! Und irgendwie heiß. *Verklagt mich doch.* Ich kann mich nicht erinnern, den Körper eines Mannes schon einmal so angestarrt zu haben – anscheinend können lüsterne Gedanken im späteren Verlauf des Lebens auftreten. Aber Frauen checken ständig Männer ab. So wie Lewis aussieht, sollte er inzwischen daran gewöhnt sein.

»Setz dich neben mich, Gen.« Nessa stellt eine Schüssel spanischen Reis auf den Tisch und zieht einen Stuhl neben sich heraus.

Ich folge ihrem Beispiel, trage eine Schüssel Salat zum Tisch und setze mich dann neben sie.

»Das Essen sieht toll aus«, sagt Lewis.

Seine Stimme schneidet wie eine geschmeidige Klinge durch meine Sinne und fesselt meine Aufmerksamkeit.

Er schiebt sich einen halben Taco in den Mund, um das gute Essen zu würdigen. Oder vielleicht einfach, weil er heißhungrig ist. Ich folge den Bewegungen seines kräftigen Kiefers, den starken Muskeln entlang seiner Kehle, die plötzlich verharren. Ich sehe auf. Er beobachtet mich. Sein Blick ist intensiv.

Was mache ich da? Ich mache es schlimmer.

Miras Blick huscht zu mir; sie sieht mehr als wütend aus. Sie schluckt und ich könnte schwören, dass ich Angst in ihren Augen sehe.

Ich nehme einen kleinen Bissen Reis und zwinge meinen trockenen Mund, mehr Speichel zu produzieren. Ich wollte noch nie so dringend aus einer Situation entfliehen, wie aus dieser Dinnerparty. Mein Herz rast und mein

Gesicht will sich einfach nicht abkühlen. Meine Finger, die mich noch nie enttäuscht haben, was Geschick und Koordination betrifft, können den dummen Reis einfach nicht auf der Gabel balancieren.

»Du bist also den ganzen Sommer über hier?«, fragt Zach, sein muskulöses Bein streift meine Wade, während er aggressiv mehr Essen auf seinen Teller lädt. Sein schmaler altmodischer Tisch passt zu seiner Samtcouch aus dem Secondhandladen und seinem Achtzigerjahre-Fliesentisch. Es ist ein bisschen eng und das macht das Abendessen ungewollt intim.

Ich nehme einen Schluck Wasser und räuspere mich. »Im Herbst gehe ich zurück nach Dawson und mache meinen Master in Psychologie.«

Miras Oberlippe kräuselt sich, als wäre sie verärgert, dass Zach es wagt, die Aufmerksamkeit auf mich zu lenken. Ich kann sie verstehen, denn ich würde mich auch lieber verstecken.

Mira lehnt sich an Lewis, während er sich einen zweiten Taco reinschiebt, ihr eigenes Essen ist noch unberührt. Ich nehme einen großen Bissen von meinem Taco, nur um im Gegensatz zu ihr zu stehen. Nichts zu essen, nur um dünn zu bleiben, ist lahm – und ich esse sowieso mehr als ein durchschnittliches Mädchen, also lässt sie mich nur schlecht dastehen. »Wie geht's deiner Mutter?«, fragt sie Zach.

Zachs Hand hält über dem Salat inne und er atmet geräuschvoll aus. »Gut.« Sein Ton ist flach, frei von Emotionen.

Ich rutsche ein paar Zentimeter vorwärts. Mira hat irgendeinen Nerv getroffen. Zach scheint so ein netter Kerl zu sein. Warum macht sie das?

Mira nippt an ihrem Getränk, ihre karamellfarbenen Augen sind kalt. »Was macht sie so?«

Zachs Blick wird misstrauisch. »Sie ist noch in der Pflegeeinrichtung und das weißt du auch.« Er blickt auf das unberührte Essen auf seinem Teller und stupst einen Taco mit der Fingerkuppe an.

Warum sollte Mira das erwähnen? Versucht sie, ihn zu verletzen …, weil er nach mir gefragt hat?

Nessa umklammert ihre Gabel und studiert Zach mit besorgtem Blick.

Lewis sieht Mira stirnrunzelnd an. Dann wendet er sich an Zach: »Hast du das neue Paddelboard schon ausprobiert?«

»Ein bisschen.« Zachs Gesicht entspannt sich.

»Auf Arbeit läuft es zurzeit eher schleppend. Kann ich mal mitkommen?«

»Sicher. Jederzeit.«

Und einfach so entschärft sich die Spannung.

Damit es während der restlichen Mahlzeit ebenfalls locker bleibt, nutze ich die Gelegenheit, um Nessa und Zach mit Fragen zu Wander- und Joggingpfaden zu löchern. Mira ärgert niemand anderen am Tisch, hauptsächlich, weil sie zu sehr damit beschäftigt ist, Lewis in einem hitzigen Gespräch anzuschnauzen, das der Rest von uns zu überhören vorgibt. Ich verstehe das meiste davon und bin mir ziemlich sicher, dass es den anderen genauso geht. Schlagwörter wie ›*privat*‹ und ›*dieses Mädchen*‹ durchdringen unsere Diskussion über die Tahoe Pfade.

Nach dem Essen helfe ich Nessa beim Aufräumen. »Ich sollte jetzt gehen«, sage ich, als wir fertig sind.

»Wirklich? So früh?«

»Ich muss mich noch an die späten Arbeitszeiten gewöhnen.«

»Ja, das braucht Zeit. Was machst du morgen? Zach und ich machen ein Barbecue am Zephyr Cove Beach. Du solltest unbedingt vorbeikommen und auch deine Mitbewohnerin mitbringen.«

»Klingt gut.« Ich erfahre die Einzelheiten von ihr und danke Zach für das Abendessen.

Mira und Lewis sprechen in der Ecke im gedämpften Flüsterton miteinander, während ich mich auf den Weg ins Schlafzimmer am Ende des Flurs mache, um meine Tasche und meine Jacke zu holen. Ich habe das Gefühl, dass ich mich davonschleiche, aber ich will mich da wirklich nicht einmischen.

Ich sammle meine Sachen ein, gehe durch die Tür zum Flur hinaus, den Blick nach unten gerichtet, und grabe in den endlosen Weiten meiner Handtasche auf der Suche nach meinen Schlüsseln. Plötzlich pralle ich gegen eine Wand.

Ich falle, und zwar ziemlich schnell und drastisch. Mein Körper stürzt zur Seite, der Kopf verdreht, die Arme in meiner Handtasche verheddert. Ich werde mir das Genick brechen.

Starke Hände ziehen mich hoch und ich zapple herum, um meine Beine wieder vertikal zu bekommen.

Hitze und der Duft von Seife und frisch geschnittenem Holz treffen mich. Leicht gebräunte Haut über einem starken, muskulösen Hals und einem pochenden Puls tauchen in meinem Sichtfeld auf, dann Lewis' intensiver, undeutbarer Blick.

Mein Herzschlag wechselt von einem erschrockenen Galopp zu einem pochenden, flatternden Durcheinander, wie in dem Moment, als er das Haus betreten hat.

Lewis' Augen studieren mein Gesicht, zuerst besorgt, dann werden sie weich und entspannen sich. Langsam mustert er mehr als nur meine Augen, als würde er die Gelegenheit nutzen, um mich ohne Zensur von Mira oder jemand anderem zu betrachten. Sein Blick schweift zu meinem Haar, meiner Stirn, über meine Wange zu meinem Kinn und dann bleibt er auf meinem Mund hängen.

Sein Atem wird flach. Was mich den ganzen Abend lang an seinem Gesichtsausdruck verwirrt hat, wird jetzt klar. Wenn er mich ansieht, dann nicht mit Neugier – obwohl das vielleicht auch ein Bestandteil sein könnte – sondern mit etwas ganz anderem. Etwas, was ich noch nie in diesem Ausmaß gesehen habe, aber ich erkenne es – oder mein Körper erkennt es, denn meine Brust verkrampft sich, mein Herz setzt seinen flatternden Tanz fort und die Hitze schlängelt sich über meine Wirbelsäule und schickt Schauder an die falschen Stellen.

Sein Kopf neigt sich ein Stückchen zu mir herunter.

Was zum …? Er würde doch nicht …

»Es war nett, dich kennenzulernen«, sage ich in panischer Eile und entwinde mich seinen Armen, an denen ich mich noch immer festhalte. Aber weiter komme ich nicht. Aus irgendeinem dummen Grund kann ich meine Füße nicht dazu bringen, einen Schritt zu tun.

Die Hand, die mich abgefangen hat, schlüpft in seine vordere Hosentasche. Ansonsten bewegt er sich nicht. Sein Blick fällt wieder auf meinen Mund.

Mein Atem stockt und ich lecke mir die Lippen, was mir plötzlich wie eine Einladung vorkommt. *Was mache ich da?*

Anstatt angemessen zu reagieren und wegzusehen, gehen meine Augen wie auf Autopilot zu seinem Mund, ohne auf meine gründlichen Anweisungen für alle Körperteile, *schnellstens von hier zu verschwinden*, zu hören.

Eine diagonale Narbe bedeckt den Rand seiner unteren, schön geformten Lippe, eine Kerbe in einer sonst perfekten Landschaft. Ich kann meinen Blick nicht von dieser Narbe lösen, die sich an einem Ende zu einem leichten Haken verformt. Wie hat er sie bekommen? Hat es wehgetan? Würde ich die Narbe fühlen, wenn ich meinen Mund an seinen drücke?

Seine Lippen teilen sich unter meinem Blick, er verlagert seine Füße und schließt den von mir geschaffenen Abstand.

Mein Herz pumpt so schnell, dass ich Punkte vor meinen Augen sehe. *Er hat eine Freundin.*

Ich stolpere um Lewis herum, meine Schulter knallt gegen die Wand, als ich den Flur entlanglaufe und jahrelange Sportlichkeit mit jedem meiner viel zu schnellen Herzschläge verloren geht.

Ich sehe noch einmal zurück, bevor ich die Haustür öffne. Lewis starrt mir verblüfft nach.

Er schließt die Augen und wendet sich ab.

Meine Hände zittern, als ich die Haustür hinter mir schließe. Was war das? Das ist keine Anziehungskraft, das ist einfach nur Wahnsinn.

Eine wahnsinnige Anziehungskraft.

Kapitel Zwei

»Genevieve, dein Stiefvater und ich planen unseren Besuch. Man sollte meinen, dass du mich wenigstens anrufen kannst.«

Man sollte meinen, meine Mutter hätte inzwischen verstanden, dass ich morgens um neun Uhr schlafe. Auch wenn ich keine Spätschichten habe, bin ich um diese Zeit normalerweise nicht besonders wach.

»Mom«, krächze ich in den Hörer. »Können wir später reden? Und ich habe keinen Stiefvater.«

Meine Mutter bezeichnet ihren neuesten Freund als meinen Stiefvater, obwohl sie nicht verheiratet sind, was ziemlich seltsam ist.

»Das wird er aber bald sein, Liebling. Fred hat einen Arbeitsvertrag in Ostasien, den er gerade abschließt. Und dann machen wir es offiziell. Er ist *der Richtige* für mich, Schatz.«

Ich verdrehe die Augen, aber selbst ich muss zugeben, dass Fred anders ist als die vergangenen Eroberungen meiner Mutter. Sie ist seit zwei Jahren mit ihm zusammen. Für Chantelle ist das das Äquivalent einer Silberhochzeit.

»Wo genau wohnt ihr in Tahoe?«

»Fred hat uns eine Suite in der Timber Lodge gebucht. Wir werden golfen, shoppen und besuchen natürlich auch das Casino, um dich in deinem Outfit zu sehen«, quietscht sie und ich halte das Telefon von meinem Ohr weg.

Natürlich will sie meine Uniform sehen. Ich habe versucht, meine Mutter dazu zu bringen, weniger Dekolleté zu zeigen und die Miniröcke aufzugeben. Und währenddessen wollte sie, dass ich meine Kurven zur Geltung bringe – seit ich zwölf war.

»Ich kann es kaum erwarten«, murmle ich ironisch.

War ich zwölf Jahre alt als meine Mutter ernsthaft angefangen hat mich zu korrumpieren? Nein, wenn ich mich recht erinnere, hat sie mich ab da nur nicht mehr als kleines Mädchen betrachtet. Ihrer Vorstellung nach hatte ich Brüste und eine Periode, also war ich eine Frau und sollte anfangen, mich nach männlicher Aufmerksamkeit zu sehnen. Nur hasse ich die Art von Aufmerksamkeit, die meine Mutter hervorruft. Ich vermeide sie wie die Pest.

»Die Timber Lodge ist schön, Mom.« Ich ersticke ein Gähnen. »Ruf mich an, wenn du in der Stadt bist.«

»Genevieve, du klingst wie ein Frosch. Hol dir einen Kaffee, Liebling. Du hast doch keinen Mann neben dir, oder?«

»Mom!«

»Nein? Schade. Der letzte ist schon Monate her. Ich dachte, du wärst langsam bereit, dir jemand neuen zu suchen. Der Junge hat dich nicht verdient. Er war … wie heißt das, wenn jemand verklemmt ist?«

»Prüde?«

»Ja, genau. Er hatte keinen Sex-Appeal. Er lief herum, als hätte er einen Stock im …«

»Mutter!«

»War er schwul?«

»Was? *Nein*. Er hatte eine Freundin. In seiner Heimatstadt.« Meine Stimme erlischt. Dieses Detail war eigentlich nur engen Freunden vorbehalten. Meiner Mutter vertraue ich solche Dinge nicht an.

Auf der anderen Seite der Telefonleitung ist es für ein paar Sekunden still, bevor ich sie seufzen höre. »Na ja, man kann niemanden zu seinem Glück zwingen.«

Was zum Teufel? »Wovon redest du?«

»Ich habe es versucht. Weiß Gott, wie sehr ich versucht habe, dich dazu zu bringen, deine innere Schönheit zu offenbaren …«

»Durch nuttige Outfits?«

»Aber hast du auf mich gehört?«

»Herrgott, Mom. Manche Leute würden deine Erziehungsmethoden als Kindesmissbrauch bezeichnen. Hör zu, ich habe mir einen klugen Kerl mit durchschnittlichem Aussehen ausgesucht, der nicht ständig Party macht. Ich dachte, er wäre zuverlässig. Es stellte sich heraus, dass er das nicht war. Das war es dann auch. Jeder trifft hin und wieder schlechte Entscheidungen.«

Ich hatte drei Monate gewartet, bis ich mit meinem Ex geschlafen habe. Ich wollte absolut sicher sein, dass er ein guter Mensch ist, bevor wir den nächsten Schritt machen. In der High School habe ich gelernt, Beziehungen nicht zu überstürzen. Mit sechzehn Jahren prahlte der erste Freund, mit dem ich geschlafen hatte, vor dem gesamten Schwimmteam damit. Meine nächste Erfahrung war auch nicht gerade besser. Dann kam das Arschloch. Sex ist für mich eine Abwärtsspirale – er ist mit der Zeit immer schlimmer geworden.

Vielleicht bin ich zu streng mit mir selbst. Vielleicht ist die Art und Weise, wie ich Männer ausgewählt habe, gänzlich falsch. Was auch immer das Problem ist, ich bin darüber hinweg. Ich kann im Moment nicht an Männer denken.

Ein Bild von Lewis' vernarbtem Mund und dunklen Augen blitzt in meinem Kopf auf.

Ich drücke die Augen zu und atme tief durch. »Mom, Sex-Appeal wird überbewertet.«

»Oh, Schatz, ich werde jetzt mal so tun, als kämen diese Worte nicht von meinem eigenen Fleisch und Blut.«

»Hör auf, über Fleisch und Sex zu reden. Wolltest du noch etwas anderes sagen, oder kann ich weiterschlafen?«

»In der Früh bist du immer noch ein Miesepeter. Geh ins Bett. Ich rufe dich später an.«

STUNDEN SPÄTER WENDE ich zwanghaft meinen Kopf vom Strand zu den Picknicktischen und wieder zurück, um zu sehen, ob Nessa, oder viel wichtiger, Lewis schon da ist.

Cali liegt auf dem Bauch, die Arme unter ihrem Kopf verschränkt. »Ich habe dir doch gesagt, wir hätten nicht kommen sollen«, sagt sie mit geschlossenen Augen.

Nachdem ich gestern Abend von der Dinnerparty zurückgekehrt war, habe ich ihr den Vorfall mit Lewis erklärt. Calis weiser Rat war, sich von ihm fernzuhalten. Ihr Freund hatte sie bei ihrem Skype-Date versetzt, also waren ihre Beratungsfähigkeiten wahrscheinlich ein wenig getrübt.

»Ich hatte Nessa schon zugesagt. Die Sache mit Lewis ist auf dem Weg nach draußen passiert. Es wäre seltsam gewesen, ihr in letzter Minute abzusagen. Ich wollte nicht komisch rüberkommen. Und es besteht immer noch die Möglichkeit, dass Lewis heute nicht kommt. Nessa hat gesagt, dass sie und Zach heute ein Barbecue machen wollen. Die anderen hat sie nicht erwähnt.«

Cali gähnt. »Stimmt. Vielleicht taucht er nicht auf.«

Ich blicke noch einmal zurück, plötzlich weniger zuversichtlich als noch vor einer Sekunde. Selbst wenn er kommt, werde ich Nessa nicht aus dem Weg gehen, nur um Lewis auszuweichen. Das ist lächerlich.

Ich zwinge meinen Blick auf den See vor mir. Einiges von dem, was gestern Abend passiert ist, war meine Schuld. Ich habe den Kerl angestarrt; natürlich hat er mich auch angesehen. Ich reagiere wahrscheinlich über.

Ich wische mir groben Tahoe-Sand von meinen Waden und muntere mich im Stillen auf. Das ist keine große Sache. Es ist nichts passiert. Er hat nicht gesagt, dass er eine Beziehung will. Ich meine, es hätte auch sein können, dass der große, sportlich aussehende Kerl sein Gleichgewicht verloren hat und zu meinen Lippen getaumelt ist.

Scheiße!

Er hat nichts gesagt, aber zwischen uns ist etwas passiert, das nichts mit Worten zu tun hatte, sondern nur mit Körpersprache und Pheromonen. Normalerweise muss ich mich selbst davon überzeugen, dass Sex das Richtige ist, nachdem ich mir einen Mann sorgfältig ausgesucht habe. Diesmal habe ich Lewis nicht ausgewählt – im Gegenteil. Mein Körper war vollkommen einverstanden, während ich geistig absolut *dagegen* war.

Cali hebt den Kopf und verdeckt die Sonne mit der Hand, wobei sie den Mund verzieht. Verdammt, ich dachte, sie schläft. »Vergiss Mason und Jaeger nicht. Sie sind beide heiß – und *single*. Das ist ein sehr wichtiges Detail.«

Mason ist ein Barkeeper von der Arbeit, der ein wenig mit mir geflirtet hat. Cali und ich haben ein paar Mal mit ihm und seinem Freund Jaeger Lang herumgehangen, der sich als alter Kumpel von Calis Bruder herausgestellt hat. Cali hatte Jaeger zunächst nicht erkannt, weil er nach der

High School etwa dreißig Kilogramm an Muskelmasse zugelegt hat.

Aber im Ernst, Cali muss sich wirklich mal beruhigen, was die Partnervermittlung angeht. Ich war im letzten Monat unserer Collegezeit deprimiert. Und ja, vielleicht habe ich meine Wohnung eine ganze Woche lang nicht verlassen. Aber ich bin über den Vertrauensbruch des Arschlochs hinweg. Größtenteils. Ich brauche keinen Typen, um vollständig zu sein.

Und warum will Cali mir Jaeger auf den Hals hetzen? Sie ist diejenige, die mit ihm flirtet, wenn wir alle beisammen sind. Ich glaube, sie ist ein wenig in ihn verknallt. Cali sollte ihren beschissenen Freund einfach durch ihn ersetzen …

Calis Blick bleibt an meinem Buch hängen. »›*Mein gequälter Vampir*‹? Mein Gott, Gen. Was ist das für ein Mist?«

Ich schüttle ein bisschen Sand von den Seiten, genau deshalb habe ich den Kindle nicht mitgebracht. Ich würde einen Herzinfarkt bekommen, wenn meiner endlosen Quelle an Schund-Romanen etwas zustoßen würde. »Was? Das ist eines der besten Bücher, die ich dieses Jahr gelesen habe. Der Vampir hat eine Zwangsstörung. Er muss die Haut seiner Beute dreimal mit einem Desinfektionsmittel abwischen, bevor er zubeißen kann. Der Kerl hat Probleme.«

Sie setzt sich auf, ihr Gewicht auf die Ellbogen gestützt. »Das ist ein Witz, oder?«

»Cali, das ist wirklich tiefgründig. Die Angewohnheiten des Vampirs verscheuchen ihm die Beute. Der arme Kerl ist aufgrund seiner psychischen Probleme unterernährt.«

Sie starrt mich an und schweigt fassungslos. Dann zeigt sie auf mich und droht – »Literaturintervention. *Heute*

Abend. Das ist absoluter Müll« – und plumpst wieder auf den Bauch.

Das ist nicht gut. Das letzte Mal, als Cali mir eine Literaturintervention aufgezwungen hat, hat sie mir Faulkner aufgedrängt. Ich bin eingeschlafen, bevor ich mit der ersten Seite fertig war. Und das ging zwei Wochen lang so.

»Wenn ich zur intellektuellen Anregung lesen will, suche ich mir einen Psychologie-Text. Willst du nie in eine Fantasiewelt entfliehen?«

Sie blickt auf und schielt. »Warum sollte ich das tun wollen?«

Richtig. Cali ist nicht mit finanzieller Sicherheit aufgewachsen, aber sie hatte eine engagierte, hilfsbereite Mutter. Ich sage ja nicht, dass Chantelle die schlechteste Mutter der Welt ist. Sie war nur … anders. Cali weiß mehr über meine Mutter, als die meisten Menschen, aber nicht alles. Niemand kennt die ganze Geschichte. Nicht einmal ich. »Bücher waren meine Zuflucht, als ich klein war. Und sie sind es immer noch. Ich lasse mich gern in eine Welt entführen, in der es immer ein Happy End gibt.«

Cali murmelt etwas von qualitativ *hochwertigen Büchern* und schweigt dann. Ich glaube, sie ist endlich eingeschlafen, was gut ist, denn ich könnte meine Fantasiewelt jetzt wirklich gebrauchen. Das wirkliche Leben ist zu stressig.

So viel zu meiner Hoffnung, dass Lewis nicht auftaucht. Nessa ist vor dreißig Minuten angekommen, zusammen mit allen anderen von der Dinnerparty. Ich habe es geschafft, Lewis zu meiden und Mira hat mir dabei geholfen. Sie ist keine fünf Minuten von Lewis' Seite gewichen und klammert sich an ihn, als wäre er ihr persönlicher Lebensretter.

Gefällt ihm so etwas? Scheint mir etwas anhänglich zu sein. Ich bin nicht eifersüchtig. Tatsächlich scheint Lewis mich genauso zu meiden wie ich ihn, was großartig ist. Ich habe ihn nicht einmal dabei erwischt, wie er mich angesehen hat. Das heißt, dass ich geguckt habe, ob er mich ansieht. Damit muss ich eindeutig aufhören.

Zach steht am Barbecue und bereitet alle möglichen Köstlichkeiten zu, Rauch und nach Rindfleisch duftender Dampf regen meine Speicheldrüsen an. Nur noch einen einzigen Hotdog. Das kann doch nicht schaden, oder?

Es ist möglich, dass ich einen ungewöhnlich großen Appetit habe für eine Frau meiner Größe. Okay, mein Appetit ist enorm. Cali hat das nie wirklich erwähnt. Aber Männer, mit denen ich ausgegangen bin, haben unhöfliche Bemerkungen gemacht. Sagen wir einfach, diese Idioten haben nicht lange durchgehalten. Ich gehe nicht mit Männern aus, die denken, dass Frauen wie Kaninchen essen sollten. Und ich bin sowieso sehr schlank.

»Was ist los, Gen?«, fragt Zach fröhlich, während ich näher komme. Er dreht einen der Hotdogs um und enthüllt eine goldbraun gebratene Unterseite. Mein Magen knurrt, obwohl ich ihn gerade mit einem Hotdog und Chips gefüttert habe.

Ich blicke zu den anderen, die noch mit uns da sind. »Bist du der Einzige, der kochen kann?«

Er lacht. »Sie können es auch, aber ich mache es besser«, antwortet er mit einem frechen Grinsen. Er gestikuliert zu den Speisen auf dem Grill. »Willst du noch was?«

Ich öffne den Mund, um zu sprechen, aber Zach konzentriert sich auf etwas, das über meiner Schulter stattfindet. »Scheiße«, sagt er. »Ich glaube, Mira erzählt die Geschichte, wie unser Fußballtrainer aus der High School sich von einem Erstsemester verprügeln lassen hat. Das muss ich mir anhören.«

Zach reicht Lewis die Grillzange – *wo kommt er plötzlich her?* Ich blicke mich um, um sicherzugehen, dass ich nicht doppelt sehe. Aber da sind nur Nessa und Cali mit Mira. Zach macht sich auf den Weg und ruft über die Schulter zurück: »Mach' du mal weiter, Lewis. Bin gleich wieder da.«

Lewis kratzt den Rand der Zange ab und entfernt dabei schwarzen Ruß. Er dreht mehrere Hotdogs hintereinander um. »Was kann ich dir anbieten, Gen?«

Mein Kopf ist leer. Das sind die ersten Worte, die er zu mir gesagt hat, seit ich ihn gestern Abend getroffen habe. Obwohl ich das Gefühl habe, dass wir den ersten Schritt schon übersprungen und direkt zum zweiten übergegangen sind. Es ist unangenehm.

»Ähm, nur einen Hotdog.«

Er blickt mich unter seinen Wimpern heraus an. »Wie lange bleibst du in der Stadt?«

Fragt er, weil er mich kennenlernen will, oder will er nur Small Talk machen? »Ich fahre Ende August nach Dawson zurück.«

Er nickt. »Hast du vor, eine der Wanderungen zu machen?«

Bezieht er sich auf das Gespräch von gestern Abend? Das, an dem er nicht teilgenommen hat, weil er sich mit Mira gestritten hat? Hat er zugehört? »Ja und ich möchte laufen«, sage ich. »Diese Pfade scheinen wunderschön zu sein.«

Lewis schiebt mit der Grillzange einen Hotdog in ein Brötchen und reicht es mir, während Zach auftaucht und den Kopf schüttelt, ein schiefes Lächeln im Gesicht. Seine Augen verengen sich, als er das Essen in meiner Hand sieht. »Cool.« Er nickt zustimmend. »Ich mag Mädchen, die essen können.«

Eine leichte Röte kriecht meine Wangen hinauf, obwohl ich weiß, dass seine Bemerkung gut gemeint war.

Lewis reicht seinem Freund die Zange, geht um das Barbecue herum und legt mir eine Hand auf die Schulter. Er beugt sich herunter und ich bin mir der Hitze seiner Berührung, des Dufts von Kiefernholz und Seife – seine Lippen sind nur wenige Zentimeter von meinem Ohr entfernt – bewusst. »Ich kann dir die Pfade gern mal zeigen.«

Ich sehe ihm in die Augen. Sie sind verführerisch, er flirtet mit mir. Das ist offiziell eine Anmache – und seine Freundin ist nur wenige Meter entfernt. Das ist so falsch, dass ich nicht einmal weiß, wo ich anfangen soll.

Er studiert meine Gesichtszüge und schreckt beim Anblick meines Gesichtsausdrucks zurück. »Viel Spaß noch beim Barbecue«, murmelt er, den Mund zu einer Grimasse verzerrt, die möglicherweise als Lächeln gedacht ist. Er geht weg.

Ich kann das nicht glauben. Bin ich eine Art Betrüger-Magnet? Ich atme ein und aus, um das Zittern meiner Arme zu beruhigen und gehe hinüber zu Cali, die am Picknicktisch steht. Ich werfe mein unberührtes Essen weg, da mir gerade der Appetit vergangen ist.

Lewis nähert sich Mira, aber er blickt auf den See hinaus, sein Gesicht angespannt. Eine Hand steckt in seiner Tasche, mit der anderen fasst er seinen Nacken. Eine schokoladenbraune Haarsträhne steht an der Seite seines Kopfes ab, als hätte er sie herausgezupft. Cali blickt von mir zu Lewis.

»Ich muss gehen. *Jetzt*«, sage ich ihr. Wenn ich es nicht tue, könnte ich vor Frustration in Flammen aufgehen.

Lewis wirkt nicht wie ein Idiot. Aber er muss einer sein,

wenn er eine Freundin hat und mich trotzdem fragt, ob wir Zeit miteinander verbringen können.

Warum ist er dann so verlockend?

Calis Augen weiten sich. »Geht es dir gut?«

Ich nicke und wir machen einen hastigen Abgang, den niemand zu bemerken scheint, außer der einen Person, der ich aus dem Weg zu gehen versuche. Die Hitze von Lewis starrem Blick verfolgt mich bis zum Auto.

»Gen, was zum Teufel war das?« Cali schaut zum Picknickplatz zurück und bemüht sich, die Person zu erspähen, die ich nicht ansehen darf.

»Etwas, das aufhören muss.«

Kapitel Drei

Ich winke Cali kurz zu, als ich an dem Blackjack-Bereich vorbeikomme, in dem sie diese Woche arbeitet und gehe die paar Stufen zur Mont Belle Lounge hinauf. Die wenigen Begegnungen, die ich mit Lewis hatte, scheinen jetzt so weit entfernt, als hätte es sie nie gegeben. Ich habe seit Tagen nicht mehr an ihn gedacht. Na ja, jedenfalls nicht viel. Und ich habe ihn auch nicht gesehen. Das ist gut so, denn seine Anwesenheit verwirrt mich und so etwas brauche ich in meinem Leben nicht.

»Die Führungskräfte kommen zu einer Meet-and-Greet«, sagt mir die Kellnerin, die dem Barkeeper gegenüber steht. Ihr Name ist Amber und sie übergibt mir nicht wie üblich die Lounge zu Beginn meiner Schicht. »Sie brauchen zwei von uns für diese Party.« Sie steckt sich eine Cocktailkirsche in den Mund und kaut, während sie spricht. »Ich habe die Tische eins bis zehn. Du kannst elf bis zwanzig haben, außer Tisch fünfzehn. Der gehört mir.«

Wie die meisten Kellnerinnen im Blue ist Amber hübsch, hat goldbraunes Haar mit hellen Strähnchen und blaue Augen. Sie sieht nicht älter als ich aus, aber sie arbeitet schon eine Weile hier. Sie hat ein höheres Dienstalter und so natürlich das Sagen.

Ich blicke zu meinem Bereich, der sich am hinteren Ende der Bar befindet und am wenigsten bevölkert ist. Amber will also den einzigen Tisch haben, der besetzt ist – und die Gäste haben eine Flasche Dom Pérignon bestellt.

Natürlich.

Der Dom wird für ein paar hundert Dollar pro Flasche verkauft. Die Gruppe wird wahrscheinlich noch eine weitere bestellen und Amber möchte sich ein lukratives Trinkgeld nicht entgehen lassen, auch wenn sie eigentlich alle meine Tische abgeben sollte.

Manchmal habe ich das Gefühl, wieder in der Grundschule zu sein. Im Blue ist jeder auf seinen eigenen Vorteil aus. Hier gibt es einen ständigen Konkurrenzkampf, um Popularität oder in diesem Fall Zugang zu üppigen Geldbeuteln.

Am Ende spielt es doch keine Rolle. Bald stürmen die Führungskräfte den Mont Belle und füllen die Tische, auch meine im hinteren Bereich. Ich zähle die Trinkgelder, die ich bisher verdient habe, zusammen und rechne sie gedanklich auf meinen Studienkredit an, als die letzte Person, die ich sehen möchte, hereinkommt.

Ich erstarre, die Absätze meiner High Heels versinken im Teppich. Das Arschloch, mein untreuer Ex, kommt direkt auf mich zu. Sein helles Haar ist absichtlich zerzaust, seine zu weit auseinanderliegenden Augen glitzern, als hätte er etwas gesehen, was ihm gefällt. Und ja, er läuft tatsächlich, als hätte er einen Stock im Arsch. Danke, Mom, für dieses geniale Bild.

»Hey.« Er mustert meine Uniform von oben bis unten. »Du siehst toll aus. Ich wusste nicht, dass du diesen Sommer hier arbeitest.«

Meine Kehle schnürt sich zu. Irgendwie ist es schlimmer, von einem Ex abgecheckt zu werden, als von einem Fremden. »Was machst du hier?«

»Nur mit den Jungs abhängen. Keine Mädchen erlaubt … es sei denn, du willst mitmachen?«

Das kann nicht sein Ernst sein.

Ich habe ihn nie wirklich zur Rede gestellt, dass er mich betrogen hat. Er glaubt wahrscheinlich, dass ich irgendwann zu ihm zurückkomme. »Ich bin beschäftigt.«

Sein Blick gleitet zu meiner Brust und verweilt dort einen unangenehm langen Moment. »Bist du sicher?«

Das Arschloch hat meine Brüste noch nie in diesem Licht gesehen. Es kann sein, dass ich mit ihm etwas sexuell verklemmt war. Ich kann mir vorstellen, dass es ziemlich verlockend ist, wenn Mädchen so auf dem Präsentierteller stehen, wie ich in meiner *dummen Uniform* – diese Gelegenheit kann ein Mann wie er sich natürlich nicht entgehen lassen.

Ich möchte ihn immer noch ohrfeigen. Er hat mich verarscht. Und jetzt denkt er, er kann hier hereinspazieren und mich aufgabeln?

Ich knirsche mit den Zähnen und formuliere im Kopf eine schnippische, schimpfende, fick-dich Antwort – was zu lange dauert, weil ich nicht besonders schlagfertig bin – als Jaeger auftaucht.

Ich verstehe vollkommen, warum Cali mit Jaeger flirtet. Er ist groß, gut gebaut und irgendwie schwer zu übersehen.

Jaeger geht um mich herum und umarmt mich von hinten, den Mund an meinem Ohr. »Spiel mit. Ich bin dein Freund, bis der Loser abhaut.«

Ich schmiege mich in seine Arme. Ja. Die Götter sind mir heute gnädig.

Cali hatte recht. Jaeger und Mason sind anständige Kerle.

Jaeger trägt ganz schön dick auf und drückt sein Gesicht an meinen Hals. Ich versuche, nicht aus Nervosität zu lachen und weil Jaegers Berührung mich kitzelt. Das Gesicht des Arschlochs färbt sich purpurrot und er verlagert sein Gewicht von einem Fuß auf den anderen, den Kiefer angespannt.

»Glaubst du, du hast morgen Nachmittag ein paar Stunden Zeit?«, flüstert Jaeger, als würden wir nur abhängen, ein Bier trinken und nicht gerade versuchen, meinen Arsch von einem Ex-Freund zu verscheuchen. »Es gibt etwas, das ich Cali zeigen möchte und du bist ihre beste Freundin. Ich möchte deine Zustimmung.«

Warte mal. Jaeger und Cali flirten, aber ist es ihm ernst mit ihr? Cali und ihr idiotischer Freund haben sich erst vor ein paar Tagen getrennt, deshalb ist sie jetzt Single. *Das könnte so gut klappen.*

Ich nicke und lächle meinen Nicht-Freund liebevoll an, sehr zum Ärger meines Ex-Freundes, der *immer noch* hier ist. Ein bisschen zu hartnäckig, vielleicht? Wohl eher komplett irrational.

»Ich hole dich ungefähr zur Mittagszeit ab«, sagt Jaeger laut.

Das Arschloch schnaubt und stapft endlich davon. Wir beide ignorieren ihn, aber sobald er weg ist lässt Jaeger von mir ab und beendet unsere liebevolle Haltung.

»Das war unglaublich«, sage ich. »Woher wusstest du das?«

Sein Blick flackert zu Cali, die uns vom Blackjack Tisch aus beobachtet. *Ist sie wütend?* Sie sieht definitiv verärgert aus. Jaeger wirft mir ein breites Lächeln zu. »Cali sagt, dass du diesen Kerl nicht in deiner Nähe haben willst.«

»Wirklich nicht. Danke dir. Ich schulde dir was.«

»Nein.« Er schüttelt den Kopf. Seine Augen wandern wieder zur Seite, aber diesmal sieht er Cali nicht ganz an.

»Aber ich könnte deine Meinung gebrauchen. Ich habe es ernst gemeint, als ich dich gefragte habe, ob du morgen Zeit hast.«

»Absolut, was du willst.«

»Toll, aber – kannst du das Cali gegenüber bitte nicht erwähnen? Ich meine, sie wird wissen, dass wir irgendwo hinfahren. Aber ich wäre dir sehr dankbar, wenn du das für dich behalten könntest.«

»Okay.« Sehr geheimnisvoll, aber egal, was es ist, es ist für Cali. Und ich werde helfen, wo immer ich kann.

Jaeger verschwindet und ich gehe wieder an die Arbeit, aber ich bin nicht ganz bei der Sache. Es war ein gutes Gefühl, mich an meinem Ex ein wenig zu rächen. Ja, ich hatte Hilfe. Okay, eine Menge Hilfe, aber ich bin trotzdem erfreut. Ich kauere kaum vor Männern, aber die Wahrheit ist, dass ich Konfrontationen mit Jungs tatsächlich vermeide, weshalb ich Warnsignale ignoriere. Und deswegen habe ich auch zu spät entdeckt, dass das Arschloch zu Hause eine Freundin hatte, nur um das mal als Beispiel zu nennen.

Wahrscheinlich habe ich einfach ein Trauma, da ich ohne Vaterfigur aufgewachsen bin. Ausgezeichnet.

Eine scharfe Störung in der Atmosphäre erregt meine Aufmerksamkeit. Der Mann, den ich gerade bedient habe, starrt mich an. Er hat ein nachsichtiges Lächeln auf seinen Lippen. »Geht es dir gut?«

»Entschuldigung, was?« *Gott, reiß dich zusammen.* Schlimm genug, dass ich mich während meiner Schicht von einem Typen kuscheln lasse. Die Führungskräfte sind in der Lounge. Ich muss einen klaren Kopf bewahren. Diese Leute könnten diejenigen sein, die meine Gehaltsschecks unterschreiben.

»Ich habe nach deinem Namen gefragt.«

Dieser Mann kommt mir bekannt vor. Er trägt eine

gelockerte blutrote Krawatte und ein weißes Hemd, als hätte er gerade erst sein verglastes Büro verlassen. Ich bin mir sicher, dass ich ihn schon einmal in der Lounge gesehen habe. Er sieht gut aus und ist jung. Älter als ich, aber nicht so alt wie die Anzugträger, die ich normalerweise bediene. Der Mann, mit dem er hier ist, ist ebenso schick angezogen. Sie beide sind in meinem Bereich am Ende der Bar völlig fehl am Platz. Aber wegen des Treffens der Führungskräfte und unseren Stammkunden hatten sie wahrscheinlich keine große Auswahl an Plätzen.

»Ich bin Gen.«

Sein Blick gleitet über meinen Körper und kehrt dann zu meinen Augen zurück. Ein kalkulierendes Lächeln spielt um seine Mundwinkel. »Wie Jennifer?«

Meine Schultern krümmen sich. »Nein, wie Genevieve.«

»Woher kommst du, Genevieve?«

»Dawson. Ich habe gerade meinen Abschluss gemacht.« Dawson ist nur ein paar Stunden entfernt. Die meisten Leute hier haben schon einmal davon gehört.

»Na ja, es ist schön, dich kennenzulernen. Ich bin Drake Peterson, Leiter der Finanzabteilung.« Wow, er unterschreibt *tatsächlich* meine Gehaltsabrechnungen und ich war vor ihm vollkommen abwesend. »Wie gefällt dir die Arbeit im Blue Casino? Wirst du von allen gut behandelt?«

»Ja, sie sind alle großartig.« Auf keinen Fall erzähle ich diesem Kerl etwas über die belanglosen kleinen Schikanen der anderen Kellnerinnen.

»Gut, vielleicht bleibst du ja länger. Einige der Kellnerinnen sind schon eine Weile hier, aber mit den richtigen Beziehungen kannst du hier gut vorankommen.« Sein Blick fällt wieder auf meine Brust. Gah.

Erst mein Ex, dann Drake. Ich werde hier wirklich auf die Probe gestellt.

»Dankeschön. Bis jetzt ist alles okay.«

In Wirklichkeit könnte ich eine Pause gebrauchen, um mich nach der Arschloch-Begegnung wieder zu sammeln. Ich werfe einen Blick auf meine Uhr, die ich ausnahmsweise mal nicht Zuhause vergessen habe. Normalerweise verlasse ich mich auf mein iPhone, aber da in diese Uniform nur Brüste und Ärsche passen, bin ich Old School unterwegs.

Ich bediene noch ein paar Kunden und melde mich bei Amber. Sie blickt finster drein, als ich sie über meine Pause informiere. Sie muss meine beschissene Abteilung eine Zeit lang übernehmen, was für sie mehr Arbeit und weniger Geld bedeutet. Darüber ist sie verständlicherweise unglücklich. Selbst mit dem Überfluss an Führungskräften geben die meisten meiner Kunden nur geringe Trinkgelder, aber Amber wird einfach damit umgehen müssen.

Auf meinem Weg nach draußen informiere ich die Gäste an meinen Tischen, dass ich gehe. »Amber wird Sie jetzt bedienen«, sage ich zu Drake und seinem Freund. »Kann ich Ihnen noch etwas bringen, bevor ich gehe?«

»Du hast dich gut um uns gekümmert, Genevieve.« Drake greift in seine Tasche. »Melde dich ruhig bei mir, wenn *du* mal etwas brauchst.« Er überreicht mir eine Visitenkarte. Auf seinem Finger schimmert ein dicker goldener Ring mit einem dunklen Saphir.

»Danke«, murmle ich und gehe weg, wobei ich versuche, das schmutzige Gefühl abzuschütteln, das er bei mir verursacht.

Ich werfe einen Blick quer durch das Erdgeschoss, bevor ich die Lounge verlasse und Cali neben Zach entdecke. Sie sind damit beschäftigt, Karten zu mischen und zu zählen, oder was auch immer sie tun. Der Pit Boss schleicht umher wie ein Wachhund. Ich will Cali nicht in Schwierigkeiten bringen, aber ich würde mich gern über das Arschloch auslassen.

Einige Cocktailkellnerinnen gehen an den Blackjack-Tischen vorbei, nehmen Bestellungen entgegen und räumen Gläser ab. Es wäre nichts Ungewöhnliches daran, wenn ich dort hingehen würde –, es sei denn, die Person, die Calis Tisch bedient, sieht mich. Eine ältere Kellnerin könnte denken, dass ich versuche, ihr die Kunden zu stehlen und beschließen, mir schlimmere Spitznamen als Schneewittchen zu geben.

Die Dinge, auf die ich in diesem Job Wert lege, sind wirklich auf Unterstufen-Niveau.

Scheißdrauf. Ich gehe auf Calis Tisch zu und warte an der Seite. Eine ihrer Kundinnen geht und ich schlängele mich durch die Lücke in der Menge, um demonstrativ in ein unsichtbares Sandwich zu beißen. Ich gestikuliere zum Kellereingang und sie nickt steif, was seltsam ist. Cali ist eigentlich entspannt. Von uns beiden bin ich immer die Verkrampfte. Ist sie gestresst?

Heute Abend ist es rappelvoll. Verständlich, wenn sie sich nicht mit mir treffen kann, aber ich hoffe trotzdem, dass sie es tut. Die Anwesenheit des Arschlochs ist ein Grund für eine Besprechung unter besten Freundinnen.

Auf dem Weg zum Angestellteneingang begegne ich Nessa. »Hey du«, sage ich mit einem Lächeln. »Was machst du denn hier?«

Sie zeigt auf ein faustgroßes Loch in ihrer Strumpf-hose, eine Laufmasche erstreckt sich über ihr ganzes Bein und verschwindet in ihrem Schuh. »Ich muss mich umziehen.«

»Beeindruckend. Wie ist das passiert?« Ich öffne die Tür zum Keller und wir machen uns auf den Weg nach unten.

»Ich bin an einem Flaschenöffner hängen geblieben. Hast du Pause?«

Ich nicke. »Ich habe eine gebraucht. Mein Ex ist aufgetaucht und hat mich in die Enge getrieben.« Ein angeekelter Schauder kriecht über meine Wirbelsäule. Ich bin Jaeger wirklich etwas schuldig.

»Oooh.« Sie verzieht ihr Gesicht. »So schlimm? Hast du dem Typen gesagt, dass du kein Interesse hast?«

»Ich bin irgendwie erstarrt. Als ich mich gerade zusammenreißen wollte, ist jemand anderes eingesprungen.«

Ich gehe mit Nessa zu dem Automaten – ja, es gibt einen Strumpfhosen-Automaten. Strümpfe sind bei unseren Uniformen Pflicht, als würde mikroskopisch dünnes Material, das die Arschbacken bedeckt, die Uniformen stilvoller machen. Strumpfhosenpannen wie die von Nessa sind ein häufiges Vorkommnis.

Sie schiebt ein paar Vierteldollar hinein und wählt durchsichtige schwarze Strümpfe in Größe XS.

Ich verziehe meinen Mund, die Begegnung mit Drake Peterson nervt mich. »Nessa, ist es dir schon einmal passiert, dass ein Manager dir seine Visitenkarte überreicht und dir Hilfe angeboten hat?«

»Was?«, sagt sie mit einem unbehaglichen Lächeln. Sie zieht die Strumpfhose aus der Schachtel. »Ähm, nein. Wann ist das passiert?«

»Gleich nachdem mein Ex aufgetaucht ist.«

Sie starrt mich an. »Okay, du hast Männerprobleme.«

»Ja, oder?«

»Definitiv.« Sie öffnet ihren Spind und schüttelt ihre High Heels ab. »Vielleicht musst du deine innere Löwin stärken. Du hast diese süße, verletzliche Ausstrahlung. Das ist irgendwie cool, weil du schön bist, dich aber nicht so verhältst. Aber so etwas nutzen die Leute eben aus.«

Cali hat mir mal gesagt, dass ich dem Arschloch nie

gezeigt habe, wer ich wirklich bin. Sie hält mich für knallhart, weil ich ihr beim Sport in den Hintern trete, aber das muss nichts heißen. Cali hat keinerlei sportliche Fähigkeiten. »Wie meinst du das?«

Nessa wirft den zerfledderten Strumpf auf den Boden ihres Spindes. »Geh aus deiner Komfortzone heraus und tu etwas, was du noch nie gemacht hast oder normalerweise nicht machen würdest.« Ihre Augen leuchten auf. »Du kannst einer Theatergruppe beitreten oder dich beim Online-Dating anmelden ... *einen Berg erklimmen.*« Sie nickt, als wären ihre Ideen brillant. »Versetze dich in eine Lage, die dich zwingt, aus deiner Schublade herauszukommen. Das Selbstvertrauen, das du dann aufbaust, wird nach außen hin reflektiert.«

Ich frage mich irgendwie, wie Nessa auf dieses Zeug kommt, denn sie sieht nicht wirklich nach einer verkappten Buddhistin aus. Aber sie hat recht. Ich habe mich neuen Optionen gegenüber nicht genug geöffnet – wahrscheinlich, weil das bisher immer das Fachgebiet meiner Mutter war.

Aber ich könnte etwas Neues ausprobieren. Wenn es mir hilft, mit schmierigen Männern umzugehen oder Selbstvertrauen auszustrahlen, dann bin ich dafür.

Auf keinen Fall schließe ich mich einer Theatergruppe an – bitte bringt mich vorher um. Aber vielleicht etwas, das Koordination erfordert? Nicht joggen, das mache ich sowieso schon jeden Tag und es ist keine große Herausforderung. Ich muss etwas finden, was mir Angst macht. Bergsteigen ist keine schlechte Idee ...

»Danke, Nessa. Ich werde darüber nachdenken. Ich gehe jetzt besser, Cali wartet wahrscheinlich auf mich.«

Nessa winkt zum Abschied und ich verschwinde in Richtung Cafeteria.

Cali hat es tatsächlich geschafft, eine Pause zu machen

und in dem überfüllten Raum einen Tisch zu finden. Als ich bei ihr ankomme, arbeitet sie gerade an einer ihrer komplizierten Skizzen. Diese zeigt eine Berglandschaft mit einer Million winziger geometrischer Formen, die sie für ihre Werke verwendet. Ich habe keine Ahnung, wie sie das macht. Cali hat ein ernst zu nehmendes künstlerisches Talent, das sie nie anerkennt. Sie nennt ihre Skizzen ›Kritzeleien‹ und wirft sie weg, als wären sie Müll. Ich habe das wohl schönste Bild unseres College-Campus buchstäblich aus dem Müll gezogen, nachdem sie es weggeworfen hatte. Eines Tages werde ich ihr klarmachen, wie gut ihre Zeichnungen sind.

Cali beendet die letzten paar Formen und legt die Skizze beiseite. »Was war da mit dem Arschloch los? Ich habe gesehen, wie er dich angesprochen hat, aber ich konnte nicht kommen.«

»Er wollte wissen, was ich nach der Arbeit mache. Er hat gefragt, ob ich mich mit ihm treffen will.« Ich schüttle den Kopf, aber Cali scheint nicht darauf zu achten. Ich bemerke ihren abgelenkten Blick. »Geht es dir gut? Du hast vorhin irgendwie wütend ausgesehen.«

Sie schenkt mir ein schwaches Lächeln, das ihre Augen nicht erreicht. »Es geht mir gut.«

Ihre Stimmung ist seltsam, aber sie ist wahrscheinlich wegen des Kundenansturms heute Abend gestresst.

Wir tratschen noch ein bisschen über meinen dämlichen Ex, dann geht Cali wieder an die Arbeit.

Ich esse auf und laufe zur Toilette. Auf dem Weg zum Erdgeschoss erregt eine Werbetafel vor der Treppe meine Aufmerksamkeit und ich halte inne. Die Anzeige ist für das Alpine Mudder, mit einem Bild von Jungs, die eine Kletterwand erklimmen, ihre Gesichter, Arme und Beine mit Schlamm verschmiert. Ich habe diese Werbung schon einmal auf Facebook gesehen. Da geht es um einen extremen Hindernisparcours mit Schlamm, kombiniert mit einer Art Party – die Art von Veranstaltung, auf die ein Haufen ehemaliger Rugbyspieler abfahren würde.

Ich würde das nie machen. Das Alpine Mudder ist wettbewerbsorientiert (was ich liebe), matschig (was ich hasse) und gefährlich (nicht mein Ding).

Doch Nessas Vorschlag, meine Komfortzone zu verlassen, geht mir nicht aus dem Kopf. Genau so etwas hat sie gemeint. Vielleicht nicht *genau* das, aber etwas Ähnliches – etwas, das ich sonst nie machen würde.

Die Tür der Cafeteria steht offen, aber niemand beachtet mich.

Ich notiere die Webadresse auf meinem Bestellblock, bevor ich mich aus der Sache herausreden kann und gehe die Treppe zum Casino hinauf.

Kapitel Vier

Einige Tage später treffen Cali und ich uns nach der Arbeit mit Nessa. Wir wollen gemeinsam in den Blue Club gehen. Als wir im Keller ankommen, um unsere Uniformen loszuwerden, trägt Nessa bereits enge Jeans, ein elegantes Tank-Top und goldene High Heels. Ihre Schuhe sind gerade mal so lang wie ein Löffelbiskuit und entsprechen ihrem zierlichen Körperbau. Das sind mit Abstand die niedlichsten Erwachsenenschuhe in Kindergröße, die ich je gesehen habe. Ich eile an ihr vorbei zu meinem Spind. »Ich bin in einer Minute fertig.«

»Lass dir Zeit.« Sie zieht eine Kosmetiktasche in der Größe eines Kleinwagens heraus. »Ich muss mich noch frisch machen.«

In der Zeit, die ich brauche, um mich von der Houdini-BH-Vorrichtung, die ich bei der Arbeit trage, zu befreien, zieht Cali sich um und trägt Lippenstift auf. Meine Uniform gebe ich bei der hauseigenen Schneiderin ab. Als ich zu Nessas Spind zurückkehre, ist sie immer noch dabei, Lidschatten aufzutragen.

Trotzdem wird es mir nicht sonderlich schwerfallen, die

beiden aufzuholen. Das einzige Make-up-Produkt, das ich mit mir herumtrage, ist Lippenbalsam. Wimperntusche und Rouge trage ich morgens auf, wenn ich es nicht allzu eilig habe. Heute Morgen hatte ich Zeit und habe mir in Bezug auf mein Aussehen vergleichsweise viel Mühe gegeben. Ich trage meine eng anliegende Jeans und ein seidenes, smaragdgrünes Trapez-Top, obwohl ich dafür bereits ein missbilligendes Kopfschütteln von Cali geerntet habe.

Ihrer Meinung nach eignet ein Oberteil sich nicht zum Ausgehen, wenn es kein Dekolleté hat. Die Tatsache, dass ich mir eine beste Freundin ausgesucht habe, die meiner Mutter ähnlich ist, muss irgendwie psychologisch begründet sein. Ich versuche, nicht zu viel darüber nachzudenken.

»Oh, übrigens«, sagt Nessa und gräbt in ihrer überdimensionalen Tasche. Dann öffnet sie den Deckel einer kleinen Puderdose mit dunkelviolettem Lidschatten. Während sie ein Auge zusammenkneift, pinselt sie die Farbe über den bereits vorhandenen grauen Lidschatten. »Habt ihr etwas dagegen, wenn wir uns mit Mira treffen?«

Ich lehne mich über die Umkleidebank zu meiner Handtasche und halte mich an der metallenen Schließfachtür fest, um nicht das Gleichgewicht zu verlieren. Die Kante schneidet in meinen festen Griff. *Die Mira*, die mit Lewis zusammen ist?

Mira hat Zach angefeindet, nachdem er sich auf der Taco-Party nach meinem Studium erkundigt hatte. Auch ihre giftigen Blicke am Tag darauf beim Barbecue haben keine Zweifel hinterlassen. Sie hasst mich und jetzt will Nessa auch noch, dass wir mit ihr zusammen feiern gehen?

Das sollte eigentlich ein schöner Mädelsabend werden, aber Mira ist Nessas Freundin und ich kann nicht einfach Nein sagen. Ich blicke in den Spiegel am Ende der Schließfächer, öffne meine Lippen und trage den rubinroten

Lippenstift auf, den Cali mir in die Hand gedrückt hat, nachdem sie heimlich meinen Lippenbalsam stibitzt hat. »Ja, klar.« Ich presse meine Lippen zusammen und lächle. Mein Spiegelbild reflektiert ein solides Pokerface. »Je mehr, desto besser.«

Calis sieht mich mit großen Augen an, als ich ihr den Lippenstift zurückgebe. Sie verstaut ihn in ihre Handtasche und drückt unauffällig meinen Arm. Sie versteht mein Unbehagen, ohne dass ich etwas sagen muss.

Nessa lächelt unsicher. »Ich bin froh, dass das kein Problem ist, weil ich sie quasi schon eingeladen habe. Sie klang ziemlich deprimiert, als sie angerufen hat.«

Ich ziehe mir den langen Trageriemen meiner kleinen Handtasche über den Kopf und quer über meinen Oberkörper. »Trifft sie uns hier?«

»Sie arbeitet nebenan als Croupière. In ein paar Minuten hat sie Feierabend. Ich dachte mir, wir gehen da was trinken und warten auf sie bevor wir dann gemeinsam in den Club gehen.«

Das dürfte ein interessanter Abend werden.

———

Der Fußmarsch in das andere Casino ist unterhaltsam. Ein Hipster, von dem ich annehme, dass er entweder betrunken oder high ist, sitzt vor einem Drogeriemarkt, an dem wir vorbeikommen, als säße er auf seiner Wohnzimmercouch, während Touristen mit ihren ›Keep Tahoe Blue‹-T-Shirts den Bürgersteig zwischen den Casinos bevölkern. Ein Verlangen nach Gewinnen, Sex und Albernheit liegt in der Luft.

Wir betreten das Casino durch die großen Doppeltüren und bestellen an einer der Bars unsere Getränke. Während ich auf mein Getränk warte, entdecke ich das attraktive

Paar am Rande eines der Pits. Mira trägt noch immer ihre Uniform und strahlt Lewis an.

Ich dachte, ich hätte ihn aus meinem Kopf bekommen. Für mich für er quasi ein Fremder. Aber jetzt sauge ich Lewis' Gesicht und seinen Körper auf – seine vorsichtige, aber dennoch selbstsichere Art. Mein Herz rast, als hätte ich einen Sprint hingelegt und mein Atem stockt. Der irrationale Drang, mich ihm zu nähern, lässt mich auf meinem Stuhl herumzappeln. Was ist es nur, was mich an diesem Typen so sehr fasziniert?

Selbst aus dieser Entfernung erhebt sich Miras Stimme über den allgemeinen Lärm. Und das will etwas heißen, denn wir sind hier schließlich in einem Casino – das ist, als würde man sich über ein laufendes Flugzeugturbine hinweg unterhalten. Sie fuchtelt wütend mit den Armen herum und beschimpft Lewis, der sich das scheinbar gefallen lässt.

Nessa und Cali folgen meinem Blick. »Wow«, sagt Nessa. »Ich habe sie noch nie so streiten sehen.«

»Was ist denn los?«, frage ich.

Nessa hebt eine Schulter. »Keine Ahnung. Mira ist nicht gerade einfach, aber die beiden stehen sich sehr nahe, weißt du?«

Ich schüttle den Kopf. Das wusste ich nicht. Sie scheinen eher zu kollidieren.

»Ich habe ja bereits erwähnt, dass sich Lewis, Zach und Mira – und ihre Familien – schon lange kennen.« Ich nicke und erinnere mich. »Na ja, Lewis und Mira sind sozusagen zusammen aufgewachsen. Er ist zum Teil ihretwegen zurück in die Stadt gekommen. Er wollte seinem Vater mit dem Geschäft helfen, jetzt, da sein Vater älter wird. Und er wollte Mira näher sein. Er beschützt sie.«

Natürlich, sie ist seine Freundin und Mira ist besessen

von Lewis. Ich bin überrascht, dass sie irgendeine Form von Abstand zwischen ihnen zugelassen hat.

Ich habe wirklich den schlechtesten Männergeschmack. Lewis ist ein hingebungsvoller Freund, der seine Beschützerrolle sehr ernst nimmt. Er ist nicht zu haben. Warum will mir das einfach nicht in den Kopf gehen? Es ist, als müsste ich es mir erst ins Gehirn tätowieren lassen.

»Wo war er vorher?«, fragt Cali.

»Auf dem Cal Poly College – in San Luis Obispo. Er hat einen Abschluss in Baumanagement gemacht. Dann hat er für ein Unternehmen an der kalifornischen Zentralküste gearbeitet und ist vor etwa einem Jahr zurückgekehrt.«

Eine Kassiererin in der Nähe beobachtet Miras energisches Gefuchtel. Mira erzeugt ziemlich viel Wirbel und Lewis steht da wie eine massive Steinmauer, widerstandsfähig und unnachgiebig.

Fast so, als könnte er mich spüren, sieht er zu mir herüber.

Unsere Blicke treffen sich und mein Herz bleibt buchstäblich stehen, bevor es doppelt so schnell weiter schlägt und eine Flut von Wärme durch meine Glieder pulsiert. Mira folgt seinem Blick und ihre Augen werden schmal. Mein Körper verkrampft sich, gefangen zwischen Miras hitziger Wut und Lewis' hitziger Intensität.

Lewis sagt etwas zu Mira, dann dreht er sich um und geht die entgegengesetzte Richtung weg.

Mira sieht ihm nach, ihre Brust hebt und senkt sich. Wut und Schmerz stehen ihr ins Gesicht geschrieben.

Ich habe noch mehr Fragen. Warum war Nessa zum Beispiel überrascht, Lewis und Mira streiten zu sehen und was könnte das verursacht haben – Fragen, die von äußerster Wichtigkeit zu sein scheinen – doch Mira ist auf dem Weg zu uns; ihr Blick durchbohrt mich.

Ihre Lippen zucken, als würde sie versuchen zu lächeln. »Hi, Nessa.«

»Alles in Ordnung?«, fragt Nessa zögerlich.

»Ja, klar. Lewis ist einfach stur. Er wird schon noch zur Vernunft kommen.« Sie wirft mir einen abschätzigen Blick zu und winzige Stiche treffen mich in den Rücken. »Ich ziehe meine Uniform aus und treffe mich in zwanzig Minuten mit euch.«

Cali und ich tauschen einen Blick aus. Nachdem ich den Streit zwischen Lewis und Mira miterlebt habe und anschließend mit Miras negativen Schwingungen konfrontiert wurde, freue ich mich nicht gerade auf heute Abend.

———

SOBALD WIR DEN Blue Club betreten, richten sich alle Augen auf Mira mit ihrem glänzenden dunkelbraunen Haar, das ihre markanten Züge in gleichmäßigen Wellen umrahmt. In einem kurzen roten Kleid führt sie uns zu einem Tisch am Rande der Tanzfläche. Eine Kellnerin, die ich nicht kenne, die aber eine mir nur allzu bekannte Uniform trägt, nähert sich uns.

»Margarita on the Rocks, bitte.« Mira wirft kokett die Haare über eine Schulter. Männliche Köpfe drehen sich, als hätte sie eine Fahne geschwungen.

»Patrón«, sagt Cali.

Ich blicke überrascht auf. Cali fährt normalerweise keine großen Geschütze auf, es sei denn, sie will sich besaufen.

Nessa und ich bestellen beide ein Sierra Pale Ale.

EDM lässt die Luft vibrieren, die Tanzfläche ist voller Mädchen in kurzen, engen Kleidern und Männern, die sich bemühen, sie zu befummeln. Ein Kerl beißt sich auf die Unterlippe, als würde er die Musik so richtig genießen.

Oder wohl eher das Mädchen, an dessen Arsch er sich reibt, ihr schwarzes Minikleid ist so weit hochgerutscht, dass es ihren Schritt nur noch knapp bedeckt. Ich lache innerlich und doch ist es mir peinlich, als ich die dunkle Kugel einige Meter über ihren Köpfen entdecke. Die Tatsache, dass die Security des Casinos uns beobachtet, hat mir noch nie gefallen. Total unheimlich.

Miras Schönheit macht sich in kürzester Zeit bezahlt, als uns eine Runde Purple Hooters Shots zugeschoben wird, gefolgt von etwas, das sich Buckshot nennt. Ein Typ an der Bar, der ein maßgeschneidertes Lederhemd trägt, das wahrscheinlich so viel wie mein Auto kostet, salutiert Mira. Sie schenkt ihm ein Lächeln, winkt ihn aber nicht zu sich herüber.

Cali kippt ihre Shots als Erste hinunter und bestellt noch mehr, wobei sie mir ebenfalls einen reicht. Ich nehme ihn gern, da ich das Gefühl habe, ihn gebrauchen zu können.

Einige Runden später rutscht mein Arsch das Kunstleder der Sitzbank hinunter, als wäre es eingeölt worden – obwohl, wir sind im Blue; das könnte echtes Leder sein. Ich kratze mit meinem Fingernagel an der Oberfläche, das Material verschwimmt vor meinen Augen. Mit den Ellbogen stemme ich mich wieder hoch, meine Schultern kippen zur Seite.

Hm. Ich könnte tatsächlich betrunken sein.

War ich schon einmal so richtig besoffen? Das College war für mich nicht so ein Saufgelage, wie es für die meisten Studenten ist. Ich meine klar, ich habe schon ab und zu getrunken. Und zwar sehr viel. Aber da war ich zumeist nur angetrunken. Selbst dann, wenn ich meine Freunde schon unter den Tisch getrunken hatte. Meine beeindruckende Alkoholtoleranz rührt vom jahrelangen Einfluss meiner Mutter her und geht bis auf meine frühen Teen-ager-Jahre zurück.

Cali steht auf, um tanzen zu gehen. Dabei macht sie mit ihrem Handy heimlich ein Foto von mir in meinem betrunkenen Zustand. Sie streckt mir die Zunge heraus.

Biiitch.

Ich setze mich auf, um ihr das iPhone zu klauen, doch der Raum dreht sich wie ein Karussell. Ich sollte besser nicht aufstehen.

Mira hasst mich und wahrscheinlich sollte ich sie nicht ansprechen, doch meine Zurückhaltung hat sich vor ein paar Shots verabschiedet. »Ich versteh's nich.« Scheinbar lalle ich? Wow, bin ich dicht. »Wie bringst du Männer dazu, dir Drinks zu spendieren?«

Es ist mir ein Rätsel, wie Mira Männer um den Finger wickelt. Meine Mutter ist selbstbewusst und schön, aber ich konnte es noch nie ausstehen, wie sie von einem Kerl zum nächsten wechselte. Aber Mira kann ich nur bewundern. Ihr liegen etliche Typen zu Füßen, obwohl sie nicht einmal etwas macht. Ich habe schon aufgehört zu zählen, wie viele Freigetränke uns geschickt wurden. Scheiße, ich wusste nicht einmal, dass Männer Frauen immer noch Getränke spendieren. Beeindruckend.

Mira sieht mit selbstgefälligem Blick auf und wirft noch einmal die Haare nach hinten. Die Bewegung ist so albern und mir würde es im Traum nicht einfallen, das zu tun. Aber trotzdem drehen sich mehrere Männer in ihre Richtung.

Mentale Notiz gemacht.

Unsere Kellnerin knallt das erste von drei Gläsern auf den Tisch. »Drei Kamikaze von den Herren zwei Tische weiter.«

Mein Kopf verfolgt alle drei Shots auf dem Weg nach unten. »Noch mehr?« Ich lalle definitiv. »Dann werdet ihr mich raustragen müssen und das wird nich' schön. Ihr seid beide kleiner.«

Mira und Nessa tauschen einen Blick und lächeln. Nessa kichert.

Mein Mund füllt sich mit Säure und ich betrachte das starke Getränk in meiner Hand. »Ich weiß nicht, ob ich noch einen schaffe.« Habe ich diese Worte schon jemals in meinem Leben ausgesprochen?

»Ach, komm schon. Sei kein Weichei.« Mira wirkt fast nüchtern, aber das kann sie nicht sein. Sie hat genauso viel getrunken wie ich.

»Wenn du den trinkst, trinke ich noch einen«, sagt Nessa.

Wie macht sie das? Irgendwas stimmt hier nicht. »Nessa, du bist so klein, dass ich dich beim Bankdrücken stemmen könnte …, wenn ich Bankdrücken machen würde … oder ins Fitnessstudio gehen würde. Fitnessstudio ist nicht mein Ding. Ich jogge oder wandere lieber draußen, solange da keine Spinnen … oder Berglöwen sind … warte – wovon reden wir gleich noch mal? Ach so, ja, der Shot. Okay – aber wir müssen dann ein Taxi nach Hause nehmen. Ich kann nicht fahren.«

Mira schiebt mir einen Drink zu. Habe ich nicht gerade einen getrunken? Was ist mit ihrem passiert? Stehen da zwei vor mir? »Ich habe dafür gesorgt, dass uns jemand abholt«, sagt sie.

Nessa und ich sehen erst einander an, dann Mira. »Echt?«, fragen wir gleichzeitig.

»Wer?«, fragt Nessa.

»Macht euch keine Sorgen. Ich habe vor ein paar Minuten angerufen, als ich auf der Toilette war. Er wird bald hier sein. Es sei denn, ihr wollt noch bleiben und weiter feiern?« Sie sieht mich an.

Ich bin nicht diejenige, die ihre Haare schwingt und

Männer anlockt. Ich habe zu viel getrunken und noch dazu habe ich meine beste Freundin aus den Augen verloren. Apropos … »Habt ihr Cali irgendwo gesehen?«

Nessa schüttelt den Kopf. Mira blickt weg, als würde sie mir beim Suchen helfen, aber ihr Fokus verlagert sich stattdessen auf den Eingang des Clubs.

Ich gehe auf keinen Fall ohne Cali. Ich greife nach meinem Handy, um sie anzurufen und sehe eine Nachricht. Sie ist von Cali. Scheinbar fährt ein Arbeitskollege sie nach Hause.

Ich schätze, das ist in Ordnung. Wenigstens kennt sie ihren Fahrer. Ich habe keine Ahnung, wen Mira damit beauftragt hat, uns abzuholen.

Zwei Typen in Designerjeans, schwarzen T-Shirts und glänzenden Blazern kommen auf uns zu. Ich bete, dass sie nicht unsere Mitfahrgelegenheit sind. Beide haben kurze Haare und zusammen mit den Club-Jacken sehen sie aus wie Zwillinge. Allerdings sieht der eine deutlich besser aus als der andere.

Nessa kichert. »Mira, deine Verehrer sind auf dem Weg. Sie hatten wohl keine Lust mehr, auf eine Einladung zu warten.«

Nessa ist beschwipst. Sie ist scheinbar die Art von Mensch, die lustig wird, wenn sie betrunken ist.

Mira flirtet die Männer mit einem Lächeln an. »Woher weißt du, dass sie meinetwegen hier sind?«

Die Männer sehen aus, als wären sie um die vierzig und ein Altersunterschied von zwanzig Jahren ist selbst aus konservativer Sicht ein wenig pervers.

»Oh, ich habe da so eine Vermutung.« Nessa stößt mich in die Rippen und ich falle fast von der Sitzbank. »Außerdem starren sie dich an.«

Die Widerlinge mustern jede von uns ausgiebig. Der mit dem langsam schwindenden Haar, einem Bräunungsstreifen am Ringfinger und weißen Loafers, die sich auf spektakuläre Weise mit seinem mitternachtsblauen Blazer beißen, schiebt sich neben Mira. »Was dagegen, wenn wir uns zu euch gesellen?«

Ich schrumpfe auf meinem Platz zusammen und versuche, mich zu verstecken, aber der süße Schleimer mit blondem Haar, Bartstoppeln und Lachfalten um die Augen quetscht sich neben mich. Er ist links von mir und Nessa und Mira versperren mir den Fluchtweg zu meiner Rechten.

Das Rasierwasser des süßen Schleimers ist so stark, dass meine Augen tränen. Der Duft in Verbindung mit zu viel Alkohol lässt Übelkeit durch meinen Magen wüten. »Mira, wann kommt unsere Mitfahrgelegenheit?«

»In einer Minute.« Sie lehnt sich auf ihre Unterarme und drückt ihre kleinen, aber prallen Brüste in das Sichtfeld des Herren mit den weißen Loafers. Sein Blick fokussiert sich wie ein Laser auf sein Ziel.

Der süße Schleimer quatscht mir die nächsten zehn Minuten das Ohr ab. Ich überstehe es mit minimaler Artikulation und schaffe es, durch meinen Mund statt durch die Nase zu atmen, bis er sich entschließt, mich zu berühren.

Er fährt mir mit den Fingern durchs Haar. »Wieso glänzen deine Haare so?«

Igitt! Ich atme langsam und gleichmäßig ein, wobei das Rasierwasser meine Sinne angreift, weil ich vergessen habe, aus dem Mund auszuatmen. Außerdem versuche ich zu ignorieren, dass die Hand erneut über meine Kopfhaut streicht.

Mira blickt an unserem Tisch vorbei, ein selbstgefälliger Gesichtsausdruck huscht über ihr Gesicht. »Unsere Mitfahrgelegenheit ist da.«

Ich lehne mich zur Seite und versuche, die Finger des

Schleimers zu entwirren, um einen Blick auf den Eingang zu werfen. Lewis' Blick flattert von mir zu dem älteren Herren an meiner Seite und seine Nasenlöcher beben.

Sie hat ihn angerufen?

Lewis' Blick wechselt von der Hand des Schleimers in meinem Haar zurück zu meinem Gesicht und er starrt mich anklagend an.

Das ist nicht *meine* Schuld. Mira ist diejenige, die ihre weiblichen Reize spielen lässt um Männer anzulocken. Ich will damit nichts zu tun haben.

Aus irgendeinem Grund ist es eine schlechte Idee, eine Mitfahrgelegenheit von Lewis zu akzeptieren. Das weiß ich, aber trotzdem ist es mir irgendwie gleichgültig. Lieber lasse ich mich von ihm nach Hause fahren, als mich von Vierzigjährigen betatschen zu lassen. Und diese herausgeputzten Clubmitglieder werden auf keinen Fall bei uns bleiben, wenn Lewis sich nähert. Er ist gerade im wütende-Berggottheit-Modus und die Energie, die er ausstrahlt, ist geradezu übermächtig.

Ich habe Lewis bisher nur in Arbeitshemden mit Kragen gesehen, so wie vorhin, als er mit Mira im anderen Casino war. Jetzt ist er ganz lässig gekleidet. In seinem eng anliegenden, grauen T-Shirt, das sich um seinen Bizeps und seine Brust schmiegt, wirkt er sich besorgniserregend auf meine Körpertemperatur aus.

Vielleicht ist die räumliche Nähe zu Lewis keine so gute Idee.

Der süße Schleimer steht abrupt auf. Er stupst seinen Freund an und nickt in Richtung Lewis. Der mit den weißen Loafers murmelt etwas von einem Treffen mit Freunden und geht mit seinem Kumpel zur Bar.

Ich atme aus. *Süße Erleichterung.*

»Bereit?«, fragt Lewis in einem brüsken Tonfall, die Augen auf Mira gerichtet.

Mira rutscht von der Sitzbank und greift nach seinem Arm. Doch er lässt ihr keine Gelegenheit, sich festzuklammern. Er dreht sich um und geht los, mit seinen langen Gliedmaßen stürmt er förmlich in Richtung Ausgang davon. Ich taumele auf die Beine und Nessa tut es mir gleich.

Mira und Nessa schaffen es erstaunlich gut mit Lewis Schritt zu halten. Aber etwas stimmt nicht mit meinem Gleichgewicht und das bremst mich aus. Um aufzuholen beschleunige ich meinen Schritt und knalle mit der Hüfte gegen eine Tischecke, wobei ich wie eine Flipperkugel abpralle und gegen wankende Körper auf der Tanzfläche stoße.

Das gibt einen blauen Fleck.

Eine warme, maskuline Stimme gluckst über meinem Ohr. »Alles in Ordnung?« Der Körper, der mit der Stimme verbunden ist, scheint mich aufrecht zu halten.

Ich bin offiziell total betrunken.

Ich warte darauf, dass der Raum aufhört, sich zu drehen und antworte: »Alles gut. Ich habe mir nur die Hüfte angestoßen.«

Ich sehe Nessa und Mira nicht mehr. Nur Lewis ist noch da, und er starrt den Kerl, der mich aufrecht hält, auf ziemlich bedrohliche Art und Weise an – wie vorhin schon den Schleimer. Lewis' Aufmerksamkeit gleitet zu meinem Gesicht, Sorgenfalten zerknittern seine Stirn, während er mich mustert. Es könnte sein, dass ich mich wie der Schiefe Turm von Pisa an meinen Retter lehne.

Aus heiterem Himmel macht mein Retter sich aus dem Staub. Und als hätte jemand den letzten Zentimeter des Turms verschoben, stolpere ich.

Verdammte Scheiße.

Durch eine Aneinanderreihung unkoordinierter Bewegungen, bei denen ich unter anderem den Ärmel des

Mädchens neben mir und die Schulter eines anderen beliebigen Mannes ergreife, gelingt es mir, mich auf den Beinen zu halten.

Die Eile, in der mein Retter sich davongemacht hat, könnte etwas mit dem großen amerikanischen Ureinwohner zu tun haben, der jetzt zu mir herüberstürmt und dabei alles im Weg Stehende beiseite schubst.

Lewis schlingt seinen Arm um meine Taille und zieht mich an seine Seite. Hitze, kombiniert mit seinem Duft raubt mir den Atem. Ein Kribbeln zieht sich meinen Bauch und meine Oberschenkel hinab und ich lehne mich in ihn hinein, ein leises Stöhnen entweicht meinem Mund.

Meine Augen weiten sich. *Heilige Scheiße.* Ich sehe auf und bete, dass er das nicht mitbekommen hat.

Ein wissendes Grinsen kräuselt seine Lippen, dessen Sinnlichkeit die sexuelle Spannung zwischen uns verstärkt. Er hat es gehört.

Ich habe versucht, mich von Lewis fernzuhalten, was scheinbar wirklich unmöglich ist. Abgesehen von der Tatsache, dass wir gemeinsame Freunde haben, ist Tahoe keine große Metropole.

Lewis festigt seinen Griff und befördert mich durch die Eingangstür des Clubs, quer durch das Casino. Ich konzentriere mich voll und ganz darauf, mich nicht mit unerwünschten Kehllauten zu blamieren, was zur Folge hat, dass ich etwa tausendmal stolpere, weil ich im Moment nicht zwei Dinge gleichzeitig tun kann. Mira und Nessa sind schon auf halbem Weg durch das Parkhaus, als wir sie einholen.

Mira nähert sich einem Truck und blickt zurück. Ihre Lippen werden schmal und ihre Augen glühen, als sie Lewis' Arm um mich herum bemerkt. Es wäre für uns alle besser, wenn Lewis aufhören würde, mich zu berühren, bevor ich mich ihm an den Hals werfe, oder Mira mir die Augen auskratzt.

Er drückt mich an die Seite des Trucks, die Hände erhoben, als wolle er sagen: »Bleib hier.« Das Parkhaus dreht sich einige Sekunden lang und stabilisiert sich dann, als er die Beifahrertür öffnet. Mira klettert neben den Fahrersitz, Nessa auf den Rücksitz. Ich schlängele mich als Letzte hinein.

»Wo wohnst du, Gen?«, fragt Lewis, während er vom Parkplatz auf die Straße biegt.

Ich gebe ihm eine Wegbeschreibung und schalte gedanklich ab, bis das vertraute Knistern des unebenen Kieses mir signalisiert, dass ich Zuhause bin.

Lewis schiebt den Schalthebel in die Parkposition und ich öffne die Tür, in der Hoffnung, dass wir das Stolpern, das Stöhnen und die Vorfälle dieser Nacht einfach vergessen können. »Danke für die Fahrt.«

Ich trete nach draußen und die Welt dreht sich, mein Körper fällt gegen die Seite des Autos. Ich greife die Tür, um mein Gleichgewicht zu halten, doch mein Finger bleibt hängen und verbiegt sich schmerzhaft.

Von der Vorderseite des Trucks ertönt das Knirschen schwerer Schritte. »Brauchst du Hilfe?« Lewis schließt sanft die Beifahrertür.

Ich stütze meine Hüfte an der Seite seines Autos ab und schüttle meinen Finger aus. »Alles okay.«

Einen Fuß nach dem anderen und immer noch an den Truck geklammert mache ich mich auf den Weg. Es ist dunkel. Ich kann meine Füße nicht wirklich sehen, aber sie sind sicherlich irgendwo da unten. Ich lasse von der Motorhaube des Trucks ab und gehe einen zaghaften Schritt auf das Haus zu.

Der Boden neigt sich und dann rast er plötzlich auf mich zu.

Ein fester Griff an meiner Taille stellt mich wieder auf. Als Nächstes werden meine Beine hoch gefegt, zusammen mit meinem Körper.

Heilige Scheiße, trägt er mich etwa?!

Lewis umfasst meine Oberschenkel und meinen Rücken. Das leichte, nach Frühling duftende Parfüm oder Aftershave, was auch immer, dieser seifige Duft, der in heißen Wellen von ihm herüberweht, verwirrt meine Sinne. Ich unterdrücke den Instinkt, meine Nase an seinen Hals zu drücken. Das wäre unangebracht. Noch schlimmer, als in Fremde hineinzufallen und lautstark zu stöhnen – Gott, diese Nacht wird mir morgen peinlich sein, das weiß ich genau. »Du riechst gut«, sage ich mit einem Seufzer.

Seine Schritte stocken, sein Brustkorb hebt sich mit einem scharfen Atemzug. Ein Moment vergeht. »Du auch.« Seine Stimme klingt wie ein sanftes Grollen, das Schmetterlinge in meinem Bauch herumschwirren lässt.

Hat er gerade zugegeben, dass er mich mag? Wenn man jemandem sagt, dass man seinen Geruch mag, ist das genauso, als würde man ihm sagen, dass man ihn persönlich mag. Was ich ja getan habe … Moment, warum kann ich nicht mit ihm zusammen sein? Ach ja, Mira. Ich rümpfe die Nase.

Immer noch in seinen Armen landet mein Blick auf seinem Kinn. So nah bestehen seine Gesichtszüge nur aus männlichen Konturen, seine Haut ist gleichmäßig – bis auf die Narbe. Ich möchte mit meinen Lippen über diese Narbe streichen … Gott, er verwirrt mich total.

Er gluckst.

Habe ich das laut gesagt? »Warum lachst du?«

»Du bist anders, wenn du betrunken bist.«

Ist das so offensichtlich? *Natürlich ist es das, du Trottel, du fällst alle paar Sekunden hin.*

Wir erreichen die Haustür und Lewis lässt meine Beine an seinem Körper hinuntergleiten, was eine neue Generation an Schmetterlingen in meinem Bauch aufscheucht.

Ich kann nicht zu ihm hochblicken. Sein Geruch, seine Berührung – *seine Stimme* – rauben mir die Fähigkeit zu denken, und wenn ich in seine Augen sehe, ist der Strudel zehnmal stärker. Er stellt mich auf die Beine und ich fixiere meinen Blick auf sein T-Shirt, wobei ich darauf achte, mein Gleichgewicht zu halten.

Cali und ich haben vergessen, das Licht auf der Veranda einzuschalten, bevor wir zur Arbeit gegangen sind, sodass die Haustüre im Dunkeln liegt. Es bedarf mehrerer Versuche, bevor ich den Schlüssel ins Schloss stecke und die Türe entriegle.

Als ich an der Innenseite der Wand entlang taste und das Licht einschalte, sehe ich Calis Handy zwischen den Couchkissen herausragen. Gut, sie ist zu Hause. Eine Sorge weniger.

Lewis kommt hinter mir herein, lässt unsere kleine Wohnung aussehen, als wäre sie für Zwerge gedacht und versetzt meine weiblichen Partien in höchste Alarmbereitschaft. Er ist in meinem Haus, nur wenige Meter von meinem Bett entfernt.

Hör auf, so über ihn zu denken!

Er blickt an mir vorbei. »Wo ist Cali?«

Die Schlafzimmertür ist geschlossen und unten schimmert kein Licht durch den Türspalt. »Ich glaube, sie schläft.«

»Kommst du zurecht? Ich kann nach dir sehen, nachdem ich die Mädchen abgesetzt habe.«

Er will nach mir sehen? Um mich zuzudecken? Ein Lächeln bildet sich auf meinen Lippen, gleichzeitig ertönt ein zischendes Ausatmen hinter mir.

Miras kleine Gestalt zeichnet sich im Türrahmen ab. »Kommst du?« Ihr Tonfall zeugt von reiner Empörung.

Lewis' Blick weicht nicht von mir. »Ich bin gleich da, Mira.«

Mira tritt zur Seite, damit sie uns beide abwechselnd anstarren kann.

»Mir geht es gut«, sage ich. »Danke fürs Mitnehmen. Ich hoffe, es war nicht zu lästig.« Immerhin ist es schon nach zwei Uhr morgens.

»Kein Problem«, sagt er geistesabwesend und sieht sich um, als würde er sicherstellen wollen, dass keine Monster in dunklen Ecken lauern. »Also dann, wir sehen uns.« Sein Blick schweift über mein Gesicht, bevor er Mira folgt.

Nachdem ich das Schloss hinter ihm verriegelt habe, werfe ich meine Handtasche auf die Couch und taumle ins Schlafzimmer. Ich breche auf der Matratze zusammen. Cali grunzt wütend. Möglicherweise habe ich sie in dem Bestreben, auf dem Bett und nicht auf dem Boden zu landen, mit dem Ellbogen in den Rücken gestoßen.

Mein letzter Gedanke bevor ich zwischen Bewusstsein und Schlaf abdrifte: *Ich wünschte, Lewis würde zu mir zurückkommen …*

Kapitel Fünf

Ich bin eine Idiotin.

Was zum Teufel habe ich neulich Abend getan?

Gegen fünf Uhr morgens habe ich mir die Seele aus dem Leib gekotzt und die Erinnerungen an den Abend erschütterten meinen Kopf, zusammen mit einem Vorschlaghammer – ich habe einen ausgewachsenen Kater. Ich überlege, in ein anderes Land zu ziehen. Das scheint mir eine bessere Alternative zu sein, als mich je wieder irgendwo blicken zu lassen.

Habe ich mich wirklich an Lewis' Hals geschmiegt oder habe ich mir das nur eingebildet? Er denkt vermutlich, dass ich ihn will. Er ist der letzte Mensch, den ich will – *brauche*. Beides.

Ich nehme jede abfällige Bemerkung zurück, die ich jemals über Leute gemacht habe, die keinen Alkohol vertragen. Ich hätte bei, oh, ich weiß nicht, fünf oder sechs Shots aufhören sollen. Das wäre eine kluge Entscheidung gewesen. Nach den ersten paar habe ich nicht mehr mitgezählt.

Rückblickend frage ich mich, ob Mira an meinem ständigen Alkoholnachschub beteiligt war. Niemand war so betrunken wie ich und normalerweise trinke ich Einhundert-Kilo-Männer unter den Tisch. Mira hat mir so viele Shots zugeschoben, dass sicherlich auch einige davon ihr gehört haben müssen. Mein Pech, wenn ich sie einfach trinke. Aber trotzdem, warum sollte sie das tun? Damit ich mich blamiere?

Wenn ja, war das ein voller Erfolg.

Vollkommene Demütigung erfolgreich.

Nessa realisiert es nicht, aber unsere Verabredung zum Mittagessen ist eine willkommene Abwechslung zu der mentalen Folter, der ich mich in den letzten Tagen ausgesetzt habe. Das allgemeine Chaos, das in meinem Haus herrscht, ist für meinen Stresspegel auch nicht gerade förderlich.

»Ich kann nicht glauben, dass sie sie entlassen haben«, sagt Nessa.

Aus dem Nichts heraus hat Cali ihren Job verloren. Sie wurde gefeuert. Sie sagte, das Casino habe ihr keinen triftigen Grund dafür genannt, nur dass sie nicht gut hineingepasst habe. Was ist das bitte für ein kommerzieller Schwachsinn? Cali ist die klügste Person, die ich kenne und sie ist noch dazu charmant. Das ergibt doch keinen Sinn. Ein Barkellner hat mich danach gefragt und als ich es ihm erzählte, sagte er, das sei schon zuvor passiert – dass Mädchen ohne Grund gefeuert wurden.

»Lächerlich«, stimme ich zu und biege mit meinem Auto in eine Seitenstraße ab. Nessa hat ihr Auto einer Freundin geliehen, also fahre ich heute. »Sie ist ziemlich sauer, aber unser Freund Jaeger hat sie aufgemuntert.«

»Sie aufgemuntert, was?« Nessa grinst anzüglich.

»Ganz genau.«

Zwischen Jaeger und Cali ist etwas im Gange. Als ich neulich abends nach der Arbeit nach Hause kam, haben sie sich ziemlich verdächtig verhalten. Sie haben gerade nicht wirklich etwas gemacht, aber ich hatte das Gefühl, einen intimen Moment unterbrochen zu haben. Sie hat mir überhaupt noch nichts darüber erzählt und das verwirrt mich total. Cali verheimlicht ihre Beziehungen nicht. Ganz im Gegenteil, es ist ihr Markenzeichen, viel zu viele Details über ihre festen Freunde zu enthüllen. Ich frage mich, ob es mit Jaeger anders ist. Vielleicht ist sie vorsichtig, weil sie ihn wirklich mag.

Wenn ja, bin ich froh. Zumindest eine von uns beiden braucht eine gesunde Beziehung.

»Sie ist sogar gerade mit ihm unterwegs.« Ich blicke Nessa an und hebe bedeutungsvoll die Augenbrauen, als wolle ich alles Mögliche andeuten.

»Mm-hm, ich verstehe. Halt mich auf dem Laufenden. Wenigstens bekommt eine von uns Liebe vom anderen Geschlecht.«

Meine Schultern spannen sich an. Was würde Nessa wohl sagen, wenn sie wüsste, welche Gedanken mir bezüglich Lewis durch den Kopf gegangen sind? An ihm zu schnuppern und ihm zu sagen, dass er gut riecht, wenn er eine Freundin hat, ist völlig unangebracht. Und so launisch Mira auch ist, sie ist immer noch Nessas Freundin. Ich fühle mich als könnte ich jeden Moment für meine lüsternen Gedanken über ihn zur Rechenschaft gezogen werden.

Am Ende der Straße kommt das Beacon Bar and Grill in Sicht. Seit Cali und ich in der Stadt angekommen sind, wollte ich schon ins Beacon gehen. Und heute ist es wohl das Einzige, was mich von meinen Schamgefühlen ablenken könnte. Aber als ich meine Klapperkiste auf den überfüllten Parkplatz rangiere und auf den See blicke, fange ich an, mein Outfit zu überdenken.

Die Nächte in Tahoe sind kühl, aber die Tage heizen sich schnell auf und mittlerweile haben wir bestimmt schon über zwanzig Grad. Nessa ist vorbereitet. Unter ihrem Shirt zeichnen sich die schwarzen Träger eines Bikinis ab. Das Restaurant liegt am Strand; ich hätte auch einen Badeanzug unter meiner Kleidung tragen sollen. Stattdessen habe ich ein verblasstes marineblaues T-Shirt, Leinen-Shorts und Turnschuhe an.

Ich schnappe mir ein Handtuch, das ich immer im Kofferraum habe, und werfe es in meine Stofftasche. Wenn wir uns in die Sonne legen, werde ich spektakuläre Bräunungsstreifen kriegen. Aber ich genieße lieber das Wetter und den Strand, als mir über so etwas Gedanken zu machen.

Wir entscheiden uns für einen Tisch auf der Terrasse mit Blick auf den Strand und den Anlegeplatz des Beacon Bar and Grill. Am Himmel sind keinerlei Wolken zu sehen und der See ist so saphirblau, dass mein Blick alle paar Sekunden davon angezogen wird. Berge mit Granitgipfeln wiegen das Wasser in einer unwirklichen Umarmung und ich erinnere mich, warum dieser Ort so besonders ist. Für ein paar Minuten vergesse ich, warum ich mich vorhin so beschissen gefühlt habe.

Nessa überfliegt die Speisekarte. »Wir müssen Rum Runners bestellen.«

Meine Kehle schnürt sich zusammen. Alkohol. Und zu viel davon. Deshalb bin ich so schlecht drauf und habe mich in den letzten Tagen nach der Arbeit verkrochen.

»Was?«, fragt Nessa als sie meinen Gesichtsausdruck sieht. »Rum Runners sind im Beacon eine Tradition.«

»Können wir uns einen teilen?«, frage ich mit wackliger Stimme. »Ich glaube, ich kann keinen ganzen Cocktail trinken.« Der bloße Gedanke an diesen bestimmten Schnaps regt meinen Würgereflex an. Blöde Buckshots. Sie schmecken wie Root Beer Floats, die ich jetzt wahrscheinlich auch nie wieder trinken kann.

Nessa lacht und drückt sich die Finger an die Schläfe. »Ich war nach dem Club so was von verkatert.« Sie legt ihre Hände flach auf den Tisch und blickt müde auf. »Wie viele Shots haben wir getrunken?«

Ich schüttle den Kopf. Ich habe wirklich keine Ahnung und wenn ich es wüsste, bekäme ich wahrscheinlich Angst.

Nessa gibt einem Mädchen in einem blauen Beacon-T-Shirt und khakifarbenen Shorts ein Zeichen. Sie bestellt Essen und einen Rum Runner und auch ich gebe meine Bestellung auf. Ich bin total neidisch auf die Uniform unserer Kellnerin. So normal.

»Mira ist gefährlich«, fährt Nessa fort. »Sie ist ein Männermagnet, aber das – heilige Scheiße –, das war wirklich verrückt. Und du hast den Streit verpasst, den sie mit Lewis hatte, nachdem wir dich abgesetzt hatten.« Nessa kneift die Augen zusammen. »Ich war ein wenig neben der Spur, deswegen kann ich mich nicht so genau erinnern. Aber Mira hat Lewis angeschrien, weil er dich zu deiner Tür begleitet hat, oder so etwas. Was hätte er denn ihrer Meinung nach tun sollen? Dich zur Türe kriechen lassen? Das Mädchen hat Eifersuchtsprobleme.«

Es gibt keinen Grund für Mira, eifersüchtig zu sein. Sie hat mir und allen im Club bewiesen, dass sie jeden Kerl bekommen kann, den sie will. Ich bin keine Konkurrenz für sie, genau, wie ich für die geheime Freundin des Arschlochs keine Konkurrenz war. Mein Ex hatte kein Problem damit, mich nach dem College für die Freundin in der Heimatstadt links liegen zu lassen.

Ich hasse die Vorstellung, dass Männer mich für austauschbar halten. In meinem Bestreben, *nicht* wie meine Mutter zu sein – mit Männern zu schlafen und sie nach Belieben zu entsorgen – bin ich irgendwie zum Gegenteil geworden und bleibe in Beziehungen, die nicht gut für mich sind.

»Streiten sie immer so viel?«, frage ich.

Nessa schüttelt den Kopf. »Nein, ganz sicher nicht. Mira hatte eine schwierige Kindheit und ich weiß, dass sie das geprägt hat. Sie kann launisch sein, aber dieses Verhalten ist selbst für sie extrem. Ich weiß nicht, was in sie gefahren ist. Soweit ich das in meinem trunkenen Zustand mitbekommen habe, hat sie ziemlich stark überreagiert oder war einfach nur kontrollsüchtig – so etwas in der Art. Lewis lässt sich zu viel gefallen.«

Ich frage mich, ob es für mich leichter wäre, mich in Lewis' Nähe aufzuhalten, wenn er und Mira eine stabile Beziehung hätten. Dieser Konflikt zwischen ihnen führt dazu, dass sich unwahrscheinliche Szenarien in meinem Kopf abspielen, in denen sie sich trennen. Er ist mit einer anderen zusammen. Ich will nicht Arschloch Nummer zwei erleben.

Unser Essen wird gebracht und mein Burger ist so lecker, dass ich in der Kehle summe. Natürlich esse ich ihn komplett auf, während Nessa ein Drittel ihres Essens verzehrt und sich für satt erklärt. Die Pommes sind gewürzt und in süßen Ketchup getaucht sind sie das beste Mittel gegen einen Kater. Mir geht es so gut, dass ich sogar erwäge, einen weiteren Rum Runner zu bestellen, der sich als orangefarbenes, Smoothie-artiges Fruchtgetränk entpuppt. Da ist Saft drin – *Nährstoffe*. So ungesund kann es nicht sein.

Die Sonne brennt auf uns nieder, Nessa zieht ihr T-

Shirt aus und enthüllt ein winziges, schwarzes Bikini-Oberteil, das sich an ihre schlanke Figur schmiegt. »Zeit für den Strand?«

Leber, du bekommst eine Pause. »Sicher doch.«

Wir bezahlen unsere Rechnung, schlendern über den Strand und wählen eine Stelle in der Nähe des Stegs, auf dem Leute in den blauen T-Shirts des Beacons hin und her laufen und dabei irgendetwas machen … ich weiß nicht genau, was. Hängen sie zusammen rum? Bewachen sie den Steg? Er ist ziemlich belebt, wenn man bedenkt, wie wenige Boote hier ein- und auslaufen. Der Großteil des Treibens stammt von Kanus und Tretbooten, die auf dem Weg zum Beacon Beach unter dem Steg hindurchfahren.

Ich beobachte die Leute in ihren Kanus und sonstigen Fahrzeugen, wie sie die Köpfe einziehen, während sie sich unter den Balken des Stegs hindurchtreiben lassen, als ein Paddelboard-Fahrer, ein Knie gebeugt, entlang gleitet. Die winzigen Härchen in meinem Nacken stellen sich auf und mein Magen zieht sich zusammen. Ich kann sein Gesicht nicht sehen, aber das ist auch gar nicht notwendig.

Nach und nach rücken alle Einzelheiten von Lewis in den Fokus, als würde ich einen Film in Zeitlupe sehen. Dunkles, zerzaustes Haar, nackte, gebräunte Haut, die Bewegungen seiner Muskeln, als er seine Finger auf der Spitze des Paddelboards abstützt, um sein Gewicht zu verlagern, während er sich hinkniet, um unter dem Steg hindurch zu fahren, sein Wadenmuskel wölbt sich an dem Bein, welches sich auf dem Brett stützt.

Er gleitet unter dem Steg heraus, stellt sich mit dem Paddel in der Hand auf und blickt in Richtung Strand. Sofort richtet sich sein Blick auf mich und mir bleibt der Atem in der Kehle stecken. Niemand wusste, dass wir heute hier sein würden. Wir haben uns in letzter Minute entschlossen, hierher zu fahren. Es gibt keinen logischen Grund, warum wir ihm hier begegnen sollten.

Nessa lehnt sich zu mir. »Oh mein Gott, ist das Lewis?«

Ich bin zu verwirrt, um zu antworten.

Lewis paddelt ans Ufer und ich starre seinen Körper an, als käme er gerade in einem Porno aus der Dusche. Ich habe noch nie einen Porno gesehen, aber ungefähr so stelle ich mir das vor. Lewis mit freiem Oberkörper ist pure Erotik. Obszön. Seine Brust und seine Arme … schon bei unserer ersten Begegnung auf der Dinnerparty konnte ich den Blick nicht von diesen Unterarmen abwenden, als sein Hemd bis zu den Ellbogen hochgekrempelt war. Sie waren interessant und männlich – das Zusammenspiel aus Muskelsträngen und Andeutungen von Venen. Jetzt sehe ich bis zu seinem üppigen Bizeps hinauf, der sich zu starken, breiten Schultern erstreckt, die sich beim Paddeln bewegen und anspannen.

Was ist mit mir los? Ich bin normalerweise Keine, die Männer angafft. Ich meine, ein attraktives Gesicht fällt mir schon ab und zu mal auf, aber Muskeln waren mir noch nie wichtig. Bei Lewis interessiere ich mich für jede Wölbung und jede männliche Kante. Es ist, als wäre er dafür geschaffen worden, meinen Blick anzuziehen – mein ganz persönlicher Augenschmaus, obwohl ich nicht einmal wusste, dass ich einen Augenschmaus-Typ habe.

Er steigt von seinem Board in knöcheltiefes Wasser und zieht es mitsamt dem Paddel ein Stück den Strand herauf. Aus der Seitentasche seiner kastanienbraunen Shorts zückt er sein in einem Gefrierbeutel versiegeltes Handy, tippt auf den Bildschirm, bevor er es zurück in seine Tasche schiebt und zu uns herüber kommt.

Ich sehe weg. Auf diese Entfernung kann er mir alles am Gesicht ablesen. Und ich verstecke es nicht gerade gut, sondern glotze ihn praktisch an. Gott, wann bin ich zu so einem Mädchen geworden?

Ich grabe meine Füße solange in den Sand, bis mir die Kälte der tieferen Schichten einen Schauder über den Rücken jagt und mich ablenkt. Es dauert zwei Sekunden, bis ich ihn vor mir spüre und mein Herz anfängt zu rasen.

»Wir haben gerade von dir gesprochen«, sagt Nessa fröhlich.

»Interessant, ich habe gerade an euch gedacht.« Mein Blick flackert zu Lewis, sein Haar steht vorn hoch, ein leichter Schweißfilm von der Sonne und der Anstrengung bedeckt seine Brust. Seine Shorts sitzen niedrig auf seinen Hüften, jeder glatte Bauchmuskel ist sichtbar. Auch die kräftigen, die in seiner Kleidung verschwinden … Ich blinzle. Ich tue es schon wieder!

Als ich aufblicke, starrt er mich an — mit einer merkwürdigen Intensität in seinen Augen.

In dem Versuch mich wieder einzukriegen, blicke ich zum Horizont. Sollte ich gehen? Sagen, dass ich auf die Toilette muss? Diese Anziehung ist unerbittlich und macht süchtig. Und was, wenn er neulich Abend erwähnt? Dann wäre meine Erniedrigung vollkommen.

Lewis sieht auf und hebt die Hand. Ich sehe in die Richtung, in die er blickt. Zach joggt auf uns zu, in marineblauen Shorts, ohne Oberteil. Zwei Frauen in Bikinis, etwas älter, sehen ihm beim Vorbeigehen hinterher. Zach ist nicht so groß wie Lewis, aber er ist athletisch gebaut und sieht gut aus.

Lewis klatscht Zachs erhobene Hand ab und dieser wuschelt Nessa die Haare. »Hey, Kleine.« Er nickt mir mit einem Grinsen zu. »Gen.«

Nessa sieht in ihrem kleinen schwarzen Bikini ziemlich heiß aus. Sie ist zierlich und hat nicht ein Gramm Fett am Körper, aber Zachs Liebkosung hat etwas Geschwisterliches an sich, fast so als würde er sie absichtlich in die Friendzone stecken. Nessa hat mir einmal erzählt, dass sie weder Zach noch seine Freunde gedatet hat. Es überrascht mich, dass keiner von ihnen je versucht hat, mit ihr auszugehen.

Lewis setzt sich neben mich, sein warmer Arm streicht über meinen und mein Atem stockt. »Geht es dir wieder gut, nach dem, was neulich Abend war?«

Natürlich muss er es ansprechen.

Ich sehe ihn an. *Großer Fehler.* Seine Schultern sind nach vorn gerollt, die Arme um seine Knie geschlungen und seine Lippen nur wenige Zentimeter von meinen entfernt. Der Duft von Sonnencreme und Lewis dringt in meine Sinne ein. Sein Blick bleibt an meinem Mund hängen. Weil ich seinen anstarre? »Tut mir leid deswegen.« Ich streife mir den Sand von den Beinen und halte so meine Hände beschäftigt. »Ich war total fertig.«

Er stößt meine Schulter mit seiner an, was dazu führt, dass ich auf Nessa lande. Es war nur ein Stups, aber Lewis ist riesig. Nessa schwenkt mit der Bewegung mit und konzentriert sich weiter auf ihr Rum-Runner-Gespräch mit Zach. »Du warst witzig«, sagt Lewis und konzentriert sich auf den See, einer seiner Mundwinkel zuckt.

»Das bezweifle ich.«

Er streckt seine Hand aus, die Handfläche nach oben. »Lass mich dein Handy sehen.«

Ich werfe ihm einen misstrauischen Blick zu. »Warum?«

Er blinzelt, als wollte er mir sagen, ich soll mich nicht so anstellen. Ich grabe in meiner Stofftasche nach meinem Handy und gebe es ihm. Er scrollt zu meinen Kontakten. Ich lehne mich vor und nutze die Gelegenheit um einzuatmen, denn er riecht unglaublich gut.

Er tippt eine Nummer ein.

»Wozu soll die gut sein?«

»Fahr nicht betrunken mit dem Auto, auch nicht als Beifahrer – ruf mich das nächste Mal einfach an. Ich arbeite bis in die Nacht. Ich bin immer wach. Es ist keine große Sache, dich nach Hause zu fahren.«

Meint er das ernst? »Ähm, ich brauche keinen Chauffeur. Ich betrinke mich fast nie.« Wohl eher überhaupt nie. Ich kann mich nicht an das letzte Mal erinnern.

Er zuckt mit den Achseln. »Okay.« Er sieht ernst aus und ich kann nicht beurteilen, ob er mir glaubt oder nicht.

»Ich rufe an, wenn ich eine Mitfahrgelegenheit brauche.« Denn, verdammt, er hat es mir schließlich angeboten. Ein unglaublich attraktiver Kerl, der mich mitten in der Nacht abholt und nach Hause bringt? Da sage ich nicht Nein. Was mich beunruhigen sollte. Ich lasse die Scheuklappen fallen, von denen ich behauptet habe, sie in Bezug auf Männer aufzuhaben. Oder vielleicht sind sie in dem Moment abgefallen, in dem ich Lewis zum ersten Mal gesehen habe. Schwierigkeiten … das gibt riesige, gewaltige Schwierigkeiten. Ich kann es spüren.

Er steht auf und zieht mich an der Hand hoch. »Komm mit.« Er geht in Richtung Strand.

Nessa und Zach sind tief in ihr Gespräch verwickelt. »Wohin?«, frage ich und weiß ganz genau, dass ich mit ihm nirgendwo hingehen sollte, nicht einmal in der Öffentlichkeit. Nicht, nach dem elektrischen Impuls, den seine Handfläche in meiner Hand ausgelöst hat.

»Zachs neues Paddelboard. Wir weihen es ein. Ich nehme dich auf eine Spritztour mit.«

»Zusammen?« Das Board sieht schmal aus und er könnte genauso gut nackt sein, wenn man bedenkt, wie wenig Kleidung er trägt und in welche Richtung meine Gedanken abschweifen.

»Du sitzt. Ich mache die Arbeit.« Er nimmt das Paddel

und schiebt das Board vom Strand ins Wasser, bis es in den leichten Wellen wippt und schwankt.

»Ich habe keine Badesachen an«, sage ich.

Er sieht sich zu mir um. »Vertraust du mir nicht?« Er fragt scherzhaft, als würde ich seine Fähigkeit, mich trocken zu halten, infrage stellen. Da ist jedoch ein ernster Unterton, als wüsste er, dass ich ihm nicht traue und als wolle er das offenlegen. Viele Männer hatten mein Vertrauen nicht verdient, besonders Lewis nicht. Aber in gewisser Weise vertraue ich Lewis, was so verwirrend ist. Trotz der Tatsache, dass er in einer Beziehung ist und dazu neigt, mit mir zu flirten, glaube ich nicht, dass er ein schlechter Mensch ist. Er arbeitet hart und scheint ein guter Freund zu sein. Und er nimmt es mit Mira auf – dem Typen sollte allein dafür ein Preis verliehen werden.

Ich gehe auf ihn zu und beantworte die Frage nicht, denn egal, was ich glaube, ich will nicht darüber diskutieren.

Lewis hält das Board mit seinem Fuß fest. »Steig mit den Knien auf, dann hast du besseres Gleichgewicht.«

Entgegen meiner Einschätzung tue ich tatsächlich, was er sagt. Ich ziehe meine Schuhe auf dem trockenen Sand aus, gehe ins Wasser und knie mich auf das Board. Am Strand sind wir von Familien umgeben; was kann hier schon passieren?

Das Board sinkt ein wenig als Lewis hinter mir aufsteigt. Mit jedem Paddelstreich schneiden wir durch das Wasser, bis wir den Steg und die Taue, die den Schwimm-bereich abgrenzen, hinter uns lassen.

Das Wasser hier draußen ist dunkler, aber klar. Ich kann den Grund des Sees immer noch sehen, aber der Schein trügt, denn ich weiß, dass es tief ist.

»Willst du es mal versuchen?«

Ich drehe mich zu ihm um und mein Blick bleibt an

seiner glatten Brust hängen, bevor er zu seinem Gesicht flattert. Ich drehe meinen Kopf wieder nach vorn, bevor mir bei dem Anblick schwindlig wird.

Ich stütze meine Hände auf das Board und stehe langsam auf. Lewis rückt ein paar Zentimeter näher, die Hitze seines Körpers brennt an meiner Haut, wo sie nicht von dem T-Shirt bedeckt ist. Er streckt seine Arme über meinen Kopf und reicht mir das Paddel.

»Dieses Ding ist nicht sonderlich stabil, wenn zwei Erwachsene darauf stehen.« Seine Hände sinken auf meine Hüften. »Ich halte dich fest, um uns im Gleichgewicht zu halten.«

Das sagt er mir jetzt?

Seine leise, tiefe Stimme über meinem Ohr und die gespreizten Finger auf meinen Hüften lassen meine Arme zittern. Ich kämpfe gegen das Gefühl an, denn verdammt, normalerweise bin ich wesentlich koordinierter, auch wenn man das kaum für möglich halten würde, wenn ich in seiner Nähe bin. Ich passe meinen Griff an und beuge meine Knie zum Rhythmus der flachen Wellen bis wir uns langsam und stetig über das Wasser bewegen.

Lewis' Finger spreizen sich weiter und sein Griff wird fester angesichts einer größeren Welle. Hitze strömt durch meinen Bauch und meine Oberschenkel. »Wo ist Mira?«, frage ich gereizt und konzentriere mich auf seine Hände, statt auf das Paddel.

Er schweigt einen Moment lang, aber seine Finger lockern sich, die einzige Bestätigung, dass er mich gehört hat. »Ich bin mir nicht sicher.«

»Du weißt nicht, wo deine Freundin ist?«

»Meine was? Mira ist nicht meine Freundin … Es ist kompliziert.«

Natürlich ist es kompliziert. Ich tauche das Paddel ein

und fahre uns weiter hinaus. »Du musst nicht darüber reden. Ich verstehe es.«

»Nein, das tust du nicht. Mira … sie hatte es schwer. Ich weiß, dass sie manchmal gereizt ist, aber sie ist verletzlich und lieb, wenn man sie kennt.«

Und er ist zur Stelle, um sie zu beschützen, seine wunderschöne Nicht-Freundin. Gott, warum habe ich überhaupt gefragt?

»Um deine Frage zu beantworten, ich habe Mira seit ein paar Tagen nicht mehr gesehen.« Seine Stimme klingt angespannt. »Ich glaube, sie ist bei ihrer Mutter.«

Es ärgert ihn, dass Mira bei ihrer Mutter ist?

Er räuspert sich, aber es klingt gezwungen, als wolle er das Thema wechseln. »Was ist mit dir? Wie ist deine Familie?«

»Meine Familie?« Ich lasse mich sicher *nicht* in ein Gespräch über Chantelle verwickeln. »Kompliziert.«

»Ich verstehe.« Seine Hände spannen sich wieder fester um meine Hüften. Ein Speer der Erregung trifft mich an den richtigen Stellen.

Ich drehe mich um. »Was machst du bloß?« *Habe ich das gerade wirklich gesagt?*

Er blickt über meinen Kopf hinweg. »Du solltest besser …«

»Sag mir nicht, was ich tun oder lassen soll. Du solltest deiner ›komplizierten‹ Beziehung mal mehr Aufmerksamkeit schenken und darauf achten, welche Signale du aussendest – *uuuff.*«

Ich falle. Auf Lewis.

Diesmal – anstatt mich aufzufangen – wird er ebenfalls mitgerissen.

Ich lasse das Paddel los, den Bruchteil einer Sekunde bevor es sich mit unseren Körpern verheddern kann. Die Kälte des Wassers pikst meine Haut und wirkt der Hitze von Lewis' Brust entgegen, während er mich in seine Arme schließt. Ich klammere mich an die verheerende Wärme, doch lasse sie zurück, als mein Instinkt, an die Oberfläche zu kommen, stärker wird. Ich durchbreche die Wasseroberfläche eine Sekunde bevor Lewis auftaucht, seinen Kopf in den Nacken wirft und mit Wasser um sich spritzt. Meine Zähne klappern. Ich keuche vor Schock und vor Kälte.

Er lacht.

»Das ist nicht lustig.«

Seine Mundwinkel drehen sich ein wenig nach unten, aber sein Lächeln verblasst nicht völlig. Er schwimmt zu mir, schlingt seinen Arm um meine Taille und zieht mich an seine warme Brust.

Ich kann nicht mehr atmen und das hat nichts mit der Wassertemperatur zu tun, sondern damit, dass sein Körper so gut an meinen anliegt. Warum tut er mir das an?

Und warum friert er sich nicht die Eier ab? Sein Körper ist wie eine Heizung.

Lewis' Beine pendeln unter meinen, um uns über Wasser zu halten, das Paddelboard treibt ab. Er schwimmt in Richtung Ufer, mein Körper über seinem, als wäre er meine Rettungsinsel.

»Ich kann allein schwimmen.«

»Tu dir keinen Zwang an«, sagt er, ohne mich loszulassen.

Ich bleibe genau da, wo ich bin – mein Körper über seinem. Erbärmlich. Aber verdammt, so viel Widerstandskraft habe ich auch wieder nicht, und mein Augenschmaus *hält mich* über Wasser.

Nach ein paar Minuten erreichen seine Füße den Grund, obwohl es immer noch zu tief ist, als dass ich stehen könnte. Sanft streicht er mir mit der Seite seiner Handfläche eine Haarsträhne aus meinem Mund, sein Blick gleitet über mein Gesicht. »Alles gut?«

»Nein«, sage ich, verlegen und unglücklich darüber, wie gut er sich anfühlt. Ich sehe ihm in die Augen. Er muss etwas in meinen sehen, denn seine Umarmung wird enger. »Tut mir leid, dass wir meinetwegen ins Wasser gefallen sind. Ich hätte besser aufpassen sollen.«

Er hebt mich weiter aus dem Wasser. Meine Brüste drücken sich an seine Brust und dank des nassen T-Shirts kommen ihre Rundungen voll zur Geltung. Er grinst. Er genießt das. »Kein Problem. Ich wollte mich sowieso abkühlen.« Seine Körpertemperatur und der Blick in seinen Augen deuten darauf hin, dass das Wasser seine Aufgabe nicht erfüllt hat.

Ich lächle ebenfalls, weil ich nicht anders kann, wenn er mich so ansieht – so fröhlich, albern und so anders, als der stoische Lewis, den ich bisher erlebt habe.

Ich schlinge meine Arme um seinen Hals. Was soll ich denn sonst tun? Ich kann nicht stehen, ohne dass mein Kopf untertaucht. Ich könnte weiter zum Strand schwimmen, aber das scheint mir sehr anstrengend. »Es ist eiskalt.«

Er reibt mit einer breiten Handfläche meinen Rücken auf und ab, sein Lächeln verblasst, als sein hitziger Blick mich streift und dann zu meinem Mund wandert.

Was machen wir hier?

»Das Ufer«, presse ich hervor. Wenn ich mit diesem Kerl allein bin, passieren Dinge. »Wir sollten uns abtrocknen.«

Nach einer deutlichen Pause nickt er und trägt mich Richtung Ufer, bis ich den Boden berühre. Ich wende mich zum Strand.

»Gen« – ich drehe mich zu ihm um – »du irrst dich in mir«, sagt er mit nüchternem Blick. »Ich weiß, was du denkst und du irrst dich.« Er taucht unter Wasser und schwimmt zu dem verlassenen Paddelboard und dem Paddel.

Was soll das bedeuten? Ich irre mich nicht. Ich kenne das. Verdammt, mit dem Arschloch habe ich es sogar schon selbst miterlebt. Vielleicht nicht genau das gleiche, aber ähnlich genug. Obwohl ich zugeben muss, dass ich noch nie so empfunden habe, wie bei Lewis.

Ich wate den Rest der Strecke zum Strand, irritiert und nass. Er hat gesagt, dass Mira nicht seine Freundin ist. Aber es gibt da etwas, das er nicht zugeben will. Und bei meinem Pech ist es bestimmt noch schlimmer.

Nessa blickt von ihrem Gespräch mit Zach auf und ihre Lippen teilen sich. Sie steht abrupt auf, greift nach meinem Handtuch und joggt bis ans Wasser. »Was ist passiert? Geht es dir gut?«

»Mir ist nur kalt.«

Ich mache mir nicht die Mühe zu erklären, was passiert ist, denn das ist ziemlich offensichtlich. Ich wickle mir das Beach-Bum-Badetuch, das mir meine Mutter vor Jahren auf Hawaii gekauft hat, um die Schultern.

Ich hasse dieses Badetuch. Deshalb bewahre ich es im Kofferraum auf. Ich sollte es wegwerfen. Meine Mom hat wegen ihrer Hawaii-Reise meinen Grundschulabschluss und meine Ballettaufführung zum Jahresende verpasst. »Ich kann das nicht stornieren, Liebling«, hatte sie damals gesagt. »Das ist eine wichtige Geschäftsreise.« Ich war zu jung, um zu verstehen, was das bedeutete. Aber als ich älter war, fragte ich mich, was meine Mutter mit den Männern, mit denen sie sich verabredete, für Absprachen getroffen hatte. Sie waren alle reich, mächtig und unnahbar. Der Mann, mit dem sie auf Hawaii war, trug teure Anzüge und registrierte meine Anwesenheit kaum, wenn er sie einmal pro Woche zu Verabredungen abholte.

Ich rubble meine Beine und meine Brust ab und versuche, die Erinnerungen zu löschen und den nassen T-Shirt-Look zu mindern. Mit dem Spitzen-BH, den ich heute Morgen ausgewählt habe, war es auf jeden Fall ein bisschen kühl.

»Gut gemacht«, ruft Zach, als sich Lewis vom Wasser aus nähert. »Was ist passiert, Alter?«

Lewis fährt mit der Hand durch sein nasses Haar, schüttelt kleine Bäche von seinem Arm und lächelt auf den Sand hinunter. Sein Blick flattert zu mir. »Wir sind in eine Bugwelle geraten, als ich nicht aufgepasst habe.«

Wenn er mich so anstarrt, so geheimnisvoll und sexy, kann ich mich nicht konzentrieren, geschweige denn wütend auf ihn sein. *Ich* habe nicht hingesehen. Ich habe die Kontrolle verloren und Lewis zur Rede gestellt. Es hat sich gut angefühlt, ihm mal die Meinung zu sagen – abgesehen von dem Tauchgang, den es zur Folge hatte. Ich kann immer noch nicht glauben, dass ich das gemacht habe. Er … er hat mich einfach angestachelt. Warum hat die einzige Person, die bei mir Gefühle weckt, eine Freundin – oder eine Nicht-Freundin. Was auch immer. Warum ist er so kompliziert?

Ich schnappe mir meine grüne Tragetasche und binde mein nasses Haar mit einem Haarband zusammen. »Nessa, ich muss mich umziehen. Macht es dir was aus, wenn wir gehen?«

»Ganz und gar nicht.«

Zach gibt Nessa ein High five. »Bis später, Süße.« Ihr ist das unangenehm, aber das fällt ihm nicht auf.

Lewis beobachtet, wie ich meine Sachen einsammle. Es macht mich verrückt und ich tue so, als würde ich es nicht bemerken.

»Danke für die Fahrt auf dem Paddelboard«, sage ich. Das klingt dumm, wenn man bedenkt, was passiert ist.

Aber etwas Besseres fällt mir nicht ein und ich habe das Gefühl, etwas sagen zu müssen.

Er nickt und atmet tief ein, als würde er sich auf etwas gefasst machen oder versuchen, es sich zu verkneifen.

Nessa und ich schaffen es bis zum Parkplatz, bevor ich wieder in seine Richtung blicke. Zach plaudert mit den Blondinen, die ihn vorhin abgecheckt haben. Lewis ist auch da, aber sein Blick schweift über den See.

Kapitel Sechs

»Lass mich einfach Zach anrufen«, sagt Nessa. »Es wird ihm nichts ausmachen, wirklich nicht. Es ist keine große Sache.«

Ich starre auf das Lenkrad. Passiert das gerade wirklich? Weil ich mich nicht schon genug gedemütigt fühle? Ich dachte wirklich, der Vorfall im Club hätte ausgereicht. Das Paddelboard hat mir das Gegenteil bewiesen und jetzt das?

Fuuuck.

Meine Automobilclub-Mitgliedschaft ist abgelaufen und mein Auto springt nicht an – tot. Es will weder anspringen noch auch nur das geringste Geräusch von sich geben. »Ja, okay«, antworte ich widerwillig.

Nessa holt ihr Handy raus und schreibt eine SMS. »Zach ist auf dem Weg. Er ist noch in der Nähe. Siehst du?« Sie lächelt. »Keine große Sache.«

Es ist eine große Sache. Eine sehr große Sache, denn wenige Augenblicke später kommt Lewis, zusammen mit Zach, angelaufen.

Ich habe meinen Standpunkt gegenüber Lewis vertreten. Sicher, ich habe es sofort danach bereut, aber immerhin habe ich das Problem zwischen uns beiden angesprochen. Dass ich jetzt gezwungen bin, seine Hilfe anzunehmen? Ja, das ruiniert den Moment. Obwohl der Sturz ins kalte Wasser das auch schon getan hat. Aber das hier besiegelt die Sache.

Zu allem Überfluss trägt Lewis ein T-Shirt und eine Baseballkappe, die seine Augen verdeckt. Warum bringt es meinen Magen zum Flattern, dass er seine mysteriösen Augen verdeckt?

Ich rolle das Fenster herunter und Lewis lehnt sich über den Rahmen, weil er natürlich die Kontrolle über die Situation übernimmt, obwohl wir Zach angerufen haben.

»Starte ihn mal.«

Ich drehe die Zündung und nichts passiert.

Er wirft Zach einen Schlüsselbund zu. »Hol den Jeep, ja? Ich habe Starthilfekabel dabei.«

Zach übergibt sein Paddelboard an Nessa, die bei der Ankunft der Jungs aus dem Auto ausgestiegen ist. Er lacht, als sie unter dem Gewicht des Boards, das doppelt so groß ist wie sie, beinahe umkippt. Sie fummelt mit dem langen Paddel herum und balanciert schließlich sowohl Paddel als auch Board in ihren Armen. »Bin gleich wieder da«, ruft Zach.

Lewis klopft mit den Fingern leicht an der Tür entlang und blickt ins Innere. Seine dunklen Augen, die mich so durcheinanderbringen, sind jetzt, wo er so nah ist, nicht länger durch seine Kappe verdeckt. »Hast du ein Licht angelassen?«

Hält er mich für vollkommen verblödet?

Ich bin vor ein paar Nächten betrunken im Nachtclub herum gestolpert und habe uns heute ins Wasser geworfen, also ja, wahrscheinlich tut er das. »Nein.«

Lewis starrt mich an, als würde er mir nicht glauben

und trommelt weiter mit den Fingern. Ich würde gern einen davon ergreifen und wegziehen. Er törnt mich an, das kann er gut. Er törnt Frauen an. Sieh sich doch nur mal einer Mira an. Sie ist so verrückt nach ihm, dass sie total durchdreht.

Ein roter Jeep röhrt vor meinem Auto, mit Zach auf dem Fahrersitz. Lewis geht zu seinem Fahrzeug und kommt mit Kabeln zurück. Er bittet mich, die Motorhaube zu öffnen.

Einige Minuten später sind Lewis und Zach in einer äußert männlichen Diskussion verwickelt, die subtile Nickbewegungen, Gesten in Richtung meines klapprigen Autos und ein paar Blicke auf Nessa und mich beinhaltet, nachdem die Überbrückungskabel nicht funktioniert haben.

Lewis öffnet die Tür auf der Fahrerseite, während Zach Nessa das Paddelboard abnimmt. »Dein Auto muss abgeschleppt werden.«

Und das war's mit dem Trinkgeld von gestern Abend. Ich könnte meine Mutter um Geld für die Reparatur des Autos bitten, aber das werde ich nicht tun.

»Zach nimmt Nessa mit. Ich fahre dich nach Hause.« Er gibt eine Nummer in sein Handy ein und informiert die Person am anderen Ende der Leitung über unseren Standort. Ich fahre mit Lewis? *Allein?* »Sollte ich nicht auf den Abschleppwagen warten?«

Er schiebt das Telefon wieder in seine Hosentasche. »Nicht nötig. Mein Freund lässt es später in seine Werkstatt abschleppen. Wir fahren einfach jetzt schnell bei ihm vorbei und geben die Schlüssel ab. Er wird anrufen, wenn er herausgefunden hat, was damit los ist.«

Ich blicke zu Nessa, die Zach einen spielerischen Schubser mit dem Ellbogen verpasst, während sie auf den

Strand zugehen, wobei Zach das Paddelboard und das Paddel problemlos auf seinem Kopf balanciert.

Das ist alles so falsch. »Warum geht Nessa mit Zach?«

»Er wohnt bei ihr in der Nähe. So ist es einfacher.« Lewis bedeutet mir, dass ich aus meinem Auto aussteigen soll. Ich schnappe mir meine Tasche, springe heraus und er schließt die Autotür hinter mir. Ich folge ihm zum Jeep und er öffnet mir die Tür zur Beifahrerseite.

Ich sehe hinein, unsicher, doch es gelingt mir nicht, mir einen besseren Plan auszudenken. Mehr Zeit allein mit Lewis zu verbringen, scheint nicht sonderlich klug zu sein. »Was ist mit deinem Truck passiert?«, frage ich.

»Das hier ist mein Wochenendauto.«

Oh ja, schon vergessen. Denn er ist extrem heiß, verdient genug Geld, um zwei Autos zu besitzen – eines davon ein nagelneuer Jeep – und er ist ein guter Samariter, der betrunkene Frauen und Not leidende Mädchen mit kaputten Autos rettet.

Aber er hat eine komplizierte Nicht-Freundin und das ist die eine Sache, über die ich nicht hinwegsehen kann.

Trotz meiner Vorbehalte fahre ich mit Lewis. Wir geben meine Schlüssel beim Mechaniker ab und Lewis stellt mich seinem Freund vor. Der Typ ist nett und verspricht, mein Auto abzuholen und mich innerhalb einer Stunde zu kontaktieren. Wenn ich es dann über seine Werkstatt reparieren lasse, ist der Abschleppdienst kostenlos, was mein Sparkonto zu schätzen weiß.

Die Fahrt zu mir nach Hause verläuft ruhig. Weder Lewis noch ich reden und ich bin mir jeder seiner Bewegungen deutlich bewusst. Ein breites Handgelenk ist über das Lenkrad drapiert, sein anderer Arm ruht mit dem Ellbogen auf der Mittelkonsole, so nahe an meiner Seite.

»Ist dir kalt?«, fragt er.

Ich werfe einen Blick auf die Gänsehaut auf meinen Armen.

Lewis passt die Einstellungen der Klimaanlage an, aber die Kälte, die mich durchströmt, hat nichts mit feuchter Kleidung zu tun.

Die Vernunft gebietet mir, mich von ihm und der komplizierten Beziehung, die er mit Mira hat, fernzuhalten. Aber ein Teil von mir fragt sich: *Was wäre, wenn?* Lewis hat mir mit meinem Auto geholfen und er hat die Schuld für den Vorfall mit dem Paddelboard auf sich genommen. Er ist kein schlechter Mensch und rein theoretisch hat er keine Freundin, also war mein anfängliches Urteil über ihn nicht zutreffend.

Wir fahren in meine Einfahrt. »Danke, dass du deinen Automechaniker-Freund angerufen hast. Und für alles andere«, sage ich. Er seufzt, es klingt gezwungen und schwer, als würde ihn etwas bedrücken. »Du hast meine Nummer. Ruf mich an, wenn du eine Mitfahrgelegenheit brauchst, oder egal wofür.«

Stimmt. Er hat seine Nummer in mein Handy eingegeben, damit er mich abholen kann, wenn ich mich das nächste Mal volllaufen lasse. Ausgezeichnet.

Es ist nicht Lewis' Aufgabe, sich um mich zu kümmern. Ich bin nicht seine feste Freundin oder gehöre zu seinem Freundeskreis – oder zählt er mich dazu? Wir sind mehr als nur Bekannte und das Unausgesprochene zwischen uns gibt mir das Gefühl, viel mehr als nur Freunde zu sein.

»Okay«, sage ich und steige aus. Die Luft ist warm, aber meine Klamotten sind nass und kleben an meinem Körper. Ich ziehe mich eilig zur Haustür zurück und höre Lewis' Auto leicht aufheulen, der Kies spritzt hinter mir auf. Ich zwinge mich, nicht zurückzusehen.

Ich gehe in das Haus, das ich mir mit Cali teile,

schließe die Tür, lehne mich gegen die kühle Holzoberfläche und schließe meine Augen. Der heutige Tag war irgendwie beschissen. Weil wir ins Wasser gefallen sind und weil mein Auto eine Panne hatte … aber er war auch irgendwie wunderbar. Mit Lewis zusammen zu sein, fühlt sich so fantastisch an. Auch wenn er behauptet, dass Mira nicht seine Freundin ist, verstehe ich nicht, was zwischen ihnen vorgeht und das beunruhigt mich.

Ich komme kaum zurecht damit, wie verwirrend das alles ist, da kommt Cali wie ein Hurrikan auf mich zu, ihre rotbraunen Haare wehen und lassen ihren Kopf doppelt so groß und ebenso feurig erscheinen, wie der Blick in ihren Augen. »Was zum Teufel, Gen?« Sie zeigt energisch auf das Fenster. »Was machst du mit dem Kerl?«

Heilige Scheiße. Sie dreht völlig am Rad.

Lewis und ich sind nicht zusammen. Er hat mich nur nach Hause gefahren, weil mein Auto abgekratzt ist. Ich bin ihm zufällig begegnet. Obwohl ich langsam ernsthaft überlege, ob es so falsch wäre, mich mit ihm zu treffen.

»So schlimm ist er nicht, Cali«, sage ich. »Beruhige dich. Es ist nicht so, wie du denkst.«

Gott, jetzt klinge ich schon wie Lewis. Cali benimmt sich verrückter als sonst, aber hat sie vielleicht recht? Lasse ich meine Abwehr zu früh fallen?

»Du machst das alles noch einmal! Hast du beim letzten Mal nichts gelernt? Kapier es endlich, Gen, der Typ benutzt dich nur.«

Okay, jetzt bin ich sauer. Ich habe vielleicht in der Vergangenheit Fehler in meiner Beurteilung gemacht, was Männer betrifft. Aber ich habe nie zugelassen, dass mich jemand benutzt. Sobald ich herausfinde, dass ein Kerl ein Idiot ist, breche ich den Kontakt zu ihm ab. »Und *du* kennst dich so gut mit Männern aus? Wusstest du, dass

Eric mich angemacht hat? Er wollte mit mir schlafen, Cali.«

»Was?«

Meine Augen weiten sich. Scheiße, was habe ich getan? So wollte ich es ihr nicht sagen. Ich habe versucht, die richtigen Worte zu finden. Einmal hätte ich es ihr fast gesagt, als wir auf einer Wanderung waren, aber es war einfach nicht der richtige Zeitpunkt. Danach habe ich auf den richtigen Moment gewartet und irgendwie kam er nie. Jetzt … Calis Gesicht ist eine Mischung aus Schock und Wut. Ich habe zu lange gewartet. Ich habe es nicht durchdacht. »Es tut mir leid. Ich hätte es dir früher sagen sollen.«

Mein Handy vibriert in meiner Stofftasche. Innerhalb weniger Sekunden summt es noch zweimal. Ich seufze irritiert und blicke auf den Bildschirm.

Mom: *Liebling, wir sind da! Ich hole dich in zehn Minuten zum Golfen ab.*

Mist, ich habe meine Mutter vergessen. Sie ist zu Besuch hier und ich habe ihr versprochen, vor der Arbeit noch neun Löcher mit ihr zu spielen.

»Ich habe versucht, es dir an dem Tag am Eagle Lake zu sagen«, sage ich. »Aber du hast gesagt, dass es zwischen euch beiden gut läuft. Nachdem du und Eric euch getrennt habt, habe ich gedacht, es wäre besser, es dir nicht zu sagen. Ich wollte dich nicht noch mehr verletzen. Ich habe Panik bekommen und dann ist noch mehr Zeit vergangen …«

»Wovon redest du?« Calis Gesicht ist errötet. Sie ist so wütend. Und sie hat auch ein gutes Recht auf ihre Wut, aber ich wollte die Aufmerksamkeit ihres Ex-Freundes nie.

Vielleicht ist es besser, wenn wir erst einmal beide aus

dem Haus kommen, um uns zu beruhigen. Ich antworte meiner Mutter rasch, dass ich mich fertig mache und stecke mein Handy zurück in meine Tasche. Ich schreite ins Schlafzimmer und ziehe meine nassen Shorts aus.

Cali folgt mir und stellt sich in die Tür.

Ich schäle mich aus dem feuchten T-Shirt und ziehe mir ein sauberes über den Kopf. »Weißt du noch, als ich Eric zum Einkaufen gefahren habe, um Sonnencreme zu besorgen, während du unter der Dusche warst? Da waren wir das erste Wochenende hier.« Sie nickt.

»Als wir dort waren, ist er hinter mir aufgetaucht und hat seine Arme um meine Taille geschlungen. Er hat meinen Nacken geküsst … und Zeug geredet. Ich habe ihn weggestoßen. Ich war längst noch nicht über das Arschloch hinweggekommen und bin ausgerastet. Ich dachte vielleicht hatte ich etwas getan, das diese negative Aufmerksamkeit verursachte. Ich hatte Angst, dass du glauben würdest, ich hätte Eric verführt. Dass du denken würdest, dass es meine Schuld war … also habe ich nichts gesagt.« Ich flehe sie mit meinen Augen an. »Du weißt nicht, wie das ist. Ich bin ein Arschloch-Magnet.«

»Willst du mich verarschen?«, fragt sie. »Du willst mir ernsthaft erzählen, dass es so eine Belastung für dich war, dass du deine *beste verdammte Freundin* verraten musstest?«

Meine Augen füllen sich mit Tränen, doch ich blinzle sie zurück. »So war das nicht. Das habe ich nicht gemeint.« Vielleicht hat Cali recht und ich bin ein schlechter Mensch. Ich bin der gemeinsame Nenner in all dem – Calis Ex, die Freunde meiner Mutter und ihre wandernden Hände.

»Was genau hat er zu dir gesagt?«

Ich lasse den Kopf hängen und starre auf meine Hände. »Er hat gesagt, dass er sich schon immer zu mir hingezogen gefühlt hat.« Warum klingt die Wahrheit so schrecklich? »Dass die Dinge zwischen euch beiden abgeflaut sind und dass ihr im Grunde genommen bloß Freunde geworden wärt.«

Ich blicke auf und Calis Gesichtsausdruck ist niedergeschlagen, sie fühlt sich verraten. Sie fasst sich mit den Fingern an die Stirn. Ich stehe auf und gehe zur Schlafzimmertür. Ich drücke meine Hände zusammen, obwohl ich jetzt nichts lieber tun würde, als meine Arme um meine beste Freundin zu schlingen. Aber ich glaube nicht, dass sie das jetzt begrüßen würde.

Meine Brust schmerzt. Es war richtig, ihr das zu verheimlichen. Niemand will die Wahrheit hören, nicht einmal ich. Jedes Wort aus meinem Mund macht alles nur noch schlimmer.

Cali sieht auf. »Was hast du gesagt?«

»Nein! Ich habe nein gesagt! Seinetwegen habe ich mich … dreckig gefühlt. Ich würde nie …«

Sie wendet sich ab, ihre Ablehnung ist so scharf, dass mir der Atem stockt. Nach einem kurzen Augenblick greife ich meine Tasche. »Cali, wir müssen reden, aber ich muss gehen, sonst komme ich zu spät zur Arbeit.« Meine Pläne mit meiner Mutter erwähne ich nicht. Cali und ich wissen beide, dass ich nie so früh gehe, aber ich muss erst einmal von hier weg und herausfinden, wie ich die Dinge wieder in Ordnung bringen kann. »Es tut mir so leid, okay?«

Ich umklammere meine Tasche, die mit Golfschuhen und zusätzlicher Kleidung gefüllt ist. Am Straßenrand warte ich auf meine Mutter und frage mich, ob Cali mir jemals verzeihen wird. Vielleicht war das, was passiert ist, nicht meine Schuld. Aber ich war zu schwach und ängstlich, um es ihr zu sagen.

Habe ich ihre Vergebung überhaupt verdient?

Ich habe meine beste Freundin verraten, indem ich ihr so etwas verheimlicht habe – es war nicht meine Absicht, aber es ist passiert – und ich fühle mich zu Lewis hingezogen, und das ist falsch, dank seiner komplizierten Nebenbeziehung.

Ich will ihn, obwohl ich weiß, dass es falsch ist. Und das macht alles noch viel schlimmer.

Kapitel Sieben

»Mein Gott, Mom. Du hast ihn bis in den nächsten Bezirk geschlagen.«

Ich klopfe mit meinem Schläger an die Ferse meines Golfschuhs und blinzele gegen die Sonne, auf der Suche nach dem pinken Brustkrebs-Golfball meiner Mutter. Meine Hand schmerzt, weil ich den Schläger zu fest umklammert habe, angespannt nach meinem Streit mit Cali. Ich entdecke den Golfball nahe einem Baum, der von dichtem Gras umgeben ist. Ich war der Meinung, dass die Bälle, die meine Mutter mitgebracht hatte, furchtbar aussehen. Aber inzwischen habe ich meine Meinung geändert. Wir würden sie nie finden, wenn sie nicht neonfarben wären.

Sie dreht sich elegant zur Seite und schiebt ihre schwarze Kappe etwas nach oben. Sie trägt ein enges, pinkes Golfshirt (passend zu ihren Bällen) und blendend weiße Shorts, die ein paar Zentimeter unter ihrem Schritt aufhören. Meine Mutter ist eine *schreckliche* Golferin, also gibt sie natürlich ein kleines Vermögen für teure Kleidung aus und beehrt die Welt mindestens einmal pro Woche mit ihren mangelhaften Fähigkeiten. Ich trage abgeschnittene babyblaue Röhrenjeans, die bis zur Mitte meiner Oberschenkel reichen und Golfschuhe, die ich in einem Discountladen für neunzehn Dollar neunundneunzig gekauft habe.

»Ich sehe ihn nicht«, sagt sie, ihre Aufmerksamkeit gilt dem Spielfeld. »Bist du sicher, dass er nicht irgendwo da vorn ist?«

Fred sieht mich verschwörerisch an. Er trägt eine khakifarbene Golfhose und ein gestreiftes blaues Polohemd. Aber Fred ist ein guter Spieler, also scheint seine teure Garderobe gerechtfertigt zu sein. »Komm schon, Schatz«, sagt er zu meiner Mutter. »Versuch's noch einmal.«

Meine Mutter verzieht den Mund, als würde sie uns nicht glauben. Trotzdem lässt sie einen weiteren Ball fallen und bringt ihr Fünfer-Eisen auf dem Rasen in Position. Dann wackelt sie mit ihren Hüften, betrachtet das Spielfeld, wackelt mit dem Hintern, sieht auf, richtet ihre Position erneut aus und wackelt noch ein bisschen –

»Heute noch, Mom.«

»Geduld, Genevieve. Du störst meine Konzentration.«

Fred winkt eine Vierergruppe an uns vorbei. Wenn das so weitergeht, wird meine Mutter sich noch auf ihren Schlag vorbereiten, wenn die Gruppe fertig ist.

Ein paar Stunden später, nach den längsten neun Löchern meines Lebens, erreichen wir endlich das Clubhaus.

»Das Essen geht auf mich, Gen«, sagt Fred, während er die Speisekarte überfliegt, seine sandfarbenen Haare sind seitlich gescheitelt und hängen ihm über der Stirn. Die gebräunte Haut ist immer noch glatt, dank der monatlichen Gesichtsbehandlungen.

Fred bezahlt immer alles. Zuerst dachte ich, es sei Teil

ihres *Arrangements*, was auch immer das sein mag – ich will es nicht wissen. Aber je mehr Zeit ich mit ihm verbringe, desto stärker verschiebt sich meine Perspektive. Bei Fred gibt es keine versteckten Absichten. Er hält alten Damen Türen auf und hilft Männern, die sich mit schweren Kisten herumplagen; der Kerl ist einfach nett und er kommt aus dem Mittleren Westen. Er bezahlt, weil er so erzogen wurde. Er ist ein Gentleman.

Mir ist das Konzept irgendwie fremd.

Im College haben sich die wenigsten Leute verabredet. Und wenn, dann nicht auf die typische Art und Weise. Wir waren alle arm, also zahlte jeder seinen Anteil. Eines meiner Dates hat mich sogar einmal übervorteilt, was natürlich alles andere als beeindruckend war.

Die paar Male, die ich versucht habe, meinen Anteil selbst zu zahlen, hat Fred immer eine Möglichkeit gefunden, mir das Geld irgendwie zuzustecken.

Fred legt die Speisekarte weg und überreicht meiner Mutter schweigend die Getränkekarte, nach der sie zielstrebig greift. »Also, wann ist die Show heute Abend?«, fragt er.

Mom und Fred nennen meinen Job im Casino ›die Show‹, weil meine Mutter sich schon seit meiner Jugend auf den Tag freut, an dem ich endlich mal in nuttigen Klamotten herumlaufe.

»Meine Schicht beginnt um neun. Ihr solltet aber früher da sein. Dann sind weniger Leute da und ich habe nicht ganz so viel zu tun.«

Meine Mutter sieht Fred aufgeregt an und sagt: »Das ist gar kein Problem. Um zehn Uhr gehen wir auf ein Konzert von My Republic.«

Ich ersticke an einem Eissplitter aus meinem Wasser. »Mom, die Band ist für Leute in meinem Alter.«

Sie verdreht die Augen. »Gen, du hörst keine Musik für Leute in deinem Alter.«

Ja, vielleicht lasse ich ab und zu mal ältere Radiosender laufen. Na und?

»Fred und ich sind nicht so altmodisch. Wir hören auch die Hits von heute.«

Meine Kinnlade klappt herunter. »Was willst du mir damit sagen?« Meine Mutter ist der Meinung, dass ich mich zu alt für mein Alter verhalte und meine beste Freundin denkt, dass ich sie verraten habe. Mir reicht es für heute mit den Wahrheiten.

Sie lächelt, tätschelt mir die Hand und lenkt ihre Aufmerksamkeit wieder auf die Getränkekarte. »Liebling, du bist perfekt, so wie du bist, auch wenn dein Musikgeschmack langweilig ist.«

Und deshalb bangt es mir vor dem Besuch meiner Mutter heute Abend. Langweilig ist für sie ein Fremdwort. Alles ist möglich, und das meiste davon wird mir sicherlich peinlich sein.

———

»Etwas näher ran, Schatz«, befiehlt meine Mutter, während ich posiere, mein Bizeps zittert unter einem mit Getränken beladenen Tablett, während meine Mutter einen ›spontanen‹ Schnappschuss macht. Der Barkeeper lächelt für die Kamera und fügt ein weiteres Getränk zu meiner Ladung hinzu, während ich geradeaus in die Linse blicke und – auf das Stichwort meiner Mutter hin – die Brüste herausstrecke.

Mein Gott. Ich sehe mich um, um sicherzugehen, dass niemand hersieht.

Die drei Gäste, die in der Mont Belle Lounge sitzen, verbergen ihr Kichern hinter ihren Händen, während sie den Auftritt meiner Mutter beobachten. Wenn Cali das sehen könnte, würde sie sich jetzt kaputt lachen – nur ist sie sauer auf mich, also fände sie es vielleicht doch nicht so witzig. Ich wünschte, ich könnte die Hälfte unseres letzten Gesprächs streichen. Es kam alles ganz falsch rüber und ich fühle mich wie eine schreckliche Freundin. Ich konnte nichts für die Sache mit Eric, aber ich hätte es gegenüber Cali anders formulieren sollen. Ich hasse es, sie verletzt zu haben.

»Okay, Mom, ich muss wieder an die Arbeit.«

Chantelle hebt die Augenbrauen, ihr Mund zu einer ungläubigen schmalen Linie zusammengepresst.

»Es wird bald einen ziemlichen Ansturm geben.« Eine kleine Notlüge ist notwendig, wenn man einer Eltern-Blamage ausgesetzt ist.

Meine Mutter reicht Fred die Kamera. »Also gut. Wir müssen sowieso zu unserem Konzert.« Sie stolziert herüber und drückt seitlich an meinen Brüsten herum, wobei sie an gezielten Stellen zieht, bis mein Dekolleté mein Kinn erreicht.

Ich starre sie an. »Bist du damit fertig, mich zu befummeln?«

Sie kräuselt die Lippen und bewertet ihre Arbeit. »Besser. Hol dir dein Trinkgeld.« Sie zwinkert und schmatzt mir ein Küsschen auf die Wange. Fred grinst sie an, als wäre das wahnsinnig charmant von ihr. Ich verstehe es nicht, aber irgendwie scheint ihre Beziehung zu funktionieren und meine Mutter wirkt glücklicher als ich sie je gesehen habe.

»Mom, ich verdiene mein Trinkgeld nicht mit einem aufdringlichen Dekolleté.«

»Ich mache doch nur Spaß.« Sie winkt mit der Hand. »Du weißt, dass ich deine Kosten übernehme. Amüsiere dich einfach, das ist alles.«

Jetzt, wo sie es anspricht … Ich bin dem Thema bis jetzt immer ausgewichen. Irgendwie hatte ich Angst vor der Wahrheit. »Wie, Mom? Wie übernimmst du meine Kosten?«

Ihr Blick wird leer. »Ich tue es einfach, Dummerchen.«

Ich blicke zu Fred hinter ihr und senke meine Stimme. »Von ihm? Mom, er ist nett im Vergleich zu den anderen, aber ich will nicht, dass er für mich bezahlt. Das ist einfach nicht richtig.«

Sie tätschelt mir leicht die Schulter. »Natürlich bezahlt Fred nicht für dich. Wie kommst du darauf?«

Macht sie Witze? Hält sie mich für völlig ahnungslos? Sie hat keinerlei finanziellen Mittel und keine wohlhabende Familie, die sie unterstützt. Wie sonst bezahlt sie unsere Rechnungen?

Fred tritt vor. »Wir sollten besser gehen, Chantelle. Tolles Outfit, Gen. Du siehst wunderschön aus.« Er lächelt auf väterliche Weise, sein Blick schweift nie zu meinen hoch gepuschten Brüsten. Ich glaube nicht, dass ihm dieser Gedanke überhaupt in den Sinn kommt.

Sie gehen, die endgültige Antwort meiner Mutter klärt meine Frage nicht wirklich auf, was mich nicht überrascht. Es entspricht ihren Antworten auf meine Fragen über meinen Vater.

Kurz darauf, während ich über all dies nachdenke, betritt Drake Peterson die Lounge. Er betrachtet die leeren Tische und sieht sich im Gegensatz zu Fred sehr wohl meine Brüste an, die ich noch nicht wieder zurechtrücken konnte. »Sieht ziemlich leer aus«, sagt er. »Was hältst du davon, mir mit einer Gruppe von Kollegen zu helfen, die ich in einer der Suiten im ersten Stock empfange? Wir könnten eine Kellnerin gebrauchen. Ich verspreche, dass es gutes Trinkgeld geben wird.«

Ich traue diesem Kerl nicht, abgesehen davon, dass er

mir auf die Brüste glotzt. Andererseits habe ich schon viele Männer als nicht vertrauenswürdig eingestuft. Ich bin nicht die beste Menschenkennerin. Und er ist der Chef meines Chefs – oder so ähnlich. Kann ich da überhaupt Nein sagen?

»Ich bin die Einzige hier.«

Er gestikuliert zu den leeren Tischen, sein Mund kräuselt sich auf einer Seite nach oben. »Die Lounge wird wohl ein paar Minuten ohne dich auskommen.« Er gibt mir eine Schlüsselkarte. »Ich lasse Maryanne für dich einspringen. Sei in dreißig Minuten oben«, sagt er und geht weg.

Meine Vorgesetzte Maryanne arbeitet in dem Pit gegenüber der Lounge, neben der Bar, in der Jaegers Freund Mason arbeitet. Ich ertappe Mason dabei, wie er Drake anstarrt, während er weggeht.

Was hat das zu bedeuten?

Mason ist einer der Jungs, mit denen Cali mich verkuppeln wollte, als wir im Blue angefangen haben. Ich habe versucht, Zeit mit ihm zu verbringen. Er war nett und süß – unproblematisch, ungefährlich, da ich keine richtigen Gefühle für ihn hatte. Vor ein paar Monaten wäre ich vielleicht mit ihm ausgegangen. Aber das Arschloch hat mich gelehrt, dass es nach hinten losgehen kann, wenn man auf Nummer sicher geht. Mason hat versucht, mich zu küssen, aber ich habe ihn abgewiesen.

Dieser verflixte Kuss. Wenn die Dinge zwischen Mason und mir nicht so unangenehm wären, würde ich ihn fragen, was dieser Blick bedeuten sollte. Aber es ist peinlich und ich bin zu feige, zu ihm rüber zu gehen.

Es wird schon alles gut gehen. Ich bediene da oben einfach ein paar Gäste und verdiene gutes Trinkgeld, das ich wiederum in mein Studium investieren kann. Keine große Sache.

Dreißig Minuten später klopfe ich aus reiner Höflichkeit leicht an die Tür zu Drakes Suite und betrete sie mit der Schlüsselkarte, die er mir gegeben hat. Der gigantische Raum ist schlicht, in Beige mit dunkelblauen Akzenten gehalten, mit modernen hellen Holzmöbeln. Mein Blick fällt sofort auf das Panoramafenster mit Aussicht auf den See und die Berge.

Drake lümmelt am anderen Ende des Raumes in einem plüschig gepolsterten Sitz, die Ellbogen über die Stuhllehne gelegt und ein klares Getränk in der Hand schwenkend. Er wirkt völlig kultiviert und lässig, sein Haar ist leicht zerzaust, seine Augen etwas glasig.

Es ist erst dreißig Minuten her, seit ich ihn zuletzt gesehen habe. Könnte er sich so schnell einen Rausch angetrunken haben?

Der Couchtisch vor ihm ist mit allen möglichen leeren Gläsern überladen und das erinnert mich an die Nacht im Blue Club, als ich viel zu schnell viel zu viel getrunken habe. Also ja, anscheinend ist es *durchaus möglich*, dass Drake bereits betrunken ist. Aber wenn er ohnehin schon Zugang zu Alkohol hat, wozu braucht er mich dann noch?

Um den Couchtisch herum plaudern fünf Männer zwanglos miteinander, doch Drake ist der einzige, der einen Anzug trägt. Er hat sein Jackett ausgezogen, die Krawatte gelockert und die Ärmel bis zu den Ellbogen hochgekrempelt. Die anderen Männer tragen lässige Khakihosen und Polohemden, als kämen sie gerade vom Golfplatz.

Drake blickt auf, ein hungriges Lächeln gleitet über sein Gesicht. »Meine Herren«, sagt er und erregt ihre Aufmerksamkeit. »Das ist Genevieve. Sie ist hier, um Ihnen zu Diensten zu sein.«

Wow. Warum musste er das so sagen? Er lässt es so klingen, als ob —

Die Blicke gleiten über meinen Körper wie Öl,

schmierig und eindringlich. Ein Mann mit einem aufgedunsenen Gesicht schwenkt seinen Stuhl zu mir herum und überkreuzt seine Beine an den Knöcheln. Ein träges Lächeln umspielt seinen dünnen, schmalen Mund, seine Augen sind halb geschlossen und auf meine Brust gerichtet.

Meine Hände werden kalt, ich ducke mich und fummle an meinem Geldbeutel herum. Ich habe mich an die knappe Uniform gewöhnt – so angestarrt zu werden ist ein Teil des Jobs, aber das … das ist nicht richtig.

»Hier herüber.« Drake winkt mich mit zwei Fingern zu sich.

Ich setze ein falsches Lächeln auf und nähere mich ihm, entschlossen, es hinter mich zu bringen. »Was kann ich Ihnen bringen?«

Drakes Augen wandern über meinen Nacken, meine Brüste, meine Hüften, meine Beine und wieder nach oben. Ich schlucke hart. Er lehnt sich nach vorn, seine Wodkafahne überbrückt den geringen Abstand zwischen uns. »Genevieve, du siehst heute Abend blendend aus.« In Zeitlupe beobachte ich, wie sich sein Arm hervor schlängelt, um meine Taille windet und mich an seine Seite zieht.

Mein Herz flattert in meiner Kehle. Ich lächle unbeholfen, was seltsam ist, da ich mich innerlich verkrampfe. Ich tänzele auf meinen Zehenspitzen in dem lächerlichen Versuch, mich von ihm zu entfernen. Ich sehe sie nicht, aber spüre – was noch unheimlicher ist – wie Drakes andere Hand bedrohlich hinter meinem Knie und an meinem Oberschenkel hochwandert.

Ich keuche, kurz bevor seine Finger unter meine kurzen Shorts rutschen, das Material schneidet in meinen Oberschenkel. Sein Arm ist so eng um meine Taille geschnürt, dass ich kaum atmen kann und die vorgeschriebenen Nylonstrümpfe sind kein Hindernis für Drakes

Finger, die über meinen Hintern und um meinen Schritt herum gleiten. Ich trage kein Höschen – keine der Kellnerinnen tut das, weil man sie unter der Uniform sehen würde, ein weiterer Grund für die obligatorische Strumpfhose.

Ich drücke mein Tablett über die Vorderseite meiner Shorts, um Drakes suchende Finger abzublocken, aber das Tablett ist sperrig und hindert seine Hand nicht daran, sich tiefer zu bewegen. Er schlängelt seine Finger an meinem Bein vorbei und berührt mich schließlich an meiner intimsten Stelle. Ich beuge mich nach vorn und versuche, mich aus seinem Griff zu winden, doch er hält mich um meine Mitte fest und so bringt mein Ausweichmanöver nicht viel.

Mein Brustkorb verkrampft sich. Ich presse meine Oberschenkel zusammen. All die Selbstzweifel des heutigen Tages, Calis gerechtfertigter Zorn – er stürzt auf mich ein und lähmt mich. Die Kraft, die ich heute verspürt habe, nachdem ich Lewis auf dem Paddelboard die Meinung gesagt habe, ist verschwunden. Ich verstumme, verbal und körperlich, unfähig, mich zu verteidigen.

Drake fasst mich grob an, drückt und bohrt. Er versucht, in mich einzudringen.

Ein leichter Aufschrei dringt aus meiner Kehle hervor. Ich winde mich verzweifelt in mehreren krampfhaften Bewegungen und schaffe es, seine Hand zu lösen, aber sie kehrt sofort wieder zurück und umschließt meinen Hintern.

Irgendwo in meinem Unterbewusstsein registriere ich das Klicken der Tür, die sich hinter mir öffnet.

Noch ein Mann? Ich bin bereits in der Unterzahl.

Die Männer glucksen, das Klirren der Gläser dringt in meine Ohren. Geschwätz über ›einlochen‹ und Drake –

wohl ein schmutziger Witz über mich – erfüllt in erfreutem Gemurmel den Raum.

Drakes Griff wird noch enger und er beugt meinen Körper, damit er einen besseren Zugang zu mir hat. »Du bist so schön und weich, Genevieve.« Er greift um mich herum und drückt seine Handfläche auf meinen Bauch, gleitet nach unten.

Meine Sicht verschwimmt … ich kann nicht atmen.

Jemand räuspert sich. Maskulin, kraftvoll. Es ist keiner der Männer am Tisch. Das Geräusch kam von hinten – von der Person, die als letzte hereingekommen ist.

Das Murmeln der aufgeregten Stimmen verstummt und Köpfe drehen sich. Drake hält inne, aber der Arm, der meine Taille umklammert, bewegt sich nicht.

Meine Arme zittern vor Schock und der Erschöpfung, mich gegen seine Finger wehren zu müssen. Ich drehe meinen Hals – den einzigen Teil meines Körpers, den ich bewegen kann – zu der Person, die die Aufmerksamkeit des Raumes auf sich gezogen hat.

Lewis' Augen treffen meine und flackern zu Drakes Arm, der immer noch eng um meine Taille geschlungen ist. Ein Muskel in seinem Kiefer zuckt und er sieht Drake an. »Was geht hier vor?«

»Sie sind früh dran«, antwortet Drake freundlich und lässt mich los. Ein Atemstoß entweicht meiner Brust, doch er löst die Spannung nicht.

Ich reiße mich weg und mache einen Schritt zur Seite.

»Haben Sie das Angebot?«, fragt Drake unschuldig.

Lewis greift nach seinem Klemmbrett und sieht mich intensiv und besorgt an. Sein Blick schweift lange genug von mir ab, um Drake ein gelbes Blatt zu reichen.

Ich hebe mein Tablett auf, das irgendwann zu Boden gerutscht ist und gehe zum anderen Tischende. Zwei Männer murmeln Bestellungen, als ich an ihnen vorbeigehe und ich nehme sie auf, mein Gehirn läuft auf Autopilot. Ich schaffe es aus der Suite heraus, ohne mich zu erinnern, wie ich dorthin gekommen bin.

Ein paar Meter weiter lege ich meine Handflächen auf die Wand und lehne die Stirn an die kalte Oberfläche. Ich schließe krampfhaft meine Augen. Meine Hände ballen sich zu Fäusten und meine Beine zittern, während mich Erniedrigung und Wut überwältigen.

Mit der Seite meiner Faust schlage ich gegen die Wand und rolle die Stirn daran. Warum passiert mir immer so eine Scheiße? Ich hasse es, *ich hasse es.*

Ein warmer Druck legt sich auf meinen Arm. Er ist sanft, aber ich zucke zusammen. Momentan würde mich sogar die Berührung meiner Mutter erschrecken.

Ich weiß, dass er es ist, bevor ich überhaupt die Augen aufmache, also mache ich mir nicht die Mühe. Ich drehe mich um, lehne mich an seine Brust und bedecke mein Gesicht mit meinen Händen. Aus meinem Mund kommt ein kehliges Wimmern, das sanfte Streichen seiner Hand auf meiner Wirbelsäule betont das Zittern meines Körpers.

»Was ist da drin passiert, Gen?« Seine samtweiche Stimme lockt mich aus dem dunklen, beschämten Ort in meinem Kopf.

Ich kann ihm auf keinen Fall sagen, was genau passiert ist. Ich will nicht darüber nachdenken, oder es gar noch einmal nachempfinden. »Du hast gesehen, was passiert ist.«

Er atmet ganz langsamen aus, als würde er versuchen, ruhig zu bleiben. »Du musst es jemandem sagen.«

Es jemandem sagen? Macht er Witze? *Er* weiß es – hat das Wesentliche mit angesehen – und das ist schlimm genug. Lewis ist überall und wird Zeuge all meiner Demütigungen. In seinen Augen bin ich schwach und so will ich nicht gesehen werden. Was Drake mir angetan hat, meine Unfähigkeit, es zu verhindern … Glaubt Lewis, ich hätte es mir selbst zuzuschreiben, so wie Cali?

»Gen?«

»Nein«, krächze ich.

Seine Hand spreizt sich auf meinem Rücken. »Dann erzähle ich dem Management, was ich gesehen habe. Sie müssen wissen, was passiert ist. Oder du solltest deinen Job kündigen.« Seine Stimme klingt entschlossen.

»Nein. Tu das nicht.« Ich weiche zurück und drücke meine Fäuste an meine Augen. Sie werden feucht, aber es fallen keine Tränen. Das lasse ich nicht zu. *Ich habe diese Scheiße so satt. Nie wieder.*

Ich mache den Fehler, nach oben zu sehen. Lewis' Blick saugt die Luft auf, die ich gerade erst wiedergewonnen habe. Seine Gesichtszüge – intensiv, süchtig machend – lösen einen neuen Aufruhr an Emotionen aus. Ein Bedürfnis, ein Verlangen. Aber diesmal ist es nicht sexuell. Ich will, dass er mich umarmt und tröstet und das ist noch beängstigender.

Ich mache einen Schritt von ihm weg, dann noch einen.

»Gen.« Lewis' Stimme klingt flehend und seine Augen huschen zu meinem zitternden Mund und den geballten Fäusten an meinen Seiten. Er kommt nicht näher. Er hält sich selbst zurück.

Ich mache ihm keinen Vorwurf. Er sollte sich von mir fernhalten.

Ich drehe mich um und laufe zur Treppe.

Kapitel Acht

L ewis folgt mir nicht und das erwarte ich auch nicht von ihm. Wer weiß, was er von mir denkt, nach allem, was er gesehen hat. Ich gehe in die Umkleideräume im Keller, spritze mir Wasser ins Gesicht und warte darauf, dass mein Körper aufhört zu zittern. Ich wurde schon öfter auf eine Art und Weise berührt, die mir unangenehm war. Zum Beispiel von den Ex-Freunden meiner Mutter – oder wie auch immer man sie nennen will – und ich habe mich schon gegen etliche gruslige Kerle und ihre gierigen Hände gewehrt. Aber das war anders.

Ich möchte so tun, als wäre es nie passiert, aber eine kleine Stimme in meinem Hinterkopf flüstert mir zu. *So, wie du es mit Calis Ex Eric gemacht hast? Das hat ja großartig funktioniert.*

Obwohl ich schon zu lange von meinem Posten weg bin, schnappe ich mir mein Handy aus dem Spind und mache auf dem Weg zur Lounge einen Umweg. Mason plaudert mit einem anderen Barkeeper in der East Bar und steht mit dem Rücken zu mir. »Mason«, sage ich, meine Stimme klingt scharf. Er fährt herum. »Hast du kurz Zeit?«

Der andere Barkeeper beschäftigt sich sofort am anderen Ende des Tresens.

Scheiß auf die peinliche Spannung zwischen uns. Ich weigere mich, mehr Geld von meiner Mutter anzunehmen. Und wenn ich nicht kündige und vor Drake oder irgendeinem anderen Mann weglaufe, der glaubt, er könne mich ohne Erlaubnis anfassen, muss ich wissen, womit ich es zu tun habe, bevor ich zum Management gehe. Was mit Drake passiert ist, darf sich nicht wiederholen. *Das darf es einfach nicht.*

Meine Brust hebt sich zu einem beruhigenden Atemzug. »Was ist mit Drake Peterson los?«

Masons Augenbrauen ziehen sich für einen Moment zusammen. Ich weiß nicht, ob es mein Gesichtsausdruck oder die Frage ist, die ihn verwirrt hat. Er schnappt sich einen Lappen und wischt den Tresen zwischen uns, der sich so breit wie ein Ozean anfühlt. »Keine Ahnung. Warum?«

»Du hast ihn vorhin angestarrt. Was hat es damit auf sich?«

Er zuckt ungewiss mit den Achseln. »Ich mag den Kerl nicht.«

Ich schließe für eine Sekunde die Augen. Ich bin kurz davor, aus der Haut zu fahren. Irgendwann ist meine Toleranzgrenze erreicht und Masons mangelnde Kooperationsbereitschaft könnte sie durchaus überschreiten. »Er war mir gegenüber ziemlich aggressiv und ich will wissen, ob das der Grund ist, warum du ihn nicht magst.«

Masons Hand verharrt. »Was hat er getan?« Seine Worte klingen barsch.

»Ich will nicht darüber reden. Ich will hören, was du über ihn weißt.«

Ich sehe mich um. Ja, meine Kolleginnen benehmen sich vielleicht wie gehässige Vierzehnjährige und sind verdammt geldgierig, aber nach Calis Entlassung und jetzt das … Da ist etwas im Busch. Drakes Kumpels haben bei seinen Versuchen, mich zu attackieren, nicht einmal mit der Wimper gezuckt, bis er erwischt wurde. Und so wie Mason Drake vorhin angesehen hat − ich glaube einfach, dass Drake das schon mal gemacht hat. Und ich glaube, Mason weiß das.

Mason lockert seinen Griff um den Lappen. Er atmet heftig aus. »Es gibt nichts Konkretes. Ich habe ihn nur mit den Kellnerinnen flirten sehen.«

Ich sehe ihn spöttisch an. Mason flirtet auch mit hübschen Kellnerinnen und so gut wie jeder attraktiven Frau, die an seiner Bar vorbeikommt.

Er verdreht die Augen. »Ich habe ihn bei Gesprächen beobachtet, die etwas zu intim aussahen. Zu intensiv. Er wirkt, wie du gesagt hast, aggressiv.«

Ich atme durch meine Nase ein und halte meinen Ärger und meine Frustration zurück. »Du hättest mich warnen können.« Meine Stimme bricht und ich gehe, bevor Mason reagieren kann.

Ich würde gern weit, weit weglaufen, aber das tue ich immer. Es wird immer irgendein Arschloch geben, das Frauen wie Scheiße behandelt. Ich bin schon vor vielen von ihnen weggelaufen; ich kann nicht vor allen weglaufen.

Selbst wenn ich mich entschließen würde, meinen Job zu kündigen − ich habe gehört, dass es fast unmöglich ist, mitten in der Saison einen Job im Casino zu finden. Und dann müsste ich wieder das schmutzige Geld meiner Mutter annehmen. Masons Behauptung nach zu urteilen, bin ich nicht die erste Person, der Drake das angetan hat. Wenn das Casino ihn damit davonkommen lässt, wie stehen dann die Chancen, dass sie mir zuhören werden? Cali hat ihre Stelle als Croupière für viel weniger verloren, als Anschuldigungen wegen sexueller Belästigung gegenüber einer der Führungskräfte.

Wo wir gerade von Jobs sprechen – *die Drinks.*

Ich blicke auf die Uhr. Es dauert schon zu lange. Drake und seine Kumpels haben wahrscheinlich schon vor einer Viertelstunde mit ihren Drinks gerechnet. Warum zum Teufel habe ich auch noch Bestellungen von diesen Idioten angenommen?

Es besteht die Möglichkeit, dass Drake sich nach dem Mist, den er abgezogen hat, nicht beschweren wird. Aber dieses Risiko will ich nicht eingehen. Wenn ich nicht wegen Drake vor meinem Job davonlaufe, werde ich ihn garantiert nicht wegen mangelhafter Leistungen verlieren.

Ich muss Mason ein schlechtes Gewissen bereitet haben, denn er schickt Jaeger zu mir herüber, gleich nachdem ich meine Getränkebestellung an den Barkeeper weitergegeben habe.

»Alles in Ordnung?«, fragt Jaeger.

Ich nicke, aber ich kann meine Bestürzung nicht gut verbergen. Jaeger nimmt mich in den Arm, wobei er meinen Kopf eng an sich drückt. »Sag nur ein Wort, Gen, und ich verprügle jeden, der dir wehgetan hat.«

Trotz meines Kummers gluckse ich. »Schon gut, Jaeger. Ich kümmere mich drum.«

Jaeger scheint mit meiner Antwort nicht ganz zufrieden zu sein, aber er nickt und kehrt zu Masons Bar zurück.

Jaeger ist ein guter Mensch, aber ich will nicht, dass andere meine Kämpfe für mich austragen. Ich muss nur herausfinden, wie ich das richtig angehen kann.

»Was gibt's?«

Beim Klang von Maryannes Stimme springt mir das Herz in den Hals und ich drehe mich um. Ihre Augen gleiten zu meinen zitternden Händen. Hat sie gesehen, dass Jaeger mich umarmt hat? Diese Frau ist wie ein Jagdhund auf einer Fährte. Ich muss etwas sagen. »Ich warte auf eine Bestellung für Drakes Party. Sie sind in einer Suite im ersten Stock.«

»Drake Peterson?« Ich nicke und ihr Mund verzieht sich, die Augen verengen sich. »Ist da oben alles gut gegangen?«

Ein Muskel unter meinem Auge flattert wie der Flügel eines Schmetterlings. Ganz beiläufig drücke ich meinen Finger dagegen. »Ja, alles gut.«

Ihr scharfer Blick verfolgt meinen Finger. »Lass dich nicht von diesen Typen ausnutzen.« Sie blickt in den Salon, der jetzt voller ist. »Du bist hier ausreichend beschäftigt. Ich kümmere mich um Drakes Getränke.«

Ich presse meinen Mund zusammen. Sie ist eine Hellseherin oder eine Gedankenleserin, aber ich hinterfrage es nicht.

Der Barkeeper erledigt die Bestellung, ich murmle etwas Unverständliches, das bei Maryanne hoffentlich als ein Dankeschön ankommt und schiebe die Cocktails auf ihr Tablett. Ich bin vielleicht mutig genug, weiterhin hier zu arbeiten (oder dumm, je nachdem, wie man es betrachtet), aber einem geschenkten Gaul schaue ich nicht ins Maul.

Sobald Maryanne mit den Getränken verschwindet, überkommen mich allerdings Zweifel. Maryanne ist zäh, aber ist sie zäh genug für Drake und diese betrunkenen Perversen? Was ist, wenn sie ihr etwas antun?

Ich schreite in der Lounge auf und ab, wobei ich einen Pfad in den Teppich vor der Bar stampfe. Ich mache mir Sorgen um sie. Ich habe meine Kunden so oft gefragt, ob sie noch einen Wunsch haben, dass sie mir schon schmutzige Blicke zuwerfen; und die Gewürze und Zutaten sind jetzt nach Farben sortiert. Nichts verringert die Angst in meinem Bauch.

Ich durchsuche den Raum nach Jaeger oder einem Security-Mann – nach jemandem, der stark genug ist, um mir bei Maryannes Rettung zu helfen. Ich bin überzeugt, dass etwas passiert ist –, als sie zur East Bar geschlendert kommt.

Bevor ich mir das anders überlegen kann und die Tatsache, dass meine Angst ihre früheren Verdächtigungen unterstützt, gehe ich zu ihr hinüber. »Ist alles gut gegangen?«

Sie hebt eine Augenbraue. »Dein Freund Drake Peterson war überrascht, mich zu sehen.«

Mein Blick schweift zu Mason. Er versucht nicht einmal zu verbergen, dass er uns belauscht.

»Oh –na ja, danke. Für deine Hilfe.«

»Kein Problem.« Sie dreht sich um und nimmt die leeren Gläser von ihrem Tablett.

Ich runzele die Stirn. Maryanne hat mir gerade den Arsch gerettet – nachdem Lewis das zuvor getan hat. Und davor war es Jaeger bei dem Arschloch. Und Cali schon mehrmals. Was stimmt mit mir nicht? Warum kann ich mich nicht selbst um meine Probleme kümmern?

Lewis ist ein großer, bedrohlich wirkender Mann. Ich verstehe, warum er Drake einschüchtern würde, aber Maryanne? Sie ist zehn Zentimeter kleiner als ich.

Ich hasse es, dass Leute wie Drake glauben, ich sei schwach und das ausnutzen. Warum habe ich ihm nicht mit meinem Finger ins Auge gestochen, als er mir seine Finger in den Schritt gesteckt hat?

Verdammt, diese Erinnerung.

Ich atme tief, um mich zu beruhigen und schlucke den bitteren Geschmack in meinem Mund hinunter.

Ich bin nicht komplett wehrlos, aber ich bin einfach erstarrt. Mein Gehirn ist eingefroren und ich habe nicht reagiert. Für eine Frau bin ich groß, athletisch und stark, aber geistig schalte ich ab, wenn es brenzlig wird. In der Vergangenheit hat mir das geholfen, den Mund zu halten. Ich wäre in der Junior High und High School eine Außenseiterin gewesen, hätten meine Mitschüler gewusst, was meine Mutter anstellte, um über die Runden zu kommen. Aber mein Stillschweigen funktioniert nicht mehr – es macht mich nur verletzlich.

Ich ziehe meinen Bestellblock heraus und starre auf die Webadresse des Alpine Mudder.

Nessa hatte recht. Ich muss aus meiner Komfortzone ausbrechen. Ich bin so verkrampft, dass ich nicht weiß, wie ich reagieren soll, wenn es darauf ankommt. Ich wurde da oben in eine schwierige Lage gebracht. Sicher, ich habe mich ein bisschen herumgewunden, aber ich hätte mehr tun, mehr sagen sollen. Alles wäre besser gewesen, als mental abzuschalten.

Das Mudder sieht gefährlich und dreckig aus und daran werden jede Menge Macho-Typen teilnehmen. Das ist so weit von meiner Komfortzone entfernt, dass ich sie nicht mehr wiedererkennen werde. Denn wenn ich nicht lerne, wie man kämpft, wird man mich immer herumstoßen.

Ich entsperre mein iPhone, das ich aus meinem Spind geholt habe und gebe die Webadresse ein, um mich für das Rennen anzumelden.

Kapitel Neun

Typen von einem Junggesellenabschied johlen in der Ecke, als ich am nächsten Abend die Sportbar betrete. Sie sind die einzigen Kunden hier drin. Warum das Casino zwei Kellnerinnen in einer normalerweise öden Zone einsetzt, ist mir ein Rätsel. Aber ich bin froh, der Mont Belle Lounge für einen Abend zu entkommen.

Nessa steckt ein paar Scheine in ihren Geldbeutel und entdeckt mich. Ein strahlendes Lächeln erhellt ihr Gesicht. Mehrere der Männer von dem Junggesellenabschied glotzen ihr auf dem Weg zu mir auf den Hintern.

Sie stellt ihr Tablett auf die Theke. »Hey. Wie geht's dir?«

Mein erster Instinkt ist es, in Panik zu geraten. *Sie weiß es.* Aber Nessa kann nichts von Drake wissen. Erstens deutet nichts in ihrem Tonfall darauf hin, dass sie es weiß. Zweitens habe ich es niemandem erzählt und aus irgendeinem Grund vertraue ich darauf, dass Lewis das auch nicht tun wird.

Cali hat die Stadt verlassen, bevor ich gestern Abend von der Arbeit zurückkam. Sie schrieb mir, dass sie bei ihrer Mutter in Carson City sein würde. Wir hatten keine Gelegenheit, nach unserem Streit miteinander zu reden – was bedeutet, dass ich keine Gelegenheit hatte, ihr von Drake zu erzählen. Ohne Calis Unterstützung fühle ich mich doppelt verwundbar.

»Ich habe darüber nachgedacht, was du gesagt hast«, sage ich zu Nessa und hole mir einen Pappbecher von der Bar. Ich gieße Kaffee ein und füge eine Packung Kakao hinzu. Wir werden immer kreativ, wenn das Geschäft gerade flau läuft. Und die Nutzung der Barbestände scheint ein sinnvoller Zeitvertreib zu sein. »Du hast doch gemeint, dass ich aus meiner Komfortzone ausbrechen soll, weißt du noch?« Nessa blickt interessiert auf. Sie folgt meinem Beispiel und schenkt sich ebenfalls einen improvisierten Mokka ein. »Hast du schon mal vom Alpine Mudder gehört?«

Nachdem ich mich für das Rennen angemeldet hatte, habe ich es recherchiert. Ich muss trainieren, wenn ich eine Überlebenschance haben will. Normalerweise ist das Mudder kein Rennen, sondern eine körperliche Herausforderung für diejenigen, die sich quälen – ich meine, ihre geistige und körperliche Ausdauer testen wollen. Die Teilnahme am diesjährigen Alpine Mudder kostet mehr und belohnt die Spitzenreiter mit Geldpreisen. Der verbleibende Erlös geht an eine nationale Wohltätigkeitsorganisation.

Normalerweise nehmen die Leute am Mudder teil, um Spaß zu haben. Aber mit handfesten Geldpreisen nehmen auch Profi-Triathleten teil und die Zahl der Teilnehmer hat sich verdoppelt. Die Umstellung von einer Herausforderung auf einen Wettkampf lässt Blog-Webseiten explodieren. Es wird von erhöhter Sicherheit gesprochen, um die Teilnehmer vor übereifrigen Konkurrenten zu schützen. Ich versuche, nicht an all das zu denken. Ich möchte etwas tun, das mich stärker und selbstsicherer macht und da scheint das Mudder gut zu passen.

Nessas Gesicht leuchtet auf. »Ja! Überlegst du, das zu machen? Das wäre perfekt. Die Jungs haben es letztes Jahr gemacht. Es ist aber ziemlich hart. Sie sahen danach echt mitgenommen aus, bis auf Lewis. Mit Matsch verschmiert sah er irgendwie noch heißer aus. So robust und alles.«

Meine Kehle verengt sich und ich blinzle eine Welle der Emotionen weg. Lewis kann dieses Jahr nicht am Rennen teilnehmen. Ich will, dass das Alpine Mudder mich abhärtet. Das kann ich nicht erreichen, wenn ich herumstolpere und meine Konzentration beeinträchtigt ist. Abgesehen von der Tatsache, dass seine Anwesenheit meine Koordination stört, war Lewis Zeuge einiger meiner schwächsten Momente geworden und das macht mich empfindlich.

Aber ich kann Nessa nichts davon erzählen, ohne meine Gefühle für Lewis zu offenbaren. »Cool, ja, also mache ich es, aber ich überlege noch, wie ich dafür trainieren kann.«

»Du solltest mit Zach sprechen. Er und Lewis haben letztes Jahr zusammen trainiert. Lewis hat sich am Ende sehr gut geschlagen.« Ihr Gesicht verzieht sich. »Er hat es bis ins Finale geschafft oder gewonnen – oder sowas. Wie auch immer« – sie nimmt mir den Becher aus der Hand, stellt ihn auf den Tresen und schiebt mich sanft in Richtung des Casino-Bereichs – »geh und frage Zach, solange es hier noch so ruhig ist. Ich übernehme für dich.«

Sie stützt ihren Ellbogen auf die Kante der Bar und wartet geduldig darauf, dass ich gehe, als gäbe es keinen Zweifel, dass ich meinen Posten für Ratschläge bezüglich eines Matsch-Rennens vernachlässigen werde.

Also gehe ich natürlich.

Als ich die Sportbar verlasse, blicke ich nervös zurück.

Nessa wedelt mit den Fingern über dem Kopf und schlendert an den Tisch des Junggesellenabschieds. »Grüß Zach von mir.«

Ich durchquere das Casino im Laufschritt, entschlossen, das schnell zu erledigen. Zach blickt auf, als ich mich seinem Blackjack-Pit nähere. »Das Hotdog-Mädchen ist da!«

So will ich garantiert nicht in Erinnerung bleiben.

Der Kunde vor ihm dreht sich um und unterzieht mich einer Ganzkörperanalyse. Na toll. Ich will wirklich nicht wissen, was der Kerl denkt.

»Hey«, sage ich leise und versuche, nicht zu viel Aufmerksamkeit zu erregen. »Ich soll dich von Nessa grüßen.«

Zach lächelt breit während er die Karten abräumt. Warum kommen die beiden nicht zusammen? Zach hat offensichtlich etwas für sie übrig, obwohl ich mir bei Nessa nicht sicher bin … Na ja, was geht es mich an? In Sachen Männer und Beziehungen bin ich nicht die beste Ansprechpartnerin.

Er gibt eine neue Hand aus. »Wie läuft's in der Sportbar?«

»Da ist ein Junggesellenabschied und die Typen glotzen Nessa an. Ansonsten ist es ziemlich ruhig.«

Zachs Blick wird schmal und er streckt seinen Hals, als sei er plötzlich angespannt.

Das war eine eindeutige Reaktion. Wenn er Nessa wirklich mag, sollte er etwas unternehmen, bevor ein anderer Kerl es tut. Sie ist zu hübsch und wunderbar, um lange single zu bleiben.

»Hast du Zeit, über das Alpine Mudder zu reden?«, frage ich, um das Thema zu wechseln. »Nessa hat mir gesagt, dass du letztes Jahr teilgenommen hast.«

Zachs Wangen verziehen sich zu einem tiefen Grinsen

und ersetzen den finsteren Blick, den seine Züge nach der Erwähnung von Nessa und dem Junggesellenabschied angenommen hatten. Verärgert sein liegt nicht in seiner Natur, was mich in meiner Überzeugung bestärkt, dass er auf Nessa steht. »Das war ein Spaß«, sagt er. »Ich habe so viele Stromschläge abbekommen.«

Ja, das habe ich im Internet gelesen. Angeblich gibt es da ein Feld mit Elektroden, die einem Stromschläge verpassen können. Nichts wirklich Schädliches, aber trotzdem, was zum Teufel soll das denn?

Aus der Komfortzone ausbrechen, erinnere ich mich.

Der Pit-Boss legt drei neue Decks auf Zachs Tisch. Der einzelne Kunde, der dort sitzt, blickt sie argwöhnisch an und trinkt sein verdünntes Getränk aus, bevor er weggeht.

Die Spieler hassen es, wenn neue Decks oder andere Croupiers ins Spiel kommen. Sie denken, dass es ihre Glückssträhne ruiniert.

»Schön, dass es dir gefallen hat, ich habe mich nämlich angemeldet«, sage ich. »Es findet in ein paar Wochen statt und ich versuche herauszufinden, wie ich mich vorbereiten kann.«

Zachs Blick schweift eifrig zu mir. »Ein paar von den Jungs und ich machen auch wieder mit. Wir helfen dir beim Training. Aber vorher kannst du dir die Informationen über die diesjährigen Hindernisse von Sallee Construction holen. Aber natürlich niemandem weitersagen. Du weißt, wer —«

Der Pit-Boss tippt Zach auf die Schulter.

Zach nickt dem Mann wissend zu, bevor sein Blick zu mir zurückkehrt. »Entschuldigung, Gen. Können wir später reden?«

»Kein Problem.« Ich kritzle den Namen der Baufirma auf meinen Bestellblock. Es kann nicht schaden, mit ihnen zu reden. Ich versuche nicht daran zu denken, welche *anderen Jungs* dieses Jahr mit Zach teilnehmen, aber ich fürchte, einen von ihnen bereits zu kennen.

Ich wende mich zum Gehen – und erstarre, meine Hand fliegt zu meiner Brust. Maryanne steht zwei Meter entfernt und ich bin in ihrem Bereich. Sie war gestern Abend angesichts der Drake-Situation sehr nett, aber ich will mein Glück nicht überstrapazieren. Die Kellnerinnen im Casino sind sehr territorial. Deshalb suche ich nach einem diskreten Fluchtweg.

Bevor ich mich auf den Weg mache, ertönt von hinten ein lautes, nasales »Hi, Snow«.

Amber, die Kellnerin, die ich am wenigsten mag. Sie hatte den Tisch mit den zahlungskräftigen Gästen behalten, den sie mir hätte übergeben sollen, als wir das eine Mal in der Lounge zusammengearbeitet haben. Abgesehen davon war der ganze Abend mit ihr absolut schrecklich.

Amber bleibt ein paar Meter entfernt stehen, um mit einem der Geldwechsler zu sprechen und sich das Spektakel anzusehen, das sie ausgelöst hat, indem sie meinen Spitznamen vor Maryanne gebrüllt hat.

Maryanne blickt verwirrt von Amber zu mir. Es wäre ihr gutes Recht, mich dafür herunterzuputzen, dass ich hier bin, wenn ich eigentlich in der Sportbar sein sollte. Stattdessen geht sie wieder in den Hyper-Multitasking-Modus über: sammelt leere Gläser ein, platziert Servietten, verteilt Getränke.

Was? Keine Standpauke?

Ich will es nicht weiter hinterfragen, also mache ich mich auf den –

»Nicht so schnell, Snow.« Maryanne lächelt ihren Kunden an, als er ihr ein Trinkgeld gibt. »Du kannst meine Tische ab zehn Uhr haben«, sagt sie über ihre Schulter. »Ich muss früher gehen.«

Warte – *was?* Sie bietet mir die Tische an, die einen

Riesenhaufen Trinkgeld abwerfen? Mir? Nicht einem der älteren Mädchen?

Ich brauche zu lange, um zu antworten, denn Maryanne steht mir jetzt gegenüber, ihr Gesichtsausdruck zeigt, wie genervt sie ist. »Willst du sie haben, oder nicht?«

»*Ja*, natürlich. Danke«, stammle ich.

Ich blicke zu Amber, die ihr Gespräch unterbrochen hat, um Maryanne staunend anzustarren. Sie klappt ihren Mund wieder zu und kommt herüber. »Äh, Maryanne, ich kann für dich einspringen.« Ihr Kopf zuckt merkwürdig, als müsste sie sich anstrengen, sich nicht wie ein wütender Vogel aufzuplustern. Sie sieht auf mich herunter, obwohl ich einige Zentimeter größer bin. »Ich bin erfahrener als Snow.«

Maryanne zählt ihr Bargeld und winkt einem anderen Kunden zu. »Danke, aber Gen macht das schon.« Sie flitzt los, ihre kurzen Beine stöckeln in den billigen High Heels davon – die gleichen, die ich trage.

Ambers Mund spitzt sich zu und sie funkelt mich an, bevor sie zur Mont Belle Lounge stürmt.

Das war – ich weiß nicht einmal, was das war. Unglaublich? Brillant?

Maryanne war die erste Kellnerin, die mich mit dem Schneewittchen-Spitznamen schikaniert hat. Jetzt nennt sie mich Gen und gibt mir ihre Tische? Und weist Amber in ihre Schranken …

Wow. Einfach – Wow.

Ich versuche, nicht darüber nachzudenken, warum sie das tut und ob sie nach dem Drake-Vorfall Mitleid mit mir hat. Ich bin mir ziemlich sicher, dass sie von seinem Verhalten wusste. Aber wie an dem Abend, als sie mir anbot, die Getränke zu seiner Party zu bringen, werde ich ihre Großzügigkeit nicht infrage stellen.

»Sie hat das gesagt? *Maryanne?*« Nessa sieht mich

ungläubig an, nachdem ich ihr die Ereignisse geschildert habe.

»Ich kann jemand anderen für ihren Bereich finden, wenn du glaubst, dass du mich heute Abend hier brauchst.« Die Jungs vom Junggesellenabschied sind jetzt viel dreister als vorhin. Ich will Nessa nicht im Stich lassen, auch wenn mir dann gute Trinkgelder entgehen würden.

Sie schüttelt den Kopf und winkt ab. »Ich habe das im Griff.«

Am Ende des Abends habe ich an Maryannes Blackjack-Tischen ein paar hundert Dollar verdient – ein neuer Rekord für mich.

Hoffen wir, dass mir mein Glück auch beim Alpine Mudder hold ist. Der Preis für den ersten Platz sind fünftausend Dollar; für den fünften Platz gibt es immerhin noch eintausend Dollar. Ich kann mich glücklich schätzen, wenn ich den Mudder überhaupt schaffe. Aber wenn ich durch irgendein Wunder etwas gewinne, würde das sehr viel zum Aufbau meines Selbstvertrauens und meiner finanziellen Unabhängigkeit beitragen. Ich weigere mich, mich einfach nur zurückzulehnen und die Dinge auf mich zukommen zu lassen. Dieses Mal kämpfe ich für mich selbst.

Kapitel Zehn

Die Hälfte aller Unternehmen in Lake Tahoe verwenden das Wort ›*Chalet*‹ in ihrem Titel, selbst die heruntergekommenen Lokale. Cali und ich haben unser gemietetes Ferienhäuschen mit seinem Wellblechdach und dem braunen Teppich aus den Siebzigerjahren ebenfalls *Chalet* getauft, zu Ehren der veralteten, gleichnamigen Einkaufszentren. Das Pinecone Chalet Business Center, in dem Sallee Construction seinen Sitz hat, passt nicht auf diese Beschreibung. Die Architektur entspricht der eines Blockhauses, das Gebäude ist neu und gediegen konstruiert.

Cali ist noch nicht von ihrer Mutter zurückgekehrt und sie ignoriert meine Nachrichten. Ich habe die Wahrheit über ihren Ex falsch formuliert. Das steht schon zu lange zwischen uns. Ich fühle mich schrecklich und wünschte, sie würde mit mir reden. Bis sie meine Anrufe entgegennimmt oder nach Hause kommt, bin ich gezwungen, einfach abzuwarten. Was beschissen ist.

Ich drücke die Glastür zu Sallee Construction auf, meine Gedanken noch immer bei Cali, als die Empfangsdame »Oh, nein«, sagt. Sie sieht abrupt auf. »Was ist dein Sternzeichen?«

Ich blicke nach links und rechts und studiere die Insignien an der Wand, um sicherzugehen, dass ich am richtigen Ort bin. »Meins?« Sie nickt eifrig, ihr blondes, krauses Haar wird von einer großen Haarspange zusammengehalten. »Jungfrau?«, sage ich zögerlich.

Ihr Mund bewegt sich schnell und lautlos, während sie den Computerbildschirm überfliegt. Dann entspannt sich ihr Gesicht. »Diesen Monat ist alles in Ordnung. Nur romantische Sachen. Aber Löwen« – sie bläst einen Atemzug aus und schüttelt den Kopf – »die müssen sich wirklich Sorgen machen. Für Löwen ist das kein guter Monat.« Nach diesem Horoskop-Drama hellt sich ihr Gesicht so drastisch auf, dass es schon fast witzig ist. »Was kann ich für dich tun?« Sie mustert mich kurz. »Bist du hier, um einen der Jungs zu besuchen?«

Mein Gesicht erhitzt sich. Ich weiß nicht, warum mir das peinlich ist. Ich bin nicht hier, um einen Kerl zu treffen, aber ihr Gerede über Romantik hat mich verwirrt. »Nein. Ich bin hier, weil … Ich nehme am Alpine Mudder teil. Ein Freund hat mir gesagt, dass Ihre Firma die Hindernisse baut?« Die Frau hat mich zwar schon geduzt, doch ich gehe auf Nummer sicher und bleibe förmlich.

»Das stimmt.« Sie sieht mich misstrauisch an.

Scheiße, ich dachte Zach hätte Beziehungen. Ich hätte mich vorher mit ihm treffen sollen. Warum dachte ich, ich könnte hier hereinspazieren und Informationen bekommen?

Ich umklammere meine Handtasche und zweifle plötzlich an meiner Entscheidung, hierher zu kommen. »Ich hatte gehofft ein paar Informationen zu bekommen – nichts streng Geheimes oder so – nur die Grundlagen. Wie das ungefähr aufgebaut ist. Das Rennen. Mit den Hindernissen.« Ich stottere. Das ist übel. Ich klinge schon schuldig.

Die Empfangsdame atmet durch zusammengebissene Zähne ein, als hätte ich ein heikles Thema angesprochen. »Na ja – die Person, die normalerweise für die Wettbewerbe zuständig ist, nimmt dieses Jahr selbst am Rennen teil. Er will Geld für seinen Stamm sammeln. Interessenkonflikt.« Sie tippt sich an die Lippe. »Ich nehme an, dass John dieses Projekt betreut. Er ist der Eigentümer. Einen Augenblick bitte.«

Sie nimmt den Telefonhörer auf ihrem Schreibtisch in die Hand und drückt ein paar Knöpfe. »John, ich habe hier ein Mädchen, das etwas über die Alpine Mudder Hindernisse wissen möchte. Hast du Zeit, mit ihr zu reden?« Es gibt eine kurze Pause. »Okay, ich bringe sie zu dir.« Sie legt den Hörer ab und steht auf. »Ich führe dich in sein Büro.«

»Warten Sie. Ähm, was stand da?« Ich deute auf ihren Computer. »Über mein Sternzeichen.« Ich komme mir blöd vor, sie das zu fragen. Aber mal im Ernst, sie kann mir das jetzt nicht vorenthalten.

Astrologie ist Schwachsinn – dubiose ›Vorhersagen‹ von Frauen mit fünfzehn Katzen – aber jetzt muss ich wissen, was in der Rubrik Romantik steht. Das wäre doch sonst schlechtes Karma, oder?

Sie nickt, blickt ernst drein und lässt sich in ihren Stuhl zurückfallen. »Dann sehen wir mal.« Sie klickt ein paar Mal mit der Maus herum. »Hier ist es.« Sie schürzt ihre Lippen und aus irgendeinem Grund schwitze ich. Ich blicke mich um und versichere mich, dass niemand meine Dummheit beobachtet.

»Jungfrau, du begibst dich in einen neuen Lebenszyklus. Deine Vergangenheit beeinflusst deine Zukunft und die Zukunft erhellt Dinge, die einst im Dunkeln lagen. Um das zu bewältigen, sei mutig und erreiche, was du am meisten ersehnst.« Sie sieht mich erwartungsvoll an.

»Ist das alles?« Deshalb hasse ich Horoskope. Sie benutzen einen Haufen Wörter, sagen aber eigentlich nichts. »Was ist mit der Liebe?«

Ihre Augen werden weich. »Am Ende geht es immer um die Liebe, nicht wahr?« Sie steht auf. »Hier entlang. Ich begleite dich.«

Ich hätte nicht fragen sollen. Ich schüttle meine Verwirrung ab und folge ihr.

Das Büro, zu dem ich geführt werde, könnte ein Lagerraum sein, so dunkel und schmuddelig ist es. Auf jeder Oberfläche, vor allem auf dem Boden, liegen Papierstapel, die wahrscheinlich in Ordner sortiert werden sollen. Meine Finger jucken, so gern würde ich hier etwas Ordnung schaffen … und ein Fenster öffnen.

»John?« Die Empfangsdame klopft an die offene Tür. »Das ist die Dame, die sich nach dem Mudder erkundigen wollte.« Sie lächelt mich an und geht weg.

Ein Mann mit gebräunter Haut und Lachfalten um seine Augen blickt von seinem Computer auf. »Du nimmst dieses Jahr am Alpine Mudder teil?«

»Ja. Ich meine, das würde ich gern. Oder besser gesagt werde ich es versuchen.« Herrgott, wenn mein Selbstbewusstsein schon bei einem Gespräch so stark schwankt, wie soll ich dann jemals das Rennen überstehen? »Auf der Webseite waren Bilder, aber ich bin ein bisschen nervös. Ich frage mich, ob Sie vielleicht Informationen vorliegen haben, die Sie weitergeben dürfen und die mir bei den Vorbereitungen helfen könnten.«

Das war eine dumme Idee. Natürlich kann dieser Typ nicht helfen. Warum hat Zach mich hierher geschickt?

Mr. Sallee steht auf und geht um seinen Schreibtisch herum. Er ist groß, trägt Jeans und ein kurzärmeliges Poloshirt mit dem Sallee Construction Logo. Er reibt seinen Kiefer. »Na ja, ich darf keine Informationen über den Veranstaltungsort herausgeben, oder überhaupt Angaben zu den Hindernissen machen, aber ich könnte Ihnen noch mehr Bilder zeigen. Das kann sicher nicht schaden, wenn die anderen bereits auf der Website veröffentlicht wurden. Dann bist du vielleicht nicht mehr so angespannt. Oder noch mehr.« Er grinst.

Das klingt nicht gut, aber ja, mehr Bilder könnten helfen.

Wir gehen in einen Raum mit Tischen, die mit Entwürfen und Bauzeichnungen bedeckt sind. Um die Tische herum stehen Whiteboards, auf denen Zeichnungen angebracht sind. Mr. Sallee geht zu einer Tafel in der Ecke, mit etwa fünfzig Bildern von verschiedenen Schlammhindernissen aus unterschiedlichen Perspektiven. Eispools, enge Tunnel und hohe Wände.

Er wirft mir einen Seitenblick zu. »Kein typisches Rennen, oder?«

»Nein«, antworte ich.

Wie soll ich das schaffen? Es gibt einen Teil, in dem man einfach nur laufen muss, das wird also kein Problem sein. Aber alles andere? Das wird sehr wohl ein Problem. Ich bin sportlich, aber ich habe kaum Kraft in den Armen. Ich schaffe vielleicht einen oder zwei Klimmzüge. Das ist für eine durchschnittliche Frau ziemlich gut, aber dieses Rennen ist irre. Ich brauche mehr Kraft, wenn ich das überleben will.

Sonst wird es mein Selbstvertrauen nicht stärken, sondern zerstören.

Mr. Sallee drückt auf die Ecke eines Bildes, die sich gelöst hat. Das Foto zeigt Elektroden, die an einem Holzbalken baumeln. »Also, was denkst du?«

Ich stoße einen Seufzer aus. »Ich bin geliefert.«

Er lacht. »So schlimm?«

Ich nicke. Hinter uns ertönt ein Klopfen.

Lewis steht in der Tür, einen schockierten Ausdruck auf seinem Gesicht, der wahrscheinlich meinen eigenen widerspiegelt. Was macht er hier?

Lewis blinzelt, sein Blick wandert zu Mr. Sallee. »Du wolltest mich sprechen?«

»Sohn, ich habe dieser jungen Dame gerade das Alpine Mudder gezeigt.«

Sohn?

Mr. Sallee blickt zu mir herüber. »Entschuldigung, wie sagtest du, war dein Name?«

»Gen«, antwortet Lewis für mich. Das ist gut so, denn ich flippe aus und verliere die Fähigkeit zu sprechen.

Warum hat Zach mir nicht gesagt … Moment – er hat es vielleicht versucht. Er wollte noch etwas sagen, bevor er wieder an die Arbeit musste. Verdammt!

Mr. Sallee blickt von Lewis zu mir und ist sichtlich neugierig. »Gen, wie hast du noch mal von uns gehört?«

»Ich arbeite mit Zach zusammen. Er ist ein Freund von Lewis.«

Mr. Sallee nickt und studiert seinen Sohn, der mich anstarrt. »Na ja, wenn du etwas über das Rennen wissen willst und wie man es durchsteht, gibt es keinen besseren Ansprechpartner als Lewis.«

———

LEWIS FÜHRT mich in sein Büro, eine sauberere, ordentlichere Version seines Vaters.

Mr. Sallee ist der Vater von Lewis. Verrückt.

An dem Abend beim Taco-Dinner hat Zach gesagt, Lewis würde für die Baufirma seines Vaters arbeiten. Und Zach wusste, dass Sallee Construction die Hindernisse gebaut hat. Warum habe ich das nicht in einen Zusammenhang gebracht?

Weil ich von der Horoskop-Sache abgelenkt war. Und davor war ich von allen anderen Dingen abgelenkt, von meinem Streit mit Cali bis hin zu dem, was mit Drake passiert ist.

Lewis setzt sich hinter seinen Schreibtisch und lehnt sich mit einer Leichtigkeit in seinem Stuhl zurück, die nicht seinem Gesichtsausdruck entspricht. »Also, was geht hier vor sich? Warum machst du beim Alpine Mudder mit?«

Er hätte mit einem ›Wie geht es dir?‹ anfangen können, aber das würde ein gewisses Maß an Freundlichkeit erfordern. Ich dachte, wir hätten den stoischen Lewis überwunden. Er hat sich seit der Nacht im Club nicht mehr so verhalten. Und nach der Sache mit Drake … Aber andererseits bin ich vor ihm davongelaufen, als er versucht hat, mich zu trösten. Wie soll er sich denn verhalten?

Na schön. Mir gefällt dieser Lewis besser. Mit ihm kann ich besser umgehen als mit dem, der meinen Verstand auslöscht und meinem Mund orgastische Geräusche entlockt. »Weil ich es will. Hast du ein Problem damit?«

Lewis antwortet nicht sofort.

Ich seufze und sehe mich um. Das Maß an Verantwortung, das er in der Firma seines Vaters zu haben scheint, ist für jemanden in seinem Alter beeindruckend. Zertifikate, die ich von meinem Platz aus nicht lesen kann, zieren die Wände, zusammen mit einem Whiteboard mit einem Dutzend Daten und Projektüberschriften.

»Das Alpine Mudder ist gefährlich«, sagt er schließlich. »Du könntest verletzt werden.«

Meint er das ernst? Ich kneife die Augen zusammen und spreche langsam, als würde ich mit einem kleinen

Kind sprechen. »Deshalb mache ich es.« Ich rutsche auf meinem Sitz herum. »Ich will nicht verletzt werden, aber … ich brauche eine neue Herausforderung.«

»Langweilst du dich? Fällt dir kein besserer Zeitvertreib ein?«

Meine Kinnlade klappt herunter, bevor ich sie davon abhalten kann, doch ich schließe sie hastig wieder. Was zum Teufel ist sein Problem? Warum ist er so unhöflich? »Nein.«

Er starrt mich an und sein Blick senkt sich ein wenig, bevor er wieder nach oben schnellt, als wollte er nichts zulassen, was über den Augenkontakt hinausgeht.

Das macht es einfacher. Es ist besser, wenn er nicht interessiert ist.

Sein Blick verengt sich. »Warum machst du das wirklich?«

Ich sehe weg. Er ist besser im Anstarren als ich. »Jeder denkt, dass er auf mir herumtrampeln kann. Dass ich schwach und verletzlich bin. Das bin ich nicht.« Oder zumindest werde ich genau das beweisen.

Ich seufze, denn ich wollte mich nicht vor ihm rechtfertigen. »Vergiss es. Ich finde einen anderen Weg, um für das Rennen zu trainieren.« Ich stehe auf und gehe zur Tür.

Diese Stadt ist zu klein. Ich hasse es, dass ich Lewis überall treffe.

»Warte.«

Meine Hand liegt auf dem Türknauf und ich lasse nicht los – ich will flüchten –, aber ich blicke über meine Schulter, weil ich einfach nicht anders kann.

Er sieht abwesend zur Seite und reibt sich den Kiefer. »Ich könnte … dir helfen. Trainieren, meine ich.«

Was? *Er?*

Nein, auf keinen Fall.

Er beugt sich vor und stützt seine Unterarme auf die

Knie. »Zach und ein paar von uns haben letztes Jahr teilgenommen. Wir trainieren dieses Jahr auch wieder zusammen. Dich in die Gruppe aufzunehmen, ist keine große Sache. Es wäre besser, wenn du Teil eines Teams wärst. Leute, die das Rennen allein bestreiten, kommen meistens nicht ins Ziel. Vor allem Mädchen nicht.«

Mein Rücken versteift sich und ich atme ein, meine Augen sprühen Funken.

Er lächelt.

Zum Teufel mit ihm. Er wusste, dass mich das aufregen würde.

Weiß er, dass ich einer körperlichen Herausforderung nicht widerstehen kann? Das ist nicht möglich. Das liegt nicht in meiner Natur. Und ich will das Rennen schaffen. Schön, ich würde gern das Geld gewinnen. Aber ich werde mich auch damit zufriedengeben, das Ziel zu erreichen und das von Nessa erwähnte Selbstvertrauen aufzubauen. Ich hatte nie Brüder oder enge männliche Freunde. Vielleicht können mir ein paar Adrenalin-Junkies helfen, mein Selbstvertrauen im Umgang mit Männern zu stärken … aber ich kann nicht mit Lewis trainieren. Das gäbe eine Katastrophe.

»Okay.« Was zum Teufel sage ich da?

Seine Augenbrauen heben sich. »Okay?«

»Wann wollt ihr trainieren?« Ich kann nicht glauben, dass ich dem zustimme. Er hat mich provoziert, und ich kann nicht anders.

Er stößt einen tiefen Seufzer aus, verlagert sich auf seinem Stuhl und holt sein Handy heraus. Er sucht ein paar Sekunden lang den Bildschirm ab und blickt auf. »Heute Abend. Wir treffen uns um halb sieben bei dir zu Hause. Zieh dir Laufschuhe an.«

Mein Auto ist vom Mechaniker zurück. Lewis' Freund hat nicht viel verlangt, um die elektronische Störung zu beheben. Ich brauche keine Mitfahrgelegenheit. Aber ich schätze, ich weiß nicht, wo wir hinfahren. Passiert das alles wirklich? Ich verbringe Zeit mit Lewis?

Selbst nach seiner Rückkehr zu seinem mürrischen Stoizismus verursacht der Gedanke, mit ihm allein zu sein, ein Flattern in meinem Bauch. Ich habe ernsthafte Probleme.

Ich werde meine Laufschuhe tragen, zusammen mit den Schlabbershorts, die Haare zu einem schlaffen Pferdeschwanz gebunden und kein Make-up, nicht einmal Lippenbalsam. Dann geht das Training mit Lewis schon in Ordnung. Ich bin dann sowieso verschwitzt und hässlich und er ist wieder distanziert und unnahbar. Damit kann ich umgehen.

»Und Gen …«

Ich bleibe stehen und blicke zurück, bevor ich zur Tür hinausgehe.

»Wenn Menschen grausam sind, ist niemand schuld daran, außer sie selbst.«

Mein Rücken wird steif. Es macht mir Angst, wie viel er weiß und wie leicht er den Rest durchschaut.

Er mag vielleicht recht haben, was Drake angeht. Aber ich hätte für mich selbst einstehen oder kämpfen können, und das habe ich nicht getan.

Kapitel Elf

»Lass uns anhalten und uns abkühlen«, sagt Lewis einen Block von meinem Haus entfernt.

Wir sind acht Kilometer gelaufen. Seitdem ich mit Cali nach Tahoe gezogen bin, laufe ich mehrmals pro Woche. Ich habe mich an die Höhenlage gewöhnt, daher war die Strecke ziemlich leicht.

Schweißperlen laufen an Lewis' glatter Stirn hinunter, aber auch er atmet nicht schwer. Er hebt den unteren Teil seines T-Shirts an und wischt sich die Stirn ab – und der plötzliche Anblick seiner Bauchmuskeln attackiert meinen Gleichgewichtssinn.

Ich stolpere auf dem Asphalt.

Scheiße. Ich hüpfe ein paar Mal, damit es so aussieht, als würde ich mich nur auflockern.

Wir haben es etwa eine Dreiviertelstunde ohne jegliche Zwischenfälle geschafft. Aber jetzt muss Lewis sein Shirt hochziehen, seinen Bauch zeigen und schon setzt mein Verstand aus. Ich habe ihn schon beim Beacon oben ohne gesehen, aber dieser unerwartete Anblick ist einfach zu sexy. Warum dachte ich, dass ich mit ihm trainieren könnte?

»Du bist eine Läuferin«, sagt er, wobei er scheinbar die Wirkung, die sein nackter Körper auf mich hatte, nicht bemerkt hat – Gott sei Dank. »Wir machen das nur zum Aufwärmen, wenn du sowieso schon allein läufst. Bevor ich gehe, zeige ich dir noch Übungen zum Muskelaufbau. Ist euer Garten frei?«

Ich nicke und wir gehen ins Haus. Ich schnappe zwei Wasserflaschen und führe Lewis durch die Terrassentüre in den Garten. Er lässt den Sportbeutel fallen, den er aus seinem Truck geholt hat, und dieser landet mit einem dumpfen Aufprall, der eine Staubwolke aufwirbelt.

Lewis nimmt einen Schluck Wasser und schraubt die Kappe wieder zu, wobei er mich beobachtet. »Hast du darunter einen Sport-BH an?«

Worauf will er damit hinaus? Mein übergroßes T-Shirt bedeckt mich vom Hals bis zu den Oberschenkeln und endet knapp über dem Saum meiner Laufshorts. Sehr attraktiv. »Ja«, sage ich zögerlich.

»Kannst du dein T-Shirt ausziehen?«

»Was?«

Er sieht mich ungeduldig an. »Ich zeige dir Übungen. Ich muss darauf achten, dass du die richtige Haltung hast und die richtigen Bewegungen machst, damit du dich nicht verletzt. Das kann ich nicht, wenn du mit einem Sack bekleidet bist.«

Mein Mund klappt auf. Will er damit sagen, dass er mein Bemühen, unattraktiv auszusehen, bemerkt hat und es ihm nicht gefällt?

Ich ziehe mein Oberteil aus und blicke finster drein. »Besser?«

Seine Kiefermuskeln spannen sich an. Er murrt etwas,

das ich nicht deuten kann und greift nach seinem Sportbeutel. »Spreize deine Beine etwa schulterbreit.«

Irgendetwas an seiner ruhigen, männlichen Stimme, die mir sagt, ich solle die Beine spreizen, lässt mich erschaudern. Doch das ignoriere ich, weil es nicht gerade hilfreich ist. Ich tue, was er sagt und er reicht mir zwei Drei-Kilo-Gewichte. Er nimmt sich ein weiteres Paar Gewichte und führt eine einfache Schulterübung durch.

Dann nickt er. »Du bist dran. Halt deinen Bizeps waagerecht.«

Lewis bewegt sich vor mir, spreizt seine Beine so weit, bis seine Augen fast auf gleicher Höhe mit meinen sind. Seine großen Handflächen umfassen leicht meine Ellbogen, während ich die Übung wiederhole, seine Finger wärmen meine Haut. Ein Hauch von Rasierwasser und Lewis trifft meine Sinne und meine Bewegungen schwanken.

Ich atme tief ein, aber das macht es noch schlimmer. Inzwischen starre ich auf sein Kinn, weil ich nicht höher blicken kann; seine unergründlichen Augen sind ein gefährlicher Ort.

Er nimmt die Hände weg und tritt zurück, als würde er sich von einem wilden Tier entfernen. Er hockt auf den Zehenspitzen und beobachtet mich. »Ein Satz mit zwanzig Wiederholungen«, sagt er, seine Stimme klingt etwas wackelig.

Ich muss mich von dieser Spannung zwischen uns lösen. Ich hebe meine Arme, so wie er es mir gezeigt hat, und versuche, meinen Kopf klarzubekommen. »Ich habe deinen Vater kennengelernt und er scheint nett zu sein. Erzähl mir von deiner Mutter.«

Lewis' Blick folgt meinen Bewegungen, während ich die Übung durchführe. »Temperamentvoll. Klug. Sie führt den Haushalt.«

Ich atme aus und beende einen weiteren Satz. »Dein Vater hat nicht das Sagen?« Ich habe keinen Vater, daher sind die internen Abläufe in einer echten Familie etwas mysteriös für mich.

Lewis lacht spöttisch. »Nein. Mein Vater kann ziemlich unorganisiert sein. Aber meine Eltern sind gute Partner. Meine Mutter macht die Buchhaltung für das Unternehmen. Sie ist einfach – du weißt schon – eine starke Frau.«

Ich schlucke, meine nächste Wiederholung ist weniger stabil. Ich strahle nicht die Stärke aus, die er beschreibt, aber ich fühle sie. Ich habe sie einfach unter Verschluss gehalten. »Ich glaube, das kann ich jetzt. Was kommt als Nächstes?«

Er zeigt mir noch vier weitere Übungen für den Oberkörper und sein strenger Blick, während ich sie ausführe, macht mich verrückt. Muss er das tun? Mich so anstarren? Ich trage einen Sport-BH, was so ziemlich alles preisgibt, aber er sieht nicht einmal auf meine Brüste. Er fixiert sich auf mein Gesicht, meine Augen, als würde er etwas sehen, das von außen nicht zu erkennen ist.

Ich weiß nicht, warum das etwas in mir weckt. Eine dumme, wilde Fantasie, ihn aus dem Gleichgewicht zu bringen und mich auf ihn zu stürzen, geht mir durch den Kopf.

Gott, ich bin meiner Mutter ähnlicher, als ich dachte.

Lewis steht auf und sammelt die schwereren Gewichte ein. »Das passt. Mach die Übungen, die ich dir gezeigt habe, jeden zweiten Tag. Morgen trainieren wir an Hindernissen.«

»Mudder Hindernisse? Ist das erlaubt?«

Er schließt den Reißverschluss seines Sportbeutels. »Nein, wir bauen unsere eigenen.«

»Das ganze Team?«

Er schüttelt den Kopf und blickt zu mir hinüber. »Nur wir. Du brauchst mehr Training als sie.«

Traurig, aber wahr. »Bauen die anderen Teilnehmer auch Hindernisse zum Üben?«

Er zuckt mit den Achseln, als würde es ihn nicht kümmern. »Du willst es doch schaffen, oder?«

»Ja.« Mist. Das hätte mir gerade noch gefehlt – von einer Schar Alphamännchen auf dem Feld geschlagen zu werden.

»Und wie sieht es mit Gewinnen aus?«, fragt er.

»Das ist nicht mal ansatzweise realistisch, aber natürlich will ich gewinnen. Wer würde nicht das Preisgeld wollen?«

Er hebt den Sportbeutel auf seine Schulter und richtet sich auf. »Warum?«

»Warum was?«

»Warum willst du das Preisgeld?«, fragt er.

Ich nehme mein T-Shirt und ziehe es mir über den Kopf. »Ich will es einfach.« Warum stört es ihn so, dass ich das Rennen machen will? »Ich könnte es für mein Studium gebrauchen, okay?«

Er nickt, als hätte ich ihm hiermit eine akzeptable Erklärung geliefert.

Was zum Teufel? Wen kümmert es, ob ich mir mit dem Gewinn eine neue Nase machen lassen will?

Sein Mund breitet sich zu einem sexy Grinsen aus und mein Herz rast in meiner Brust. »Viel Glück«, sagt er und geht auf das Tor zu. »Du musst gegen mich antreten. Ich habe letztes Jahr gewonnen.«

Verfluchter Mist. Frauen treten nicht gegen Männer an, aber trotzdem. Er hat mir gerade eine weitere Herausforderung vor die Füße geworfen.

Kapitel Zwölf

Ich ziehe ein Sweatshirt über meinen Pyjamatop und gehe in meinen Pyjama-Boxershorts in die Küche. Im Schrank stehen dreißig Tassen zur Auswahl. Normalerweise greife ich auf den Baby-Trinkbecher für Erwachsene zurück. Aber heute zieht es mich eher zu der ›Challenge Accepted‹-Tasse, die vorn eine Karikatur mit überkreuzten Armen zeigt. Es ist schon fast zwei Wochen her, dass Lewis mir im Garten die Übungen gezeigt hat und er ist jetzt während der Trainingseinheiten besonders bedacht darauf, mich nicht zu berühren. Als würde er glauben, dass ich wegen der Sache mit Drake vor Männern zurückschrecke. Teilweise hat er damit auch recht.

Ich will von anderen Männern nicht angefasst werden, aber von Lewis? Über Lewis würde ich gern herfallen und ihn ablecken. Dieses Gefühl ist wirklich beunruhigend und intensiviert sich, je mehr Zeit wir zusammen verbringen. Ich rufe mir immer wieder in Erinnerung, dass er nicht gut für mich ist. Dass er nicht die sichere Wahl ist und ich am Ende verletzt werde. Außerdem ist da immer noch Mira. Aber aus irgendeinem Grund hat sich meine Libido diesen

Zeitpunkt in meinem Leben ausgewählt, um ihr erschütterndes Debüt zu feiern. Und sie will ihn.

Ich fühle mich zu Lewis hingezogen und es ist nicht nur Lust. Nach dem Vorfall mit Drake wollte ich, dass er mich in seinen Armen hält.

Mist. Die Nähe, die ich ihm gegenüber empfinde, macht mir eine Heidenangst, also versuche ich, nicht daran zu denken. Er macht es mir jedenfalls leichter, indem er mir mit seiner Trainingsfolter chronische Schmerzen zufügt, sodass ich nicht mehr viel anderes empfinden kann.

Lewis' erste Nachbildung der Hindernisse bestand aus einem Ausflug zu einer Indoor-Kletterwand.

Heilige Scheiße, haben meine Unterarme an diesem Abend wehgetan. Und ich verdiene meinen Lebensunterhalt damit, schwere Tabletts zu schleppen. Bei der Arbeit zitterten meine Arme wie verrückt. Zum Glück habe ich nichts fallen lassen.

Der nächste Ausflug war ein Bootcamp in seinem Fitnessstudio, wo Lewis über seinen Kumpel, der den Laden leitet, eine kostenlose dreißigtägige Mitgliedschaft für mich arrangierte. Nach dieser Hölle konnte ich mich zwei Tage lang nicht hinsetzen, ohne mich dabei direkt auf einen Stuhl fallen zu lassen. Meine Muskeln werden mir nie verzeihen, was ich ihnen antue.

Draußen auf der Terrasse lege ich mich auf den Plastik-Liegestuhl neben Cali und betrachte die Kiefern. Eine warme Brise streicht um meine nackten Beine und bereitet mir eine wonnige Gänsehaut. Cali ist von ihrer Mutter zurückgekommen und nach ein paar Tagen unterkühlten Umgangs haben wir uns über alles ausgesprochen.

»Ich hätte schon früher etwas sagen sollen«, gab ich zu, als sie wieder da war. »Es tut mir schrecklich leid, wie das herausgekommen ist.«

»Es war das Gefühl von Verrat, das mehr als alles andere weh getan hat«, sagte sie. »Als ich dann gesehen habe, wie Jaeger dich umarmt hat und dachte, da wäre etwas zwischen euch beiden … bin ich ausgeflippt.«

Nach unserer Auseinandersetzung war Cali zu mir in die Arbeit gekommen, um mit mir darüber zu reden. Sie hatte mich in Jaegers Armen gesehen, als Mason ihn nach dem Drake-Vorfall zu mir geschickt hatte. Da hatte sie den falschen Eindruck bekommen. Deshalb hat sie die Stadt verlassen. Sie brauchte etwas Abstand.

»Ich mag Jaeger. Sehr«, gestand sie. »Es ist verrückt, wie sehr ich ihn mag. Als ich gesehen habe, wie ihr beide euch umarmt habt und nachdem du mir erzählt hast, was Eric getan hat, dachte ich, dass Jaeger das Gleiche macht – dass er dich auch hinter meinem Rücken anmacht.«

»Zwischen mir und Jaeger ist nie irgendetwas gelaufen«, beruhigte ich sie. »Er ist hundertprozentig in dich verknallt.«

Sie zeigte mir ein süßes, geheimnisvolles Grinsen. »Das habe ich dann auch herausgefunden, als ich Jaeger nach meiner Rückkehr besucht habe.«

Mir ist aufgefallen, dass Cali bei diesem Typen nicht ihr normales, entspanntes Selbst ist. Wie dem auch sei, zwischen uns gibt es Gott sei Dank keine Spannungen mehr. Aber jetzt macht Jaegers Ex Probleme.

Und mal im Ernst, warum tauchen ständig überall Ex-Partner auf, um jemandem das Leben schwer zu machen? Jaeger ist verschwunden, um das mit diesem anderen Mädchen zu regeln, weshalb Cali gestresst ist.

Ich lehne mich auf dem Liegestuhl zurück und zeige auf den Himmel, um Cali von ihren Sorgen abzulenken, und hey, weil es Spaß macht, sie zu ärgern. »Ich dachte, du wolltest deine Sommersprossen loswerden? Solltest du nicht im Schatten sein oder so?«

»Das sind keine Sommersprossen.«

Cali ist übermäßig empfindlich, was ihre Sommersprossen betrifft. Sie hat zwei auf der Nase – nichts im Vergleich zu den meisten Menschen mit rotbraunen Haaren. Ich liebe es, sie mit ihrer Paranoia aufzuziehen. Das ist das Mindeste, was ich tun kann. Schließlich stichelt sie immer wegen meines konservativen Kleidungsstils, dem Mangel an Make-up und der Musik, die ich höre – die Liste ist lang. Ich tue ihr einen Gefallen; das wird sie von Jaeger und seiner Ex ablenken.

»Das sind nur winzige *Schönheitsflecken*, und außerdem trage ich Sonnencreme.«

Ich liebe dieses Argument. Cali ist logisch und rational, außer wenn es um ihre Sommersprossen geht. Wir hatten diese Diskussion schon zuvor, aber sie wird nie langweilig. »Warum das Risiko eingehen, wenn du einfach in den Schatten gehen und sie verhindern kannst?«

Ihre blassblauen Augen blicken über ihr Buch *Poesie und Prosa* zu mir auf. Allein der Titel löst in mir ein Gähnen aus. »Du klingst schon wie meine Mutter. Ich produziere Vitamin D. Das ist gesund.«

»Aber verhindert Sonnencreme nicht die Produktion von Vitamin D?«

Ihr Gesicht verfärbt sich zu einem kräftigen Rosa. Bald kommt Dampf aus ihrem Kopf heraus. »Bist du fertig?«

»Mit meinen logischen Argumenten? Ja, ich bin fertig.«

Sie verengt die Augen. »Du warst in letzter Zeit viel unterwegs. Triffst du dich noch mit Lewis?«

Ich runzele die Stirn. Sie weiß, dass da nichts läuft. Aber ich schätze, dass sie mir die Stichelei heimzahlen will. »Wir sind Freunde. Er hilft mir beim Training für den Alpine Mudder, bei dem ich mitmachen will.«

Lewis hat keine Freundin, er hat Mira, was offenbar viel stressiger ist, als eine echte Freundin. Cali hat sie zusammen gesehen. Selbst wenn die Sache mit Mira nicht romantisch ist, bezweifle ich sehr, dass Cali ihn gutheißen wird. Aber während des Trainings hat Lewis die Dinge zwischen uns platonisch gehalten und ich habe es geschafft, meine lüsternen Triebe einzudämmen, also ist es kein Thema.

Lewis war bisher ein großartiger Trainer. Ich merke bereits einen Unterschied, was meine Kraft angeht. Mit seiner Hilfe werde ich das Rennen sicher erfolgreich abschließen. Vielleicht komme ich sogar mit einer guten Zeit ins Ziel. Das würde mein Selbstbewusstsein enorm stärken.

»Viel Glück mit dem Training. Das nächste Mal, wenn ich meinen Löffel in mein Butter-Pekannuss-Eis eintauche, werde ich dir vorher salutieren.«

Ihre Sucht nach merkwürdigen Geschmacksrichtungen bei Eis, bei denen Butter-Pekannuss ganz oben auf der Liste steht, ist ungefähr so natürlich wie ihre Liebe zu grünen Oliven. Ich rümpfe die Nase. »Lass mir davon bitte nichts übrig.«

Sie grinst und legt ihr Buch ab, ihr Gesichtsausdruck wird ernst. »Gen, ich muss mir einen Job suchen.«

Uuund hier kommt der Themenwechsel, aber einer, den ich nachvollziehen kann.

Nachdem Cali von ihrer Mutter zurückgekehrt ist, haben wir nicht nur über Jaeger und Eric geredet – ich habe ihr auch von dem Zwischenfall mit Drake erzählt. Es stellte sich heraus, dass Drake der Arbeitskollege war, der Cali an jenem Abend vom Club nach Hause gefahren hat. Ich habe nie darüber nachgedacht, aber unmittelbar danach wurde sie entlassen. Jetzt verstehe ich, warum.

Drake hat versucht, Cali einen Kuss aufzuzwingen und wer weiß, was er noch getan hätte, wenn Jaeger ihr nicht nach Hause gefolgt wäre. Cali hat mir ihre Gefühle für

Jaeger verschwiegen, sodass sie die Wahl hatte, entweder über Jaegers Anwesenheit in dieser Nacht zu lügen – weil sie sich eingebildet hatte, dass ich an ihm interessiert war – oder den Vorfall nicht zu erwähnen. Sie entschied sich für Letzteres.

Gott, waren wir scheiße. Wir haben beide etwas voreinander verheimlicht, um unsere Gefühle zu schützen und die jeweils andere nicht zu verletzen. Schwach. Notiz an mich selbst: Sag deiner besten Freundin einfach, was los ist, verdammt noch mal. Vielleicht ist die Kacke am Dampfen, aber zumindest können wir darüber reden.

Calis Geschichte über Drake wirft ein beängstigendes neues Licht auf die ganze Situation. So wie die Dinge für sie gelaufen sind – ohne Weiteres gefeuert zu werden – bin ich nicht überzeugt, dass Drake die einzige Person ist, die die Fäden zieht. Im Casino muss es noch andere geben, die ebenfalls involviert sind.

»Was kann ich tun, um dir bei der Jobsuche zu helfen?«, frage ich.

»Bei den anderen Casinos habe ich kein Glück. Ich habe meine alten Arbeitskontakte durchgesehen, aber keiner zahlt genug. Glaubst du, du könntest mal mit Nessa reden? Vielleicht fragen, ob sie jemanden kennt, der eine Top-Angestellte sucht?«

»Kein bisschen arrogant?«

»Was?« Ihr Blick ist ganz unschuldig. »Du weißt, dass es stimmt.«

Das tue ich. In Sachen Auge-Hand-Koordination bin ich Cali um Längen voraus, aber beim flexiblen Denken übertrifft sie mich wiederum deutlich.

»Ich rufe sie mal an.«

Kapitel Dreizehn

»**A**lso, was denkst du? Kennst du jemanden, der eine herausragende Absolventin sucht?«, frage ich Nessa am Telefon. Ich hätte ja erwähnt, *dass sie in Harvard angenommen wurde*, aber ein Teil von Calis Sorgen rührt daher, dass sie ihr Jurastudium im Herbst nicht antreten will. Damit wollte sie die Erwartungen ihrer Mutter und anderer erfüllen, aber jetzt will Cali einen Job finden, um ihrer Leidenschaft, dem Zeichnen zu frönen und Kunstkurse zu belegen. Gott sei Dank nimmt sie das endlich ernst. Jaeger mit seiner künstlerischen Ausbildung hat geholfen, sie von ihrem Talent zu überzeugen. Anscheinend hat ihr meine jahrelange Bestärkung nicht ausgereicht. Um ehrlich zu sein, freue ich mich für sie.

Ein gedämpftes Geräusch, das wie ein Gähnen klingt, dringt durch den Hörer. »Sorry. Ich bin müde.« Nessa ist gerade von ihrem Nachmittagsschlaf aufgewacht – insofern sind wir uns ähnlich. Keine Langschläferin, aber definitiv eine Schlafmütze. »Du könntest bei Sallee Construction nachfragen. Lewis hat erwähnt, dass sein Vater nach jemandem sucht, der den Architekten unterstützen kann. Ich bin mir nicht sicher, ob Cali die nötigen Fähigkeiten hat, aber es ist einen Versuch wert. Lewis' Vater ist *sooo* nett. Wenn John nichts für sie hat, wird er zumindest herumfragen und er kennt wirklich jeden.«

»Ich habe John schon kennengelernt. Seine Firma baut die Hindernisse für das Alpine Mudder. Zach hat mir davon erzählt.«

»Perfekt, dann sag Cali, dass sie sich mit ihm in Verbindung setzen soll. Und sie soll erwähnen, dass wir sie empfohlen haben.«

Ich könnte mit Lewis reden, aber sein Vater geht auch. Außerdem will ich Lewis nicht schon wieder um einen Gefallen bitten. Er hat mich in sein Mudder-Team aufgenommen. Es ist zu seinem Vorteil, mir beim Training zu helfen, wenn ich in seinem Team bin, aber ich ziehe trotzdem den größeren Nutzen daraus. Ohne seine Hilfe hätte ich es schwer.

Sobald ich auflege, vibriert mein Handy erneut. Ich vermute, dass es eine Nachricht von ihr ist, mit einem weiteren Vorschlag für Gen, doch sie ist von Lewis.

Lewis: *Hast du heute Abend schon etwas vor? Das Team trifft sich auf eine Pizza und Bier. Du solltest kommen. Zwecks Teambildung.*

Teambildung. Kein Date.

Gen: *Klar doch. Wo/wann?*

Ein paar Stunden später suche ich bei Avalanche Pizza nach der Gruppe. Obwohl ich meine übliche Bluse in die enge Jeans gesteckt trage, könnte es sein, dass ich mir heute ein wenig mehr Mühe mit meinem Aussehen gegeben habe. Ich habe meine Haare geglättet und mich geschminkt – außerdem trage ich zu meinem schlichten

Outfit ausnahmsweise Stöckelschuhe, die vorn spitz zulaufen, anstatt meiner üblichen flachen Schuhe. Auch wenn die Absätze nur fünf Zentimeter hoch sind.

Die Ansammlung vorwiegend junger Leute erfüllt das Lokal mit einem steten Dröhnen. Zach sieht mich zuerst und winkt mich zu ihnen hinüber. Lewis ist bei ihm, aber er hat mir den Rücken zugekehrt.

Abgesehen von Zach habe ich bis jetzt meine anderen Teammitglieder noch nicht kennengelernt. Von den ausschließlich männlichen Körpern am Tisch mit Zach und Lewis zu folgern, bin ich anscheinend die einzige Frau.

Ich gehe zu ihnen hinüber und Lewis dreht sich um und mustert mich von Kopf bis Fuß, was mir ein Flattern im Bauch verursacht. Dann richtet er seine Aufmerksamkeit wieder auf die Jungs und trinkt sein Bier. Kein Lächeln, nichts.

Ich atme aus und meine Brust sinkt in sich zusammen.

Verdammt! Abgeblitzt, einfach so. Ich meine, es ist ohnehin besser. Es ist weniger kompliziert, wenn er keinerlei Anstalten macht. Aber irgendwie bin ich trotzdem enttäuscht. Wir haben uns in den letzten Wochen besser kennengelernt und … ich mag den Kerl. Er ist fair, treibt mich an und wenn er denkt, dass ich nicht hinsehe, beobachtet er mich. Ich gebe es nur ungern zu, aber diese Zurückweisung tut weh.

Zach reicht mir ein Bier und macht mir auf der Bank Platz. Er stellt mich den anderen vor.

»Lasst euch nicht von ihrem süßen Aussehen täuschen«, sagt er. »Gen hier ist ein Hai. An dem Abend, an dem ich sie kennengelernt habe, hat sie uns alle beim Quarters abgezogen. Sie hat eine Münze nach der anderen getroffen und uns richtig fertig gemacht.«

Einer der Typen hebt eine Augenbraue. Er streckt

seinen Arm zu dem unbesetzten Nachbartisch aus und nimmt sich ein seichtes leeres Glas. Er stellt es in die Mitte unseres Tisches, gräbt in seiner Tasche und wirft drei Viertel-Dollar-Münzen, zwei Zehn-Cent-Münzen und einen Fussel auf den Tisch.

Lewis schüttelt den Kopf. »Wir trainieren morgen. Bleib mal ganz ruhig. Das Rennen ist nur noch drei Wochen entfernt.«

Jemand bläst den Fussel vom Tisch und weitere Taschen werden entleert, bis sich ein Dutzend Münzen vor mir stapeln. Man braucht eigentlich nur ein paar.

»Dann testen wir mal ihre Fähigkeiten«, sagt der Typ, der das Glas besorgt hat. »Jedes Mädchen, das beim ersten Mal trifft, hat unseren Respekt verdient, auch wenn wir in drei Wochen ihren Arsch über die Ziellinie schleppen müssen«

Sie glauben also, dass ich sie behindern werde? Ich kann nicht behaupten, dass sie damit Unrecht haben. Aber beim Quarters mache ich sie fertig.

Ich nehme mir eine Münze, werfe einen Blick auf das Glas und sehe den Typen dann direkt an. Mit der Seite meiner Handfläche schlage ich auf den Tisch und lasse die Münze fliegen.

Sie landet mit einem sauberen Klingeln im Glas.

»Whoaaa!«, brüllt mein Team über das Dröhnen der anderen Gäste hinweg, wobei sie sich gegenseitig auf den Rücken klatschen.

Ich schaffe zweiundzwanzig Treffer, ehe mich das Glück verlässt. Lewis hat die ganze Zeit über so getan, als wäre er gelangweilt, während der Rest der Mannschaft bei jedem Treffer ein Schluck Bier getrunken hat – wobei sie Lewis' spießige ›keinen Alkohol‹-Regel ignoriert haben. Ein paar der Jungs fragen mich nach meinen sportlichen Aktivitäten in der High School und auf dem

College. Einer von ihnen fragt mich, ob ich einen Freund habe.

Meine Augen huschen zu Lewis – keine Ahnung, warum. Aber genau wie die anderen wartet auch er auf meine Antwort.

»Nein.« Ich schüttle den Kopf und lächle.

»Suchst du einen?«, fragt der Typ neben mir mit einem frechen Grinsen.

»Halt dich zurück.« Zach schlägt dem Kerl auf die Schulter. »Gen gehört zu unserem Team, was bedeutet, dass sie tabu ist. Betrachte sie einfach als deine kleine Schwester.«

»Und nach dem Rennen?«, scherzt der Typ.

Lewis erhebt sich und kommt herüber. »Verzieh dich, Jake.« Er drängt sich zwischen Jake und mich und mein Körper spannt sich an.

Der Rest des Teams widmet sich wieder anderen Themen, aber ich habe trotzdem das Gefühl, dass sie mich beobachten. Nicht auf offensichtliche Art und Weise – die Gespräche haben sich etwas beruhigt und sie wechseln sich jetzt mit den verstohlenen Blicken ab.

Wenn Lewis so nahe bei mir ist, spüre ich, wie ich erröte und mir etwas heiß wird. Ich ziehe meine weiße Bluse aus und wickle sie um meine Taille.

Am Tisch wird es still.

Unter meinem Hemd trage ich ein seidenes Top, von dem ich nicht gedacht hätte, dass es sexy ist. Aber vielleicht ist es das doch. In diesem Oberteil habe ich tatsächlich ein Dekolleté. Cali und meine Mutter wären begeistert.

Lewis' Blick schweift zu meinen nackten Armen, dann wechselt er schnell zu dem Bier, das er in der Hand hält.

Zeit für einen Themenwechsel. »Heute mal ohne Mira?«

Er verengt die Augen. »Sie ist nicht meine Freundin,

Gen.« Er wischt eine Wasserperle von der Seite seines Glases ab. »Sie ist eine gute Freundin, aber ich weiß nicht immer, wo sie sich gerade aufhält.«

»Ihr streitet, als wärt ihr in einer Beziehung«, sage ich, um ihm seine Definition des Verhältnisses zu Mira zu entlocken.

Ein Teil von mir will, dass er in einer Beziehung ist. Wenn er eine Freundin hat, kann ich mich davon überzeugen, mich von ihm fernzuhalten. Es macht mir Angst, wie ich auf Lewis reagiere. Es ist zu intensiv.

Er dreht sich zu mir um und schottet damit die anderen von uns ab, obwohl ich mir ziemlich sicher bin, dass sie zuhören. Es fällt ihnen scheinbar schwer, gleichzeitig zu reden und zuzuhören, weshalb ihr Gespräch nicht sehr lebhaft ist. »Keine Beziehung – nicht so, wie du denkst. Sie ist wie eine Schwester für mich.«

Ich sehe ihn ungläubig an. »Weiß sie, dass du so über sie denkst?«

»Ja.«

»Wie geht sie mit diesem Wissen um?« Ich verhalte mich wie eine Psychologin, aber im Ernst, ich muss es herausfinden.

Er zuckt träge mit den Achseln, als würde es keine Rolle spielen.

Es spielt aber eine Rolle, verdammt. Was die beiden zusammen haben ist so verwirrend. Und ich muss wissen, was es bedeutet. »Wie ist sie mit deinen bisherigen Freundinnen klargekommen?«

Er antwortet nicht. Sein Blick schweift nervös ab.

Ein unbehagliches Gefühl läuft mir über die Wirbelsäule. »Lewis?« Ich habe fast Angst nachzufragen. »Wann *hattest* du das letzte Mal eine Freundin?« Vielleicht ist seine letzte Beziehung schlecht ausgegangen und Mira ist nur überfürsorglich?

»Vor ein paar Jahren.«

Ich nippe an meinem Bier, um das Schaudern zu beruhigen, welches mich aus dem Gleichgewicht zu bringen droht. Das war nicht das, was ich hören wollte. »Also … war Mira damit einverstanden, aber jetzt kann sie nicht damit umgehen, dass du mit anderen Frauen redest?« Ich will nicht lange um den heißen Brei herumreden. Es ist offensichtlich, dass Mira Probleme damit hat, wenn Lewis anderen Frauen, insbesondere mir, Aufmerksamkeit schenkt.

Er lächelt, dieses Mal ein bisschen schelmisch. »Sie wusste nichts von der Beziehung. Ich war damals auf dem College.«

Meine Augen werden groß. Das geht schon seit dem College so? »Warum verheimlichst du deine Freundinnen?«

Er rutscht auf seinem Sitz herum. »Freundin. Es gab nur eine.«

»Eine?«, quieke ich. Lewis ist eine unwiderstehliche Augenweide. Auf keinen Fall hatte er nur eine Freundin. Dann muss er ein Player sein. Aber auch das passt nicht zu ihm. Er hat heute Abend noch kein einziges Mädchen abgecheckt, im Gegensatz zu den anderen Jungs hier. »Schwestern hindern ihre Brüder nicht daran, aufgerissen zu werden«, sage ich. Seine Mundwinkel bewegen sich nach oben. Habe ich das laut gesagt? »Ich meine … du weißt, was ich meine.« Ich blicke nervös zu den Jungs.

Die Hälfte von ihnen starrt uns unverhohlen an.

Das ist eines der unangenehmsten Gespräche, das ich je geführt habe und es findet ausgerechnet mit Lewis und vor einem halben Dutzend Zuhörern statt. »Warum ist sie so?«, frage ich mit gedämpfter Stimme.

Er blickt auf seine Armbanduhr. »Wir sollten gehen. Es ist schon spät.«

Er weist mich ab? Schon wieder?

Ich habe ziemlich private Fragen gestellt, aber es ist nicht so, als hätte er nicht geantwortet. Wahrscheinlich sollte ich mich glücklich schätzen, dass er überhaupt so viele Fragen beantwortet hat.

Lewis trinkt sein Bier aus und schiebt das Glas in die Mitte des Tisches. Er steht auf und verabschiedet sich von Jake, der neben ihm steht, mit einem männlichen Handschlag. »Ich haue jetzt ab«, sagt Lewis. »Wir sehen uns später.« Er sieht mich an. »Nächste Woche machen wir Teamtraining. Und unser Training geht morgen weiter – sei bereit. Ich hole dich um acht ab.«

»Acht? Warum so früh?«

Er grinst und dreht sich zur Tür. »Besonderes Hindernistraining«, ruft er.

Mist, er wird mich foltern. Mehr als er es sowieso schon getan hat.

Kapitel Vierzehn

Ich hoffe inständig, dass ich mir heute Morgen in der Dusche die Haare gewaschen habe. Da ich noch nicht ganz wach bin, bin ich mir da nicht so sicher. Ich weiß nur, dass sie nass sind. Es besteht immer noch die Möglichkeit, dass ich vergessen habe, Shampoo zu benutzen und sie einfach nur nass gemacht habe. Aber meine Haare riechen blumig, also wird es schon stimmen.

Meine Arme zittern, als ich meine feuchten Strähnen zu einem Pferdeschwanz nach hinten binde. Meine Muskeln sind es nicht gewohnt, schon so früh zu funktionieren. Nachdem Lewis mir mit dieser morgendlichen Trainingseinheit gedroht hat, bin ich gestern Abend auch früher gegangen. Aber das hat letztendlich auch nichts gebracht. Ich konnte nicht einschlafen, weil ich es dank der Arbeit gewohnt bin, lange aufzubleiben. Letztendlich haben Cali und ich uns ein paar Stunden lang miese Reality-Shows angesehen.

Lewis fährt mit seinem roten Jeep in die Einfahrt und ich stolpere aus der Haustür. Der einzige Grund, warum ich ihn wegen des frühen Trainings nicht anschnauze, sind die Donuts und eine Scheibe Brot mit Erdnussbutter und Bananen, die er mitgebracht hat.

Nachdem ich in sein Auto eingestiegen bin, deute ich knurrend auf das Brot. »Was hat es mit dem Brot auf sich?«

Er fährt aus der Einfahrt hinaus und steuert auf die Hauptstraße zu. »Für dich. Iss das und dann kannst du einen Donut haben.«

Ich beiße mir auf die Lippe und versuche, ruhig zu bleiben.

Ich werde nicht mit ihm über den Unsinn mit dem Brot diskutieren, und zwar aus zwei Gründen. Erstens ist es die mentale Energie nicht wert, weil ich ohnehin nur halb wach bin. Zweitens habe ich Hunger und schaffe nach dem pappigen Brot noch mindestens drei oder vier der Donuts.

Ich vertilge das fade Getreide-Bananen-Teil mit ein paar Bissen, trinke meinen Kaffee und schnappe mir dann einen glasierten Donut.

Er blickt zu mir herüber. »Ist das koffeinfreier Kaffee? Du solltest nämlich nicht −« Er verstummt, als ich ihm mit einem grimmigen Blick begegne.

Ganz genau, treibe es nicht zu weit, Freundchen. Morgenmuffel hier. Nicht. In. Der. Stimmung. Ich nehme einen großen Schluck und neige den Kopf zur Seite. *Versuch's doch.*

Ein Lächeln umspielt seine Mundwinkel und sein Blick kehrt wieder zur Straße zurück.

Ich schlinge noch ein paar Donuts hinunter und wir nähern uns Camp Richardson, was ziemlich weit draußen liegt. »Wo fahren wir hin?«

»Fallen Leaf Lake. Zu den Kaskaden.«

Eine Sightseeingtour? »Ich dachte, der Sinn dieser

Folter – äh, dieser *schönen morgendlichen Zusammenkunft*, meine ich – wäre Training?«

Er fährt eine schmale Straße südlich des Camp Richardson Ladens entlang. »Die Kaskaden sind das Hindernis.«

Warum löst dieser Satz in meinem Kopf Alarm aus? Ich lege den Donut Nummer fünf vorsichtig in seine Schachtel zurück. Vielleicht sollte ich mich mit dem Zucker etwas zurückhalten. Das kann ich auch nach dem Training noch essen.

Einige Minuten später sehe ich den Fallen Leaf Lake durch die Bäume glitzern. Er ist zwar deutlich kleiner als Lake Tahoe, aber genauso schön – und wahrscheinlich genauso eiskalt. Ich hoffe wirklich, dass ich bei diesem Ausflug nicht schwimmen muss. Ich würde meinen Arsch gern dort lassen, wo er ist, und ihn mir nicht abfrieren.

Wir kommen am Bootshafen vorbei und Lewis fährt einen gewundenen Hügel entlang eines Baches hoch, der in den See fließt. Er hält auf einem Seitenstreifen und zieht die Handbremse an.

Lewis greift hinter meinen Sitz und seine harte Brust streift meinen Arm. Ein Schauder der Anziehung breitet sich in mir aus und der Duft von Kiefern und Lewis raubt mir den Verstand.

Er holt einen Rucksack nach vorn. »Bereit?«

»Äh, ja.« *Nein.* Sowas von nicht bereit. Ich steige aus dem Jeep aus.

Die Steine der Kaskaden sind grau und braun, wie geneigtes knittriges Papier aus Ton, durch das sich die seichten Bäche winden. Ich blicke über den Abhang. Irgendwie habe ich das ungute Gefühl, dass ich diese Steine aus nächster Nähe kennenlernen werde.

»Warte hier.« Lewis klettert den Abhang hinunter auf die Wasserfälle zu, ohne mir zu erklären, was zum Teufel wir hier machen. Mit dem Rucksack auf seinem Rücken macht er sich auf den Weg die steilen Felsen hinauf.

Mit seinen langen Beinen, die die Strecke mit Leichtigkeit zurücklegen, sieht es nicht schwer aus, aber das beruhigt mich nicht. Er fühlt sich an Orten wie diesen zu Hause. Ich bin es gewohnt, auf Bürgersteigen oder in Parkanlagen zu trainieren. Oder in welcher städtischen Umgebung ich auch immer gerade wohne. Dies ist der wilde, ungezähmte Teil des Lebens, den ich zu vermeiden versuche.

Als er endlich anhält, ist Lewis ein kleiner Fleck in der Ferne. Er nimmt seinen Rucksack ab und winkt mir zu.

Und schon geht es los.

Ich klettere den Abhang hinunter und versuche dann denselben Weg durch die Kaskaden hinauf zu nehmen wie er. Und wie bereits erwartet ist es nicht so einfach, wie es aussah. Ich schwitze und atme schwer, als ich endlich den Felsen erreiche, oberhalb dem, auf dem Lewis steht. »Und was jetzt?«, keuche ich.

Er tippt auf sein Handy. »Zu langsam. Du hast zehn Minuten bis hierhin gebraucht.«

Ich sehe mich um. Die Felsen sind scharfkantig und steil. Das ist gefährlich. Es wäre besser, einfach Treppen zu laufen. »Warum die Kaskaden?«

Er sieht von seinem Handy auf, um mir einen vorwurfsvollen Blick zuzuwerfen. »Die Hälfte des Mudder-Geländes besteht aus steilen Kletterelementen. Das ist die perfekte Vorbereitung.«

Er deutet mit dem Kopf in die Richtung, aus der wir gekommen sind. »Hin und zurück, acht Minuten. Acht Wiederholungen.« Er hält sein Handy hoch und zeigt mir die zurückgesetzte Stoppuhr. »Ab sofort.« Er drückt den Startknopf und die Zeit läuft.

Scheiße.

Ich drehe mich um und sprinte so schnell ich kann wieder den Weg zurück, den ich gekommen bin. Ich werde nicht einmal darüber nachdenken, wie oft ich das seiner Meinung nach noch machen soll. Diese Zahl kann nicht nochmals ausgesprochen werden, denn davon steigt mir Donut-Galle in die Kehle.

Minuten – Stunden? – später fühlen meine Beinmuskeln sich an wie eine Mischung aus Feuer und Schlamm. Lewis hält den Finger hoch, was, wie ich annehme, die letzte Runde kennzeichnen soll. Meiner Einschätzung nach habe ich die Wasserfälle fast tausendmal erklommen. Währenddessen hat er auf seiner Anhöhe Liegestütze, Sit-ups und andere Übungen gemacht und mir gelegentlich zugerufen, dass ich entweder zu langsam bin, meinen Körperschwerpunkt nicht beachte oder meinen Rücken statt meiner Beine benutze ... Ich werde ihm wirklich gleich wehtun.

»Stopp«, ruft er, als ich unter seinem Berggott-Felsen ankomme. Er hält die Stoppuhr hoch, auch bekannt als sein Handy. »Klettere die letzte Steigung hoch und du bist fertig.«

»Die, die eineinhalb Meter über meinem Kopf ist?«, keuche ich.

Er nickt.

Er versucht wirklich, mich umzubringen. Mein Gesicht glüht vor Überanstrengung, meine Beine zittern und ich bin ziemlich sicher, dass ich klinisch dehydriert bin. Aus den Kaskaden zu trinken scheint im Moment durchaus akzeptabel. »Ich kann nicht. Zu hoch.« Er weiß, dass ich keine Kraft im Oberkörper habe.

»Du kannst das. Wenn du schon Angst hast, es überhaupt zu versuchen, solltest du das Rennen aufgeben. Das Mudder ist mit Kletterwänden übersät.«

Er musste ja unbedingt die eine Sache sagen, die mich dazu bringen würde, einen blanken Felsen zu erklimmen.

Ich mache keinen Rückzieher, nur weil ich Angst habe. Deswegen mache ich das ja überhaupt, um ein Risiko einzugehen und Selbstvertrauen aufzubauen – und schon wieder fordert er mich heraus, verdammt.

Ich stütze einen wackeligen Fuß auf eine bleistiftbreite Kante, greife nach einer Spalte über meinem Kopf und ziehe mich mit meinen Fingerspitzen hoch. Mit brennenden Unterarmen schiebe ich eine zitternde Handfläche noch einige Zentimeter weiter den Stein hinauf.

Meine Finger rutschen ab und ich falle.

Mein Mund öffnet sich zu einem Schrei einen Bruchteil einer Sekunde bevor eine starke Hand mein Handgelenk greift und ich wie ein Hubschrauberkorb angehoben werde. Hastig klettere ich über den Rand und rolle mich auf meinen Rücken, um nach Luft zu schnappen.

Mein Blick schweift zu Lewis, dessen Atmung leicht beschleunigt ist. Er hockt neben mir auf seinen Zehenspitzen, die Augen weit aufgerissen. Er hat mich hochgezogen, als würde ich nichts wiegen.

»Du sollst doch nicht helfen«, krächze ich, meine Kehle trocken und wund. Ich hätte mich ernsthaft verletzen können – ich weiß also nicht, warum genau diese Worte als Erstes aus meinem Mund kommen.

Lewis greift in seinen Rucksack, schraubt den Deckel einer Edelstahlflasche ab und reicht sie mir. »Ich lasse dich nicht fallen.«

Ich setze mich auf und schlucke Wasser, bis sich mein Hals verengt und ich husten muss. Ich schnappe nach Luft und nehme noch einen Schluck. Mein Kopf wird wieder klar. »Ich muss das allein schaffen«, sage ich. Versteht er es nicht? Ich muss mich selbst retten. Das ist der Sinn hinter diesem blöden Rennen. Um zu beweisen, dass ich es kann.

Lewis spannt den Kiefer an. »Ich lasse nicht zu, dass du verletzt wirst.«

Nein, er quält mich höchstens mit Weckrufen am frühen Morgen und Muskel-zerreißendem Krafttraining. Ganz zu schweigen von der emotionalen Belastung, die seine Anwesenheit auf mich ausübt. Für wen hält er sich eigentlich? Nicht für meinen Bruder, nicht für meinen Vater – ach ja, richtig, ich habe keines von beiden – und er ist ganz sicher nicht mein Freund.

»Das wirst du, wenn ich das so will.« Aus einem völlig unkontrollierten Impuls heraus stoße ich sein Knie.

Er saß unachtsam in der Hocke und hat nicht damit gerechnet. Sein Gesicht ist ausdruckslos, als er nach hinten umkippt und sich mit einer Hand abfängt.

Ich springe auf und beuge mich über ihn, da mich der Wassermangel offenbar wahnsinnig gemacht hat. »Du bist nicht mein Boss.« Ich pikse ihm in die Brust. »Du kannst mir nicht vorschreiben, was ich tun soll, oder mich schikanieren, nur weil du größer bist.« Mir ist klar, wie verrückt ich klinge, aber diese Erkenntnis scheint den Wahnsinn nicht zu bremsen.

Lewis' Augen funkeln überrascht, dann wütend, und dann tun sie das absolut Schlimmste, was man sich nur vorstellen kann: sie gleiten zu meinem Mund, seine Brust hebt und senkt sich schneller als noch vor ein paar Sekunden.

Ich beuge mich nach unten, bis sich unsere Atemzüge vereinen. Er riecht so gut; sogar sein Atem ist minzfrisch und klar. Er kommt mir den halben Zentimeter bis zu meinen Lippen nicht entgegen. Er wartet, als würde er mir die Erlaubnis geben, den ersten Schritt zu tun.

Mein Blick fällt auf die Narbe in seinem Mundwinkel. Ich weiß, was ich will. Ich will das, wovon ich schon träume, seit er mir gesagt hat, dass Mira nicht seine

Freundin ist. Das, was ich mir schon seit unserer ersten Begegnung ausmale.

Ich streife die Narbe leicht mit meinen Lippen. Luftstöße von Lewis' holprigem Atem streichen über meine Haut. Ich küsse erst seine Unterlippe, dann die Oberlippe, dann drückte ich meinen Mund auf seinen.

Er reagiert unmittelbar und verheerend, bewegt seine Zunge in meinen Mund und lässt seine Lippen über mein Kinn und meinen Hals wandern. Er könnte sich aufsetzen, mich packen, aber das tut er nicht, er stützt sich weiterhin auf seine Ellbogen und hält sich aufrecht.

Also klettere ich auf ihn und umklammere seine Taille mit meinen Beinen.

Lewis stöhnt und der tiefe Ton entfacht Feuer in meinem Bauch. Ich spüre seine harten Konturen unter meinem Hintern und den nackten Beinen, seine Länge schwillt gegen meinen Oberschenkel an und macht mich verrückt.

Ich greife seine Schultern, fahre mit den Fingern seinen starken Nacken hinauf und durch sein weiches Haar. Sein Mund bedeckt meinen, bedächtig, sinnlich, während der Rest seines Körpers weiterhin bewegungslos bleibt. Wie sich sein Körper unter meinem anfühlt, wie er schmeckt und riecht, und weil er sich zurückhält, wie kein anderer Kerl es getan hätte, wird ein Feuer in meinem Körper entfacht. Ich bewege meine Hüften.

Ein weiteres Grollen entweicht seiner Kehle, aber er ergreift mich immer noch nicht. Ich fahre mit meinen Händen über seine Schultern, seine sexy Unterarme bis hin zu seinen Handgelenken. Ich ziehe, bis er sich vom Boden löst. Endlich setzt er sich auf und ich lege seine Hände auf meine Hüften.

Die Zurückhaltung zerspringt. Lewis schlingt seine Arme um mich, lehnt mich nach hinten und führt seinen

Mund meinen Hals hinunter, über meine Brust. »Genevieve.«

Mein Gehirn stockt. *Was?*

Hat er mich …

Niemand nennt mich Genevieve, außer meiner Mutter – und Drake.

Ich dränge, schubse und schiebe mich von Lewis' Schoß, genauso verzweifelt von ihm wegzukommen, wie ich es an jenem Tag in der Suite mit Drake war. Ich starre ihn an, als wäre er das wilde Tier und nicht ich – derjenige, der diese Verführung angestiftet hat. Meine Reaktionen sind völlig verkehrt, aber es ist unvermeidlich, der Schock von den unerwünschten Erinnerungen ist so heftig, dass ich kaum noch Luft bekomme.

Lewis hält die Hände hoch, die Frage steht ihm ins Gesicht geschrieben. *Was ist denn los?*

»Nenn mich nicht so.«

Er sieht weg und atmet tief ein. Dann rollt er sich auf die Beine, fährt sich mit angespannten Fingern durchs Haar und sein Blick flackert zu mir. »Wir sollten gehen.« Er streckt seine Hand aus.

Ich versuche, ohne seine Hilfe aufzustehen, aber nachdem mein sexueller Adrenalinkick verlöscht ist, habe ich jegliche Energie verloren. Und mit Energie meine ich, dass meine Muskeln endgültig streiken. Meine Beine geben nach und ich plumpse zurück auf meinen Hintern. »Gib mir eine Minute … Ich brauche eine Minute«, sage ich in einem zittrigen Atemzug.

Lewis schwingt den Rucksack auf seinen Rücken, geht in die Hocke und hilft mir auf während er seinen Arm um meinen Rücken legt und meine Taille festhält. Ich sollte ein Problem damit haben, dass er mir hilft – denn das widerspricht allem, was ich zu erreichen versuche – aber ich bin zu verwirrt im Kopf, als dass es mir etwas ausmacht. Ich bin ausgeflippt, weil er mich bei meinem Geburtsnamen genannt hat. Was zum Teufel?

Er führt mich ein paar Schritte weiter zu einem Abschnitt des Bergrückens, der etwas flacher ist als der Bereich, in dem ich mich fast umgebracht hätte. Mit dem Großteil meines Gewichts belastet klettert er hinunter. »Meine Schuld«, sagt er. »Ich habe es zu weit getrieben.«

Spricht er von den Kaskaden oder von dem Kuss? Die Wasserfälle waren eindeutig seine Schuld, aber ich habe den Tritt in den Hintern gebraucht. Er hat mir damit gezeigt, dass ich noch längst nicht bereit bin für das Rennen. Was den Kuss anbelangt, bin ich schlicht und einfach ausgeflippt, weil die Erinnerung an Drake mich wie eine Ohrfeige getroffen hat.

Ich lehne meine Stirn an seine Brust, weil ich ihm nicht sagen kann, wie es mir wirklich geht. Dass ich durcheinander bin. Dass ich ihn wirklich mag. Und unser Kuss … so etwas habe ich noch nie erlebt.

Meine Beine bewegen sich, aber ich konzentriere mich nicht darauf und ehrlich gesagt macht er sowieso die ganze Arbeit. Als ich aufblicke, haben wir es geschafft, auf die andere Seite zu klettern. Er verlagert seinen Griff um mich herum und sein Auto piept.

»Ich kann jetzt allein laufen.« Ich versuche einen Schritt zu machen aber meine Beinmuskeln verkrampfen sich. Mit dem Handballen reibe ich an der schmerzenden Stelle.

Lewis zieht mich zu sich heran, öffnet mir die Tür des Jeeps und befördert mich auf den Sitz. Einen Augenblick lang legt er seine Hände auf meine Knie und Reue flimmert in seinen Augen. Bereut er es, mich geküsst zu haben?

Er hat gesagt, dass er es zu weit getrieben hat, aber das hat er nicht.

Er wendet sich ab und als er weggeht, ist mir plötzlich

kalt. Ich möchte etwas sagen, damit er zurückkommt, aber ich habe keine Worte.

Auf dem Weg zu mir nach Hause versuche ich, mit ihm zu reden. »Lewis, es tut mir leid. Das vorhin war meine Schuld.«

Sein Kiefer spannt sich an. »Nein, das war es nicht, Gen. Du musst …« Er hält inne. »Sprich mit jemandem darüber.«

Wir wissen beide, wovon er spricht.

»Jemandem – wie einem Psychiater?« Ich lache verbittert. Ich weiß nicht, warum ich es so ironisch finde, dass die Psychologiestudentin einen Psychiater aufsuchen muss, aber das tue ich.

»Das habe ich nicht gemeint. Obwohl du das machen könntest. Es könnte helfen, mit jemandem zu reden. Ich meinte, dass du dem Casino von diesem Kerl erzählen solltest.«

»Ich werde es mir überlegen.« Ich möchte nicht über das sprechen, was mir passiert ist. Aber ich bin nicht die einzige Person, die in Gefahr ist. Drakes Gegenwart ist eine Gefahr für alle Frauen, die im Blue arbeiten.

Ich wollte erst einmal herausfinden, was im Casino vor sich geht, bevor ich etwas unternehme. Ich bin mir immer noch nicht ganz sicher, was das Management im Schilde führt. Aber da Cali nach *ihrem* Zwischenfall mit Drake gefeuert wurde, muss etwas gegen ihn unternommen werden. Es ist an der Zeit, dass ich die Sache in die Hand nehme.

Wir biegen in die Einfahrt unseres Ferienhäuschens ein. Meine Beine haben sich von schwach und unglaublich schmerzhaft in regelrechten Wackelpudding verwandelt. Ich steige vorsichtig aus dem Jeep und mache kleine Babyschritte zur Haustür.

Lewis schlingt seinen Arm wieder um meine Taille und

ich protestiere nicht. »Wo ist dein Bett?«, fragt er, als wir drinnen sind.

Ich nicke zur Tür. Er öffnet sie und führt mich zur Kante der Matratze, wobei sein Arm mein Gewicht trägt, bis ich sitze. »Ich bin gleich wieder da.«

Unter dem Haus rumpeln die Leitungen. Wenige Minuten später kommt er mit einem Glas Wasser, drei Ibuprofen und einem einfachen Truthahnsandwich zurück. Keine Ahnung, wo er das Ibuprofen gefunden hat, obwohl er bei der Suche wahrscheinlich auf eine Menge Tampons und Vorlagen gestoßen ist.

Er sieht sich in meinem kleinen Schlafzimmer um, seine Augen fallen auf die orange und braun gemusterte Überdecke aus den Siebzigerjahren und die verschrammten Nachttische aus Holz. »Kein Fernseher? Hast du ein Buch?«

Ich habe mich vor Lewis schon genug gedemütigt. Das Vampir-Taschenbuch werde ich sicherlich nicht herausholen. Ich nicke zu dem Kindle auf dem Nachttisch. Er nimmt ihn und legt ihn neben das Sandwich. Ich lehne mich auf ein Kissen zurück, schließe meine Augen und öffne sie Sekunden später wieder, als ich spüre, dass er noch da ist.

»Kommst du klar?« Die Art und Weise, wie er das fragt, lässt meinen Hals enger werden und Tränen stauen sich hinter meinen Augen.

Ich reibe meine Augen und lächle. »Ja.« Aber wenn er mich weiterhin besorgt und fürsorglich ansieht und mich so küsst, wie er es getan hat, bin ich mir nicht sicher, ob ich wirklich klarkomme.

Kapitel Fünfzehn

Aus irgendeinem Grund bin ich heute Morgen ziemlich früh aufgewacht, und – Überraschung – habe einen gehörigen Muskelkater. Aber es ist nicht nur ein einfacher Muskelkater. Ich bin entkräftet. Ich laufe wie eine alte Frau.

»Gen, Cookie?« Tyler, Calis Bruder, der für ein paar Wochen bei uns wohnt, legt einen Schoko-Cookie auf den Tresen – etwa eine Meile von meinem Platz auf der Couch entfernt. Er schmunzelt und kehrt zu seinem Laptop am Küchentisch zurück.

Er und Cali lieben es, mir beim Laufen zuzusehen. Sie finden es witzig.

Es könnte sein, dass ich sie ein oder zweimal mit meinen sportlichen Fähigkeiten genervt habe – okay, Cali eher hunderte von Malen –, aber trotzdem verstehe ich nicht, was daran so witzig sein soll. »Du bist grausam. Und du zahlst nicht einmal Miete.«

Cali nennt Tyler den Tahoe Gammler. Er ist ein Biologiedozent an einem College in Colorado. Immer Sommer hat er frei und aus irgendeinem Grund hat er beschlossen, seine freie Zeit diesmal bei uns zu verbringen. Tyler ist nur ein paar Jahre älter als Cali, aber er ist so intelligent, dass er sowohl in der High School als auch auf dem College Klassen übersprungen und einen vorzeitigen Abschluss gemacht hat. Aber wenn man mit ihm redet, merkt man von all dem nichts.

»*Caliii*«, jammere ich. »Sag deinem Bruder, er soll mir das Cookie bringen.«

Cali sitzt auf einem Terrassenstuhl und blickt von ihrer Skizze auf. Das Dreieck, das wir formen – ich auf der Couch, Tyler in der Essecke und Cali draußen –, hat eine Seitenlänge von etwa fünf Metern. Obwohl wir uns in getrennten Teilen des Hauses befinden, ist unsere Wohnfläche so klein, dass wir immer noch problemlos miteinander reden können.

Sie sieht ihren Bruder an. »Tyler, sei kein Arsch. Mach dich nützlich und trag Gen auf deinem Rücken herum oder so.«

»Ja«, bekräftige ich, denn *verdammt*. Lewis und sein Training – seine *Folter*, besser gesagt.

Tyler kippt seinen Stuhl auf zwei Beine, streckt seinen langen Arm zur Theke und wirft mir den Keks in den Schoß.

Abgesehen von der Cookie-Quälerei mag ich es, ihn im Haus zu haben, auch wenn er uns zwingt, Motocross und andere beliebige Sportarten statt unserer Reality-TV-Shows zu sehen. Er hat uns außerdem dazu überredet, Netflix zu nutzen, damit er sich Sport live ansehen kann – irgendetwas darüber, dass er seine Spiele nicht aufzeichnen kann, weil er die Ergebnisse sonst erfährt, bevor er sie sich ansehen kann.

Deswegen – genau deswegen. Deswegen regieren Männer die Welt. Frauen sind zu zuvorkommend.

Ein paar Stunden später bricht Cali zu ihrem ersten

Arbeitstag auf. Sie hat den Job bei Sallee Construction bekommen und jetzt, wo sie ihn tatsächlich hat, bin ich mir nicht sicher was ich davon halte, dass sie dort arbeitet. Ich habe sie ermutigt, sich dort zu bewerben. Aber ich habe vergessen, dass es dort noch einen anderen Sallee gibt. Cali wird Lewis regelmäßig sehen.

Es gibt so vieles, was ich über Lewis nicht weiß. Und so vieles, was ich selbst noch herauszufinden versuche. Ich weiß nicht einmal, was unser Kuss bedeutet hat oder ob er überhaupt etwas bedeutet. Ich habe diesen Moment mit meinen Erinnerungen an Drake total versaut.

Nessa besucht mich während meines Gen-kann-nicht-laufen-Filmmarathons, den ich gestartet habe, nachdem Cali aufgebrochen ist.

Sie plumpst neben mir auf die Couch. »Wie geht es dir?«

Ich hebe meine Beine auf ein Kissen und seufze.

»Wie einem Pflegefall.«

»Meinst du, du kannst heute Abend arbeiten?«

»Ich glaube es zumindest?« Ich weiß nicht genau, wie ich den ganzen Abend lang schwere Serviertabletts tragen soll. »Eine Stunde vor der Arbeit nehme ich einfach eine Handvoll Ibuprofen und hoffe auf das Beste.«

Sie sieht sich um. In unserem Häuschen ist es unheimlich still, was ungewöhnlich ist, wenn Tyler in der Stadt ist. »Wo sind denn alle?«

»Tyler ist mit dem Fahrrad unterwegs, oder was auch immer er macht, und Cali hat heute ihren ersten Arbeitstag in ihrem neuen Job. Heute Nachmittag wird sie eingearbeitet.«

Nessa zieht die Sixteen-Candles-DVD heraus. »Ich bin so froh, dass es in Lewis' Firma geklappt hat.« Sie macht den DVD-Player neben dem Flachbildfernseher an – die beiden teuersten Gegenstände in diesem *Chalet*. Cali und ich sind der Überzeugung, dass dieses Haus einem Mann gehört, weil bis auf die Elektronik alles veraltet und grauenhaft ist.

Nessa steht auf Achtzigerjahre-Klassiker, genau wie Cali, was bedeutet, dass ich mich mit voluminösen Frisuren auskenne. Sixteen Candles ist einer meiner Favoriten. Ich meine, Jake Ryan? Jederzeit!

Wo wir gerade von geheimnisvollen, dunkelhaarigen Männern sprechen … »Also, Nessa, ich habe mich in letzter Zeit mit Lewis getroffen. Für unser Training«, füge ich schnell hinzu. »Und ich habe mich gefragt, wie es mit seiner Beziehung zu Mira aussieht. Das frage ich natürlich aus rein wissenschaftlichen Gründen.«

Sie lächelt. »Natürlich. Dass er heiß ist, hat absolut nichts damit zu tun.«

»Nein, überhaupt nicht.« Ich lächle. »Wie auch immer, was ist das zwischen ihnen? Er hat gesagt, dass sie nicht seine Freundin ist, aber sie wirken so – so –«

»Zusammen?«

»Ja, genau. Sie verhalten sich wie ein Paar, mit den Streitereien und all dem. Jedenfalls von Miras Seite aus. Ich verstehe das nicht.«

Die Mikrowelle piept, der Duft von buttrigem Popcorn erfüllt die Luft. Nessa setzt ihren Hilfsdienst fort und holt die dampfende Tüte heraus. Sie hält sie von sich weg, während sie die Oberseite aufreißt, um keine Dampfverbrennungen im Gesicht zu bekommen.

»Sie haben eine komplizierte Freundschaft«, sagt sie und steckt sich ein gelbliches Popcorn in den Mund. »Es ist irgendwie so« – sie nascht mit einem abwesenden Blick, als würde sie darüber nachdenken – »verwickelt.« Sie hält mir die Tüte hin und ich schnappe mir eine Handvoll. »Zach hat mir mal erzählt, dass Lewis an dem Tag dort war, als sein Vater Mira mit drei Jahren aus einem missbräuchlichen Zuhause gerettet hat. Ihre Mutter war drogensüchtig und hatte sie tagelang allein gelassen. Es war ein glücklicher Zufall, dass sein Vater in der Nähe an einem Projekt gearbeitet und sie gefunden hat.«

Mein Magen zieht sich zusammen. »Oh mein Gott, als Dreijährige?« Und ich dachte, meine Mutter wäre schlimm.

Nessa nickt. »Ja, es ist also verständlich, dass Mira Probleme hat. Als Lewis und sein Vater hineingekommen sind, ist sie direkt zu Lewis gerannt. Vielleicht lag das einfach daran, dass er nur ein paar Jahre älter war als sie. Aber seitdem ist sie immer an seiner Seite gewesen. Lewis nimmt seine Beschützerrolle ernst. Es ist verrückt, wie sehr sich sein Leben um ihr Glück dreht.«

Er hat sie gerettet und das ist auch gut so. Warum fühlt sich mein Herz dann so schwer an? Lewis und Mira sind nicht zusammen, aber sie sind auf eine sehr tiefe und wichtige Weise miteinander verbunden. Alles, was ich habe, ist ein Kuss. Ein sehr heißer Kuss.

»Lewis hat erwähnt, dass er bisher nur eine Freundin hatte. Ich habe das Gefühl, dass er wegen Mira nicht mit Mädchen ausgeht.«

Ihr Blick wird weicher, als könnte sie meinen Gedankengang nachvollziehen, denn ich gehe davon aus, dass es mir ins Gesicht geschrieben steht. »Ja, das könnte man so sagen. Ich habe ihn schon mit ein paar Frauen gesehen, aber nie mit derselben. Mira ist ausgerastet, als er einmal in ihrer Gegenwart ein Mädchen mitgebracht hat. Das war schon immer so. Zach hat gesagt, dass Lewis in der Junior High oder High School nie ein Date hatte. Obwohl ihn tonnenweise Mädchen mochten. Na ja, du weißt schon –« Sie winkt zu mir, als Beispiel für besagte Frauen, die für Lewis schwärmen. *Ja, ich bin absolut durchschaubar.* »Niemand hat infrage gestellt, warum er zu Hause bleiben und sich auf die Abschlussprüfungen vorbereiten wollte, anstatt zum Abschlussball zu gehen. Er hatte einen sehr guten Notendurchschnitt. Jetzt, wo er erwachsen ist, hat sich in Sachen Liebe nicht viel geändert. Er ist ein bisschen distanziert, weißt du? Aber ich glaube, dass das an Mira liegt. Sie verwandelt sich in den Tasmanischen Teufel, wenn sie spürt, dass er sich für jemanden interessiert.«

Sich auf Lewis einzulassen, war von Anfang an eine schlechte Idee. In dem Moment, in dem er sagte, dass er und Mira kein Paar sind, hatte ich tatsächlich einen Funken Hoffnung. Aber seine Verbindung zu Mira ist zu stark, zu wichtig – das wird nie funktionieren. Ich habe es die ganze Zeit gespürt, aber jetzt weiß ich es ganz sicher. Warum habe ich ihn dann so überfallen? Und ›*überfallen*‹ ist wirklich keine Übertreibung.

Ich habe mich noch nie einem Typen an den Hals geworfen. Ich fantasiere nicht einmal, wie manch andere Mädchen (Cali) es tun. Sex ist ein Teil einer Beziehung, den ich erwarte und ich gewissermaßen in Kauf nehme. Aber bei Lewis denke ich daran. An verrückte Dinge wie seinen Geruch, seine Augen, diese Narbe – ich hätte mit dem, was wir auf den Kaskaden gemacht haben nicht aufgehört. Wären da nicht die Visionen von Drake gewesen, die mich aus meinem Hormonschleier herausgerissen haben.

Nessa wendet sich dem Fernseher zu. »Jetzt weißt du also, warum Mira sich so verhält.« Sie erhöht die Lautstärke. »Sie tut mir leid, aber sie braucht Hilfe. Lewis sollte nicht auf sein Leben verzichten müssen, damit sie sich sicher fühlt.«

Im Fernseher beginnt *Sixteen Candles* damit, dass Molly Ringwald als Sam sich an ihrem 16. Geburtstag im Spiegel betrachtet. Ihr Körper kann mit ihrem emotionalen Entwicklungsstand noch nicht mithalten, wohingegen meiner ein regelrechtes Hormoninferno ist, das über Lewis herfällt, bevor mein Gehirn überhaupt beurteilen kann, wo es lang geht.

Es klopft an der Tür.

Nessa und ich starren uns an. »Erwartest du jemanden?«, fragt sie.

»Nein.« Ich springe auf und lande wieder auf der Couch. Verdammter Muskelkater!

Langsam rutsche ich vom Polster, stütze mich auf der Armlehne ab und humple zur Tür, um zu sehen, wer es ist. Für den Film hat Nessa die Jalousien geschlossen und das Guckloch ist mit einer dicken Schicht Tahoe-Staub bedeckt, sodass es mir ohnehin keine Hilfe ist. Ich reiße die klemmende Tür auf.

Auf der anderen Seite der Türschwelle steht Lewis und hält eine kleine Papiertüte in der Hand. Mit ernstem Blick mustert er mich.

Ich werde sofort rot, als stünden mir meine zügellosen Hormone und die Gedanken daran, dass ich bei den Kaskaden über ihn hergefallen bin, ins Gesicht geschrieben. Er trägt seine übliche Jeans und ein kariertes Hemd – warum sieht das so heiß aus? Ich kenne Lewis mit nichts als nur Boardshorts an, aber irgendwas an seinen karierten Hemden lässt mich davon träumen, meine Hände unter den Stoff und über seine glatte Haut zu schieben. Ich will die einzige sein, die weiß, was sich darunter verbirgt.

»Hey«, sage ich, mein Blick flackert zu Nessa. Ich fühle mich, als hätte man mich bei etwas ertappt, das ich nicht tun sollte. Ich weiß nicht, warum ich überhaupt nervös bin. Es ist offensichtlich, dass Nessa mich durchschaut hat …

»Wie fühlst du dich?«, fragt er.

Ich habe qualvolle Schmerzen. »Ähm, ich habe einen Muskelkater.«

Er gibt mir die Papiertüte. »Das sollte helfen. Arbeitest du heute Abend?«

»Ja.«

Er greift sich an den Nacken. Diese Haltung habe ich schon einmal gesehen. Er ist nervös oder verunsichert. »Ist das so eine gute Idee?«

Besorgt.

Bei Lewis ist die Botschaft nie eindeutig. Macht er sich Sorgen, weil er meine Gehfähigkeit an den Wasserfällen aus der Hölle zerstört hat, oder weil Drake da sein wird? »Ich schaffe das schon.«

Er nickt. Die Szene, in der Long Duk Dong sagt: »Kein Yanky My Wanky mehr«, dröhnt hinter uns. Lewis hebt eine Augenbraue.

»*Sixteen Candles.* Nessa ist da. Willst du hereinkommen?«

Er blickt über meine Schulter und nickt Nessa zur Begrüßung zu. »Nein, ich gehe jetzt besser. Ich wollte … ich wollte mich nur vergewissern, dass mit dir alles in Ordnung ist.«

Alles in Ordnung nach dem Kuss? Oder nachdem er mich praktisch verkrüppelt hat? *Was?* »Mir geht's gut.«

»Okay, dann bis später. Mach heute Abend langsam«, sagt er und mustert mich noch einmal, bevor er sich umdreht und zu seinem Auto geht.

Ich schließe die Tür und kehre zur Couch zurück. Was wäre passiert, wenn Nessa nicht hier gewesen wäre? Wäre er hereingekommen?

Die Papiertüte, die er mir gegeben hat, lege ich in die Nähe meiner Füße. Ich werde später hineinschauen, nachdem Nessa gegangen ist. Sie starrt mich bereits mit einem seltsamen Lächeln im Gesicht an.

»Was war das denn?«

»Nichts.« Ich schüttle den Kopf und starre auf den Fernseher. »Er wollte nur sichergehen, dass er mich gestern beim Training nicht umgebracht hat.« Was er so ziemlich getan hat. In mehr als einer Hinsicht.

Ich habe ihn geküsst – ein Kuss, der alle anderen Küsse in den Schatten stellt – und ich kann das nicht vergessen.

———

DIE KOMBINATION AUS TIGERBALSAM, den Lewis mir vorbeigebracht hat, und einer Handvoll Ibuprofen lindert den Großteil der Schmerzen. Ich rieche wie ein Medizinschrank, aber dafür werde ich heute Abend bei der Arbeit laufen können.

Lewis hat mir ein Geschenk gebracht. Ein stinkendes, schuldbewusstes Geschenk, aber ein Beweis dafür, dass er an mich denkt.

Ich mache mich für die Arbeit fertig und föhne mir die Haare, als Cali ins Bad stürmt.

Ich halte eine Hand an mein pochendes Herz und greife meine Haarbürste mit der anderen. »Scheiße, Cali. Was zum Teufel?«

»Sorry.« Sie klappt den Toilettendeckel herunter und setzt sich. »Ich muss mit dir reden.« Sie atmet heftig aus. »Lewis arbeitet bei Sallee Construction. Er ist der Sohn des Eigentümers.«

Habe ich vergessen, das zu erwähnen?

Sie verengt die Augen. »Du magst diesen Kerl doch nicht wirklich …?«

Cali will nicht, dass ich etwas mit Lewis anfange, weil sie die Dinge mit ihm und Mira für bedenklich hält. Damit hat sie nicht ganz unrecht, aber ich möchte das allein regeln. »Lass gut sein, Cali.«

»Gen –«

Ich stürme hinaus, weil ich das im Moment so etwas von gar nicht gebrauchen kann. Mein Arsch und jeder

Muskel, von dem ich nicht einmal wusste, dass er existiert, tut weh. Und mein emotionaler Zustand ist auch nicht viel besser.

Cali folgt mir dicht auf den Fersen. »Am Anfang des Sommers war ich dumm. Ich habe nicht wirklich verstanden, was du durchgemacht hast, denn ich war nie verliebt. Du hattest eine größere Verbindung zu dem Arschloch, als ich jemals zu Eric. Das verstehe ich jetzt.«

Sie liegt so falsch. Im Vergleich zu den Emotionen, die Lewis weckt, habe ich nicht das Geringste für das Arschloch empfunden. Lewis lässt mich *alles* fühlen.

Cali stützt einen Arm an der Couch und reibt sich in einer seltenen nervösen Geste mit dem Daumennagel über ihre unteren Zähne. »Und ich will dir nicht sagen, was du tun sollst. Denn in dieser Sache bin ich nicht so erfahren, wie ich dachte. Aber ich habe Angst um dich.«

Ich sehe sie fragend an, durchsuche dann meine Tasche auf der Couch und vergesse eine Sekunde später, was ich suche. Ich schüttle den Kopf. »Cali, es gibt nichts zu befürchten …«

»Ich mache mir Sorgen, dass ich dich dazu gedrängt habe, dich mit Männern zu verabreden, bevor du dazu bereit warst. Und jetzt stürzt du dich kopfüber in die gleiche Situation, aus der du gerade erst entkommen bist.«

»Ich glaube du überschätzt dich. Ich bin diejenige, die sich aussucht, mit wem sie sich verabreden möchte. Und ich habe dir gesagt, dass die Situation mit Lewis nicht die gleiche ist wie meine vorherige Beziehung. Außerdem bin ich nicht wirklich in einer Beziehung.« Ein Kuss ist keine Beziehung.

Ich gehe ins Schlafzimmer und ziehe Klamotten aus einer Schublade. Cali beobachtet mich von der Tür aus. »Ich kann nicht beeinflussen, zu wem ich mich hingezogen fühle«, sage ich. »Das liegt einfach in der Natur. Aber ich habe nicht vor, die Vergangenheit zu wiederholen, falls es das ist, was dir Sorgen macht. Selbst wenn ich es täte, wäre es nicht deine Schuld.«

»Okay. Aber Mira hat Lewis heute bei der Arbeit besucht.« Ihre Worte lösen einen Schmerz in meiner Brust aus. Ist er deshalb heute Nachmittag nicht geblieben? »Sei einfach vorsichtig, wenn du Zeit mit ihm verbringst.«

Lewis und Mira sind nicht zusammen, aber ich verstehe nicht, was sie dann sind.

»Das bin ich.« Aber das ist eine Lüge. Ich will mehr als nur mit Lewis befreundet sein, und das ist definitiv nicht die sichere Wahl.

Kapitel Sechzehn

»Ich kann nicht glauben, dass Maryanne dir ihr Pit gegeben hat. Das hätte sie nicht tun sollen, weißt du.« Ambers riesige Kreolen schwingen mit ihren Worten.

Mein Körper schmerzt und ich bin völlig verwirrt über Lewis, unseren Kuss, und was das alles bedeutet. Das Letzte, was ich jetzt brauche, ist eine nörgelnde Amber.

Ich knalle mein Tablett auf den Tresen und erschrecke den Barkeeper. »Tja, das hat sie aber. Finde dich damit ab.«

Amber sieht mich schief an, als wäre ich eine Wildfremde. Der Wahnsinn, der meine Zurückhaltung bei den Wasserfällen abgeschaltet hat, hat immer noch nicht nachgelassen. Er kontaminiert jedes Gespräch, das ich führe.

Drake kommt die Stufen zur Lounge herauf, sein Blick pendelt zwischen Amber und mir hin und her. Amber duckt sich weg und ich stehe da, gefangen in den eisigen Tiefen seiner grauen Augen.

Ich hasse es, dass ich in der Nähe von Männern, die mich verletzt haben, instinktiv erstarre. So war es auch, als das Arschloch hier aufgetaucht ist, und jetzt passiert mir das Gleiche bei Drake.

Wut brennt mir in der Brust und raubt mir den Atem. Mit steifen Armen schnappe ich mir mein Tablett und gehe zu meinen Kunden zurück, wobei ich Drake nicht aus den Augen lasse.

Er kommt mir nicht näher. Er plaudert mit einer Gruppe im vorderen Teil der Lounge, schlendert dann zum Casino Bereich und wechselt ein paar Worte mit einem der Pit Bosse. Die Spannung in meinen Gliedern lässt etwas nach, wenn auch nicht ganz. Er mag vielleicht hierhergekommen sein, um mit Kunden zu sprechen, aber seine selbstbewusste Ausstrahlung spricht mehr als tausend Worte. Die Art und Weise, wie Amber davon geflitzt ist und ich vor Angst gelähmt war – Drake hat hier die Kontrolle.

Er geht an der Lounge vorbei und ist fast außer Sichtweite, als ich ihn dabei erwische, wie er seinen Arm um eine Kellnerin legt. Er zieht sie in die Fahrstuhlnische und sie verschwinden aus meinem Blickfeld.

Ich zähle bis zwanzig, dann fünfzig. Das Mädchen kehrt nicht zurück.

Meine Füße bewegen sich, bevor mein Kopf realisieren kann, dass ich gerade hinter Drake und der hübschen, jungen Kellnerin her bin, die ich noch nie zuvor gesehen habe.

Ich komme um die Ecke und Drake hat die Frau an der Wand festgenagelt. Er hat ihren Arm fest im Griff, beugt sich herunter und spricht ihr ins Ohr. Sie lächelt angespannt und versucht, sich um ihn herum zu ducken. Er tritt zur Seite und versperrt ihr den Weg.

»Mr. Peterson.« Meine Stimme kommt stark und entschlossen heraus.

Doch ich fühle das Gegenteil. Ich frage mich, was zum

Teufel ich da tue. Die Wut, die sich in mir aufgestaut hat, kommt jetzt mit voller Wucht heraus.

Drake hebt den Kopf. Er sieht sich nicht um. Er lässt das Mädchen los und sie schlüpft an ihm vorbei und sieht besorgt in meine Richtung, während sie an mir vorbeigeht.

»Hast du mich vermisst, Genevieve?« Drake dreht sich langsam zu mir um.

»Nicht wirklich. Fassen Sie gern Frauen an, die kein Interesse an Ihnen haben?«

Sein Gesicht ist gerötet, die Lippen pressen sich zusammen. »Komisch, wie ich sehe, willst *du* trotzdem mehr.« Er bewegt sich nicht und ich sorge dafür, dass ich mich von seiner verborgenen Ecke fern halte. In der Nähe befindet sich eine schwarze Kamerakugel, aber sie wird von einer Palme verdeckt.

»Ich werde es dem Management mitteilen.« *Will* ich ihn jetzt etwa dazu anstacheln, mich anzugreifen? Offensichtlich habe ich diese Rettungsaktion nicht durchdacht.

Ich trete einen Schritt zurück, aber meine dummen Worte lassen Drake zur Tat schreiten. Er stürzt auf mich zu und ich mache einen Schritt und dann noch einen. Meine Schulter stößt gegen die Palme vor der Überwachungskamera. Drake packt mich schmerzhaft am Nacken und zerrt mich in die Ecke, die ich vermeiden wollte.

»Lassen Sie mich los.« Ich habe Angst, aber ausnahmsweise bin ich nicht erstarrt. Ich kann allerdings nicht behaupten, dass ich vernünftige Entscheidungen treffe. Mein verdammtes Mundwerk! Warum bin ich nicht mit dem Mädchen abgehauen?

Ich weiß nicht, was die plötzliche Tapferkeit ausgelöst hat. Vielleicht die Anhäufung von beschissenen Begegnungen, seit ich in dieser Stadt angekommen bin. Meine frustrierenden Gefühle für Lewis haben sicher auch dazu beigetragen, dass meine Haltung sich von passiv zu ›Nicht mit mir‹ gewandelt hat.

Drakes Finger graben sich in mein Fleisch und ich werde unsanft daran erinnert, dass er mir körperlich bei Weitem überlegen ist. Mir entkommt ein Wimmern, aus Schmerz, nicht aus Angst vor der Bedrohung.

»Ich habe dich mal nach der Arbeit gesehen.« Seine Augen wandern über meinen Körper. »Im Club.« Er verpasst mir einen Stoß und ich stolpere ein paar Schritte, bis ich genauso verborgen bin, wie das andere Mädchen auch. »Ich wollte dich suchen, aber – dann wurde ich abgelenkt.«

Redet er von der Nacht, in der er versucht hat, sich Cali aufzuzwingen? Er hat nach *mir* gesucht?

Mein Herz rast. Ich sehe ihm über die Schulter, aber die Fahrstühle sind leer. Wo zum Teufel sind alle? Meine Tapferkeit hat ihre Grenzen. Ich würde gern am Leben bleiben und die Wellen der Feindseligkeit, die Drake ausstrahlt, sind alles andere als gut.

»Ich genieße es, dir dabei zuzusehen, wie du im Casino herumläufst und mit deiner kleinen Freundin Nessa redest. Sie ist nicht mein Typ. Die Großen wehren sich besser. Aber du nicht, du hast schnell Angst. Aber jetzt …« Er atmet ein, seine Nasenlöcher weiten sich, bevor sein Blick standhaft wird. »Ich mag den neuen Widerstand.« Er streicht mit der Hand, die mich nicht festhält, über meinen Arm und berührt dabei die Seite meiner Brust. Durch das Bustier spüre ich seine Berührung kaum, aber allein die Andeutung lässt meine Kehle vor Ekel brennen.

Ich richte mich auf. Wenn ich nicht gerade kauere, bin ich in den Absätzen so groß wie Drake, obwohl er viel breiter und stärker ist – daran werde ich jetzt nicht denken. »Lassen Sie mich los, oder …«

Seine Augen weiten sich und er leckt sich die Lippen.

»Oder was?« Er legt seine Hand auf meine Hüfte und das bringt das Fass zum Überlaufen. Es reicht endgültig.

Ich lehne mich an ihn heran, rieche sein teures Parfüm und seinen sauren Atem. »… ich trete Ihnen Ihre Eier bis zum Hals.«

Drake lächelt, aber er lässt mich los und tritt zurück. Ich atme schwer, keuche beinahe. Er entfernt sich und zeigt mit zwei Fingern auf seine Augen, dann auf die schwarze Überwachungskugel. »Ich werde dich beobachten. Ich freue mich auf unsere nächste Begegnung.«

Ich habe ihm gedroht, es dem Management zu sagen. Aber das scheint ihn nicht im Geringsten zu beunruhigen. Warum glaubt er, dass er damit durchkommen kann?

Als ich die östliche Bar zu Maryannes Pit passiere, nickt Mason mir mit einem besorgten Gesichtsausdruck zu. Ich ignoriere ihn und berühre Maryannes Schulter, um ihre Aufmerksamkeit zu bekommen.

Sie dreht sich herum, ihr überstrapaziertes dunkles Haar bleibt von der Bewegung ungerührt. »Was ist los?«

Ich schlucke, aber es kommen keine Worte heraus.

»Ich warte?«, sagt sie verärgert.

»Kannst du auf meinen Sektor aufpassen?«, gelingt es mir endlich. »Ich muss eine Beschwerde wegen sexueller Belästigung einreichen.«

———

MARYANNE HAT NICHT EINMAL mit der Wimper gezuckt, als ich ihr sagte, wohin ich gehen würde. Sie nickte einmal und sagte: »Alles klar.«

Mr. Breadon, der Leiter der Personalabteilung, zuckte *ebenfalls* nicht mit der Wimper, was mich beunruhigt. Er gab mir ein Blatt zum Ausfüllen, legte es dann ab und sagte mir, ich solle mir den Abend freinehmen. Er sagte, er würde sich mit mir in Verbindung setzen, nachdem er die Angelegenheit untersucht hätte.

Mr. Breadons Einstellung hatte etwas so Beiläufiges an sich. Ich habe das ungute Gefühl, dass er das nur gesagt hat, um mich zu beruhigen. Und wenn es dem Management wirklich egal ist, was Drake tut, dann hatte Lewis recht: Es ist nicht sicher, weiterhin im Blue zu arbeiten.

Ich parke mein Auto und gehe die Auffahrt zu unserem Häuschen hinauf – dabei bemerke ich ein riesiges Zelt, das über den Zaun, der den Garten hinter unserem Haus umgibt, ragt und so groß wie die ganze Terrasse ist.

Was zum Teufel? Ich gehe ins Haus, lege meine Handtasche auf die Couch und marschiere durch die offene Terrassentüre. »Cali?«

»Hier herüber.« Ihr Kopf taucht aus dem Zelt auf.

»Was geht hier vor?« Ich lehne mich an den Türrahmen und mustere sie.

»Oh, na ja, weißt du – Jaeger wird eine Weile bei uns bleiben.«

»Er wohnt bei uns … zusammen mit deinem Bruder?«

Sie hebt verlegen ihre Schultern. »Ja?«

Ich habe noch nie mit einem Mann zusammengelebt, nicht einmal mit einem Freund meiner Mutter. Mom war schlau genug, die Besuche nur vorübergehend stattfinden zu lassen. Jetzt lebe ich mit zwei Männern zusammen?

Ich kratze mich an der Stirn. »Schläft er da drin?«

Cali klopft an die Innenseite des Zeltes. Das industrielle Material zittert nicht einmal. »Ja, ist das nicht cool? Ich schlafe mit ihm hier drin, also hast du das Zimmer für dich allein.«

Cali und ich haben uns das Einzelzimmer den ganzen Sommer über geteilt. Das Häuschen hat ein zusätzliches Bett auf dem Dachboden über der Küche, aber die Leiter ist eine Todesfalle. Wir haben Tyler nach dort oben verlagert.

Jaeger steckt seinen Kopf aus seinem neuen Schlafzimmer heraus und begrüßt mich, bevor er sich männlicheren Aufgaben widmet, wie dem Aufstellen einer batteriebetriebenen Laterne und dem Anbringen eines bald einen halben Meter langen Zeltherings, den er mit dem Absatz seines riesigen Stiefels in den Boden tritt.

»Okay, na ja, viel Spaß. Ich gehe jetzt rein.«

Cali schenkt mir ein breites Lächeln. »Oh, den werden wir haben.«

Das hätte ich nicht hören müssen. Ich schulde Jaeger etwas, weil er ihr Liebesnest wenigstens draußen eingerichtet hat.

Ich lasse mich auf die Couch fallen und starre auf mein Handy. Tyler ist unterwegs und Cali ist anderweitig beschäftigt. Sie hat sich nicht über meine frühe Heimkehr gewundert, was zeigt, wie abgelenkt und glücklich sie in ihrer neuen Beziehung ist. Ich bin mir nicht sicher, warum Jaeger auf unserer Terrasse wohnt. Ich vermute, es hat etwas mit seiner Ex-Freundin zu tun. Zumindest stehen er und Cali das zusammen durch. Was auch immer das mit seiner Ex ist, es hat keinen Keil zwischen die beiden getrieben. Ich werde warten, bis wir unter uns sind, um Cali von Drake und meinem Besuch beim Management zu erzählen.

Stattdessen schreibe ich Nessa eine Nachricht.

Gen: *Was machst du so? Ich habe dich nicht bei der Arbeit gesehen und sie haben mich früh nach Hause geschickt. Wollen wir uns treffen?*

Als mein Handy summt mache ich mir gerade einen gefrorenen Burrito warm – oder vielleicht auch drei.

Nessa: *Komm zu der Party!!!! Timber Boathouse. DJ, gratis Alkohol!!! Es ist der fünfundzwanzigste Geburtstag von dem Freund eines Freundes.*

Das sind eine Menge Ausrufezeichen. Ich glaube, dass Nessa das Angebot an Freigetränken bereits mehrfach genutzt hat. Ich weiß nicht, ob ich Lust auf eine Party habe. Aber das ist immer noch besser, als allein zu Hause zu sitzen. Cali ist zu sehr mit Jaeger beschäftigt, um mit mir abzuhängen.

Gen*: Okay, aber wo zum Teufel ist das Timber Boathouse?*

Sie schickt mir verwirrende Wegbeschreibungen, von denen ich hoffe, dass sie Sinn ergeben, wenn ich erst einmal dort bin. Mein Telefon summt mit einer weiteren Nachricht.

Nessa: *Zieh dir was Schönes an. Es ist cocktail-elegant.*

Elegant kann ich. Meine pseudofranzösische Mutter hat mir von klein auf ein Gefühl für Formalität eingetrichtert. Cocktailkleider habe ich immer zur Hand – vor allem, weil meine Mutter überall dort auftaucht, wo ich gerade wohne und mich in die schicksten Restaurants der Stadt schleppt. Das ist eine Überlebenstaktik. Entweder du bringst immer ein Kleid mit, oder du bist underdressed und blamierst dich.

»Das trägst du?«, fragt Cali mit einem anerkennenden Lächeln, während ich mich verabschiede. »Heiß, Mädchen, sehr heiß. Du steckst sie alle in die Tasche.«

Ich blicke auf mein Kleid herab. Es ist ein bisschen gewagt. Drake ist ein totaler Psychopath, aber ich lasse mich von ihm nicht einschüchtern. Es hat sich heute gut angefühlt, ihm die Stirn zu bieten, und ich glaube, dass sich dieses Selbstvertrauen bemerkbar macht.

Hinter mir ertönt ein Pfeifen. Tyler macht die Haustür hinter sich zu und mustert mich. »Wow. Warum bist du so aufge …« Sein Blick fällt auf das Zelt, das durch das Wohnzimmerfenster sichtbar ist. »Was zum Teufel ist *das*?«

»*Das* ist das Liebesnest von Cali und Jaeger.«

»Was? Warum?«

»Ich will lieber nicht wissen, was die beiden da drin machen werden. Ich verschwinde.«

Sein Kiefer verkrampft sich und ein Schauder schüttelt seinen Körper. »Ich glaube, ich verschwinde auch.«

»Ich bin ziemlich sicher, dass auf der Party, zu der ich gehe, auch ungeladene Gäste willkommen sind. Nessa wird auch da sein.« Ich hebe die Augenbrauen.

»Nessa?« Tyler wirft einen Blick auf mein schwarzes Cocktailkleid und runzelt die Stirn. »Muss ich mich auch schick anziehen? Ich habe keinen Anzug mitgebracht.«

»Hast du außer Jeans und schäbigen T-Shirts noch etwas anderes dabei?«

Er sieht aus dem Fenster und erschaudert erneut. »Ich werde etwas finden. Gib mir fünf Minuten.«

Kapitel Siebzehn

Gibt es etwas Nervigeres als die Tatsache, dass Männer sich innerhalb weniger Minuten fertig machen können? Ich habe auf die Uhr gesehen, weil ich Tyler nicht geglaubt habe, dass er es in fünf Minuten schafft. Innerhalb von vier Minuten und siebenunddreißig Sekunden hatte er geduscht und sich angezogen. Männer sind irritierend.

Tyler hat ein Paar dunkle Chinohosen und ein blaues Hemd gefunden, das seine blassblauen Augen betont und wie Glas aussehen lässt. Sein dunkles rotbraunes Haar sieht nach der Dusche schwarz aus und zerzaust, als hätte er seine Finger anstelle eines Kamms benutzt. Ich muss zugeben, dass er so zurechtgemacht ziemlich gut aussieht.

»Tyler, du wirst die Damen heute Abend sehr glücklich machen.« Er wirft mir vom Steuer seines klobigen Land Cruisers einen Blick zu und verdreht die Augen. »Was? Ich meine es ernst.«

Es ist gut, dass Tyler mitkommt. Er weiß, wo das Timber Boathouse liegt und sobald wir ankommen, wird mir klar, dass ich es allein niemals gefunden hätte. Bei

Tageslicht ergeben Anweisungen wie ›am abgebrannten Baumstumpf links abbiegen‹ oder ›den steinigen Pfad entlanglaufen‹ vielleicht einen Sinn. Im Dunkeln ist alles nur Schatten und Schwärze. Der Klang der Musik wäre ein Hinweis gewesen, aber vorher wäre ich dreißig Minuten lang herumgestolpert.

Der Weg zum Boathouse besteht aus Kies, auf dem meine Knöchel ins Schwanken geraten. Tyler stützt mich mit seinem Arm. »Ganz ruhig. Man darf sich nicht wie eine Betrunkene verhalten, bevor man wirklich betrunken ist. Sonst hast du die Perverslinge von Anfang an an der Backe.«

Ich bleibe abrupt stehen. »Ist das dein Ernst?«

Sein Lächeln verblasst. »Was?« Er hebt eine Hand und drückt meine Schulter. »Gen, es ist okay. Ich lasse nicht zu, dass dir etwas passiert.«

So fühlt es sich also an, wenn man einen vertrauenswürdigen Mann um sich hat. Große Brüder sind irgendwie cool.

Kühle Luft strömt in meine Lungen und ich gehe weiter. Der Vorfall mit Drake vorhin hat mich nervös gemacht.

Lichterketten säumen die Dachbalken und erhellen das Innere des Bootshauses. Auf hohen Stehtischen stehen leere Plastikbecher und halb gegessene Kuchenstücke. Konfetti und Luftballons bedecken den Boden. Wir haben ein paar wesentliche Ereignisse verpasst, aber die Party ist in vollem Gange. Die Gäste tanzen in der Nähe des DJs, andere unterhalten sich in lauten, lebhaften Gruppen, wobei sich ihr Geschnatter mit der Musik vermischt.

Tyler zeigt auf eine entfernte Ecke. »Da ist Nessa.«

Die Party ist eine einzige betrunkene Menschenmenge, aber natürlich wittert Tyler sofort die schönen Mädchen. Und tatsächlich steht Nessa dort drüben in einer Ecke, in einem trägerlosen Kleid und zwölf Zentimeter hohen High Heels. Sie sieht hinreißend aus – und sie steht direkt vor Lewis.

Mein Herz rast in einem alarmierenden Tempo. Lewis trägt einen schwarzen Anzug ohne Krawatte, das Jackett betont seinen schlanken, muskulösen Körperbau perfekt. Das ist ein Anblick, den man sich nicht entgehen lassen sollte. Bilder von unserem Kuss bei den Wasserfällen drängen sich in den Mittelpunkt meiner Gedanken. Ich ergreife Tylers Arm, damit ich besser stehen kann – damit ich besser denken kann.

Lewis sieht zu mir herüber. Als sein Blick auf mich fällt, erhellt sich sein Gesichtsausdruck – bis er bemerkt, dass mein Arm um Tylers Arm geschlungen ist. Seine Kiefermuskeln spannen sich an.

Denkt er, dass ich mit Tyler zusammen bin? Wir sind gemeinsam hereingekommen und Lewis weiß nicht, dass Tyler Calis Bruder ist.

Heute Nachmittag war Lewis ganz sachlich. Ich weiß nicht, was der Kuss für ihn bedeutet hat, aber so wie er mich jetzt ansieht …

Ich lasse meine Hand fallen und trete einen Schritt zur Seite. »Wir sollten hingehen«, sage ich.

»Oh mein Gott«, schreit Nessa, als wir uns nähern, ihr Getränk schwappt in ihrem Glas. Sie ist eindeutig betrunken. Noch betrunkener als in der Nacht im Club, aber anderseits war meine eigene Perspektive an dem Abend durch etliche Shots getrübt.

»Ich bin so froh, dass du gekommen bist.« Sie umarmt mich mit einem Arm und ihr Getränk fliest über den Glasrand. Dann tritt sie einen Schritt zurück. »Ich hätte die Party heute Nachmittag schon erwähnt, aber du hast gesagt, dass du arbeiten musst. Wie konntest du so früh wegkommen?« Sie mustert mich von oben bis unten. »Du siehst übrigens großartig aus.«

Mein Gesicht wird heiß und mein Blick flimmert zu Lewis. »Danke. Ich habe eine Beschwerde über einen der Angestellten eingereicht. Dann haben sie mich für den Rest des Tages nach Hause geschickt.«

»Ernsthaft? Was ist passiert?«

Tyler schüttelt Zach die Hand und sie unterhalten sich irgendwo neben uns. Ich informiere Nessa über den Vorfall mit Drake. Lewis verbleibt zwischen unseren beiden Gruppen, aber seine Aufmerksamkeit scheint auf Nessas und mein Gespräch gerichtet. Ich weiß das, weil seine Brust sich hebt und er die Zähne zusammenbeißt, als ich zu dem Teil komme, in dem Drake mich heute Abend in der Nähe der Aufzüge bedroht hat. Nessas Mund klappt auf. »Heilige Scheiße. Das ist schrecklich. Es tut mir so leid.« Sie streckt die Hand aus und drückt meinen Arm. »Geht es dir gut?«

»Mir geht es gut.«

»Das Casino wird etwas unternehmen«, sagt sie.

Ich erwähne meine Vorbehalte diesbezüglich nicht.

Tyler reicht Nessa ein neues Getränk, schlingt einen Arm um ihre Taille und sagt ihr etwas ins Ohr. Sie kichert und er zieht sie einen Schritt weg.

Es ist total seltsam, Tyler flirten zu sehen. So muss es sein, wenn man seine Geschwister dabei erwischt, wie sie mit jemandem vom anderen Geschlecht flirten. Kein Wunder, dass Tyler aus dem Haus wollte, als Cali und Jaeger ihr Liebesnest aufgebaut haben.

Lewis schlendert näher, seine Jacke zur Seite geschoben und eine Hand in der Hosentasche, die andere hält ein Getränk. Ich weiß nicht, wie er es schafft, sich mit einem Garderobenwechsel von einem sportlichen Naturmenschen in einen eleganten Stadtmenschen zu verwandeln, aber so ist Lewis eben. »Stört dich das?«, fragt er.

»Was? Dass Tyler mit Nessa redet? Warum sollte mich das stören?«

Er zuckt leicht mit den Achseln. »Du bist mit ihm zusammen hier …«

»Tyler ist Calis Bruder. Er ist nur ein Freund.«

Lewis' unergründlicher Ausdruck bleibt unverändert.

Glaubt er ernsthaft, dass da etwas zwischen uns läuft? Tyler knabbert fast an Nessas Ohrläppchen. »Er lebt mit mir und Cali.« Warte – das hilft auch nicht. »Er klaut mir die Fernbedienung und hackt auf mir herum.« Und das klingt wieder wie eine Art Vorspiel. Mist.

Tyler sieht gut aus – wirklich gut. Wenn er mich nicht wie eine Schwester behandeln würde und wenn da zwischen uns auch nur ein Funken Chemie bestehen würde, wäre ich vielleicht interessiert. »Er mag mich nicht auf diese Weise«, sage ich schließlich.

Ein wissendes Lächeln kräuselt Lewis' Lippen. »Jeder Typ würde dich auf diese Weise mögen.«

Ich starre und bin von seinem Grinsen gebannt, bis ich seine Worte registriere. »So empfinde ich nicht für Tyler. Und er ist auch nicht interessiert. Er beschützt mich.« Was man als Zeichen der Anziehung interpretieren könnte … Ich verdeutliche meinen Standpunkt nicht besonders gut.

Die Wahrheit ist, dass es nur einen Kerl gibt, der mich interessiert. Alle anderen rücken in den Hintergrund, sodass ich es nicht einmal bemerken würde, wenn sich jemand zu mir hingezogen fühlt.

Lewis studiert mein Gesicht. Er stellt den durchsichtigen Plastikbecher auf den Tisch hinter uns und greift nach meiner Hand. »Wollen wir tanzen?«

Der Blick in seinen Augen ist dunkel, entschlossen und er sendet einen Funkenregen durch meine Mitte. Lewis ist schwer zu deuten, außer wenn er es nicht ist, was verwirrend klingt, aber so ist es. Seine Handlungen sagen mehr als seine Worte und manchmal sind sie auch widersprüchlich.

Ich nehme mein Tuch von den Schultern und lege es neben meine Handtasche auf den Tisch, den unsere Freunde besetzt haben. Mein schwarzes Kleid ist schlicht, aber eng und kurz. Mit über einem Meter achtzig und zwölf Zentimeter hohen Absätzen bin ich ziemlich viel Frau, denn ich habe mich heute Abend nicht zurückgehalten. Ich trage die rubinroten Kristallohrringe, die mir meine Mutter zu Weihnachten gekauft hat und schwarze Riemchen High Heels, die mit goldenem Metall verziert sind und zu meinem breiten Armband passen.

Lewis' Blick saugt mich förmlich auf. Nach einer ungewöhnlich langen Pause fasst er wortlos um meinen Rücken und führt mich auf die Tanzfläche. Er führt mich an die Seite, wo sich weniger Paare tummeln und zieht mich zu sich heran. Eine Frau singt in einem unheimlichen Moll-Ton über den Sommer und die Trennung von ihrer Liebe, während sich die Paare zu dem langsamen Lied wiegen.

Trotz meiner High Heels überragt Lewis mich um etliche Zentimeter. Sauberes Leinen, süßes Kiefernholz und sein erstaunlicher Duft erfüllen meine Sinne. Sein Kinn streift meine Stirn und sendet eine Gänsehaut über meine Arme. Er zieht mich enger an sich heran, sein großer, warmer Körper bewegt sich in einem langsamen, sinnlichen Rhythmus.

Meine Atmung geht zu schnell, aber das kann ich nicht kontrollieren, wenn das Objekt meines Verlangens um mich geschlungen ist. Meine Sinne hadern mit dieser Reizüberflutung. Und weil ich mich nicht kontrollieren kann, hebe ich meinen Kopf, bis meine Wange und mein Mundwinkel gegen sein Kinn gepresst sind. Das scheint die logische Reaktion zu sein.

Sein Atem stockt.

Er hat dieses eng tanzen angefangen. Ich kann nichts dafür, dass meine übersteigerten Hormone mehr wollen.

Lewis gleitet mit seinem Kinn über meine Haut – ein leicht stoppeliges Kinn, das aus der Entfernung glatt aussah. Wenn ich mich noch ein kleines Stückchen wende, würden meine Lippen seinen Mundwinkel berühren.

Eine große Versuchung.

So bleiben wir, schwanken zur Musik, halten uns gegenseitig, mein Mund dicht an seinem, aber nicht dicht genug, bis ich es schließlich nicht mehr aushalte. Ich muss wissen, was er denkt und da sein Blick mir immer mehr verrät, als seine Worte, neige ich meinen Kopf zurück, um ihm in die Augen zu sehen.

Sie sind dunkel und auf meinen Mund konzentriert.

Seine Finger gleiten meinen Rücken hinunter und streifen meinen Hintern, als er nach meiner Hand greift. Ich fühle diese unbeabsichtigte Berührung am Po in meiner Magengrube. Seine Hand verschränkt sich mit meiner, die, wie ich feststelle, irgendwann auf seinen Oberschenkel abgeglitten ist.

Ohne ein Wort zu sagen, führt er mich in den hinteren Teil des Raumes und durch zwei riesige Türen, die sich zum Strand hin öffnen. Eine kleine Gruppe von Leuten hat sich um ein Fass herum versammelt, was die Atmosphäre hier draußen weniger formell macht. Der Rest des Strandes ist in beide Richtungen menschenleer.

Lewis bewegt sich entschlossen in Richtung Süden, unsere Hände immer noch verschränkt. Ich ziehe mich sanft zurück. »Meine Schuhe«, sage ich und blicke nach unten.

Er kniet vor mir nieder, den Kopf gebeugt und öffnet

geschickt die zarte Schnalle an jedem Knöchel, während ich mich auf seine Schultern stütze. Er streift meine High Heels ab und steckt sie in seine Jackentaschen. »Besser?«

Nein. Das war unglaublich sexy. Versucht er, mich umzubringen? »Wo gehen wir hin?«

Er nimmt wieder meine Hand. »Spazieren.«

»Nur spazieren?« Verdammt, wo kam das denn jetzt her? Warum habe ich immer weitaus mehr im Sinn, wenn er in der Nähe ist?

Er grinst und legt mir seine freie Hand ins Kreuz, um mich wieder zu leiten. »Zach hat erwähnt, dass er dir erzählt hat, dass wir Washoe sind. Wie viel weißt du über unseren Stamm?«

Sie haben über mich geredet? »Nichts.«

Er nickt, der Lärm der Party verklingt zu einem leisen Murmeln, während wir uns weiter den Strand entlang bewegen. »Bis vor ein paar hundert Jahren sind die Washoe im Sommer immer zum Lake Tahoe gezogen. Sie sind hierhergekommen.«

Ich zeige auf den Sand. »Hier?«

Er lächelt. »Vielleicht. Camp Richardson ist eine der Gegenden, in denen sie sich früher versammelt haben. Sie haben Vorräte für den Winter gesammelt – aus dem Wald und dem See – und waren gesellig.« Die Betonung lag auf ›gesellig‹.

»Was meinst du mit ›gesellig‹?«

»Alte Freunde besuchen, Spiele, Rennen … Knutschen.«

»Knutschen? Das ist ja ein sehr erwachsenes Wort.«

Er lächelt mich an und beugt sich vor, bis sein Mund direkt über meinem Ohr ist und sein Atem meine Haut erwärmt. »Ich bin ein erwachsener Typ.«

Ja, ja, das ist er. Was ihn von den meisten Jungs in seinem Alter oder von jedem anderen Mann, den ich je kennengelernt habe, unterscheidet. Ich warte einen Augenblick, bis ich sicher bin, dass meine Stimme nicht zittrig klingen wird. »Von was für einer Art Knutschen reden wir hier?«

Sein Blick schweift in Richtung der Party. Aus dieser Entfernung ist sie kaum hörbar. Nur ein schwacher Lichtschein auf dem Sand und am Ufer deutet auf ihre Existenz hin. »Vor der Ehe war nicht viel erlaubt, aber wenn es so gewesen wäre, hätten die Versammlungen wahrscheinlich ähnlich ausgesehen wie das, was da hinten los ist. Flirten und andere Dinge.«

»*Andere Dinge*?«

»Nur auf einer ernsthafteren Ebene.« Er zeigt hinter uns. »Da drin wollen die Leute Intimität.« Wie höflich von ihm. Ich hätte ein anderes Wort benutzt. »Meine Vorfahren haben nach Ehepartnern gesucht. Sie haben Geschenke zwischen den Familien ausgetauscht, wenn eine Abmachung getroffen wurde.«

»Ah, die guten alten Geschenke im Austausch für eine Braut. Gab es eine Kuh als Brautgabe?«

»Die Ehen waren einvernehmlich, aber …« Er grinst wie ein Junge. »Kaninchen, Pinienkerne, Nüsse, vielleicht eine Antilope – damals gab es hier keine Kühe.«

»Das ist genau das, was sich eine Dame wünscht«, sage ich, ein Lächeln auf meinen Lippen. »Kaninchen steigern das Selbstwertgefühl einer Frau.«

Er lacht und allein der Klang lässt ein Hochgefühl durch mich hindurch strömen. Er ist wie eine Droge. Und ich will mehr. Ich will ihn glücklich machen. Ich will, dass er immer mit mir lacht. »Hey, Kaninchen und Pinienkerne waren damals wie Gold«, sagt er. »Und beide Seiten haben sich Geschenke gemacht. Die Familie des Bräutigams hat neben dem Mann auch erstklassige Nüsse aufgegeben.«

»Okay, wir müssen dieses Gespräch jetzt beenden. Jetzt

reden wir über Männer und ihre Nüsse und von hier aus kann es nur noch bergab gehen.«

Lewis lacht in sich hinein und geht zu einem Baumstamm, der dicker ist, als wir beide zusammen. Er zieht seine Jacke aus und legt sie vor dem Stamm auf den Sand. »Wollen wir uns setzen?«

»Auf dein Jackett? Willst du es nicht wieder tragen?«

Seine Augen funkeln. Er reibt das Kinn, von dem ich weiß, dass es leicht stoppelig ist, und lässt seinen Blick über meinen Körper wandern. »Nachdem du darauf gesessen hast. Ja.«

Mein Gesicht erwärmt sich. Wo kommt dieser ungezogene Lewis plötzlich her? Er wirft normalerweise nicht mit sexuellen Anspielungen um sich und das ist unglaublich heiß.

Knutschen.

Ich lasse mich auf die Jacke plumpsen und lege meine Beine zur Seite.

Er setzt sich neben mich und lehnt sich zurück, als wolle er das dunkle Wasser betrachten, doch stattdessen beobachtet er mich. »Was ist an den Kaskaden passiert? Warum hast du mich weggestoßen?«

Mein Hochgefühl stirbt einen schnellen Tod.

Ich verschränke meine Arme über meiner Mitte, als ob ich mich vor der Wahrheit schützen wollte, aber das Thema lässt sich nicht für immer vermeiden. »Du hast mich Genevieve genannt.«

Er sagt nichts und wartet.

Die Wellen auf dem See reflektieren das Mondlicht wie metallische Scherben, scharf und zackig. »Niemand nennt mich Genevieve, außer meiner Mutter. Drake hat bei unserer ersten Begegnung erfahren, dass ich Genevieve und nicht Jennifer heiße. So hat er mich immer genannt. Als wir uns geküsst haben, habe ich ihn das sagen hören, nicht dich.« Ich streife Sand vom Rand seiner Jacke ab und rutsche zurück, bis mein Hintern auf den Baumstamm trifft. »Du hast mich überrumpelt, das ist alles.«

Sein Schweigen beunruhigt mich und ich sehe zu ihm hinüber. »Versuch's noch einmal«, sage ich.

»Was versuchen?«

»Sag meinen Namen.«

Er lässt seinen Kopf zurückfallen, bis er an dem hohen Baumstamm lehnt. »*Genevieve.*« Seine Stimme ist leise und verführerisch, ohne dass er sich überhaupt bemüht und mein Blick landet auf seinem Mund.

»Siehst du?« Ich räuspere mich. »Es ist nichts passiert. Ich habe nur daran gedacht, wie du es gesagt hast.«

Er neigt seinen Kopf nach vorn, die Augen auf mein Gesicht gerichtet. »Wie habe ich deinen Namen denn gesagt?«

»Sexy.«

»Hmmm. Als ich dich das letzte Mal so nannte, habe ich dich berührt. Vielleicht sollten wir ein Experiment durchführen.«

Ich lache, denn dieser Vorschlag ist einfach typisch Mann. Ich habe diese Seite von Lewis – die spielerische, flirtende Seite – noch nie erlebt. »Was hattest du im Sinn?«

Er fährt mit einer warmen Hand meinen nackten Arm hinab. Ich war so auf ihn konzentriert, dass ich gar nicht gemerkt habe, wie verdammt kalt es ist. »*Genevieve*«, sagt er und rückt näher, »ist dir kalt?«

Ich erschaudere beim Klang seiner Stimme, die jetzt tief und rau klingt. »Ja.« Er zieht mich zu sich heran und ich drücke meine Seite gegen seine.

Dann schlingt er seine Arme um meine Schultern. »Wie ist das? Läuft das Experiment bisher gut, *Genevieve?*«

Das tiefe Grollen seiner Stimme, als er meinen Namen ausspricht und sein voller, sinnlicher Mund, mit der frechen Narbe, die wie einer der Mondsplitter auf dem Wasser hervorsticht, sind atemberaubend heiß. »Gut. Alles bestens.«

Er neigt mein Kinn nach oben und streicht seine Lippen über meine. »*Genevieve*, du schmeckst gut.«

Ich will ihm gerade sagen, dass er auch gut schmeckt, als sein Mund zurückkehrt, meine Gedanken verscheucht und unsere Zungen sich verwickeln. Er zieht mich zu sich heran und ich lege eine Hand auf seine Brust und gleite mit der anderen an seiner Seite auf und ab und über seinen Bauch. Seine Muskeln spannen sich an.

Er zieht sich mit besorgtem Blick zurück. »Genevieve …«

»Dein Experiment hat funktioniert. Ich bin geheilt«, flüstere ich, ziehe ihm eifrig das Hemd aus der Anzughose und küsse seinen Hals.

Ich habe schon oft fantasiert, was sich unter Lewis' verschlossenem Äußeren verbirgt und wie ich sein Innerstes erreiche. Ich liebe die Leidenschaft in seinen Augen, als er mich beobachtet. Meine Finger wandern über die Umrisse seiner Baumuskeln und er bedeckt meinen Mund mit seinem.

Er lehnt mich zurück, hält meinen Kopf über dem Sand und küsst mich mit einer Zärtlichkeit und Wärme, die Funken von meinem Bauch bis in meine Oberschenkel sprühen lässt. Der Saum meines engen Kleides rutscht über meine Hüften und wandert langsam nach oben in Richtung meiner Taille. Er fühlt sich über mir so gut an und mit gut meine ich *unglaublich*.

Ich schlinge mein Bein um seines und streiche mit meinen Händen über die Kurve seines Rückens. Dann wandern meine Finger über seinen muskulösen Hintern und ich drücke zu.

»Gen.« Seine tiefe Stimme klingt verzweifelt.

Ich fahre mit der Zunge über die Narbe in seinem Mundwinkel – ich weiß immer noch nicht, woher er sie hat. Aber das ermittle ich später. »Psst, ich bin beschäftigt«, murmle ich, während ich mit den Lippen über sein Kinn und seinen Kiefer streiche.

»Es ist … wir müssen langsamer machen.«

Ich lehne mich zurück. »Was ist los?« Bin ich zu aufdringlich? Das wäre für mich das erste Mal, aber wenn man bedenkt, wie ich auf ihn reagiere, ist es durchaus möglich.

Er fährt mit den Händen über meine Taille, schiebt meinen Oberschenkel weiter nach oben und gleitet mit den Fingern an der empfindlichen Unterseite hoch. »Wir sollten entweder langsamer machen oder aufhören. Du hast keine Ahnung, wie sexy du bist. Ich will nicht, dass wir Dinge machen, für die du noch nicht bereit bist.«

Spricht er von Sex? Und interessiert er sich tatsächlich dafür, was ich will? Ich hatte noch nie einen Mann, der die Dinge langsam angehen lassen wollte. Normalerweise versuchen sie immer herauszufinden, wie weit sie kommen. Ist das eine Art umgekehrte Psychologie?

Dann testen wir diese Theorie doch mal. »Okay.«

Er küsst mich, langsam und zärtlich, dann zieht er sich zurück.

Hä? »Warte –« Meine Gedanken werden von einer kalten Brise unterbrochen, die Stellen berührt, welche normalerweise bedeckt sind. Überraschung, mein Kleid ist bis zu meiner Taille hochgewandert.

Lewis zieht den Stoff wieder herunter.

Hat er gerade mein Kleid gerichtet? Was für eine Art von Mann ist er denn bitte? »Ich meine, wir können aufhören, wenn du willst«, sage ich, »aber wir müssen nicht aufhören.«

Sein Blick wird wachsam. »Wir sollten aufhören. Wir sind am Strand. Da sind Leute unterwegs.«

Moment mal, *ich* bin normalerweise die verklemmte Spießerin. Dieser plötzliche Rollentausch ist zum Kotzen. »Willst du etwa nicht, dass dich jemand sieht?«

Sein Blick wird hitzig. »Meinen Körper? Das ist mir egal. Aber deinen Körper? Ich will nicht, dass irgendein Typ dich sieht, oder sich Gedanken darüber macht, oder beobachtet, was wir zusammen machen. Ich will, dass das privat und unter uns bleibt. Und ich will alles machen, nur damit du es weißt. Also, wenn du bereit bist – wirklich bereit – sag es mir.«

Oh wow, okay.

Lewis zieht mich hoch, klopft den Sand von seiner Jacke und legt sie mir über die Schultern. Wir kehren zur Party zurück und halten auf halbem Wege an, damit ich meine Schuhe wieder anziehen kann. Ich bin so tief in Gedanken versunken und versuche herauszufinden, was gerade passiert ist, dass mir die Blicke nicht sofort auffallen, als wir die Party wieder betreten.

Tylers Gesichtsfarbe ist eine Nuance dunkler als normal, sein Blick wird schmaler, als wäre er wütend. »Wo zum Teufel warst du? Du kannst die Party nicht einfach verlassen, ohne es mir zu sagen, Gen. Ich dachte, irgendein Wichser« – er starrt Lewis an, der seinen Arm über meine Schultern legt – »hat sich mit dir davongemacht.«

Theoretisch hat sich ein Typ mit mir davongeschlichen. Aber wahrscheinlich meinte Tyler solche Typen, die es ohne meine Erlaubnis machen. Und ja, das ist ein beängstigender Gedanke, wenn man bedenkt, wie oft ich in letzter Zeit auf Schwachköpfe getroffen bin.

»Tut mir leid, Tyler. Ich hätte es dir sagen sollen.«

Er schnaubt durch die Nase und fährt sich mit der Hand durchs Haar, wobei er die Fülle an dunklen, rotbraunen Wellen in alle Richtungen zerzaust. Dann stolziert er zur Bar.

Ich bin ein Arschloch. Ich wusste, dass Tyler auf der Party auf mich aufpasst und trotzdem bin ich abgehauen, ohne etwas zu sagen. Was habe ich mir dabei gedacht?

Nessa kommt auf mich zu. »Es ist nicht deine Schuld. Er war schon wütend, bevor du zurückgekommen bist.«

Ich blicke Tyler vorsichtig an. Er trinkt einen Shot von etwas, das aussieht, als könnte es ihm morgen früh Probleme bereiten. »Warum?«

Nessas Blick schweift in Miras Richtung, ohne tatsächlich auf ihr zu verharren.

Ich habe Mira heute noch gar nicht gesehen. Ich wusste nicht einmal, dass sie hier ist. Sie plaudert mit einem Mädchen, das ich nicht kenne, und mustert verstohlen Lewis, der die Tanzfläche beobachtet und so tut, als ob er es nicht bemerken würde. »Mira? Was hat Mira damit zu tun, dass Tyler wütend ist?«

Nessa schwankt ein wenig, als sie mich zur Seite zieht und ein leichter Duft eines blumigen Parfüms und von Champagner geht von ihr aus. »Als er dich nicht gefunden hat, hat er sich Sorgen gemacht, aber ihm ist gerade erst aufgefallen, dass du verschwunden bist. Davor« – ich lehne mich näher heran – »ist Mira aufgetaucht.« Sie erschaudert. »Du weißt doch, dass man von *Liebe auf den ersten Blick* spricht, oder? Na ja, das war wie *Hass* auf den ersten Blick. Tyler hat die Augen zusammengekniffen, als er Mira gesehen hat. Daraufhin hat sie ihm einen der giftigsten Blicke überhaupt zugeworfen. Und wir reden hier von Mira. Sie hat giftige Blicke erfunden.« Nessa schüttelt den Kopf. »Wie können sich zwei schöne Menschen so schnell hassen? Sind sie sich schon einmal begegnet?«

Sind sie das? Tyler ist mit Cali in Lake Tahoe aufgewachsen und er ist nur ein paar Jahre älter. »Ich weiß es nicht.«

Tyler umklammert die Bar so fest, dass seine Fingerknöchel weiß werden, bevor er sich umdreht und dabei leicht schwankt. Sein Gesicht ist immer noch errötet. Er ignoriert Mira völlig, als er an ihr vorbei zu mir herübergeht. »Lass uns gehen.«

»Okay …« Ich sehe Lewis an.

»Brauchst du eine Mitfahrgelegenheit?«, fragt Lewis und liest meine Gedanken.

»J–«

»Nein«, antwortet Tyler.

Ich lehne mich zu ihm hin und senke meine Stimme. »Du kannst nicht fahren. Du hast zu viel getrunken.«

»Du aber nicht.«

Stimmt. Ich suche nach einem Grund, bei Lewis zu bleiben, aber das ist nicht praktisch, da Tylers Auto hier steht – sowie eine wütende Mira.

»Ich fahre uns nach Hause«, sage ich zu Lewis.

Er wirft Tyler einen verärgerten Blick zu und zieht mich zu sich heran. »Er hätte nicht trinken sollen, wenn er dich nach Hause fahren soll. Bist du bei ihm sicher? Kannst du mit seinem Auto fahren?«

»Ich bin ganz sicher und ich habe mir schon einmal sein Auto geliehen, als meines nicht funktioniert hat.«

Mira schlängelt sich zu Lewis und wirft ihr Haar über die Schulter in Tylers Richtung, wie ein Stierkämpfer seinen Umhang.

Tyler holt tief Luft, packt meine Hand und zerrt mich zum Ausgang.

Lewis runzelt seine Stirn.

Um Schritt zu halten, jogge ich in meinen High Heels auf Zehenspitzen und winke zum Abschied.

»Tyler, was zum Teufel?«, sage ich, nachdem wir das Timber Boathouse verlassen haben.

Er antwortet nicht, verlangsamt aber sein Tempo, bis wir das Auto erreichen. Er entriegelt die Türen und gibt mir dann die Schlüssel. Ich brauche eine Minute, um die Spiegel einzustellen und mich zurechtzufinden. Zum Glück bin ich schon einmal mit seinem Auto gefahren, denn es ist etwa dreißig Jahre alt und nicht leicht zu handhaben.

Ich biege in die Hauptstraße ein und schalte, bis wir Verkehrsgeschwindigkeit erreicht haben. Tyler blickt aus dem Fenster und die Spannung strahlt förmlich von ihm ab. Diese Shots haben ihn nicht aufgelockert. »Tyler, was ist los?« Er antwortet mir nicht und jetzt werde ich sauer. »Kennst du Mira etwa?«

Seine Hände umklammern seine Oberschenkel oberhalb der Knie. »Ich kenne sie.«

»Okay, denn es scheint, als wärt ihr beide wütend aufeinander.«

Sein Adamsapfel hüpft, als hätte er etwas Großes hinuntergeschluckt. »Es gibt keinen Grund, wütend zu sein. Ich mag sie einfach nicht.«

Wenn es um Frauen allgemein geht, ist Tyler eigentlich ziemlich lässig. Und die Betonung liegt tatsächlich auf *lässig*. Laut Cali ist er ein Playboy. So wie er sich heute Abend mit Nessa benommen hat, ganz kokett und lustig, habe ich ihn schon ein paar Mal gesehen, seit wir hier sind. Es passt nicht zu ihm, so wütend auf Mira zu sein. »Also, was hat sie getan, dass du sie so hasst?«

Er sieht verärgert zu mir herüber. »Ich hasse sie nicht – und es lohnt sich nicht, darüber zu reden.«

»Ich nehme es dir nicht übel, dass du Mira nicht magst. Sie kann manchmal etwas abweisend wirken, aber hat sie dir etwas Bestimmtes getan?« Selbst wenn man bedenkt, dass Lewis Mira in ihrer Kindheit geholfen hat, ist ihre Besessenheit mit ihm unnatürlich. Hatte sie schon einmal eine solche Besessenheit? War sie mit Tyler besessen?

»Ich habe nicht gesagt, dass sie etwas getan hat. Wir – wir kannten uns auf der High School.«

Interessant. Ich hatte eher den Eindruck, dass Mira nicht mit Leuten außerhalb ihres Freundeskreises verkehrt. »Du hasst sie also nicht. Sie hat nichts getan. Aber du magst sie nicht – und du kanntest sie in der High School … Wie gut kanntest du sie denn?«

Seine Schultern spannen sich an und sein Kiefer verkrampft sich. »Ich will nicht darüber reden. Lass es sein, okay?«

Ich schüttle irritiert den Kopf. Diese Brudersache ist eher nervtötend als nützlich. »Wie du meinst.«

Aber ich glaube Tyler nicht eine Sekunde lang, dass zwischen Mira und ihm nichts ist. Es scheint, als wäre eine Menge zwischen ihnen. Dinge, von denen keiner von uns etwas weiß.

Kapitel Achtzehn

Am nächsten Tag ruft Lewis am – am Morgen, um genau zu sein.

»*Allo?*«

Aus meinem Handy ertönt ein tiefes Kichern. »Gen?«

Ich setze mich auf und streiche mir Haare aus dem Mund. »Ja?« Ich checke die Uhrzeit. Sieben. Was zum …?

»Bist du wach?«

Ich reibe mir das Gesicht und versuche, meine Augenlider vollständig zu öffnen. »Mehr oder weniger.«

»Okay, na ja, ich dachte, wir könnten heute früh mit dem Training anfangen.«

»Du willst, dass ich *um sieben Uhr morgens* trainiere?«

»Ist das ein Problem?«

Ich stoße einen tiefen, kehligen Seufzer aus. Ich erinnere mich, dass er das für mich tut. »Mein Gehirn funktioniert um diese Zeit nicht sehr gut.«

»Das ist schon in Ordnung. Ich brauche ja nur deine Beine. Und deine Arme.«

Ich rutsche in eine Bauchlage und stütze meinen Kopf auf den Ellbogen, um wach zu bleiben. »Wofür?«

»Schwimmen.«

Oh, das klingt nicht gut. »Wo?«, frage ich langsam.

»Im See.«

Das klingt definitiv nicht gut. »Bringst du mir einen Neoprenanzug mit?«

»Machst du Witze?«

»Nicht wirklich.«

»Kein Neoprenanzug. Ich bin in zwanzig Minuten da.«

LEWIS BIEGT vom Highway auf eine Straße zum Seeufer nördlich von Zephyr Cove ab, einem Ort namens Cave Rock. Über dem See hängt Nebel, ein Beweis dafür, dass das Wasser morgens verdammt kalt ist, na ja, eigentlich zu praktisch jeder Tageszeit. Bergseen sind nicht gerade dafür bekannt, sonderlich warm zu sein.

»Warum sind wir so früh hier?«, frage ich mürrisch.

Er sieht zu mir herüber und lächelt. »Kein Morgenmensch?«

Ich hebe die Augenbrauen. »Das merkst du jetzt erst? Warum? Bist du ein Morgenmensch?« Denn wenn er Ja sagt, muss ich das, was auch immer wir da am Laufen haben, vielleicht sein lassen.

»Nur wenn es sein muss. Ich schlafe nicht viel.« Er steigt aus dem Jeep aus und schnappt sich dicke Handtücher vom Rücksitz, während ich hinaus stolpere. Lewis mustert meine Jogginghose und mein Sweatshirt, dessen Kapuze ich über meinen Kopf gezogen habe. »Du hast doch einen Badeanzug darunter, oder nicht?«

Ich funkle ihn an.

Er grinst. Er trägt Jeans und ein Sweatshirt, sein Haar zerzaust, als wäre er gerade erst aufgewacht.

Trotz meiner gereizten Laune muss ich zugeben, dass

er morgens wirklich süß aussieht. Und er hat mir Kaffee mitgebracht, was ihm das Leben gerettet hat. Wenn ich zu so früher Stunde geweckt werde, bin ich für meine Taten nicht verantwortlich.

Ich blicke nach oben – sehr weit nach oben – und betrachte die riesige Klippe, die wie die Sphinx stolz auf den See hinausragt. Der Highway führt durch einen Tunnel, der durch den Felsen gebohrt wurde. »Was ist Cave Rock?«

Lewis folgt meinem Blick. »Eine geheiligte Washoe-Stätte.«

»Wirklich?« Ich sehe noch einmal genauer hin. Die brüchige, ziegelartige Schichtung des Gesteins scheint verwittert und unterscheidet sich von den Felsen der Mole darunter.

Lewis geht zum Rand einer Bootsrampe. Er klettert über die Felsbrocken der Mole und ich starre. »Erwartest du, dass ich dir nachlaufe, oder was?«, rufe ich ihm nach.

Er winkt mich heran. »Komm schon. Ich erzähle dir eine Geschichte, wenn du hierher kommst.«

»Soll das eine Art Ansporn sein?« Ich mache ein paar zaghafte Schritte, meine dünnen Sportschuhe rutschen auf gefährliche Weise ab. »Denn es funktioniert nicht.«

Er blickt zurück und runzelt die Stirn. »Genevieve, das Rennen ist in kaum mehr als zwei Wochen. Du bist noch nicht bereit. Diese Steine zu erklimmen und mich einzuholen ist die erste Phase deines heutigen Trainings.«

Die erste Phase?

Ich trainiere mit Gewichten, ich laufe, ganz zu schweigen vom Fitnessstudio und der Folter an den Kaskaden, aber ich vertraue ihm, wenn er sagt, dass ich noch nicht bereit bin für das Rennen. Geistig bin ich ganz sicher nicht bereit. Körperlich? Das ist fraglich. Vielleicht schaffe ich es, das Mudder in einer respektablen Zeit zu bewältigen, wenn ich die Wände hochklettern kann, was zweifelhaft ist. Aber das Mudder stellt nicht nur die körperliche Ausdauer auf die Probe, sondern auch die mentale Belastbarkeit.

Wir erreichen das Ende der Mole und ich setze mich auf einen flachen Stein, meine Beine baumeln über den Rand. Sie schmerzen ausnahmsweise nicht, und obwohl das Erklimmen der Felsbrocken Konzentration erfordert hat, bin ich nicht ermüdet. Jetzt hängt kein Nebel mehr über dem Wasser, aber das bedeutet nicht, dass es unten warm ist. Die Außentemperatur liegt bei etwa fünfzehn Grad Celsius und wird erst im Laufe des Tages ansteigen. Das bedeutet, dass das Wasser wahrscheinlich weniger als fünfzehn Grad haben müsste. *Kalt.*

»Also, was ist das für eine Geschichte, die du mir erzählen wolltest?«

Lewis öffnet den Reißverschluss seines Sweatshirts und legt es auf den Handtüchern ab. Er setzt sich auf einen Felsen, stellt ein Knie auf und lehnt sich auf seine Ellbogen zurück. Mein Blick schweift zu dem glatten, muskulösen Bizeps, der aus seinem T-Shirt lugt. Alles an Lewis ist unwiderstehlich – die Art, wie er sich bewegt, die Dinge, die er sagt, sein Körper.

Als ich aufblicke, sehe ich, dass er mich beobachtet. Es sollte mir peinlich sein, dass er mich dabei erwischt hat, wie ich ihn mustere. Aber stattdessen überrascht mich der Ausdruck in seinen Augen, der widerspiegelt, was ich empfinde: *Verlangen.*

Einen Moment lang denke ich, dass er sich zu mir strecken und mich küssen wird, aber sein hitziger Blick schweift zum See und er sagt nichts.

Ich starre auf das Wasser und versuche zu ergründen, was gerade passiert ist. Habe ich etwas falsch gemacht? Ich hätte nichts dagegen gehabt, wenn er mich geküsst hätte, egal wie müde und gereizt ich bin.

Eine kleine Ente sonnt sich auf einem Stein, der von den restlichen Felsen, die die Mole bilden, getrennt ist. Dieser Stein ist glatt und hat die gleiche Farbe wie Cave Rock – braun und verwittert.

Lewis nimmt ein loses Stück Kies und wiegt es in seiner Hand. »Wie ich schon sagte, dieser Ort ist heilig.« Sein Ausdruck ist nachdenklich, als würde er überlegen, wie er fortfahren soll. Er wirft den Stein, ohne die sich sonnende Ente zu stören. Winzige Wellen breiten sich über das spiegelglatte Wasser. »Heiler haben die Höhle als Kommunikationsort mit den Geistern benutzt. Alle anderen waren am Cave Rock nicht willkommen.«

Er sieht mich an, einen Mundwinkel nach hinten verzogen. »Meine Vorfahren waren sauer, als die Menschen Tunnel für Straßen gebohrt haben. Kletterer haben später das Innere der Höhlen zu betoniert. Es wurden Versuche unternommen, die Schäden zu beheben, aber wie du sehen kannst« – er zeigt auf Autos, die durch den Tunnel flitzen – »können einige Dinge nicht repariert werden«.

Sein Blick wird abwesend und für einen Moment scheint er gedanklich woanders zu sein. »Lewis?«

Er blinzelt und blickt auf die Klippe. »Es gibt da so ein altes Washoe-Sprichwort, das besagt, dass ein Vogel namens Ong jeden besucht, der den Cave Rock unbefugt betritt. Ongs Flügel können angeblich ganze Dörfer überspannen und die Flügelschläge sind kraftvoll genug um Kiefern zu beugen. Nur Heiler können Ong tatsächlich sehen; für alle anderen ist er nur ein Schatten.«

Lewis sieht mich an, sein Gesichtsausdruck todernst. »Die Washoe glauben, dass Ong in der Unterwelt lebt und durch die Mitte des Sees kommt und geht, um sich von Eindringlingen an heiligen Orten zu ernähren.«

Ich lächle gelassen. Er versucht, mir Angst einzujagen. »Das ist ein Mythos, der die Leute fernhalten soll, die keine Heiler sind, damit die Heiler einen besonderen Ort haben.«

Er zuckt mit den Achseln und starrt in die Mitte des Sees. »Ein paar der Bergsteiger, die den Höhlenboden betoniert haben, sind auf rätselhafte Weise ums Leben gekommen.«

Er zeigt auf den unteren Teil der Klippe, der etwa einen halben Kilometer entfernt ist. »Hin und zurück schwimmen. Zwei Runden.«

Ich lache. »Du machst Witze.«

»Nein.«

»Du hast mir eine gruselige Geschichte über einen Teufelsvogel erzählt, der Menschen frisst, die Cave Rock zu nahe kommen, und dann soll ich dorthin schwimmen? Zweimal?«

Er beugt sich vor und drückt meinen Bizeps. »Das härtet dich ab.«

»Autsch« Ich reibe mir den Arm und funkle ihn an. »Warum kannst du nicht mitkommen? Der See ist kalt. Was ist, wenn ich eine Unterkühlung bekomme?«

Er reibt sich das Kinn. »Das ist durchaus möglich. Ich behalte dich im Auge.« Er zieht sein T-Shirt aus und knöpft seine lockere Jeans auf und ich sehe zu, weil – *gahhh.*

Lewis besteht aus Muskeln und Sehnen und maskuliner Schönheit, wie soll ich da wegsehen?

Mein Gesicht brennt und ich bin mir ziemlich sicher, dass das Rot bis zu meiner Brust reicht.

Er zieht sich bis auf die Boardshorts aus und setzt sich wieder auf der Mole zurecht, wobei er in Richtung des Wassers nickt. »Fang lieber an, bevor Ong aufwacht.«

»Wie genau soll mir *das* im Rennen helfen?«

»Das wird es nicht. Im Rennen schwimmst du durch Eiswasser. Der See ist im Vergleich dazu wie ein Bad in der Wanne, aber das ist das Nächstbeste, was ich so kurzfristig finden konnte.« Er kratzt sich am Kopf. »Ich könnte die Jungs von der Arbeit fragen, ob sie einen kleinen Pool bauen und ihn mit Eis füllen können.«

»*Nein.*« Ich stehe auf und ziehe meine Jogginghose aus. »Das passt schon.« Den Gedanken lasse ich ihn besser nicht zu Ende denken. Ich glaube nämlich, dass er es ernst meint.

Als ich ihn ansehe, starrt Lewis meine Beine an und sein Blick wandert den Rest meiner entblößten Haut hinauf.

Ich trage einen meiner robusteren Bikinis mit ziemlich viel Stoff – ich hatte schon erwartet, dass Lewis mich auf irgendeine Weise quälen würde und deswegen wollte ich vorbereitet kommen – aber es ist immer noch ein Bikini, denn ich besitze keine Badeanzüge. Man sollte meinen, dass ich mich in einem Einteiler wohler fühlen würde, wenn man meinen konservativen Kleidungsstil bedenkt. Aber am Strand oder im Schwimmbad zeigt jeder Haut. Ich bin nur ein weiterer Körper, also habe ich mir nie viel dabei gedacht.

Aber jetzt denke ich mir etwas dabei.

Ich war vor Lewis noch nie so entblößt und sein Blick heizt meine Haut auf.

Er grinst, als ich ihn beim Starren erwische.

Er flirtet wieder. Das ist so, so gefährlich. Meine Hemmungen lösen sich auf, wenn Lewis flirtet. Ein Glück, dass ich sauer auf ihn bin, weil er mich hierhergeschleppt hat.

Ich halte die Luft an und springe ins Wasser.

Meine Organe schrumpfen, die Gelenke verkrampfen sich in der Kälte.

Verdammte Scheiße. Ich tauche zurück an die Oberfläche, wedle mit den Armen und Beinen, um mich so weit als möglich aus dem arktischen Wasser zu befreien. »Oh mein Gott, oh mein Gott …«

»Beeil dich lieber, bevor Ong dich findet«, ruft Lewis.

»Du bist der Teufel!«, schreie ich zwischen klappernden Zähnen. Ich schwimme so schnell ich kann zum Cave Rock und höre Lewis' Lachen hinter mir hallen.

Mein Herz pumpt ängstlich. Ich weiß nicht, warum mich seine dumme Vogelgeschichte verschreckt. Vielleicht war es die Art und Weise, wie er sie erzählt hat. Vielleicht ist es dieser Ort, aber Herrgott. Menschenfressende Vögel und antike Stätten der amerikanischen Ureinwohner? Ich brauche diesen Scheiß wirklich nicht.

Ja, genau genommen brauche ich ihn schon. Drake und jeder Idiot vor ihm hat mir bewiesen, dass ich härter werden muss, wie Lewis es so unverblümt gesagt hat.

Mudder – das ist das Ziel. Danach werde ich eine harte Braut sein und die Jungs werden es sich zweimal überlegen, bevor sie sich mit mir anlegen.

Felsen und andere undefinierbare Kleckse ziehen im klaren Wasser unter mir vorbei. Ich versuche, die Schatten nicht zu beachten und mir nicht auszumalen, worum es sich dabei handeln könnte, aber es funktioniert nicht. Verdammt, Lewis. Ich drehe mich um und schwimme eine Weile auf dem Rücken.

Als ich etwa zwei Drittel der Strecke zurückgelegt habe, fange ich zu kraulen an. Meine Hand zittert wie verrückt, als ich vorsichtig nach einem der bräunlichen, verwitterten Steine von Cave Rock greife, als würde er mir wie ein Elektrozaun einen Stromschlag verpassen, weil ich ihn unbefugt berühre. Statt einer leichten, flüchtigen Berührung verweilen meine Finger jedoch einen Moment lang. Das ist ein Stück von Lewis' Familie, seiner Vergangenheit und seiner Gegenwart. Ich fühle mich zu diesem Ort hingezogen und fürchte ihn gleichzeitig.

Ich wirble herum und hetze verdammt noch mal zurück.

Ich kann nicht glauben, dass ich das zweimal machen muss.

Als ich bei Lewis ankomme, bin ich offiziell ermüdet. Zur Sicherheit sehe ich ihn böse an, woraufhin er einfach nur grinst. Ohne sein Oberteil sieht er unglaublich heiß aus und lächelt mich mit schelmischen, dunklen Augen an. Ich muss mich anstrengen, dieses Lächeln nicht zu erwidern.

Ich stoße mich von den Felsen unter seinen Füßen ab und drehe meine zweite Runde zum Cave Rock, um Ong eine weitere Gelegenheit zu geben, einen saftigen Bissen von meinem Arsch zu nehmen.

Meine letzte Runde zum Steg verläuft langsamer. Meine Lungen schmerzen, die Arme brennen, meine Beine funktionieren nicht mehr so gut und ich fühle die Kälte nicht mehr, als ich jämmerlich die Felsen hochkrieche. Lewis versucht nicht zu helfen. Er hat seine Lektion beim letzten Mal gelernt, als ich ihn verbal und sexuell angegriffen habe, weil er mir auf die Felsen geholfen hat, bevor ich in den Tod gestürzt wäre.

Nach dieser Logik würde Lewis einen Grund finden, mich zu retten, wenn er ein normaler Mann wäre. Aber Lewis ist nicht normal. Er ist nachdenklich, zurückhaltend und verwirrend, obwohl sein Körper am Strand erwartungsgemäß reagiert hat. Ich kann seine warmen Hände immer noch spüren –

Ein Schüttelkrampf zerrt an meinen Gliedmaßen, der

sich in zähneklappernde Vibrationen verwandelt, als mein Körper auftaut.

Lewis wickelt mir ein Handtuch um die Schultern und reibt mit einem weiteren über meine Beine und Füße. »Wie fühlst du dich?«

»Scheiße«, sage ich zwischen Zähneklappern.

Er hebt mich auf seinen Schoß und drückt mich an seine Brust, die sich so heiß wie ein Ofen anfühlt. Ich drücke mein Gesicht gegen seine glatte Haut. Plötzlich ist mir nicht mehr so kalt und ich bin nicht mehr so schlecht gelaunt, obwohl es noch früh am Morgen ist. Ich denke an letzte Nacht und an die Dinge, die wir getan haben – Dinge, die wir jetzt tun könnten. »Bekommt jeder, den du trainierst diese Behandlung? Ich werde eifersüchtig, wenn du mir sagst, dass du das auch mit Zach machst.«

Er lacht. »Nur du.«

Reden wir über das Training oder über etwas anderes? Bin ich die Einzige, die er küsst? Lewis scheint nicht der Typ zu sein, der willkürlich mit Frauen rummacht, aber ich habe mich schon öfters geirrt. Haben sich die Dinge mit Mira so weit beruhigt, dass er sich mit anderen verabreden kann, ohne dass sie sein Haus abfackelt?

»Mira ist also einverstanden? Mit dem hier?« Ich lehne mich zurück, um ihm in die Augen zu sehen. Sein Gesicht verrät nicht viel, aber mir ist aufgefallen, dass seine Augen ziemlich aussagekräftig sind, wenn ich aufmerksam bin.

Er zieht seine Arme fester, beugt sich herunter und streicht mit seinen Lippen über meine. »Deine Lippen müssen aufgewärmt werden.«

Mein Atem wird schneller, meine Lunge fühlt sich eng und atemlos an, als wäre ich gerade erst aus dem Wasser gekommen. »Wessen Schuld ist das?«

»Meine und ich nehme meinen Job als Wärmflasche sehr ernst.« Er streicht mit seinen Lippen über meine

Wange, unter mein Ohr, legt die Lippen um das Ohrläppchen und saugt daran.

Ein Schauder, der in keinster Weise mit der Kälte zu tun hat, läuft mir über die Wirbelsäule.

Meine Ohren waren nie besonders empfindlich. Ich weiß nicht, warum sie es bei ihm sind.

Ich schlinge meine Arme um seinen Hals und ziehe ihn näher heran. Kühle Luft streicht über meine nackte Haut, als das Handtuch herunterfällt. Seine Hände greifen meine Taille, unsere Lippen kollidieren. Der Kuss ist intim und intensiv, er kommuniziert all die Dinge, die wir nie aussprechen.

Mir ist nicht mehr kalt. Tatsächlich brennt jetzt ein Feuer unter meiner Haut, das sich unter Lewis' Händen konzentriert, während sie über meinen nackten Rücken und um meine Rippen wandern. Seine Finger streifen die Unterseite meiner Brüste. Mein Atem stockt und er hält inne.

Ich wölbe mich gegen seine Hand und er umschließt meine Brust. Ein leises Stöhnen entweicht seiner Brust – oder meiner?

Wen kümmert es schon?

Der Kuss wird leidenschaftlich und tief. Lewis hebt mich hoch, oder ich stehe auf – ich weiß es nicht – und meine Beine winden sich jetzt um seine Taille.

Die Handtücher sind weggefallen, ein Häufchen zwischen den Steinen. Nur mein Bikini und Lewis' Shorts sind jetzt noch zwischen uns. Ich kann seine Härte unter mir spüren und mein Atem stockt zwischen den Küssen.

Sein Kopf senkt sich und er schiebt mein Bikinioberteil zur Seite, wobei sein Mund meine Brustwarze bedeckt. Ich streiche mit meinen Händen über seine breiten Schultern, mein Körper zittert vor Lust, weil ich weiß, dass er in diesem Moment mir gehört.

Ich fühle ihn hart und heiß unter mir. Und ich wippe vorwärts, um die Reibung zu erhöhen, denn genau das macht er mit mir. Er macht mich verrückt und hormongesteuert. Sein Mund hält inne und ein tiefes Grollen entweicht aus seiner Brust. Diesmal kam der Ton definitiv von ihm.

Sein Mund wandert meinen Hals hinauf, seine Hände legen sich auf meinen Hintern. Er führt mich sanft nach vorn und will die Bewegung wiederholen, was wirklich unnötig ist, da ich mich bereits in diese Richtung dränge.

Seine Zunge erkundet meinen Mund, Lewis hebt eine Hand und streift sanft über meine Brustwarze, seine Erektion ist groß und reibt an der richtigen Stelle, immer und immer wieder.

Mein Puls rast und mein Atem kommt in winzigen Stößen.

Und dann rutscht die Mitte meiner Bikini-Hose zur Seite. Die Barriere zwischen uns verringert sich auf eine dünne Schicht, die ihm gerade genug Platz bietet, damit er durch seine Kleidung hindurch an genau die richtige Stelle rutschen kann …

Ich komme gleich.

Meine Augenlider springen auf, ich unterdrücke ein erschrecktes Keuchen und rutsche zurück bis ich fast von seinem Schoß falle und seine Arme mich gerade noch daran hindern.

Ich ziehe mein Oberteil zurück an seinen Platz, meine Brust hebt sich, während ich zu Atem komme und ich ziehe das Handtuch hoch.

Leute, die bei unserer Ankunft nicht hier waren, steigen auf dem Parkplatz über uns aus ihren Autos aus. Fahrzeuge rasen den Highway entlang. Wir sind am Ufer und werden teilweise von großen Felsblöcken versteckt, aber trotzdem wäre ich fast auf einem Typen, der nicht mein Freund ist, zum Orgasmus gekommen. *Und das vor Familien und Kindern.* Was mache ich hier bloß?

So etwas tue ich doch nicht.

Lewis' Blick ist immer noch dunkel und seine Arme ziehen mich näher heran. Er sitzt dem See zugewandt und sieht die Leute oben nicht. Er sollte sie hören, aber er scheint noch genauso mitgerissen zu sein, wie ich gerade noch war.

»Können wir gehen?«

Sein Blick wird leer. »Was?«

»Da sind Leute ...«

Er wirft einen Blick hinter sich, schluckt und streicht sich eine Hand über das Gesicht. »Gib mir eine Minute.«

Was wir gemacht haben ist verrückt, aber trotzdem kann ich nicht aufhören, die Form seines Mundes und die glatten, markanten Formen seiner Wangenknochen zu betrachten. Warum finde ich ihn so anziehend? Ich habe den intensiven Drang, in seine Arme zurückzukehren.

Er grinst. »Das geht vielleicht schneller, wenn du aufhörst, mich so anzusehen und zurück zu deinem Felsen gehst.«

Richtig. Ich nehme ein paar heimliche Anpassungen an meinem Bikinihöschen vor und rutsche von ihm weg, wobei mein Oberschenkel seine Erektion streift.

Lewis verspannt sich, aber er versucht nicht, mich zu berühren. Ich zittere und weiß nicht, ob das von meiner Frustration, der Kälte, Verlegenheit oder von allen dreien herrührt.

———

DIE FAHRT nach Hause verläuft still. Ich kann nicht aufhören, die Szene an der Mole in meinem Kopf zu wiederholen. Wir wollten es ernsthaft in der Öffentlichkeit tun – als stünde die Apokalypse bevor und dies wäre unsere letzte Chance auf Sex gewesen.

Lewis fährt in meine Einfahrt und blickt geradeaus. »Wir sollten zusammen ausgehen. Auf ein Date.«

Wow … Er fragt mich nach einem Date? Jetzt?

›Sollten‹, hat er gesagt. Was bedeutet das? »Willst du das wirklich, oder … du denkst doch nicht, dass ich so was ständig mache, oder?« Ich deute vage hinter uns. »Weil ich so was nie mache. Absolut nie.«

Sein Blick ist so intensiv, dass ich mich einen Moment lang nicht bewegen kann. »Ich will mit dir ausgehen. Das wollte ich schon immer. Ich wollte dich schon beim Barbecue fragen.« Er blickt weg, als sei er entmutigt, aber Lewis lässt sich nicht aus dem Gleichgewicht bringen. »Ich will Zeit mit dir verbringen. Das ist alles. Kannst du heute Abend?«

Ich schüttle den Kopf. Ich muss heute Abend arbeiten.

»Wann dann?«

»Samstag. Samstag habe ich frei.«

»Um sieben Uhr?«

Erst als er davonfährt und ich jedes Detail von heute Morgen ins Gedächtnis rufe wird mir klar, dass er meine Frage über Mira und ob sie mit uns beiden einverstanden ist, nicht beantwortet hat. Dieses Date dürfte interessant werden – ebenso wie seine Konsequenzen.

Kapitel Neunzehn

Man sollte meinen, dass Lewis, nachdem wir ein paar Mal rumgemacht haben und kurz vor unserem ersten offiziellen Date stehen, mich während des Trainings etwas weniger quält, aber nein. Zuerst musste ich vier Kilometer bergauf laufen und dann ein Seil in seinem Fitnessstudio hochklettern. Und zwar nur mit meinen Armen. Ungefähr eine Milliarde Mal. Gestern hat er mich und unser Team auf einen Fußballplatz mitgenommen, um dort bestimmte Manöver zu üben und zu trainieren, wie man während des Wettkampfes einen Teamkameraden unterstützt. Er hat erklärt, was erlaubt ist und was nicht. Ich habe die Jungs im Sprint besiegt, aber dann bei einem weiteren, wenn auch kürzeren, Anstieg nur gegen Lewis verloren. Ich hätte ihn auch darin besiegt, wenn er mir nicht ›Cave Rock‹ ins Ohr geflüstert und mich abgelenkt hätte.

Sehr hinterhältig von ihm, mein mentales Gleichmaß auf die Probe zu stellen. Daran muss ich arbeiten — und einen Weg finden, es ihm heimzuzahlen.

Es ist Samstag, der Abend unseres Dates, und Cali ist

irgendwo mit Jaeger unterwegs. Ich bin nervös, aber ich kann auch ziemlich stolz auf mich sein, weil ich mich trotz meiner Aufregung einigermaßen im Griff habe. Ergibt das einen Sinn?

Ich habe meinen Kleiderschrank dreimal nach einem akzeptablen Outfit durchwühlt. Etwas, das nicht schreit: ›Ich bin ein durchgeknalltes Weib, das dich auf einer Klippe angefallen und dich dann vor den Augen einer Familie fast zum Orgasmus geritten hat‹ – diese Art von Outfit eben. Meine konservativen Blusen kombiniert mit einer engen Jeans erscheinen mir auch nicht ganz angemessen.

Ich habe mich gegen die hormonellen Reaktionen gewehrt, die Lewis aus mir herauslockt, weil mir seine Nähe Angst macht. Mit Lewis wäre es nicht nur Sex. Er ist anders. *Ich* bin mit ihm anders.

Ich schnappe mir ein marineblaues, ärmelloses Spitzenkleid. Es ist weder eng anliegend noch besonders freizügig, doch die Taille wird von einem breiten schwarzen Band betont und das Kleid hört einige Zentimeter über meinen Knien auf. Stilvoll, mit Sex-Appeal. Als Nächstes hole ich die schwarz-metallischen High Heels heraus, weil die Nacht im Boathouse in diesen Absätzen geradezu magisch war. Lewis hat sich nicht aus dem Staub gemacht, als ich ihm erzählt habe, warum ich bei den Wasserfällen ausgeflippt bin, wie ich es eigentlich erwartet hätte. Er hat mich geküsst.

Ich bin vielleicht nicht bereit für eine neue Beziehung, aber diese Sache zwischen uns hat ein Eigenleben. Ich habe das Mudder vielleicht noch nicht bewältigt, aber trotzdem fühle ich mich stärker und wohl in meiner Haut. Vielleicht ist es das Training; vielleicht ist es der Typ, der mich trainiert.

Ich halte mit der Hand an der Unterwäscheschublade

inne. Ich vertraue Männern nur selten, aber *ihm* vertraue ich. Das Arschloch hatte vielleicht Zugriff auf meinen Körper, aber nicht auf mich. Lewis sieht alles – fast alles; er weiß nichts von meiner Mutter – und er scheint mich immer noch zu mögen.

Aus einer Laune heraus entscheide ich mich für eine sexy Slip-BH-Kombination. Plötzlich klopft es an der Haustür und erschrocken drücke ich die Unterwäsche an meine Brust. Was zum Teufel? Ich werfe einen Blick in den Spiegel. Meine Haare sind erst halb trocken und ich bin noch im Bademantel. Ich sterbe, wenn das Lewis ist und er zu früh dran ist.

Hastig ziehe ich den Bademantel zu und sehe aus dem Fenster. Ein Auto, das ich nicht kenne, parkt auf der Straße vor unserem Haus. Ich stopfe die sexy Unterwäsche unter ein Kissen und lege die Sicherheitskette an der Haustür an, bevor ich sie einen Zentimeter öffne.

Eine hübsche, ältere, rothaarige Version von Cali steht dort. Ich lasse einen erleichterten Atemzug heraus. »Maddie.«

»Hallo, Liebes.« Ich löse die Kette und Calis Mutter kommt herein. »Machst du dich gerade für irgendetwas zurecht?«

Mein Gesicht erwärmt sich um ein oder zwei Grad. »Ähm, ich habe eine Verabredung.«

Ihr Lächeln wird breiter. »So gut, hm? Na ja, lass dich von mir nicht aufhalten. Ich könnte ein Glas Wasser gebrauchen, aber ich hole es mir schon selbst.« Sie winkt mich ab, als ich gerade in die Küche gehen will.

»Meine Güte«, sagt sie eine Sekunde später und ich blicke über meine Schulter. Sie starrt auf die Spüle. »Bei euch Mädels wachsen ja schon Pilze.«

Äh ja, wir sind nicht so gut mit dem Geschirr. Cali und ich haben keinen Geschirrspüler und das mit dem

Abspülen erinnert mich einfach ans finstere Mittelalter. Tylers Anwesenheit hat auch nicht gerade geholfen. Wenn überhaupt, hat er es noch schlimmer gemacht. Im Grunde genommen wird das Geschirr nur dann gespült, wenn ein Gegenstand benötigt wird und dann waschen wir genau diesen Gegenstand und lassen den Rest weiter schimmeln.

»Tut mir leid, Maddie. Ich wasche dir schnell etwas ab …«

Sie hält eine Hand hoch. »Nein, nein. Ich habe das schon im Griff. Es kommt nicht mehr oft vor, dass ich mich um euch Kinder kümmern kann.«

Und das ist der Unterschied zwischen Maddie und meiner Mutter. Meine Mutter hätte sich die Nase zusammengekniffen und wäre in ein anderes Zimmer geflüchtet.

Ich föhne meine Haare, trage ein Minimum an Make-up auf und ziehe mich an. Als ich in die Küche zurückkehre, steht Maddie vor der Spüle, ihre Arme bis zu den Ellbogen in schaumiges Wasser getaucht. Neben ihr stapelt sich das saubere Geschirr auf einem Geschirrtuch, und das in rasanter Geschwindigkeit. Sie blickt zu mir herüber. »Oh, Liebes. Du siehst hinreißend aus.«

Ich fummle an dem Armband, für das ich mich entschieden habe. Es ist ein schwarz-goldenes Kettchen, das mir in einer der Boutiquen in der Stadt ins Auge gefallen war. Cali hat darauf bestanden, dass ich es kaufe. Sie hat behauptet, dass es meiner schlichten Garderobe etwas Rock'n'Roll verleihen würde. »Findest du nicht, dass es zu viel ist?«

Sie sieht verwirrt aus. »Zu viel was?«

Ich blicke nach unten. »Beine? High Heels?«

Ihr Gesichtsausdruck erwärmt sich. »Nein, Liebes, du siehst sehr hübsch und zurechtgemacht aus.«

»Also, nicht nuttig, oder? Weil −«

»*Nuttig?*« Sie lacht. »Gen, Liebes, wie könntest du

nuttig aussehen? Entweder gehst du locker mit deinem Körper um oder eben nicht. Nichts kann dich nuttig *aussehen* lassen, außer dich nuttig zu verhalten.«

»Wie wenn man in der Öffentlichkeit rummacht?« Meine Stimme kommt einige Oktaven zu hoch heraus. Ich will meine Worte in derselben Sekunde zurücknehmen, in der sie herauskommen.

Maddie hebt die Augenbrauen. »Na ja, wenn wir jetzt davon reden, mit vielen verschiedenen Männern in der Öffentlichkeit rumzumachen, könnte man auch argumentieren, dass du eine etwas lockere Auffassung von Dating hast. Aber selbst wenn du mit vielen Männern geschlafen hast, gibt es da einen Unterschied. Schämst du dich dafür, oder fühlst du dich deshalb schlecht? Oder bist du glücklich?«

Mit Lewis bin ich ich selbst, nicht irgendein Schatten meiner selbst. Er ist der Einzige, mit dem ich auf einer Klippe rummachen möchte. »Glücklich.«

»Dann ist alles in Ordnung, Süße.« Sie wischt ihre Hände an einem Geschirrtuch ab und stützt ihre Fäuste auf ihre schmale Taille. »Also, wo ist mein Sohn? Du weißt nicht zufällig, wo er sich versteckt? Ich habe ein Wörtchen mit ihm zu reden.«

Das klingt nicht gut.

Ich schüttle den Kopf. »Normalerweise ist er tagsüber unterwegs, aber um diese Zeit kommt er immer nach Hause ... bevor er wieder mit seinen Freunden loszieht.« Ich hoffe, ich bringe Tyler nicht in Schwierigkeiten. Wir sind erwachsen, aber wenn Maddie mich so ansieht fühle ich mich wie eine Petze bei einem elterlichen Verhör.

Das hatte ich mit meiner Mutter nie. Sie hat mich so ziemlich alles machen lassen, was ich wollte. Wahrscheinlich ist das der Grund, warum ich meine Handlungen und meine Kleidung zwanghaft selbst überwache.

»Hm.« Maddies Mund verkneift sich und sie sieht weg, als wäre sie besorgt.

»Ist alles in Ordnung?«

Sie lächelt, auch wenn das Lächeln ihre strahlend blauen Augen nicht erreicht. »Ich bin sicher, dass alles in Ordnung ist. Tyler hat ein paar seiner Meetings vor dem Semester verpasst. Sein College hat sich mit mir in Verbindung gesetzt. Sie dachten, ihm sei etwas passiert. Das muss ein Missverständnis sein.« Sie klingt nicht sonderlich überzeugt.

Tyler war zerstreut. Nicht besonders glücklich, aber immer bereit, die Alleinherrschaft über unseren Fernseher zu übernehmen. Zumindest verhält er sich nicht wie ein Typ, der plant, in Kürze wieder nach Colorado zurückzukehren.

»Mach dir keine Sorgen, Liebes«, sagt sie, als mir keine Antwort einfällt. »Ich werde der Sache auf den Grund gehen.«

Ich habe keinen Zweifel, dass Maddie das tun wird. Calis Mutter ist knallhart. In dieser Hinsicht erinnert sie mich an Maryanne. Bei ihr gibt es keinen Schwachsinn und mit höchster Wahrscheinlichkeit lässt sie sich den auch nicht gefallen. Ich habe großen Respekt vor Maddie und deshalb beruhigen mich ihre Worte, was meine Nuttigkeit angeht mehr als alles, was meine Mutter hätte sagen können.

Ich habe mich mein ganzes Leben lang bemüht, *nicht* wie meine Mutter zu sein. Vor Lewis war Sex für mich immer eine Sache, die ihren eigenen Platz und ihre eigenen Grenzen hatte. Die paar Orgasmen, die ich erlebt habe, waren ausgerechnet mit dem Arschloch und da war er einfach nur etwas aufmerksamer als sonst. So loszulassen bedeutet einen Kontrollverlust, den ich selten zulasse. Das Arschloch hatte keine Macht über mein Herz. Ich hatte keine Angst, dass er es verletzen könnte und ich hatte recht. Am Ende hat er nur meinen Stolz verletzt.

Bei Lewis ist Intimität wie ein Wirbelwind von Empfindungen. Da ist Kontrolle das Letzte, woran ich denke.

Ich mache mir Sorgen, dass ich mich in meine Mutter verwandle. Als hätten sich plötzlich verspätete Nuttigkeit-Gene aktiviert. Ich bin mir immer noch nicht sicher, wie ich es bei Cave Rock geschafft habe, innezuhalten. Der bevorstehende Orgasmus hat mich höllisch schockiert. Mit dem Arschloch waren die beiden Male kleine Lichtblicke an einem dunklen Horizont. Bei Lewis kann ich mir sogar vorstellen, dass die Intensität eines einfachen Kusses ausreicht, um so etwas ständig zu erleben. Und das wäre schlecht. Wenn ich meinen Körper nicht kontrollieren kann, wie soll ich dann mein Herz schützen?

Als Lewis erscheint, trägt er einen dünnen, hellgrauen Pullover über einem karierten Hemd, beides bis zum Ellbogen hochgekrempelt. Er muss ja seine Unterarme zur Schau stellen. Er hat wirklich keine Ahnung, was das mit mir macht.

Meine Hände zittern, als ich meine Handtasche vom Tresen nehme und Maddie Lewis vorstelle.

»Amüsiert euch gut«, ruft sie und zwinkert, während wir uns auf den Weg zur Tür machen.

Gott. Warum habe ich das mit dem Rummachen in der Öffentlichkeit erwähnt?

»Calis Mutter scheint nett zu sein«, sagt Lewis, während er sein Auto von der Hauptstraße in eine kleine Seitenstraße manövriert.

»Sie ist cool. Cali hat wirklich Glück.«

Er blickt mich an. »Du hast deine Familie noch nie erwähnt.«

Richtig. Ich habe versucht, dieses Gespräch zu vermeiden. Aber wenn es bei einem Date darum geht, sich kennenzulernen ... »Ich habe nur meine Mutter.« Mein Blick flackert in seine Richtung. »Keinen Vater. Ich habe ihn nie gekannt.«

Lewis fährt auf den Parkplatz eines gemütlich aussehenden Restaurants, das auf beiden Seiten des Eingangs spiralförmige Ziersträucher hat. »Wie ist deine Mutter so?«

Und deshalb rede ich auch nicht über die Familie. Ich will nicht, dass die Leute davon ausgehen, dass ich wie meine Mutter bin. Aber trotzdem werde ich Lewis nicht anlügen. »Exzentrisch, schön, jung geblieben.«

»Schön und jung geblieben ... Das hätte ich mir denken kennen, so wie ihre Tochter aussieht.«

Er findet mich schön?

»Warum ist sie exzentrisch?«, fragt er.

Wir betreten das Restaurant und bei seiner Frage versteift sich mein Nacken – und beim Anblick dieses Lokals. Es ist Französisch. Eines dieser übertrieben schicken Restaurants, in das mich meine Mutter schleppen würde. »Also«, sage ich trocken, »zum Beispiel ist sie geradezu besessen von allem, was französisch ist. Sie hat ihren Nachnamen offiziell in einen französischen Nachnamen ändern lassen.«

Lewis studiert mein Gesicht und folgt meinem Blick. Er nimmt die schnörkeligen Möbel, die weißen Tischdecken und das Kristallgeschirr in Augenschein – »Komm.« Er greift sich meine Hand und zieht mich zur Tür hinaus.

»Wohin gehen wir?« Ich werfe der fassungslosen Hostess einen Blick zu.

»Es gibt da einen anderen Ort, der sich besser für unser erstes Date eignet.«

Ich blicke ihn skeptisch an. »Wirklich?«

»Nein.« Er grinst und macht den Jeep auf. »Aber es wird gemütlicher sein.«

»Das musst du nicht machen.« Ich halte die Tür auf, die er zu schließen versucht.

Er beugt sich herunter und küsst mich sanft auf die Lippen. »Ich will dich glücklich machen.« Ein warmes Gefühl füllt meine Brust. »Ich bin nicht gut im Daten.« Er gestikuliert über seine Schulter zum Restaurant. »Ich habe gehört, dass dieses Restaurant nett ist, aber es ist mir egal, wohin wir gehen, solange du bei mir bist.«

Wow, das war … ziemlich perfekt.

Er schließt die Tür und ich frage mich, in was ich da hineingeraten bin und ob das klug ist, ihn so an mich heranzulassen. Und was genau meint er mit ›nicht gut im Daten‹? Er hatte bisher nur die eine Freundin, aber ich bin davon ausgegangen, dass er trotzdem Dates hatte.

Vor ein paar Monaten wäre es mir peinlich gewesen, neugierige Fragen zu stellen, aber jetzt muss ich es wissen. Ich will alles über Lewis wissen. Wir fahren eine Weile, bevor ich das Thema zur Sprache bringe. »Warum glaubst du, dass du nicht gut im Daten bist?«

Lewis zuckt mit den Achseln, als wir die Staatsgrenze von Nevada passieren. »Ich gehe nicht mit Frauen aus.«

Ja, was das betrifft. Vielleicht erklärt er damit mehr von dieser Mira-Problematik. »Warum?«

»Teilweise weil –« Er räuspert sich, sein Blick huscht zu mir. »Ich es nie musste. Du weißt schon, auf Dates gehen. Um Zeit mit Frauen zu verbringen.«

»Wie hast du dann … *Ohhh*.« Natürlich musste er das nicht. Er ist ein schroffer Gott der Berge. Frauen werfen sich ihm an den Hals. So wie *ich*. »Du bist mit Frauen nach Hause gegangen, nicht in Restaurants.«

Er reibt sich den Nacken. »Ich habe dir gesagt, dass ich auf dem College eine Freundin hatte«, sagt er, als würde das die Sachlage verbessern. »In den letzten paar Jahren habe ich einfach niemanden gefunden, zu dem ich eine ausreichend starke Verbindung hatte, und ich habe Verpflichtungen.«

Ist Mira eine seiner Verpflichtungen? Seine einzige Verpflichtung? Ich kann mir nicht vorstellen, was einen Mann sonst über einen so langen Zeitraum daran hindern würde, eine Verbindung zu einer Frau aufzubauen. Aber genau das habe ich ja auch getan, nicht wahr? Mich auf Distanz gehalten? Ich hatte Beziehungen, aber trotzdem habe ich vor Lewis nie einem Mann erlaubt, mich wirklich kennenzulernen. Und bei Lewis liegt es auch nur daran, dass er Dinge gesehen hat, von denen ich nicht wollte, dass er sie sieht.

»Du stehst nicht mehr auf Frauen?«, necke ich, um die Stimmung aufzuhellen. Wenn das für uns beide neu ist, wie sollen wir dann wissen, wie das geht? Werden seine Verpflichtungen das zwischen uns zulassen, was auch immer *das* ist?

Er blickt mit einem schelmischen Lächeln zu mir hinüber. »Du weißt, dass das nicht stimmt.« Er hebt seine Augenbraue und ich werde rot. Er grinst, als würde meine Reaktion ihn erfreuen und richtet seine Aufmerksamkeit wieder auf die Straße.

»Okay, du fühlst dich also zu Frauen hingezogen. Die meisten Jungs, die ich kenne, setzen das auch um.«

Er wirft mir einen Seitenblick zu und lächelt schief.

»Ah, richtig«, sage ich. »Du hast es umgesetzt. Affären.«

Ich hasse es, ihn mir mit anderen Frauen vorzustellen. Was ist, wenn ich auch nur eine Affäre bin? Er lädt mich auf ein Date ein, was seiner Definition nach selten ist – aber was ist, wenn ich trotzdem zu viel voraussetze. So wie ich es mit dem Arschloch gemacht habe, ohne seine häufigen Reisen in seine Heimatstadt infrage zu stellen. Was ist, wenn ich mehr will als Lewis? Mein Herz pocht in meinen Ohren und meine Atmung beschleunigt sich.

»Gen.« Lewis nimmt mein Handgelenk und runzelt die Stirn. Sein besorgter Blick huscht zwischen mir und der Straße hin und her. »Ich habe gesagt, dass ich nicht auf Dates gehe. Deshalb erzähle ich dir das ja. Du bist nicht wie andere. Du machst mich« – er seufzt und das Geräusch endet in einem Grummeln – »irgendwie verrückt, um ehrlich zu sein. Ich will … ich will nur …« Er blickt mich flehend an. »Ich will einfach.«

Kapitel Zwanzig

Lewis hält vor einer Örtlichkeit, die man nur als Spelunke bezeichnen kann. Eine Kneipe, die auch Essen anbietet, je nachdem wie man ›Essen‹ definiert. Neben dem Aushängeschild ist eine Forelle abgebildet. Ich bin mir nicht sicher, ob das zum Logo des ›Rotten Roy's‹ gehört oder ein Hinweis auf die verfügbare Küche ist.

In der Kneipe sind wir beide mit Abstand am besten gekleidet. Eigentlich hätte ich auch in Flip-Flops kommen können und in Rotten Roy's wäre das niemandem aufgefallen. Beleuchtete Neon Bierreklamen schmücken die Wände. Das rosa Schwein über dem Billardtisch, das ein Schild mit der Aufschrift ›*Schöne Titten*‹ hält, ist mein Favorit.

Lewis führt mich zu einem Tisch im hinteren Bereich. Männliches Gelächter, unterbrochen von einem Husten, als wäre die von Humor überwältigte Person ein starker Raucher, unterstreicht das Rauschen der Gespräche und Gläser, die auf abgenutzte Holztische gestellt werden. Trotz des Krawalls sind alle Augen auf uns gerichtet, als wir an den Tischen vorbeigehen.

Normalerweise vermeide ich diese Art von Aufmerksamkeit, aber in Lewis' Gegenwart ist sie nicht zu vermeiden. Wie sollen die Leute da nicht starren? Sogar Kerle sehen ihn an, wahrscheinlich aus anderen Gründen als Frauen, aber trotzdem.

»Hier ist es ein bisschen ruppig, aber das Essen ist in Ordnung.« Lewis reicht mir ein laminiertes Menü, das an den Ecken klebrig und gewellt ist. »Die Jungs von der Arbeit und ich kommen oft hierher.«

Das Rotten Roy's scheint die Art von Lokal zu sein, in dem eher billiges Essen serviert wird, aber ich stelle seinen Geschmack nicht infrage. Wer will nicht ab und zu mal ein bisschen fettiges Essen? Ich überfliege die Speisekarte und bestelle Nachos, sobald die Kellnerin auftaucht.

Zeit, ihm auch mal eine seiner persönlichen Fragen zu stellen. »Wie ist deine Familie so?« Revanche ist fair.

Er zuckt mit den Schultern. »Ich habe dir schon ein bisschen was von meiner Mutter erzählt und meinen Vater hast du schon kennengelernt.«

John Sallee. »Dein Vater war sehr nett, als ich nach dem Mudder gefragt habe.«

Lewis nimmt einen Schluck von dem Wasser, das die Kellnerin vor ihn hinstellt. »Wir sind einfach das komplette Gegenteil voneinander.« Ich hebe eine Augenbraue. »Mein Vater ist ziemlich gesprächig.« Und Lewis ist es nicht, obwohl ich den Eindruck habe, dass er mehr mit mir geteilt hat als mit den meisten anderen. »Wenn du dich eine halbe Stunde lang mit ihm unterhältst, erfährst du seine komplette Lebensgeschichte.« Er blickt auf, als hätte er selbst realisiert, wie das klang. »Nicht, dass das etwas Schlechtes wäre. Er ist ein toller Vater.«

»Ist schon gut«, sage ich. »Ich habe meinen Vater nie gekannt, also weiß ich nicht, was ich verpasse.«

Er lässt einen Takt aus, bevor er fragt: »Warum hast du

deinen Vater nie kennengelernt, Gen?« Ich rutsche auf meinem Platz umher. »Tut mir leid«, sagt er. »Ich will nicht aufdringlich sein. Ich will nur mehr von dir erfahren.«

Ich sollte es ihm nicht sagen. Er wird das Schlimmste von mir denken.

»Ich kenne meinen Vater nicht«, sage ich, »weil ich nicht weiß, wer er ist«. Ich warte und lasse ihn das erst einmal verarbeiten. »Meine Mutter hatte ... sie hatte – Freunde. Und zwar viele. Weißt du, was ich meine?«

Er nickt langsam.

Ich weiß nicht, warum ich ihm Dinge erzähle, die ich noch nie jemandem zuvor gesagt habe. Ein Teil von mir will, dass er es weiß. Ein anderer Teil will ihn wegstoßen, bevor ich ernsthaft verletzt werde.

Ich starre auf den Tisch und reibe eine Kerbe in der Oberfläche. »Ich bin mir ziemlich sicher, dass meine Mutter finanziell von ihren Freunden abhängig ist«, sage ich leise. Ich stecke eine dunkle Haarsträhne hinter mein Ohr und meine Hand fällt unruhig auf den Tisch zurück.

Mehrere Sekunden der Stille vergehen. Ich hätte es ihm nicht sagen sollen. Das ist er. Der Moment, in dem er mich abserviert. Panik erfasst meine Brust, als ich erst jetzt merke, dass ich bereits zu sehr in diese Sache mit uns investiert bin. Wenn er mich fallen lässt, wird es mehr wehtun, als alles, was ich bisher erlebt habe.

Lewis greift über den Tisch und drückt meine Finger. »Ich bin froh, dass deine Eltern sich getroffen haben, sonst wären wir nicht hier.« Er grinst. Es ist frech und sexy und mein Mund streckt sich zu einem breiten Lächeln.

Mein schmutziges Geheimnis ist kein Geheimnis mehr. Lewis verurteilt mich nicht, er unterstützt mich nur und plötzlich fühle ich mich leichter und glücklicher als je zuvor.

Ich habe meine Theorie über meine Mutter noch nie

mit jemandem geteilt, auch nicht mit Cali. Und es Lewis zu erzählen, gibt mir Selbstvertrauen. Natürlich werde ich es nicht in die Welt hinausschreien oder so. Aber wenn ich diesen Sommer eine Sache gelernt habe, dann, dass es nicht gut ausgeht, wenn man etwas vor seinen besten Freunden verheimlicht. Ich muss das auch Cali erzählen.

Wir reden nicht über meinen Vater, meine Mutter oder Lewis' Eltern. Unser Essen ist da und ich bin zu sehr damit beschäftigt, Nachos in mich hineinzuschaufeln und mich über den Tisch zu lehnen, um in Lewis' Herzinfarkt-Burger zu beißen, der auch als ›Der Zerstörer‹ bekannt ist – dieser Burger ist so riesig und fettig, dass ich buchstäblich Angst um sein Leben habe, wenn ich ihm nicht helfe, dieses Biest zu bezwingen.

Lewis stibitzt einen Nacho, der durch Käse mit zwei weiteren verbunden ist, von meinem Teller. »Was hältst du davon, wenn wir eine Runde Billard spielen?«

Ich beobachte, wie die Nachos in seinen Mund wandern. »Hey, das sind meine!«

Er grinst.

Ich drehe mich um. Der Billardtisch ist leer. Ungeduldig trommle ich mit meinen Fingern auf den Tisch. Das ist sie. Meine Chance, Lewis fertigzumachen. Die ganze Woche – na ja, eigentlich schon seit ein paar Wochen, aber wer zählt schon mit? – hat Lewis meine sportliche Motivation mit seinem Mudder-Boot-Camp Training angeschlagen. Aber man gebe mir einen Stock und einen Ball, und *ich werde ihn vernichten.*

»Ja, klar«, sage ich ganz beiläufig. Ich muss ihn ja nicht darauf aufmerksam machen, dass er gleich eine erschütternde Niederlage erleben wird.

Wir nehmen mein Wasser und den Root Beer Float, den er nach seinem Herzinfarkt-Burger bestellt hat – anscheinend ist sein Magen ein Fass ohne Boden, was ich sehr bewundere – und suchen uns Queues von der Reihe an der Wand aus.

Lewis macht sich bereit. »Ladies first.«

Ich versuche, das selbstgefällige Grinsen aus meinem Gesicht fernzuhalten, aber das ist eine echte Herausforderung. Nach allem, was er mir zugemutet hat, hat er eine ordentliche Revanche verdient, aber ich will mich nicht vorzeitig entlarven. »Vielen Dank.«

Lässig betrachte ich die Bälle und verziehe mein Gesicht, als wäre ich unsicher.

Ich lehne mich vor, ziele, ziehe den Arm zurück, schlage die weiße Kugel auf das V am anderen Ende des Billardtisches und die Formation teilt sich mit einem lauten Klackern. Ich loche zwei gestreifte und eine einfarbige Kugel ein.

Lewis reibt sich das Kinn. »Hast du schon mal gespielt?«

»Vielleicht.« Ich grinse, weil ich es nicht mehr zurückhalten kann. Ich habe nicht vor, ihn an die Reihe kommen zu lassen.

Ich versenke noch drei weitere gestreifte Kugeln in den Ecken und als ich meine vierte versenken will, spüre ich Lewis hinter mir. Versucht er, mich abzulenken?

Netter Versuch, aber durch das ganze verrückte Boot-Camp-Training habe ich gelernt, mich zu konzentrieren. Ich ziehe meinen Queue zurück, konzentriere mich auf das Dreieck aus meiner weißen Kugel, der Seitenleiste und der rechten Ecke und … rieche ihn.

»Viel Glück«, flüstert er mir ins Ohr, nur eine Haaresbreite entfernt.

Ich habe bereits begonnen, meinen Stab nach vorn zu stoßen und der Winkel ist falsch, aber jetzt kann ich auch nicht mehr abbrechen. Ich treffe die Weiße an der falschen Stelle und sie schmettert in die lilafarbene Zwölfer-Kugel auf der rechten Seite, welche daraufhin vom Tisch katapultiert wird, während die Weiße in der Ecke versinkt.

»Mist.« Ich starre ihn an. »Das hast du mit Absicht gemacht.«

Er versucht, ein Lächeln zu überspielen, aber seine Lippen zucken.

Das restliche Spiel geht genauso weiter. Wenn Lewis stößt, fahre mit der Spitze meines Stabs an seiner Wade hoch, während Lewis meinen Hintern mit seinen Fingerknöcheln streift, als ich wieder an der Reihe bin. Ich gewinne, aber bei all dem Gefummel wird es ziemlich knapp – äh, bei den *Ablenkungen* meine ich.

Wir parken in der Einfahrt unseres Häuschens und ich durchwühle meine Tasche nach meinen Schlüsseln. Das Licht auf der Veranda ist nämlich mal wieder nicht an, weil jeder immer vergisst, es anzuschalten. Und wenn ich aus dem Auto aussteige, werde ich meinen Schlüssel in der stockdunklen Tahoe Nacht niemals finden.

Neue Hausregel: Wer als letzter das Haus verlässt und vergisst, das Licht einzuschalten, muss das Geschirr spülen.

Bis ich gefunden habe, was ich suche, hat Lewis meine Autotür bereits geöffnet und wartet auf mich. Wir gehen zur Haustür und plötzlich bin ich nervös.

Wird er fragen, ob er hereinkommen kann? Sollte ich warten, bis er selbst fragt oder es ihm einfach anbieten? Ich will wirklich nicht, dass diese Nacht zu Ende geht. Zu sagen, dass ich mich zu Lewis hingezogen fühle, wäre eine Untertreibung. Aber abgesehen davon verbringe ich auch gern Zeit mit ihm und fühle mich ihm nahe.

In der Dunkelheit beugt Lewis sich zu mir herunter und küsst mich sanft auf die Lippen. »Also, sehen wir uns diese Woche noch?«

»Ja«, sage ich verträumt. Warte – diese Woche? »Willst du nicht mit hereinkommen?« Das kam nicht so beiläufig heraus, wie ich es beabsichtigt hatte, aber mit seinem plötzlichen Fluchtversuch hat er mich aus der Bahn geworfen.

Er blickt zur Tür und sieht hin- und hergerissen aus. »Das ist unser erstes Date, also … ich rufe dich an, okay?« Er dreht sich um und will gehen.

Was zum Teufel?

»Lewis, die Regel, dass beim ersten Date nicht mehr als ein Kuss passieren darf, gilt nur für Leute, die noch nicht mehr als einen Kuss hatten.« Ich grinse anzüglich. Und warum klinge ich plötzlich wie eine verzweifelte Tussi, die unbedingt flachgelegt werden will?

Oh, stimmt ja, weil ich eine bin.

Er greift nach dem Geländer der Veranda, sein Gesichtsausdruck ist ernst. »Ich will das richtig machen, Gen.«

Wir haben gerade in einer Fischbude gegessen und uns beim Billard befummelt, denke ich. Aber ich sage es nicht. Stattdessen hebe ich verdutzt meine Hand. »Und es ist richtig, auf das nächste Date zu warten?«

Er zuckt mit einer Schulter, sein Gesicht verunsichert.

»Gut«, sage ich und gehe in mein Schlafzimmer. Ich ziehe mein Kleid aus und hole mir eine Jogginghose und ein T-Shirt aus dem Wäschekorb. Sie könnten gewaschen sein, sie könnten aber auch schmutzig sein. Ich bin mir nicht einmal sicher, ob das meine Klamotten sind.

Aber das ist mir egal.

Wie sich herausstellt, gehört die Hose Cali, da sie vier Zentimeter zu kurz ist, was ich sicher hätte feststellen können, wenn ich mir die Mühe gemacht hätte, das Licht im Schlafzimmer anzuknipsen.

Was ich jetzt tue, ist weder klug noch vernünftig. Es ist geradezu unverschämt. Aber irgendwie fühlt es sich nicht richtig an, Lewis jetzt einfach so gehen zu lassen. Und seit ich angefangen habe, das zu tun, was sich richtig anfühlt, scheinen die Dinge ganz gut zu laufen.

Ich will, dass er bleibt. Bei mir. Heute Nacht. Ich habe noch nie etwas so sehr gewollt.

Ich gehe zurück zur Haustüre, taumle zum Türrahmen und überkreuze meine Beine an den Knöcheln, um die Tatsache zu verbergen, dass ich meine High Heels immer noch trage. Lewis muss noch eine Weile dagestanden haben, nachdem ich ins Schlafzimmer gegangen bin, denn er erreicht seinen Jeep erst jetzt.

»Lewis.« Er dreht sich um. »Das Date ist vorbei.« Ich deute auf meine zu kurze Jogginghose. »Willst du hereinkommen?«

Für eine Sekunde ist sein Gesichtsausdruck leer, dann verwandelt er sich in etwas Konzentriertes und Entschlossenes. Er schließt die Autotür, drückt auf die Fernbedienung, lässt die Scheinwerfer aufblinken und geht an mir vorbei ins Haus.

Kapitel Einundzwanzig

In meiner Eile, mir die Klamotten herunterzureißen, habe ich das schwache Licht in Cali und Jaegers Zelt nicht bemerkt. Aber von Tyler fehlte jede Spur, also habe ich wenigstens das Haus für mich allein. Nicht, dass ich es ganz benötigen werde.

»Ich will dich nicht auf falsche Gedanken bringen, aber macht es dir etwas aus, wenn wir ins Schlafzimmer gehen?« Lewis hebt die Augenbrauen und die Andeutung eines Lächelns umspielt seine Lippen.

Scheinbar mache ich niemandem etwas vor. »C–Calis Freund, Jaeger – er wohnt bei uns«, stottere ich, denn verdammt. Ich will nicht, dass er denkt, dass ich mit jedem so bin. Je mehr Zeit ich mit Lewis verbringe, desto stärker wird der Drang, mich auf ihn zu stürzen, ihn zu küssen und ihn zu berühren.

Das ist ganz und gar seine Schuld. So war es schon von Anfang, seit dieser verhängnisvollen Dinnerparty. Er hat meinen inneren Frieden erschüttert und zehn Jahre alte Mauern eingerissen. »Wir haben nicht so viel Platz, deshalb schlafen sie draußen in einem Zelt.«

Lewis sieht das Zelt durch das Fenster und nickt anerkennend. »Cool.«

»Ja, Jaeger ist ziemlich groß. Jedenfalls –« Ich fasse seinen Arm, ziehe ihn ins Schlafzimmer und schließe die Tür hinter uns. Er setzt sich auf das Bett, denn mein Zimmer ist in etwa so groß wie ein Kleiderschrank und genau wie Jaeger ist auch Lewis nicht sonderlich klein. Die Federn der Matratze quietschen unter seinem Gewicht und plötzlich sieht das ein Meter fünfzig breite Bett eher nach einem Kinderbett aus.

»Willst du etwas zu trinken? Essen?« Ich schätze, daran hätte ich denken sollen, bevor ich ihn in meinem Zimmer eingeschlossen habe.

Er legt die Unterarme auf die Oberschenkel. »Alles gut. Danke.« Er beobachtet mich und ich habe das Gefühl, dass er alles in sich aufnimmt. Er wirft einen listigen Blick auf meine Brüste, meine Taille, meine Beine und blickt dann zurück zu meinem Gesicht. Ich habe das Licht angemacht, weil es ziemlich verzweifelt ausgesehen hätte, hätte ich es aus gelassen – *das* würde ich nie tun.

Er hat einen reizvollen Ausblick auf mein zerknittertes T-Shirt und die Jogginghose, aber irgendwie glaube ich nicht, dass es ihm etwas ausmacht. Mein Herz schlägt schneller und meine Brüste sind vollauf präsent. Ich schlucke und atme tief ein. *Ruhe, Frieden, Gelassenheit* – ich werde nicht hyperventilieren, wenn ich daran denke, dass Lewis in meinem Zimmer sitzt und meine Brustwarzen durch mein fadenscheiniges Shirt und meinen Spitzen-BH anstarrt.

Ich setze mich neben ihn, mein Blick schweift zu seinem Mund, als wäre er der Mittelpunkt des Universums. »Also, was willst du machen?« Ich zwinge meinen Blick nach oben.

Er beobachtet meine Lippen.

Er beugt sich vor und küsst mich, seine Hand umschließt meinen Kiefer. Mir wird schwindelig.

»Ist das okay?« Seine normalerweise geschmeidige Stimme klingt kratzig und tief und sein Mund schwebt über meinem.

Was? »Ja–« Ich lehne mich nach vorn und drücke meine Lippen auf seine.

Wie ein Tornado, der den Boden berührt, verwandelt sich alles, was vorher ruhig und zögerlich war, in einen Wirbelsturm der Bewegungen. Ich ziehe an seinem Hemd, er schiebt seine Hände unter mein Oberteil und wir lassen uns auf das Bett zurück fallen.

Ich schaffe es, ihm den Pullover auszuziehen, aber seine Hemdknöpfe stellen eine größere Herausforderung dar. Während ich an ihnen herumfummle streicht er mir mit der Hand über die Stirn und schiebt mir die Haare aus dem Gesicht. Er sieht mir in die Augen. »Gen, wir müssen das nicht tun. Jetzt sofort. Ich kann warten. Ich würde warten.«

Kein Typ hat jemals zu mir gesagt, dass er mit dem Sex warten würde. Es gab ein paar Situationen, in denen ich nicht bereit war, die Beziehung auf dieses nächste Level zu bringen, aber ich habe mich trotzdem darauf eingelassen, weil ich einen Freund wollte. Das war hauptsächlich meine Schuld, weil ich damals nicht gesagt habe, was ich wirklich will.

Aber im Moment ist Warten das Letzte, was ich will.

»Was, wenn ich nicht will? Das hat mich nie interessiert – es war nur ein Teil von –« Ich wedle mit der Hand herum wie eine Verrückte. »Und jetzt sagst du mir, dass du nicht willst?« Meine Stimme ist zu hoch. Aber es fällt mir schwer zu sprechen, während ich vor Hormonen hyperventiliere, und aus Angst, dass er wie an dem Abend im Boathouse, abbrechen wird.

Ich will mich aufsetzen, doch er bedeckt mich mit seinem Körper, den Mund auf meinem Hals. »Ich will es«, sagt er knapp unter meinem Ohr.

Ich sauge einen Atemzug ein. Meine Schultern entspannen sich, dann meine Arme. Ich lege meine Hände flach auf seinen breiten Rücken. »Oh«, sage ich, bevor seine Lippen über meine streichen. »Du findest mich anziehend genug?«

Er lehnt sich zurück und sieht mich ungläubig an. »Ich hätte dich an dem Abend, an dem wir uns zum ersten Mal begegnet sind, fast auf dem Flur geküsst – ohne jemals mit dir geredet zu haben. Und du stellst ernsthaft infrage, ob ich dich anziehend finde?« Er rollt sich zur Seite, fährt sich mit den Fingern durchs Haar und starrt an die Decke. »Gen, ich bin bei dem Versuch, an dich heranzukommen fast durchgedreht. Ich dachte, du hasst mich – ich dachte, du denkst ich wäre ein untreuer Arsch – und dann haben wir uns bei den Kaskaden geküsst. Danach wollte ich auf keinen Fall zulassen, dass du mich wegstößt.«

Na ja, wenn er es so formuliert … »Wenn das wahr ist, warum machst du dir dann Sorgen darüber, ob wir Sex haben oder nicht?«

Er reibt sich den Kiefer, als wäre er auf der Suche nach den richtigen Worten. Dann rollt er sich auf die Seite, um sich mir zuzuwenden, wobei sein Kopf auf seiner Hand ruht. »Ich mache mir keine Sorgen deswegen. Es ist nur – das mit uns ist mir wichtig. Ich will nicht, dass du dich bedrängt fühlst.«

»Aber du verstehst es nicht. Ich war noch nie scharf auf einen Typen.« Er grinst. »Ich meine – du weißt, was ich meine. Ich mag dich auch. Auch wenn du mit deiner Trainingsfolter ziemlich frustrierend sein kannst«, murre ich.

»Okay.« Er beansprucht meine Lippen für einen

innigen Kuss. »Solange das geklärt ist. Nur damit du es weißt ...« Er streicht mir mit den Lippen den Hals hinunter und leckt den oberen Teil einer Brust. »Ich werde jeden töten müssen, der dich falsch ansieht oder dir wehtut, jetzt, wo du meine Freundin bist.«

Er hat mich seine Freundin genannt ... *Genug geredet.*

Er hebt den Kopf und ich runzelte die Stirn, weil er sich so weit entfernt hat. »Ich war kurz davor, dieses Arschloch auf deiner Arbeit zu ermorden.«

»Wen, Drake? Aber dafür mach ich ja das Mudder«, murmle ich und versuche, seine Lippen zu erreichen, die er einen Zentimeter von mir entfernt hält, egal wie weit ich mich strecke. Ich schnaube frustriert. »Ich werde knallhart, damit Jungs sich nicht mehr trauen, mich anzugrabschen.«

»Wovon redest du?«

»Von dem Alpine Mudder«. Ich küsse sein Kinn und streiche mit meiner Zunge über seine Narbe.

Er schluckt, sein Blick ist unkonzentriert. »Was hat das Mudder damit zu tun, dass Männer dich angrabschen? *Und wer grabscht dich an?*«

Dieses Gespräch hat ihn in Wallung gebracht, nur leider auf die falsche Art und Weise. »Niemand. Ich versuche nur, in der Gegenwart von Männern durchsetzungsfähiger zu werden, aber – können wir später darüber reden?« Ich berühre ihn durch seine Hose, denn ich interessiere mich mehr für das riesige Objekt, das mich in den letzten Wochen sexuell gereizt hat.

Sein Blick verschwimmt. Er rollt sich auf den Rücken, zieht mich auf sich und küsst mich tief.

Als die Knöpfe endlich offen sind, ziehe ich ihm das Hemd aus, lege seine glatte, muskulöse Haut frei und fahre mit meinen Händen über seine Brust und seinen Bauch. Lewis' Atmung beschleunigt sich, als er mir dabei zusieht, wie ich den Reißverschluss seiner Hose öffne und seine Boxershorts nach unten schiebe, bis er entblößt ist.

Es war kein Witz, als ich gesagt habe, dass ich ihn spüren muss. Ich will Lewis in jeder Hinsicht. Ich wollte das noch nie tun – ich habe es noch nie zuvor getan – aber jetzt will ich es.

Ich umschließe ihn mit meinem Mund.

Sein Kopf fällt für ein Stöhnen zurück, doch seine Augen huschen schnell wieder zu mir, als dürfe er nichts verpassen, nicht einmal um das Gefühl zu genießen. »Genevieve.« Seine Stimme ist ein schroffes Flüstern, das einen Funken tief in meinen Bauch schießt.

Instinktiv lecke ich ihn von unten nach oben, halte ihn fest, umschließe die Spitze mit meinem Mund und sauge. Das ist für mich Neuland, aber so weit, so gut. Selbst hier unten riecht er nach einem Hauch von Kiefer, gemischt mit Waschmittel und diesem ausgesprochen männlichen Duft, den ich mit Lewis assoziiere.

Er keucht und seine Oberschenkel fühlen sich unter meinen Armen wie Granit an. »Ist das in Ordnung?«, frage ich.

Ein undeutliches Wort, das eher wie ein Stöhnen klingt, entweicht seinem Mund.

Ich deute das als ein Ja.

Ich drücke meine Finger an seinem dicken Schaft zusammen und fülle meinen Mund mit ihm, wobei ich ihn nach ein paar Sekunden wieder herausnehme, um seine pralle, geschmeidige Eichel zu betrachten. Denn plötzlich ist es das Faszinierendste, was ich je gesehen habe, obwohl ich früher nie hingesehen habe.

Ich liebe es, wie sich Lewis' Haut an meinen Lippen anfühlt. Ich gleite mit meinem Mund seine Länge hinunter, wobei mein Kinn an den Reißverschluss seiner Hose stößt. Das erinnert mich daran, dass ich auch den Rest seines Körpers sehen will. Aber ich bin hier noch nicht fertig. Vielleicht, wenn ich mich mit dem Ausziehen beeile?

Ich setze mich auf und ziehe ihm die Hose bis zu den Knöcheln hinunter, als er sich für mich hebt.

Lewis setzt sich schneller auf, als er noch vor einer Sekunde in der Lage zu sein schien und zieht mir das T-Shirt aus, wobei er innehält, bevor er auch meinen BH aushakt und ablegt.

Ich stehe jetzt an der Bettkante und ziehe ihm entschlossen die Schuhe aus, um die Hose endgültig loszuwerden, während er meine Jogginghose über meine Hüften schiebt und die Innenseiten meiner Oberschenkel berührt.

Mein Verstand schaltet sich ab.

Seine großen Hände sind nur Millimeter von dem pochenden Puls zwischen meinen Beinen entfernt. Er lässt sie nach oben gleiten und um meinen Hintern herum, zieht mich näher heran und küsst mich langsam und sinnlich, wobei ein Arm eng um meinen Rücken geschlungen ist. »Zieh dich ganz aus.«

»Ja«, sage ich atemlos.

Er gluckst. »Deine Schuhe?«

Ich blicke auf die Absätze hinunter, die ich immer noch trage. Mit einer Jogginghose, die mir schlabberig über die Knöchel hängt. Sehr attraktiv.

»Hier —« Er schiebt mich herum, bis ich auf einem seiner Beine sitze, hebt meine Waden an und macht die Riemen für mich auf.

Warum sieht es so erregend aus, wenn seine männlichen Hände die zierlichen Schnallen meiner High Heels lösen? Ich gleite mit meiner Handfläche über seine Erektion, die meine Hüfte streichelt und mich zu sich ruft.

Seine Atmung beschleunigt sich, ebenso wie die Geschwindigkeit, mit der seine Finger die Riemen bearbeiten. Ich spüre ein Zerren und einen Ruck, dann fliegen beide Schuhe durch den Raum und er lehnt mich zurück auf die Matratze und legt sich über mich. Dieses Mal völlig nackt, weil er auch den Rest seiner Klamotten ausgezogen hat – und Gott, fühlt er sich gut an.

Ich stöhne und er küsst mich, eine Hand gleitet über meine Brust, meine Seite und meinen Bauch hinab. Seine Lippen folgen der Spur und küssen meinen Bauchnabel, meine Hüfte. Seine Hände und Schultern spreizen meine Beine, die Handflächen umschließen meinen Hintern und heben–

»*Warte.*« Ich versuche, mich aufzusetzen, aber das gelingt mir nicht wirklich, weil mein Hintern in der Luft ist und sein Kopf zwischen meinen Beinen steckt.

Er küsst meinen Oberschenkel. »Ja?« Seine Zunge schnellt hervor und er leckt mich *dort*.

»*Unggh.* Ich weiß nicht, ob ich« – *Wow, das fühlt sich …* – »das will?« Meine Worte sind ein zögerliches Flüstern.

Früher habe ich mich mit Oralsex nicht wohlgefühlt. Früher habe ich den Kopf eines Typen praktisch wieder nach oben gezerrt, wenn er sich in die Nähe dieser Stelle bewegt hat, aber jetzt?

Jetzt scheint es eine sehr gute Idee zu sein.

Er teilt mich und taucht seine Zunge hinein, kreist und findet die Stelle, die seinetwegen schon heiß und pulsierend ist. Seine talentierten Finger schließen sich der Mischung an und das war's.

Er ist ganze dreißig Sekunden lang da unten, bevor ich schreie, und zwar wirklich schreie und keuche, und dann wandert er an meinem Körper hoch und bedeckt meinen Mund mit seinem. Lewis schiebt seine Hüften zwischen meine Beine, seine Länge reibt die Stelle, die er gerade so köstlich bearbeitet hat und dann schiebt er sich in mich hinein, langsam und harmonisch – sodass ich erneut fast explodiere.

Ich fasse seinen Hintern und halte mich fest, denn plötzlich klingt ein zweiter Orgasmus wie eine fantastische Idee.

»*Kondom?*«, keuche ich. Ich nehme die Pille, aber über andere Dinge haben wir noch nicht gesprochen.

Sein Atem fächert über meine Wange, seine Lippen streifen mein Ohr. »Ist schon an.«

Er hat das Kondom schon an? Wow. Ich war wirklich – na ja, *beschäftigt*.

Das ist der letzte logische Gedanke, den ich habe, als Lewis anfängt, in einem gleichmäßigen Rhythmus in mich hinein- und wieder hinauszugleiten, bis ich schließlich einen weiteren Orgasmus heraus stöhne, der diesmal sogar noch intensiver als der erste ist – was ich nicht für möglich gehalten hätte.

Sein Körper verkrampft sich und ein sexy Stöhnen bricht aus seiner Brust, wobei seine Arme auf beiden Seiten meines Kopfes steif werden. Seine Atmung geht schnell, während er sich über mir hält. Nach einem Moment rollt er sich zur Seite, wobei er mich mitnimmt.

Es ist offiziell, denke ich, jetzt wo sich meine Beine mit denen von Lewis verwickeln. Ich bin von prüde zu sexbesessen gewechselt. Ich bin über seine Vorderseite drapiert und atme seinen Duft ein, als wäre er eine Droge. Seine Arme sind um mich geschlungen und ich bin mir nicht sicher, ob ich sie jemals wieder verlassen will. Ich nehme mir vor, das von gerade eben zu wiederholen, sobald mein Gehirn wieder ausreichend mit Sauerstoff versorgt wird.

Meine Gliedmaßen sind nur noch träge Stücke nutzloser Materie und ich drifte ab, in den Armen des einzigen Menschen auf der Welt, mit dem ich mich jemals geteilt habe. Mein ganzes Selbst, den ganzen Blödsinn mit meiner Mutter, meinen Körper, mein Herz …

Kapitel Zweiundzwanzig

Ein Lichtstrahl strömt durch die beigefarbenen Vorhänge gegenüber von meinem Bett, erwärmt mein Gesicht und blendet mich. Ich kuschle mich an die warme, glatte Wand neben mir. Lewis greift nach hinten, klopft mir auf den Oberschenkel, als wolle er sich orientieren und legt seinen Arm um meinen Rücken, sodass wir in einer Art umgekehrter Löffelposition aneinander geschmiegt liegen. Seine breiten Schultern verlagern sich und verdecken das blendende Licht. Ich gleite zurück in den Schlaf – bis mein Handy klingelt und den perfektesten Morgen, den ich je erlebt habe, stört.

Ich fummle auf dem Nachttisch nach dem Handy. Die Klingel-Vibrations-Kombination klingt wie eine Sirene, die mein Gehirn durchschüttelt. Ich habe vor, den Anruf abzulehnen, aber meine Augen funktionieren nicht so gut und ich drücke aus Versehen auf Annehmen.

»Hallo? … *Hallo?*«, ertönt am anderen Ende. »Genevieve?«

»Mom«, krächze ich. »Es ist noch früh. Es ist zu früh für …«

»Schläfst du noch? Ich hätte es wissen müssen. Wie schaffst du es eigentlich, irgendetwas zu erledigen, wenn du den ganzen Tag verschläfst?«

Das ist ziemlich ironisch, wenn man bedenkt, dass meine Mutter nach nächtlichen Saufgelagen mit Jungs, die halb so alt waren wie sie, so manchen Morgen verschlafen hat.

»Ich arbeite bis spät, Mom und ich habe trainiert. Ich bin müde. Können wir später reden?«

»Training? Für was?«

»Alpine Mudder«. Ich gähne. »Du solltest kommen. Es ist in ein paar Wochen.«

Lewis rutscht aus dem Bett und meine Gedanken verdichten sich zu einem statischen Summen. *Sein nackter Körper. Sein Arsch … was wir letzte Nacht getan haben.*

Meine Mutter sagt etwas.

»Was?«

Sie seufzt und dann stockt ihr Atem. »Moment mal. Ist da jemand bei dir?«

»Das Mudder–«, sage ich hastig in dem Versuch, das vorige Thema beizubehalten. Meine Hand umklammert das Handy.

»Da ist jemand bei dir! Ein Junge. Wer ist es? Kenne ich ihn? Bitte sag mir, dass es nicht der mit dem Stock im Arsch ist.«

»Der was? Nein, Mom. Ich muss jetzt auflegen. Vergiss das Mudder nicht. Du hast gesagt, dass du mich noch mal besuchen willst, bevor die Uni wieder anfängt. Das wird ein cooles Wochenende.« Oder ein absolut fatales Wochenende. Da bin ich mir noch nicht ganz sicher.

»Ich hätte wissen müssen, dass du eine Sportlerin wirst«, meckert sie.

Das erregt meine Aufmerksamkeit. Mein Kopf wird klar und ich setze mich auf. »Wovon redest du? Du bist schlecht im Sport –«, platze ich heraus, bevor ich merke, wie schlimm das klingt. »Ich meine, du liebst Golf und das ist das Wichtigste. Es geht nicht nur darum, gut zu sein, aber … was hast du damit genau gemeint? Gibt es in unserer Familie noch jemanden, der sportlich ist?«

»Nein – nein, nichts.« Ihre Stimme klingt angespannt. »Du hast recht. Das Gen hat eine Generation übersprungen. Ich glaube, dein Urgroßvater – ja, dein Urgroßvater war ein Baseballspieler, oder war es Fußball?«

»Aber du hast gesagt, dass du hättest wissen müssen, dass ich eine Sportlerin werde. Hast du nicht an jemand bestimmten gedacht?«

»Was? Nein, Genevieve. Streiten wir uns den ganzen Morgen oder erzählst du mir von diesem Rennen und dem Jungen in deinem Bett?«

Ich rattere das Datum des Mudders herunter und ignoriere ihre letzte Frage. »Ich liebe dich, Mom.«

»Aber–«

»Tschüss.« Ich lege auf und erschaudere, während ich das Bettlaken an meine Brust klammere. Wenn ich etwas nicht mit meiner Mutter besprechen will, dann ist es mein Liebesleben.

Lewis hat jetzt seine Hose an, aber kein Oberteil. Das ist ein ziemlich schöner Anblick.

Ich lege mich wieder hin und lächle. »Musst du wirklich gehen?«

Seine Augen überfliegen meinen mit dem Bettlaken bedeckten Körper, als wäre ich nackt. »Leider … ich muss arbeiten …« Er grinst breit, ein frecher Schimmer glänzt in seinen Augen. »Gut, dass ich Miteigentümer bin. Ich kann meine Arbeitszeiten selbst festlegen.« Er wirft sich auf das Bett und ich werde von der Matratze hochgeschleudert. Ein Quietschen entweicht meinem Mund.

Lewis hat mir diese Seite von sich erst vor Kurzem

gezeigt – die spielerische, lustige Seite – und das, nachdem meine Anziehung zu ihm bereits gefährlich intensiv war.

Er greift an meinem Kopf vorbei und holt sein Handy vom Nachttisch, seine Handfläche gleitet an meiner Hüfte entlang, während er mit der anderen Hand hastig herumtippt. Ich versuche, einen Blick auf den Bildschirm zu erhaschen, aber er dreht das Handy weg und wirft mir einen strengen Blick zu.

Schwungvoll wirft er das Handy ans Fußende des Bettes. »Ich habe mir den Vormittag freigegeben.« Er zieht das Laken herunter und entblößt meine Brüste, während ich mit meinen Händen über seine Schultern und seine Armmuskeln streiche.

»Arbeitest du deshalb mit deinem Vater zusammen? Damit du deine Arbeitszeit selbst bestimmen kannst?« Ich beschwere mich garantiert nicht. Ich befürworte diese Arbeitsmoral voll und ganz, da sie mir zugutekommt.

Lewis' Handy klingelt zweimal. »Ignoriere es«, flüstert er und küsst die Vertiefung zwischen meinen Brüsten.

Sein Handy summt noch zweimal und er sieht von seiner Position in der Nähe meines Bauchnabels auf. Er blickt verärgert drein und greift nach dem Gerät, wobei seine andere Hand auf meiner Taille ruht. Er starrt es an und seufzt genervt. Dann deckt er mich mit dem Laken zu und schwingt seine Beine vom Bett auf den Boden.

Ich setze mich auf. »Was ist los?«

Er küsst meine Wange und steht auf. »Mein Architekt hat mich an einen Termin mit einem Kunden erinnert. Der Typ ist schon da.« Verdammt! Schade, dass er gehen muss. »Und – Mira braucht etwas.«

Mein Herz sinkt mir in den Magen. Geht er, weil Mira ihm geschrieben hat, oder wegen seines geschäftlichen Termins? Wenn es wegen der Arbeit ist, warum musste er Mira dann überhaupt erwähnen?

Lewis runzelt die Stirn, als er seine zerknitterten Hosen betrachtet. »Geht das so? Ich habe keine Zeit, nach Hause zu fahren.«

Ich schüttle den Kopf auf eine Weise, die ‚nicht wirklich' sagt. »Dein Hemd sieht aber gut aus.«

Das Hemd ist irgendwie auf der Lampe gelandet, anstatt auf dem Boden. Er zieht es an, den Pullover in der Hand, und ich trauere um den Verlust des nackten Lewis und meines perfekten Morgens.

Wird das immer so sein? Wird Lewis immer springen, wenn Mira etwas braucht? Der Gedanke bedrückt mich.

Er mustert meinen Körper unter dem Laken und runzelt die Stirn, als würde er es bedauern, weggehen zu müssen. »Ich rufe dich später an, okay?« Ich nicke und er beugt sich herunter und gibt mir einen Kuss auf die Lippen, wobei er meine Hand drückt. Ich frage mich, ob er irgendetwas an meinem Gesicht ablesen kann, denn er küsst mich noch einmal, diesmal zärtlicher, wobei sein Daumen über mein Kinn streicht, bevor er zur Schlafzimmertür hinaus geht.

Ich springe auf und beobachte ihn durch den Vorhang, das Laken um meinen Körper gewickelt. Lewis steigt in sein Auto und fährt rückwärts die Einfahrt hinaus. Er wirft einen Blick auf unser Häuschen, bevor er auf die Straße fährt und verschwindet.

Ein hohles, schmerzendes Gefühl blüht in der Mitte meiner Brust auf. Ich weiß nicht, was ich mir nach dem Sex erwartet hatte, aber das verzweifelte Bedürfnis, ihm nahe zu sein, hat nicht dazugehört.

Ist das Liebe – zu der Person, von der ich mir versprochen hatte, ihr niemals nahezukommen? Die Probleme mit Mira existieren immer noch, so viel ist offensichtlich.

Verfluchter Mist.

———

ICH VERSUCHE WIEDER EINZUSCHLAFEN und scheitere. Ich liege im Bett und grüble, weil ich befürchte, dass Lewis meine psychische Gesundheit gefährden könnte. Als mir das letzte Mal jemand etwas bedeutet hat, hat er mich verraten. Und die Gefühle, die ich für das Arschloch hatte, reichen nicht einmal annähernd an die verwirrende Gefühlsmischung heran, die Lewis in mir hervorruft.

Ich ziehe mir eine Jogginghose und ein Tank-Top an, humple in die Küche und versuche, mir Cheerios in eine Schüssel zu füllen, ohne dabei die ganze Packung auf dem Boden zu verschütten – denn dafür bin ich eigentlich bekannt. Es klopft an der Haustür.

Cali ist zu ihrem neuen Job gegangen, bevor ich aufgewacht bin, zusammen mit Jaeger. Und von Tyler gibt es ebenfalls keine Spur. In letzter Zeit sehe ich ihn nur noch selten. Anscheinend gab es mit seiner Mutter eine Auseinandersetzung, weil er nicht zu seinem Job zurückgekehrt ist. Keiner weiß, was wirklich mit Tyler los ist.

Ich bin allein zu Hause, also wird dieser glückliche Gast wohl mit der zerzausten, frühmorgendlichen Version von mir zurechtkommen müssen. Zumindest bin ich nicht im Bademantel.

Ich öffne die klemmende Tür und sehe Lewis auf der anderen Seite der Türschwelle stehen. Ich grinse breit, bis ich seinen besorgten Gesichtsausdruck bemerke. »Was ist denn los?«

»Es ist Cali«, sagt er mit gepresster Stimme. »Ich bin zur Arbeit gefahren. Es geht ihr nicht gut.« Er wirft einen Blick auf mein Pyjama-Top und meine Nippel, die sicherlich durch das dünne Material ragen. Mein Gesicht wird heiß und meine Gedanken schweifen zu all den Dingen, die wir vor ein paar Stunden getan haben. Er räuspert sich und zeigt zu dem Oberteil. »Wir sollten gehen, aber vielleicht solltest du dir noch etwas überziehen?«

Ich laufe ins Schlafzimmer und hole mir ein leichtes Sweatshirt. Wenn Lewis seine anderen Verpflichtungen abgesagt hat, um wieder zurückzukommen, muss etwas Schreckliches passiert sein.

Mein Herz rast und meine Hände zittern, als ich mein Handy und meine Handtasche ergreife und in den Spiegel sehe. Meine Haare erinnern stark an die Achtzigerjahre, aber darüber kann ich mir im Moment keine Gedanken machen. Ich streiche sie mit meinen Handflächen glatt und eile zu Lewis zurück. »Was hat sie denn?«

Er schließt die Haustür und seine Hand in meinem Kreuz drängt mich zum Jeep. »Ich weiß es nicht. Sie haben sie ins Krankenhaus gebracht.« Mit angespanntem Mund blickt er geradeaus. »Sie ist sehr krank.«

Kapitel Dreiundzwanzig

W ie kann das Leben in der einen Minute so normal sein und in der nächsten eine Katastrophe?

Lewis und ich kommen im Krankenhaus an und stellen fest, dass Cali auf der Intensivstation liegt.

Meine beste Freundin auf der ganzen Welt wäre heute Morgen fast gestorben.

Allein die Vorstellung lässt meinen Magen verkrampfen, und die Gefahr ist auch jetzt noch nicht vorbei. Cali hatte eine Reaktion auf Molly oder Ecstasy – was auch immer – irgendeine verrückte Partydroge, von der ich nicht wusste, dass sie sie nimmt. Cali kann wild sein, aber sie nimmt keine Drogen. Zumindest dachte ich das.

Calis Mutter hat auch in den Casinos gearbeitet. Als Kind hat Cali ordentlich etwas zu hören bekommen, was die Gefahren einer Sucht angeht. Sie sagte, dass sie dieses Zeug nie nehmen würde. Und vor allem morgens, vor der Arbeit?

Nichts davon ergibt Sinn.

Auf der Intensivstation dürfen immer nur zwei Leute gleichzeitig zu Besuch kommen. Und gerade sind ihre

Mutter und ihr Bruder im Zimmer. Ich durfte kurz hereinschauen, aber Cali schlief mit einem Fieber, weshalb ich nicht lange blieb.

Lewis und ich sitzen im Wartezimmer. Ich verbringe den ganzen Tag und die Nacht auf einem Krankenhausstuhl aus Polyester und klammere mich an Lewis' Arm. Ich werde fast verrückt, weil ich nicht weiß, ob die Medikamente, die die Ärzte Cali gegen ihre Reaktion auf die Drogen gegeben haben, auch wirken werden. Maddie sagte, dass Cali eine Aspiration erlitt, nachdem sie sich übergeben hatte und ohnmächtig geworden war. Wenn sie nicht bei der Arbeit gewesen wäre, als es passierte … wenn sie allein gewesen wäre … Ich lasse diese Gedanken nicht zu.

Mit dem Kopf auf Lewis' Schulter gelegt und geschlossenen Augen fühle ich, wie mein Handy vibriert. Ich lasse es fast fallen, in meiner Eile, die Nachricht zu lesen und von Maddie zu hören.

Jaeger: *Sie ist aufgewacht. Zimmer 12.*

Jaeger ist auch hier im Krankenhaus? Ich denke nicht länger darüber nach, wie er auf die Intensivstation gekommen ist. Stattdessen laufe ich auf das Zimmer zu, Lewis' schwere Schritte direkt hinter mir.

Maddie ist die erste Person, die ich sehe, als ich hereinkomme. Dann Cali, auf Kissen gestützt, ihr rotbraunes Haar in seltsamen Strähnen an den Kopf geklebt. Sie sitzt aufrecht und ihre Augen sind klar, obwohl dunkle Ringe sie umranden. Aber sie ist wach.

Ich blinzle Tränen zurück und gehe zu ihr ans Bett, während die anderen zurücktreten, um uns Platz zu machen. »Du bist wach.« Ich lächle, meine Hände fummeln an ihrer Bettdecke herum. Sie wedelt sie weg und ich halte einen Schluchzer zurück. Sie ist frech. Sie wird schon wieder.

Jaeger späht mit einem angespannten Gesichtsausdruck von draußen zur Tür herein. So wie er hier herumhängt, kann ich mir vorstellen, warum er die ganze Nacht mit ihrer Familie bei Cali bleiben durfte. Wer würde schon zu einem Mann Nein sagen, der so eindeutig verzweifelt und so ungemein groß ist?

Calis Lächeln verschwindet, als ihr Blick auf Lewis fällt. In den letzten Tagen hat sich viel verändert. Cali weiß nicht, dass Lewis und ich in einer Beziehung sind, aber das muss warten, bis sie ausgeruht und wieder zu Hause ist.

Jetzt habe ich erst einmal ein paar Fragen. »Cali, wie bist du in diese Sache hineingeraten?«

Sie lässt ihren Kopf gegen das Kissen zurück sinken. »Nicht du auch noch. Ich habe gestern Morgen einen verdammten Mokka getrunken, das ist alles.«

Sie erklärt ausführlich – anscheinend zum zweiten Mal – dass sie nicht freiwillig Drogen genommen hat. Sie wurde unter Drogen gesetzt. Von Jaegers Ex-Freundin oder jemandem, den seine Ex kennt. Die gleiche Ex, die in Jaegers Haus herumhockt, weshalb er gezwungen ist, bei uns zu übernachten. Jaeger glaubt, dass seine Ex dafür verantwortlich ist, dass gestern Morgen jemand Drogen in Calis Mokka gegeben hat, als sie von einem Freund zur Arbeit gefahren wurde.

Warum können Verflossene sich nicht zurückziehen, wenn der Ex-Partner bereits mit seinem Leben weitergemacht hat?

Die Polizei schenkt Calis Geschichte nicht so bereitwillig Glauben, wie ihre Freunde und Familie es tun. Nach ein paar Tagen wird sie aus dem Krankenhaus entlassen und sofort verhaftet.

Es ist ein verdammtes Durcheinander.

Jaeger hat ihre Kaution bezahlt (offenbar ist er stinkreich) und sie ruht sich Zuhause aus, während ich wieder zur Arbeit gehen musste.

Ich sehe auf die Uhr. Nur noch eine Stunde, bis meine Schicht endet und Lewis kommt. Er hat mir in den letzten Tagen Freiraum gelassen, damit ich mich um Cali kümmern kann, aber ich vermisse ihn.

Das Casino veranstaltet jedes Jahr ein Promi-Golfturnier und bei dem großen Publikum diese Woche macht es mir ausnahmsweise einmal nichts aus, den hinteren Teil der Mont Belle Lounge zu bedienen.

Ich bin voll ausgelastet und verdiene eine Menge Trinkgeld, und das nicht nur von den Stammkunden. Ich habe schon mehrere Berühmtheiten bedient, zuletzt einen ehemaligen Offensive Line Spieler, der ein ziemlicher Arsch war und verlangt hat, dass ich ihm ein neues Getränk bringe, weil er der Meinung war, dass seine Limette ausgefranst aussah. Trotzdem hat er mir zehn Dollar Trinkgeld gegeben.

Prominente haben ein Image zu wahren. Niemand will den Ruf haben, ein Geizkragen zu sein. So etwas spricht sich herum – Cali und ich wissen das, weil wir uns regelmäßig Promi-Nachrichten im Fernsehen ansehen.

Ein Mann mittleren Alters und seine Frau ersetzen den Offensive Line Spieler an meinem Tisch. Die beiden sehen gut zusammen aus. Sie ist zierlich und blond, der Mann dunkelhaarig und groß, mit breiten Schultern. Er ist muskulös und zu attraktiv, um nicht auch ein Promi zu sein.

Ich nähere mich sofort ihrem Tisch, denn solche Leute werden schlecht gelaunt, wenn man sie länger als zehn Sekunden warten lässt. »Kann ich Ihnen etwas zu trinken bringen?« Ich setze ein breites Lächeln auf, was, wie ich gelernt habe, zu besseren Trinkgeldern führt.

Der Mann blinzelt, sein Blick schweift zu seiner Frau, bevor er sich räuspert. »Meine Frau möchte den Weißwein des Hauses und ich das Bier vom Fass.«

Okay, vielleicht doch keine Promis. Die VIPs bestellen nur den teuersten Wein von bester Qualität, nicht den Hauswein.

»Alles klar, kommt sofort.« Ich lege Cocktailservietten auf den Tisch und drehe mich um.

Mein Atem stockt und meine Beine zittern. Drake steht vor mir, nur wenige Zentimeter vor meinem Gesicht.

»Genevieve«, sagt er. »Ich brauche dich in einer der Suiten.«

Meine Kehle schnürt sich zusammen, mein Puls galoppiert und ich brauche ein paar Sekunden, um meine Stimme wiederzufinden. »Ich kann nicht, ich habe viel zu tun.«

Er lächelt freundlich, fasst meinen Arm grob mit seinen langen, dünnen Fingern und zerrt mich von dem Tisch weg. »Lass uns darüber reden –«

»Gibt es ein Problem?« Der Mann an meinem Tisch steht auf. Er ist dreißig Zentimeter größer als Drake.

»Natürlich nicht«, betont Drake, seine Stimme ein kultiviertes Säuseln, während er mich ganz beiläufig loslässt. »Wie geht es Ihnen heute Abend, Mr. Kendrick?«

Der Gesichtsausdruck des Mannes ist streng. »Gut, bis Sie versucht haben, unsere Kellnerin zu entführen.«

»Nun.« Drakes kalte Augen flimmern mir entgegen. »Ich möchte Ihr Erlebnis im Blue nicht beeinträchtigen.« Er verbeugt sich leicht, seine Schultern sind angespannt, genau wie sein Lächeln. Er dreht sich so, dass der Kunde nicht sehen kann, wie er mich anfunkelt. »Ich suche mir eine andere Kellnerin. Genießen Sie Ihren Aufenthalt, Mr. und Mrs. Kendrick.«

Ich werfe dem Paar einen entschuldigenden Blick zu und mache mich auf den Weg zur Bar.

Was die Klage wegen sexueller Belästigung angeht, habe ich von der Geschäftsleitung rein gar nichts gehört. Dass ich die Beschwerde eingereicht habe, hat Drake nicht davon abgehalten, mich einfach so anzufassen, und das ist schlimm. Sehr, sehr schlimm. Er hat mich seit seinen Drohungen in der Nähe der Aufzüge nicht mehr berührt, aber heute Abend hat er versucht, mich wieder in eine der Suiten zu locken. Warum sollte er das tun, nachdem ich dem Management von ihm erzählt habe?

Weil er das Sagen hat.

Er stellt mich auf die Probe. Er will sehen, wie weit ich mich wehren werde. Wenn ich mich zu sehr wehre, könnte ich meinen Job verlieren. Diese Bergstadt ist voller Menschen, die geradezu darauf warten, dass lukrative Casinojobs frei werden. Cali und ich wurden nur dank Maddies Beziehungen eingestellt. Wenn sie mich feuern, werde ich wieder auf meine Mutter und ihr Geld angewiesen sein.

Ich hasse das. Ich hasse es, dass ich mich auf meine Mutter verlassen muss. Aber Drake hasse ich noch mehr. Es scheint ihm zu gefallen, mich herauszufordern, mich zu testen – mir Angst zu machen. Sollte ich zur Polizei gehen?

Ich kehre mit dem Wein und dem Bier zurück, mein Lächeln ist diesmal weniger unbeschwert.

»Alles in Ordnung?«, fragt der Kunde, ein besorgter Blick in seinem attraktiven Gesicht.

»Ja.« Ich beschwöre eine Lüge herauf. »Zu den Stoßzeiten am Wochenende kann es manchmal ein bisschen stressig werden.«

Er sieht seine Frau an, die seinen Blick mit einem ermutigenden Lächeln erwidert. »Ihr Name ist Genevieve?«

Ich zucke bei der Verwendung meines offiziellen Namens zusammen. Dieser verdammte Drake. Ich hasse es, dass er mir das angetan hat. »Ja, aber die meisten Leute nennen mich Gen.«

Der Mann nickt und hält inne, als würde er etwas sagen wollen, ist sich aber unschlüssig. »Arbeiten Sie schon lange hier?«

»Seit diesem Sommer. Im Herbst gehe ich wieder zur Universität und mache meinen Master.«

Sein Adamsapfel wippt, doch sein Gesicht bleibt ausdruckslos. Zu ausdruckslos. Für einen Mann mit schwarzem Haar sieht er ziemlich blass aus. Wir haben die gleiche ungewöhnliche Farbkombination.

»Wie sagten Sie, war Ihr Nachname, Gen?«

Moment mal, warum stellt er mir solche persönlichen Fragen? Ich starre ihn an, ohne zu antworten. Mein Gehirn versucht etwas zu verarbeiten, das mich im Hinterkopf beschäftigt.

Die Frau lächelt warm. »Sie sehen aus wie die Tochter einer Bekannten von uns. Sie sind nicht zufällig mit einer Elizabeth Tierney verwandt?«

Der Geburtsname meiner Mutter.

Die meisten Menschen kennen den richtigen Namen meiner Mutter nicht. Es sei denn, sie kannten sie aus der Zeit, bevor ich geboren wurde – bevor sie beschloss, sich neu zu erfinden. Woher kennen sie sie? Ich habe diese Leute noch nie gesehen.

Der Mann sieht aus, als würde er gleich ohnmächtig werden. Sein Mund ist fest zusammengepresst, eine kleine Einbuchtung auf seiner linken Gesichtshälfte ist im Relief sichtbar. Das ist kein herkömmliches Grübchen. Es ist subtil, als würde es nur bei großer Freude oder unter enormem Stress erscheinen. Ich habe auch so eines. An genau der gleichen Stelle.

Nein. *Nein, nein, nein.*

Meine Gedanken taumeln und stürzen wie eine Lawine einen gefährlichen Hang hinunter. Ein brennender Schmerz pulsiert hinter meiner Schläfe, trübt meine Sicht, saugt den Sauerstoff aus meinen Lungen –

»Nein.« Das Wort kommt leise heraus, kaum hörbar. Meine Sehkraft schwindet …

LEWIS LÄCHELT ÜBER MIR. Wow, ich liebe es wirklich, neben ihm aufzuwachen. Daran könnte ich mich gewöhnen. »Hey.« Ich lächle. »Ich hatte so einen seltsamen Traum …«

Neben Lewis erscheint ein weiteres Gesicht und dann höre ich es. Das Geräusch. Stimmen, so viele Stimmen – Klingeln, Summen. Ich bin im Casino, nicht in meinem Schlafzimmer. Ein Sicherheitsbeamter drückt Lewis die Schulter und spricht in ein Walkie-Talkie.

Ich setze mich abrupt auf und mein Kopf dreht sich. Sofort beuge ich mich vorn über und halte meinen Kopf in den Händen.

Jetzt erinnere ich mich. Der Mann. Derjenige, der …

»Geht es dir gut?« Mit einem genervten Gesichtsausdruck schüttelt Lewis den Sicherheitsbeamten ab.

Ich sehe mich um. Die ganze Lounge starrt mich an. Ich ziehe meine Beine unter meinen Körper und Lewis hilft mir, aufzustehen. »Was ist passiert?«, frage ich.

Er blickt meinen Kunden vorwurfsvoll an. »Ich war auf dem Weg, dich nach deiner Schicht abzuholen und habe dich umfallen sehen.«

Ich zucke zusammen. »Ich glaube, ich bin ohnmächtig geworden.«

Der Stress mit Calis Aufenthalt im Krankenhaus und

mich anschließend um sie kümmern zu müssen – bei all dem habe ich einfach nicht viel geschlafen. Und jetzt …

Lewis wirft einen unsicheren Blick auf meinen Kunden neben ihm, der, wie ich feststelle, einen leuchtend roten Fleck entlang seines Kiefers trägt. »Ich dachte, er …« Er sieht den Mann verlegen an. »Entschuldigung.«

»Keine Ursache«, sagt mein Kunde und starrt mich immer noch besorgt an. Er zieht einen Stuhl heran. »Möchten Sie sich setzen?« Der Sicherheitsbeamte scheint das als Hinweis zu verstehen, dass hier alles unter Kontrolle ist. Erst recht, als Maryanne auftaucht und ihn zügig weg winkt.

»Ich kann mich nicht setzen. Ich muss arbeiten«, sage ich abwesend.

»Schneewittchen«, bellt Maryanne, »geh nach Hause, bevor du umkippst. *Noch einmal.*« Sie schüttelt den Kopf und setzt eine freundliche Miene auf, bevor sie sich den Kunden an den umliegenden Tischen zuwendet, die uns anstarren.

»Es tut mir leid, wenn ich Sie vorhin bedrängt habe. Wegen Ihres Namens«, sagt der Mann. Er legt eine Hand auf die Schulter der zierlichen Blondine. »Ich bin Jeb Kendrick und das ist meine Frau Simone. Ich bin ein alter Freund Ihrer Mutter. Ich hatte keine aktuellen Fotos von Ihnen und wollte sichergehen, dass ich die richtige Person habe. Ich hatte gehofft, mit Ihnen über etwas Persönliches sprechen zu können. Sind Sie Genevieve Tierney?«

Ich betrachte seine Gesichtszüge, das kleine, dunkle Muttermal an der Seite seines Wangenknochens – meines ist niedriger, ungefähr in der Mitte meines Kiefers. Mom hat es immer meinen Schönheitsfleck genannt. Hellbraune Augen, ein ovales Gesicht, schwarzes Haar und eine helle Haut. Die körperlichen Merkmale sind etwas anders, aber unsere Hautfarbe ist die gleiche. Er kennt meine Mutter.

Ihren *richtigen* Namen. Den, den sie vor zwanzig Jahren geändert hat.

Ich schüttle den Kopf und greife nach Lewis' Arm. »Nein.« Das ist das einzige Wort, das ich für diesen Mann habe. Ich zerre Lewis aus der Lounge in Richtung des Mitarbeitereingangs.

»Gen«, sagt Lewis, sobald wir im Casinobereich sind. »Was geht hier vor?« Er blickt über seine Schulter, zurück zu dem Mann, der uns mit beunruhigtem Gesichtsausdruck nachstarrt.

Auf halbem Weg zur Kellertür verliere ich meine Fassung. Tränen laufen mir übers Gesicht. Es war ohnehin schon eine stressige Woche, aber das? Ich habe mich immer gefragt, ob ich ihm eines Tages begegnen würde.

Ich komme damit nicht klar. Nicht jetzt. Niemals. Panik schnürt meine Brust zusammen, mein Atem ist nur noch ein schwaches Keuchen. Wenn er es ist, hat er mich verlassen. Er ist einfach aus meinem Leben verschwunden. Und jetzt ist die Tür zu.

Lewis hält meine Schultern fest und stoppt mich. Er streicht eine Träne mit seinem Daumen weg und zieht mich an die Seite eines Spielautomaten, wobei er seine Arme um mich schlingt. Ich greife sein Hemd und vergrabe mein Gesicht darin.

Lewis hat den ganzen Schwachsinn mit Drake miterlebt. Er hat sogar die Wahrheit über meine Mutter und meinen Vater akzeptiert – aber damals war mein Vater noch ein unbekannter Faktor. Wenn dieser Mann derjenige ist, für den mein Instinkt ihn hält, dann ist das eine große Sache.

Wer weiß schon, was meine Mutter für meinen Vater war? Ich weiß nur, dass sie mich bekommen hat und er uns verlassen hat. Meine schlimmste Befürchtung und die einzig logische Erklärung ist, dass ich das Ergebnis einer Affäre, eines One-Night-Stands bin.

Gott, was will dieser Kerl? Ich will die schmutzigen Details nicht wissen. Ich sollte sie nicht wissen.

»Hat der Typ dir etwas angetan?«, fragt Lewis. »Ich habe ihn geschlagen. Ich dachte, er hätte versucht – aber seine Frau hat gesagt, dass er nichts gemacht hat. Und du warst nicht verärgert, als du aufgewacht bist. Jetzt frage ich mich …« Seine Stimme ist so tief, dass es schon ein bisschen unheimlich ist. »Hat er dich angefasst?« Lewis' Stimme bricht beim letzten Wort.

Er hat gesagt, dass er jedem Mann wehtun würde, der mich falsch ansieht. Aber ich dachte, das sei nur so Gerede. Ich verstehe diese Art von Zuwendung nicht. Jungs beschützen einen nicht vor Schmerzen; sie sind oft die Ursache davon. Und sie bleiben nicht an meiner Seite.

Lewis spielt nicht einfach nur den Macho, es scheint ihn zu schmerzen, dass jemand mir Schmerzen bereiten könnte.

»Nein, nichts dergleichen.« Ich blicke mich um. Dieser Kendrick und seine Frau sind weg. »Ich glaube … ich glaube, das war mein Vater.«

Kapitel Vierundzwanzig

Lewis starrt für einen Moment. Ohne etwas zu sagen, bringt er mich zur Kellertür. »Zieh dich um. Ich werde hier warten.«

Ich nicke und mache mich benommen auf den Weg zu meinem Spind. Mein Vater war immer dieser namenlose, gesichtslose Idiot. Das habe ich mir eingeredet, um mich damit abzufinden, dass er uns verlassen hat. Aber dieser wohlhabende Kerl – er scheint normal zu sein.

Mein Verstand ist so durcheinander, dass es mir physische Schmerzen bereitet. Eine Welle der Übelkeit durchläuft mich, schnürt mir die Kehle zu und lässt meine Nase brennen. Ich ziehe mich um und verlasse den Keller.

Lewis fährt mich nach Hause. Er hält mich die ganze Nacht in seinen Armen und stellt keine Fragen. Irgendwann treibe ich in einen traumlosen Schlaf.

Als ich aufwache, erhellt strahlendes Sonnenlicht den Raum und strömt durch die Vorhänge, die ich vergessen habe zu schließen. Lewis hält mich noch immer, aber sein Kopf liegt aufrecht auf dem Kissen, er ist hellwach.

»Hey«, sage ich.

Er blickt nach unten und lächelt, aber seine Gesichtszüge wirken so müde, dass es scheint, als hätte er noch weniger geschlafen als ich.

»Was ist los?«, frage ich.

Er schließt die Augen und seufzt durch seine Nase. »Der Typ von gestern Abend.«

»Jeb Kendrick?«

Er nickt. »Er kam mir bekannt vor.«

Mein Arm verkrampft sich über seiner Brust. Ich bin nicht sicher, ob ich das hören will.

»Der Name klang vertraut, also habe ich im Internet recherchiert.« Lewis' Handy liegt mit dem Bildschirm nach oben auf der Decke. »Er ist ein ehemaliger Footballprofi. Ich habe es gegoogelt, um sicherzugehen, dass es nicht jemand anderes mit dem gleichen Namen ist, aber er ist es. Jeb, der Kerl, von dem du meinst … er war etwa zehn Jahre lang Quarterback in der NFL.«

Mir treten Tränen in die Augen. Wenn dieser Kerl Geld hat, was er angesichts seines Aussehens und dessen, was Lewis sagte, definitiv hat, hätte er meiner Mutter helfen können. Sie unterstützen können. Weiß sie das?

Ich glaube nicht, dass sie mit so vielen reichen Typen ausgegangen wäre, wenn sie das Geld nicht gebraucht hätte. Bis Fred kam, hat sie nie einen von ihnen geliebt. Sie hat sie benutzt, oder sie haben sie benutzt – ich bin nicht sicher, wie so etwas funktioniert – aber ihre finanzielle Unterstützung hat uns über Wasser gehalten und ich habe ihr das immer übel genommen. Es hat mich verstört, dass sie keinen anderen Weg gegangen ist.

Ich sollte nicht so hart über sie urteilen. Sie war ein Teenager, als sie mich bekommen hat. Jeder hätte in dieser Situation Probleme gehabt, ein Kind zu versorgen und über die Runden zu kommen.

Jetzt finde ich heraus, dass Jeb Kendrick uns die ganze Zeit hätte helfen können?

Ich erwäge, meine Mutter anzurufen und ihr zu sagen, dass dieser Typ aufgetaucht ist, aber ich brauche mehr Zeit, um darüber nachzudenken. Jeb hat mich aufgesucht. Warum sollte er das tun, nachdem er mein ganzes Leben lang absichtlich weggeblieben ist? Ein Sinneswandel?

Ein hartnäckiges Klopfen erklingt an der Schlafzimmertür, gefolgt von einer vertrauten Stimme. »Gen? Bist du da drin?«

Cali. *Cali!* Ich wickele eine Decke um meinen Körper und setze mich auf.

Lewis runzelt die Stirn. »Gibt es ein Problem?«

»Ja«, zische ich. »Cali weiß nicht, dass wir, dass wir–«

»–zusammen sind?«

»Ja, das. Cali war krank und ich wollte nicht über uns sprechen, bis sich die Lage beruhigt hat. Ich bin nicht sicher, ob du es bemerkt hast, aber es war in letzter Zeit etwas chaotisch hier.«

Er schüttelt den Kopf, ich rutsche vom Bett und nehme die Decke mit. Ich krieche auf dem Boden herum und suche nach meiner Kleidung. Ein gedämpftes Kichern ertönt von der Matratze und ich blicke auf.

Lewis beobachtet mich schmunzelnd. Mein Atem stockt. Sein Haar ist zerzaust, ein träges Grinsen im Gesicht, seine nackten Muskeln sind in voller Pracht zu sehen … das ist jetzt nicht der richtige Zeitpunkt, um mich unwissentlich mit seiner morgendlichen Attraktivität zu verführen!

»Zieh dich an«, sage ich und fische ein Sweatshirt unter dem Bett hervor.

Weiteres Klopfen. »Gen, was ist hier los? Geht es dir gut?« Der Türknauf knirscht. Gott sei Dank hat einer von uns abgeschlossen.

Shorts hängen aus dem Wäschekorb in der Ecke, in dem sich die noch zu faltende Kleidung sammelt und ich stürze mich auf sie.

Tylers? Was zum Teufel …? Er schmuggelt heimlich Wäsche in unseren Korb? Schnorrer!

Ich stehe auf einem Bein und ziehe die Shorts über mein Höschen. Gestern Abend ist nichts passiert – ich war zu verzweifelt, um zu reden oder mehr zu tun als nur zu kuscheln – aber wir haben uns beide bis auf die Unterwäsche ausgezogen, bevor wir unter die Decke gekrochen sind.

Die Shorts rutschen mir die Hüften hinunter, bis ich sie einrollen und feststecken kann.

»Ist es so schlimm, dass ich hier bin?«, flüstert Lewis und zieht sich eine Jeans an.

Noch mal Schläge gegen die Tür. »Gen, ich mache mir langsam Sorgen. Mach auf.«

»Ich komme!«, rufe ich und laufe um das Bettende herum, zwänge mich an Lewis vorbei, der seine Arme durch ein T-Shirt steckt. Er greift meine Taille, bevor ich ihn passieren kann und zieht seine Finger entlang der freiliegenden Haut zwischen meinem Sweatshirt und den Shorts. Ich erschauere.

»Tut mir leid.« Er grinst unverschämt und zuckt dann mit den Achseln. »Oder auch nicht.«

»Du bist viel unartiger, als ich zuerst gedacht habe.«

Er beugt sich herunter und küsst meine Lippen. »Nur bei dir.«

Ich streiche mit der Handfläche über die Wölbung, die sich in seiner Jeans bildet. Tja, mein Lieber. Dieses Spiel können auch zwei spielen.

Er knurrt tief in seinem Hals und zieht mich zu sich heran.

Ich schlage seine Hände weg – »Nicht jetzt, nicht jetzt!« – und öffne die Schlafzimmertür.

Cali steht in ihrem Bikini-Oberteil und ihrer Pyjamahose aus Flanell da, ihr Blick gleitet von mir zu Lewis. Ihre Augen werden komisch weit, die Lippen pressen sich zusammen, als müsste sie eine stimmliche Reaktion unterdrücken. Sie blinzelt mir zu und geht in Richtung Küche.

Lewis greift sich seine Brieftasche vom Nachttisch. »Ich glaube, ich lasse dich das klären.« Er blickt auf sein Handy und runzelt die Stirn.

Ich werfe ihm seine frühere Frage an den Kopf. »Gibt es ein Problem?«

Er reibt sich grob das Kinn. »Vielleicht.«

»Was …«

»Gen«, tönt Calis Stimme in einem Singsang aus der Nähe der Küche. »Kommst du mal raus?«

Lewis steckt das Handy ein. »Ruf mich an, wenn du es ihr gesagt hast.« Er schmunzelt, aber es ist oberflächlich, als ob ihn die Nachricht, die er auf seinem Handy gesehen hat, wirklich verstören würde. Er schlingt seine Arme um meine Taille und umarmt mich fest. »Lass mich wissen, wie sehr sie dich ins Kreuzverhör genommen hat.«

»Du könntest bleiben.«

Er küsst mich auf die Stirn und schreitet aus der Haustür. »Nein, das ist jetzt dein Problem.« Er blickt auf dem Weg zum Auto zurück. »Du hättest es ihr sagen sollen«, sagt er über die Schulter.

Verdammt! Er hat recht. »Du bist keine Hilfe«, rufe ich und er lacht.

Ich schließe die Haustür und setze mich zu Cali und Tyler an den Esstisch. Tylers Augen huschen zum vorderen Fenster, sein Blick ist neugierig.

Cali nippt an der ‚Sexy Bitch'-Tasse, die sie mittlerweile für sich beansprucht. »Du bist also mit Lewis zusammen?«

Cali kommt immer direkt zur Sache. »Ja, na ja, weißt du noch, als ich gesagt habe, dass Lewis und ich nur Freunde sind? Die Dinge haben sich verändert, kurz bevor du im Krankenhaus gelandet bist. Ich wollte es dir sagen, aber bei all dem Chaos ist das irgendwie untergegangen.«

Cali stellt ihre Tasse ab. »Gen, das ist mir egal. Diese Woche war, gelinde gesagt, verrückt. Ich weiß, dass ich gesagt habe, ich würde mich nicht einmischen. Es ist nur – das Mädchen, das ihm immer an seinem Rockzipfel hängt; bist du dir sicher, dass das für euch kein Problem sein wird?«

»Ich weiß es nicht. Aber er ist wirklich unglaublich, Cali.«

Sie sieht Tyler an und sucht einen Verbündeten.

Tyler zuckt mit den Schultern. »Bist du glücklich?«

Ich habe Tränen in den Augen, denn bei dieser Frage denke ich nicht an Lewis, sondern an gestern Abend und den Mann, den ich getroffen habe. »Ich war noch nie so glücklich mit einem Mann.« Und das ist die Wahrheit. Wenn es da nicht das Problem mit meinem Vater gäbe. Calis Augen werden größer. »Warum weinst du dann?«

Ich lasse meinen Kopf auf den Tisch sinken und bedecke ihn mit meinem Arm, bis ich eine Sekunde später den Druck von Calis Hand auf meiner Schulter spüre. »Lewis ist großartig, Cali. Ich bin nicht seinetwegen so aufgebracht.« Ich blicke auf. »Ich glaube, ich habe gestern Abend meinen Vater getroffen.«

Calis Mund klappt auf. Eine Sekunde später stolpert sie aus ihrem Stuhl und kommt mit einem Taschentuch aus dem Badezimmer zurück. »Was meinst du? Ich dachte, du redest nie mit deinem Vater?«

Ich wische meine Augen ab. »Nein.« Ich mache eine Pause. »Cali, ich kenne meinen Vater nicht.«

Sie kneift die Augen zusammen. »Du meinst, du hast

ihn seit Jahren nicht mehr gesehen und weißt daher nicht viel über ihn?«

Die Wahrheit ist so demütigend. »Ich meine, ich weiß nicht, wer er ist. Meine Mutter weiß es auch nicht. Sie hat es nie so genau gesagt, aber sie hat immer so getan, als sei seine Identität nicht wichtig, also habe ich das einfach angenommen. Als könnte sie dadurch irgendwie ihren Ruf wahren.«

Meine Mutter hat so getan, als wäre es gleichgültig, wer mein Vater ist. Und ich habe einfach angenommen, dass sie es wirklich nicht weiß. Aber neulich hat sie diese seltsame Bemerkung über Sportlichkeit in der Familie gemacht. Jetzt, wo ich Jeb Kendrick getroffen habe und Lewis mich über seinen ehemaligen Beruf aufgeklärt hat … Wusste sie es?

Es scheint unvorstellbar, dass sie mir das vorenthalten würde. Aber ebenso unvorstellbar ist es, einen Mann zu treffen, von dem ich glaube, dass er mein Vater sein könnte.

Als ich mich umsehe, starren Tyler und Cali mich an. Tyler ist der Erste, der etwas sagt. »Junge, das ist hart.« Er stupst Cali an, deren Gesicht erstarrt und blass ist.

Sie räuspert sich. »Also, was hat der Typ gesagt?«

»Er wollte mit mir reden. Er kannte den Namen meiner Mutter. Ihren richtigen Namen.« Cali weiß alles über das Französisch-Faible meiner Mutter.

»Was hast du gemacht?«

»Ich wurde ohnmächtig.«

Cali und Tyler tauschen einen Blick. Ich wünschte, die Leute um mich herum würden damit aufhören.

»Ich war einfach überfordert. Egal, als ich dann wieder zu Bewusstsein gekommen bin, habe ich etwas gemurmelt und bin weggelaufen.« Ich schüttle den Kopf. »Es ist vorbei. Als er nach meiner Mutter gefragt hat, habe ich ihm gesagt, dass ich die Person, von der er gesprochen hat, nicht kenne. Auch wenn er mir nicht geglaubt hat, muss er doch verstanden haben, dass ich nichts mit ihm zu tun haben will. Vermutlich wird er mich nicht mehr belästigen. Es hat mich einfach nur aufgewühlt.« Noch mehr Tränen laufen mir über die Wangen. Scheiße!

Cali greift meine Hand. »Gen, du musst mit deiner Mutter reden.«

Sie hat recht. Aber wenn meine Mutter über meinen Vater Bescheid wusste, und es ist wahrscheinlich, dass sie es wusste ... dann ist das ein Vertrauensbruch.

Mein mangelndes Vertrauen hat seinen Ursprung nicht in meinen beschissenen Ex-Freunden. Meine Mutter hat gruselige Männer in unser Leben gelassen. Ihre Beziehungen schienen nie lange genug zu dauern, um eine offene Diskussion zu rechtfertigen. Und obwohl diese Männer Grenzen überschritten haben, taten sie das nur geringfügig und niemals im Blickfeld meiner Mutter. Ich war jung und passiv. Meine Unfähigkeit Einspruch zu erheben hielt mich jedoch nicht davon ab, ihr die Schuld zu geben. In gewisser Weise gebe ich ihr immer noch die Schuld. Sie hat mich in einer Welt ohne die Sicherheit eines anständigen Vaters großgezogen. Und wenn sie das freiwillig getan hat ...

Ich gehe duschen und setze mich draußen auf einen der Liegestühle, die wegen Cali und Jaegers Zelt auf die staubige Erde verbannt wurden. Der Liegesessels wackelt auf dem unebenen Boden, aber der saubere Kiefernduft der Bäume erinnert mich an Lewis und das hilft, den tobenden Sturm in meinem Kopf zu beruhigen. Ich muss heute Abend arbeiten und bis dahin muss ich mich zusammenreißen. Was bedeutet, dass ich die große, fette Frage, die ich habe, klären muss. Ich scrolle durch die *letzten* Anrufe auf meinem Handy und tippe den Kontakt meiner

Mutter an. Die Dusche hat meine Nerven nicht beruhigt, aber ich werde nicht wieder den gleichen Fehler machen und ein wichtiges Gesprächsthema aufschieben, wie ich es in der Vergangenheit gemacht habe.

Das Telefon klingelt. Mein Puls pocht in meinem Ohr und dämpft den Klingelton.

»Ich kann es nicht glauben«, antwortet meine Mutter. »Du bist vor Mittag auf?«

»Wer ist mein Vater, Mom?«

Schweigen am anderen Ende, dann: »Das ist nicht wichtig …«

»Es ist verdammt wichtig. Ich habe ihn gestern Abend getroffen. Du hast es mir nie gesagt und ich habe ihn getroffen. Er hat mich gefunden.«

»Was?« Ihre Stimme klingt schwach.

»Jeb Kendrick. Sagt dir das was?«

Die einzige Antwort, die ich bekomme, ist ein scharfes Einatmen.

»Wer ist er, Mom? Ist er mein Vater?«

»Oh mein Gott. Er hat versprochen …«

»Mutter, antworte mir.«

»Ja«, flüstert sie. »Ja«.

Ich weine schon wieder. Tränen laufen mir über die Wangen. »Warum hast du mir das nicht gesagt?« Meine Stimme klingt hoch und bebend wie die eines Kindes. Ich hasse diese zittrige Stimme. Ich habe hart gearbeitet, um stark zu sein.

»Liebling, ich verstehe, dass du wütend bist, aber ich wollte dich nur beschützen.«

»Wie schützt es mich, wenn du mich als Bastard groß-ziehst? Bist du eine Art Prostituierte?« So langsam glaube ich, dass ich mich in dieser Hinsicht geirrt habe. Aber ich will die Wahrheit wissen und diesmal werde ich nicht um den heißen Brei herumreden. Es gibt keine Filter mehr.

»*Genevieve*«, sagt sie entsetzt.

»Und, bist du eine?«

»Wie kommst du darauf?«

»Ein Callgirl? Eine Edelhure?«

»Nein, nichts von all dem.«

»Wie versorgst du uns dann? Niemand in unserer Familie hat Geld und du arbeitest nicht.«

»Dein Vater. Dein Vater hat immer für uns gesorgt. Er hat darauf bestanden.«

Was?

»Jeb Kendrick war meine Jugendliebe.« Ihre Stimme ist nasal, als würde sie weinen. »Er hat mich wegen seiner Karriere verlassen. Es hat mich zerstört. Mein Herz, er – ich war nie …« Sie hält inne und ich höre, wie sie sich am anderen Ende der Leitung die Nase schnäuzt. »Was geschehen ist, ist geschehen. Einen Monat später habe ich herausgefunden, dass ich schwanger war, aber Jeb war schon darüber hinweg.«

»Es gab eine Reihe von Frauen, Genevieve. Ich habe das alles in den Zeitschriften erfahren. Er war ein Star. Paparazzi, Journalisten, sie haben ihn auf Schritt und Tritt verfolgt. Als du geboren wurdest, waren es schon so viele Frauen, dass man sie nicht mehr zählen konnte. Ich wollte nichts damit zu tun haben.«

Sie stößt einen leisen Seufzer aus. »Ich habe ihm von dir erzählt, als du eine Woche alt warst. Er hatte ein Recht darauf, es zu erfahren. Aber ich hatte trotzdem die feste Absicht, dich allein aufzuziehen. Er hat mich gebeten, ihn zurückzunehmen. Aber ich habe ihm nicht getraut – mit dieser Lebensweise. Ich habe mir geschworen, die beste Mutter zu sein und dich vor all dem zu beschützen.« Ihre Stimme klingt unsicher und rau.

So habe ich meine Mutter noch nie gehört. Sie ist die schöne, selbstbewusste Männersammlerin, die sich an allen

Dingen erfreut, die französisch sind. Kein Kleinstadt-Mädchen mit gebrochenem Herzen.

»Du hättest ihn zurücknehmen können, Mom. Ich hätte einen Vater haben können. Es ist ja nicht so, als hättest du im Laufe der Jahre nicht auch eine ganze Reihe von Liebhabern gehabt. Warum hast du ihn von mir ferngehalten?«

»Es gab weitere Gerüchte, über Drogen und Sucht. Ich wollte dich da einfach raushalten. Ich habe ihn gebeten, sich fernzuhalten. Und das hat er getan. Aber er blieb über meinen Anwalt in Kontakt und er hat immer für uns gesorgt.«

»Er ist verheiratet.«

»Ich weiß«, sagt sie. »Er hat mir vor ein paar Jahren erzählt, dass er jemanden gefunden hätte. Er sagte, er sei clean und er und seine Frau hätten ein stabiles Familienleben. Sie wollen dich in ihrem Leben haben. Ich habe ihn gebeten, ein paar Jahre zu warten, bis du deinen Abschluss gemacht hast. Ich habe mir einfach Sorgen gemacht, dass die Wahrheit zusammen mit dem Schulstress zu viel für dich werden könnte.«

Gott. Meine eigene Mutter denkt, ich sei schwach. Abgesehen davon – »Ich habe einen Abschluss, Mom!«

»Ich weiß! Es tut mir leid. Ich wollte es dir sagen, aber ich habe mir Sorgen gemacht.«

»Worüber?«

»Zum Teil, dass du wütend auf uns sein würdest.«

»Du meinst auf dich. Dass ich wütend auf dich sein würde.«

»Ja.«

»Du hattest recht, ich bin verdammt wütend!« Ich setze mich auf. »Wie konntest du das vor mir verheimlichen? Er hat mich einfach konfrontiert und ich wusste nicht einmal, wer er ist.«

»Ich wollte nicht, dass du es auf diese Weise erfährst.«

»Dann hättest du es mir sagen müssen.« Meine Stimme überschlägt sich. *Sie hat mich all die Jahre angelogen.*

Meine Mutter plappert weiter, ohne die Intensität meiner inneren Erschütterung zu erkennen. »Er hat uns gut versorgt. Du hast gerade erst deinen Abschluss gemacht. Ich wollte es dir erzählen. Ich wünschte, er hätte mit mir geredet, bevor er zu dir gegangen ist.«

Ich habe immer geglaubt, dass mein Vater mich im Stich gelassen hat. Aber ich dachte auch immer, dass er vielleicht gar nicht wusste, dass es mich gibt. Dass er mich doch sicher gewollt hätte, wenn er es gewusst hätte.

Er ließ mich in dem Glauben aufwachsen, dass ich keinen Vater habe. Meine Mutter ist ebenso daran schuld – vielleicht auch mehr – ich weiß es nicht … Das Pochen in meinem Kopf wird so stark, dass ich kaum noch denken kann. Ich lege auf, ohne mich zu verabschieden.

Kapitel Fünfundzwanzig

Meine Mutter hat ein halbes Dutzend Mal versucht, mich anzurufen, bevor ich mein Handy schließlich ausgeschaltet habe. Ich muss Lewis sehen, seine Arme um mich herum spüren. Ich fahre zu seinem Büro.

»Hallo, Liebes«, sagt die Empfangsdame von Sallee Construction. »Willst du dein Horoskop hören? War gerade –«

»Ist Lewis da?«

Ihr Lächeln verschwindet und sie mustert meine angespannten Schultern – meine an die Rippen gepressten Ellbogen. »Nein, Liebes, das ist er nicht. Kann ich dir jemand anderen holen?«

Ich schüttle den Kopf und gehe durch die Glastür hinaus, die Glocke läutet hinter mir. Als ich zu meinem Auto zurückkehre, schalte ich mein Handy zum ersten Mal seit heute Morgen wieder ein. Ich habe vierunddreißig verpasste Anrufe von meiner Mutter. Ich rufe Lewis an, aber er geht nicht ran. Also hinterlasse ich eine Nachricht und schreibe ihm dann eine SMS.

Gen: *Bitte ruf mich an. Ich habe mit meiner Mutter über Jeb gesprochen. Ich muss dich sehen.*

Ich sollte mich nicht auf Lewis verlassen – er hat ohnehin schon so viel Verantwortung – aber ich kann nicht anders. Inmitten dieses Wahnsinns will ich in seiner Nähe sein.

Im Casino halte ich mich an diesem Abend bedeckt und konzentriere mich darauf, die Kunden zufriedenzustellen und Amber in der Lounge aus dem Weg zu gehen. Ich muss einfach nur meine Schicht durchstehen.

Sie ist fast vorbei und Lewis hat mich immer noch nicht zurückgerufen, was ihm nicht ähnlich sieht. Das hat er nicht einmal getan, bevor wir zusammengekommen sind.

»Snow.« Ambers Stimme klingt schroff und ungeduldig. »Du hast zehn Minuten, um deine kleine Unterhaltung zu führen. Ich stoppe die Zeit. Und das mache ich nur, weil die Dame da drüben mir einen Hunderter gegeben hat. Sie wartet an Tisch neunzehn.«

Ich blicke verwirrt auf, bis ich Simone, Jebs Frau, am Ende der Bar sitzen sehe.

Simone trägt ein elegantes, ärmelloses Oberteil und eine schwarze Hose. Sie lächelt freundlich, ihr blondes Haar ist zur Seite frisiert und hinter ihr Ohr gesteckt.

Ich liefere meine Bestellungen ab und gehe zögernd zu ihr hinüber.

»Sie fragen sich sicher, warum ich hier bin«, sagt sie mit sanfter Stimme, während ich mich setze. »Ich bin gekommen – na ja – weil ich auch eine Mutter bin. Jeb und ich haben eine Tochter. Sie ist drei Jahre alt.« Simone senkt den Blick auf ihre gefalteten Hände, als wäre sie nervös.

Worauf will sie damit hinaus? Es ist für mich nicht

gerade eine gute Nachricht, dass mein biologischer Vater weitere Kinder gezeugt hat, ohne an meinem Leben teilzuhaben.

Ihr Blick kehrt zu mir zurück. »Ihre Mutter hat Jeb angerufen. Sie hat ihm erzählt, worüber Sie am Telefon mit ihr gesprochen haben. Sie macht sich große Sorgen und Jeb auch.«

Die Wut von heute Morgen entflammt erneut in meiner Brust. »Meine Mutter hat mich verraten und mich respektlos behandelt, indem sie mir Informationen vorenthalten hat, die ich hätte erfahren sollen.«

Simone nickt. »Das verstehe ich. Aber ich verstehe auch Ihre Mutter. Jeb war bei Ihrer Geburt um Jahre jünger, als Sie es jetzt sind. Er hat damals schreckliche Entscheidungen getroffen. Er war nicht in der Lage, ein Kind großzuziehen und das wusste er. Ich bin mit ihm verheiratet und liebe ihn von ganzem Herzen, aber selbst ich glaube, dass Ihre Mutter die richtige Entscheidung getroffen hat, Sie von ihm fernzuhalten, als Sie noch jünger waren.«

»Warum ist er jetzt auftaucht, nach all den Jahren?«

»Er hat sich nach und nach gebessert und sein Leben zum Guten gewendet, aber er hat Ihre Mutter tief verletzt und Sie beide im Stich gelassen. Es fiel ihm schwer, sich das zu verzeihen. Aus Respekt vor den Wünschen Ihrer Mutter hat er sich bis zu Ihrem Abschluss von Ihnen ferngehalten. Aber schon vor unserer Hochzeit hat Ihr Vater seinen Wunsch geäußert, an Ihrem Leben teilhaben zu wollen.« Simone greift über den Tisch und berührt sanft meine Hand. »Genevieve, ich weiß, dass das viel zu verarbeiten ist, aber bitte geben Sie Ihrem Vater eine Chance. Er möchte ein Teil Ihres Lebens sein. Er würde es Ihnen gern selbst sagen, aber ich habe ihn überredet, es mich versuchen zu lassen. Ich dachte mir, dass Sie es von jemandem hören sollten, der erst später hinzugekommen ist. Von jemandem, der in der Lage ist, die Dinge von außen zu betrachten – ich sehe zwei Eltern, denen ihr Kind sehr am Herzen liegt und die Schwierigkeiten haben, das Beste für dieses Kind zu tun. Sie haben Fehler gemacht. *Wir* haben Fehler gemacht. Bitte versuchen Sie, uns zu verzeihen.«

Ich schüttle den Kopf, denn ich verstehe das alles nicht. »Wie kann man sein Kind zurücklassen? Wie kann ich ihm am Herzen liegen, wenn er so etwas getan hat?«

»Er hätte einen Weg finden sollen, ein Teil Ihres Lebens zu sein. Damals hielt er sich selbst nicht für würdig. Er dachte, es wäre das Beste, Distanz zu wahren und Sie beide dennoch zu versorgen. Das ist eine Entscheidung, die er jeden Tag bereut. Und er hat sich sehr bemüht, sich zu ändern.«

Jetzt? *Jetzt* will er unbedingt ein Teil meines Lebens sein? »Ich bin eine erwachsene Frau. Was bringt das jetzt noch?«

Ihre Schultern lockern sich, ihre Hand fällt zurück in ihren Schoß. Sie lächelt. »Sie zu kennen, Sie zu lieben, für Sie da zu sein. Das wollen wir beide. Jeb hat das tief in seinem Herzen immer gewollt, auch wenn er meinte, es nicht verdient zu haben.«

Eine Träne läuft über meine Wange und ich wische sie weg. »Ich traue ihm nicht.«

Ihre schöne Unterlippe verschwindet für einen Moment. »Als junger Mann war er – *nicht zuverlässig*. Aber er hat aus seinen Fehlern gelernt und jetzt ist er ein wunderbarer Ehemann. Jeb ist außerdem ein großartiger Vater. Ich hoffe, dass Sie die Gelegenheit haben werden, das aus erster Hand zu erfahren.«

Sie atmet tief ein. »Er war gestern sehr aufgewühlt, nachdem er Sie gesehen hat. Er hat sein Versprechen an

Ihre Mutter gehalten. Er hat bis zu Ihrem Abschluss gewartet. Und zum ersten Mal in Ihrem Leben hat er sich für seine Recht als Vater eingesetzt und nach Ihnen gesucht. Die Dinge sind nicht so gelaufen, wie er es geplant hatte. Ihre Mutter hat im Laufe der Jahre ein paar Bilder geschickt, aber keine aktuellen. Als er Sie gesehen hat, hat er Sie sofort erkannt. Er hat gesagt, dass Sie genau wie seine Schwester aussehen. Es war gleichermaßen ein Schock für ihn, wie auch eine Freude. Und seine Kommunikationsfähigkeiten waren nicht die besten. Er hat sich Sorgen gemacht, dass er Ihnen damit wehgetan hat, dass er so plötzlich aufgetaucht ist und Ihnen keine Erklärung geliefert hat«. Simone nickt Amber zu, die uns mit Blicken tötet. Sie lächelt und reicht mir eine Serviette, auf der ihre und Jebs Handynummern stehen. »Danke, dass Sie mir zugehört haben. Wir werden noch ein paar Wochen hier sein, falls Sie reden wollen.« Sie lächelt. »Mein Mann hat ein großes Interesse daran, unseren Urlaub am Lake Tahoe zu verlängern.«

Ich nehme die Serviette und stecke sie in meinen Geldbeutel, während ich die elegante Frau aus der Mont Belle Lounge gehen sehe. Meine Hände zittern, meine Kehle ist so trocken, dass ich kaum schlucken kann. Ich gehe an einer wütenden Amber vorbei und steuere auf Maryanne zu. Ich muss hier raus. Ich muss Maryanne überzeugen, mich früher gehen zu lassen.

Maryanne schüttelt den Kopf, als ich mich ihr nähere. Sie winkt mich ab. »Geh. Verschwinde von hier.«

Ich weiß nicht, warum Maryanne so nett ist. Vielleicht versteht sie, was ich mir von Drake gefallen lassen musste. Vielleicht hat sie schon selbst genug Scheiße erlebt. Was auch immer es ist, ich bin ihr dankbar.

———

Ich verbringe die ganze nächste Woche mit Workouts und Training. Ich nutze sogar die temporäre Mitgliedschaft im Fitnessstudio, die Lewis mir besorgt hat, um Seilklettern zu üben und meine Oberkörperkraft aufzubauen. Ich schaffe es, das Seil zweimal zu erklimmen, ohne dabei in den Tod zu stürzen. Das Training lenkt mich von all den anderen Dingen ab.

Lewis hat an dem Abend, an dem Simone mich aufgesucht hat, angerufen. Aber es war spät und ich habe die Benachrichtigung erst am nächsten Morgen erhalten. Ich bin an dem Abend nach Hause gegangen und dank meiner emotionalen Erschöpfung sofort eingeschlafen. Am nächsten Tag habe ich mit ihm gesprochen und ihm von dem Anruf bei meiner Mutter und dem Besuch von Jebs Frau erzählt. Er hat mich unterstützt, war aber auch irgendwie distanziert. Wir haben in den letzten Tagen mehrmals kommuniziert, aber wir haben uns nicht gesehen. Mein Gefühl sagt mir, dass etwas nicht stimmt und das macht mich wahnsinnig.

Noch dazu hat meine Mutter nicht aufgehört, mich zu belästigen. Sie hat mir Nachrichten hinterlassen, in denen sie droht, vor meiner Tür aufzutauchen. Ich kann mich nicht dazu durchringen, mich jetzt auch noch um sie zu kümmern. Wenn ich das Mudder nicht hätte, wäre ich ein Wrack, denn es gibt mir eine Orientierung. Durch das Training fühle ich mich körperlich stark, also konzentriere ich mich darauf.

Nach einem langen Lauftraining – mein letztes vor dem Rennen –betrete ich unser Häuschen und platze mitten in einen Streit zwischen Tyler und Cali hinein.

»Verdammt, Tyler! Dieser Fernseher gehört mir und Gen.« Cali streckt ihre Hand nach der Fernbedienung aus. »Du bist ein griesgrämiger Bastard –«

»Wir haben die gleichen Eltern, Calzone. Wenn ich ein Bastard bin, bist du auch ein Bastard.«

»– blöder, arbeitsloser Abschaum. Du bekommst nicht Kontrolle über den Fernseher! Gib uns einen Teil deines Professoreneinkommens ab, das du in den letzten Jahren weggesteckt hast, dann lassen wir dich vielleicht bestimmen, was wir anschauen. Wenn du endlich für das Kabelfernsehen und ein paar der Nebenkosten bezahlst –«

Tyler hebt die Fernbedienung, nach der sie greift, über ihren Kopf und setzt sich auf sie, um ungestört durch die Kanäle zum Sportprogramm schalten zu können.

Cali schreit. »Geh runter von mir, du Trottel! Du wiegst eine Tonne.«

»Das geht leider nicht, Calzone. Die Lumberjack World Championships laufen gerade und das darf ich wirklich nicht verpassen. Ich habe das Halbfinale gesehen und will die Ergebnisse nicht online herausfinden, bevor ich die Aufnahmen gesehen habe.«

Sie windet sich unter ihm heraus, stürzt von der Couch auf den Boden und schnappt nach Luft. »Dann hör auf, so ein Internet-Suchti zu sein. Gott! Wann suchst du dir endlich einen Job und ziehst aus?«

Er kratzt sich am Kopf. »Habe ich in naher Zukunft nicht vor. Vielleicht in einem Jahr?«

Cali blickt mich Hilfe suchend an und ich zucke mit den Achseln. Bis dahin sollte ich auch weg sein. In ein paar Wochen sollte ich nach Dawson zurückkehren, um meinen Master zu machen. Aber das werde ich nicht tun.

Ich habe allen Grund, Lake Tahoe zu verlassen – den Mist, den ich bei der Arbeit ertragen musste, die Angst, dass Lewis mir das Herz brechen könnte – aber ich habe mir selbst versprochen, dass ich nicht weglaufen, mich nicht schikanieren oder einschüchtern lassen oder wegen eines Mannes den Schwanz einziehen würde.

Also habe ich beschlossen zu bleiben. Und zwar unbefristet.

Seit ich Dawson vor ein paar Monaten verlassen habe, habe ich an meiner Entscheidung, meinen Master zu machen, gezweifelt. Damals war es wegen meines Ex-Freundes und weil ich wusste, dass er auch dort sein würde, aber jetzt habe ich andere Gründe. Wichtige Gründe, die nichts mit der Flucht vor einem Ex zu tun haben, sondern in erster Linie damit, mein Leben in die richtige Richtung zu lenken. Ich mag Lake Tahoe. Und ich mag es mit Cali zusammenzuleben und sogar, dass Tyler hier ist – obwohl er den Fernseher für sich beansprucht. Ich war noch mit dem Arschloch zusammen, als ich mir die Universität für mein Studium ausgesucht habe. Er war an der Dawson eingeschrieben und ich wollte es mir leicht machen, also beschloss ich, auch auf die Dawson zu gehen.

Das war eine verdammt schlechte Entscheidung.

Ich will nicht an meine alte Universität zurückkehren. Das fühlt sich an wie ein Schritt nach hinten. Es gibt Dinge, die ich an der Arbeit im Blue nicht mag. Aber das einzige, was wirklich von Belang ist, ist Drake. Wenn er nicht wäre, wäre das Blue Casino eine großartige Möglichkeit, mein Studium zu finanzieren. Also kann ich entweder zulassen, dass er mich verjagt, oder ich kann mich ihm stellen und für meinen Arbeitsplatz kämpfen.

Ich sehe Cali an, die ihren Bruder vom Boden aus missmutig betrachtet. »Cali«, sage ich. Sie sieht auf. »Wenn ich für das Psychologie-Masterstudium an der Uni in Reno, Nevada, angenommen werde, könnte ich dann bei dir wohnen? Das klingt vielleicht verrückt, aber ich überlege, ob ich nicht Teilzeit im Casino arbeiten und Kurse in Reno belegen könnte.«

Cali kennt sich mit Veränderungen im Leben aus. Sie hat sich offiziell aus dem Jurastudium in Harvard abgemeldet und sich stattdessen für Kunstkurse angemeldet, während sie bei Sallee Construction arbeitet.

Sie rollt sich auf den Bauch und steht auf. »Willst du Dawson wegen deines Ex-Freundes aufgeben?«

»Nein. Er hat nichts damit zu tun. Ich will nur nach vorn schauen, weißt du? Und es gefällt mir hier.«

»Dann musst du aber im Winter pendeln, und Reno ist eine Stunde entfernt.« Cali geht in die Küche und holt Zutaten für Sandwiches aus dem Kühlschrank, zusammen mit grünen Oliven. Sie liebt grüne Oliven. Mir wird von ihnen schlecht, aber ich bin gespannt, wie sie die in ein Sandwich integrieren will. Will sie die als Beilage essen?

Ich lehne mich über den Tresen und stütze das Kinn auf meine Hand. »Daran hatte ich nicht gedacht. Glaubst du, dass es viel Schnee geben wird?«

Sie streicht Mayo auf das Brot, legt Schinken und Salat darauf, schneidet dann die Oliven in dünne Scheiben und legt sie auf das Sandwich. Ich schüttle mich. »Ja, aber viele Studiengänge bieten auch Online-Vorlesungen an. Vielleicht kannst du die in den Wintermonaten belegen.« Sie schneidet ihr Sandwich in zwei Hälften und nimmt einen Bissen.

»Okay, das sehe ich mir mal an.« Ich beobachte sie misstrauisch. »Schmeckt das?«

Sie grinst, weil sie weiß, wie sehr ich ihre Oliven hasse.

Jetzt die Universität zu wechseln ist nicht der einfachste Weg, aber einfach und sicher wird überbewertet. Ich habe genug von ‚einfach‘. Ich will etwas Bedeutungsvolles. Ich will glücklich sein.

Kapitel Sechsundzwanzig

Durch eine schnelle Internetrecherche erfahre ich, dass die Universität in Reno tatsächlich Online-Kurse für Absolventen anbietet. Zwar reichen sie nicht aus, um einen Abschluss zu erlangen, aber trotzdem würden sie mir ermöglichen, die Kurse im Winter von zu Hause aus zu belegen. In den wärmeren Monaten wird es kein Problem sein, zu Vorlesungen nach Reno zu fahren.

Ich rufe die Immatrikulationsstelle an und erkläre ihnen meine Situation. Sie geben mir die Kontaktdaten mehrerer Professoren. Denn einer von ihnen muss mich betreuen, damit ich in das Programm aufgenommen werde. Da die meisten bereits Studenten für ihre Projekte ausgewählt haben, könnte das eine Herausforderung werden.

Ich hinterlasse bei den Professoren Nachrichten und spreche am nächsten Tag mit allen fünf. Vier der fünf können keinen weiteren Studenten aufnehmen, aber der fünfte Professor ist auf Hirn- und Kognitionswissenschaften spezialisiert. Er braucht noch Diplom-Assistenten für eine Studie über die Gesichtserkennung am Computer.

Bei einem Praktikum in Dawson habe ich an etwas Ähnlichem teilgenommen. Es war eines der interessantesten Projekte, an denen ich als Studentin gearbeitet habe.

Der Professor sagt, er wäre bereit, mich aufzunehmen, wenn meine Abschriften und Testergebnisse den Anforderungen des Studiums entsprechen. Aber er glaubt nicht, dass das angesichts meiner Universität ein Problem darstellen wird. Im Moment fügt sich einfach alles zusammen und das fühlt sich für mich nach Schicksal an. Wenn ich das Blue nur dazu bringen könnte, mich von einer befristeten Vollzeitbeschäftigung in eine feste Teilzeitanstellung ohne Drake zu versetzen, wäre alles perfekt.

Ich muss die Beschwerde wegen sexueller Belästigung weiterverfolgen. Ich habe schon zu lange nichts von ihnen gehört.

Ich liege auf meinem Bett, freue mich auf die bevorstehende Studienarbeit und überlege mir, mit wem ich über die Änderung meiner Anstellung im Blue sprechen soll – als meine Mutter in meinem Schlafzimmer erscheint.

Ich setze mich auf. »Mom, was machst du hier?«

Sie lässt eine große weiße Schlangenledertasche auf den Boden fallen, streift sich grüne, mit Nieten besetzte, High Heels von den Füßen und klettert dann auf das Bett. »Rutsch rüber. Ich ziehe für ein paar Tage bei dir ein, bis Fred von seiner Reise zurückkommt. Wir treffen uns zum Mudder-Rennen.«

Gerade jetzt will sie eine fürsorgliche Mutter sein? »Du kannst nicht einfach unerwartet auftauchen und in meinem Bett schlafen.«

»Warum nicht?« Ihr Blick wird hart. »So gern du mich gegen eine neue eintauschen würdest, ich bin die einzige Mutter, die du hast. Und ich liebe dich mehr als alles andere auf der Welt. Hör auf, mich zu ignorieren.«

Ich springe aus dem Bett. »Du hast mich verraten!«

»Wie denn? Indem ich versucht habe, dich zu beschützen? Tja! Mütter machen Fehler.« Sie stößt einen Atemzug aus und ihre Stimme wird leiser. »Es tut mir leid, Gen. Ich hätte dir sofort von Jeb erzählen sollen, als er mich gebeten hat, ein Teil deines Lebens zu werden.«

Sie überkreuzt ihre Beine, als wären wir zwei Freundinnen, die sich unterhalten. In gewisser Weise hat sie sich immer mehr wie eine Schwester als wie eine Mutter verhalten. Aber in einer Sache hat sie recht. Ich habe nie an ihrer Liebe gezweifelt.

Ich lege mich wieder hin und starre an die Decke. Sie rückt näher und schmiegt sich an mich, und ich lasse es zu. »Ich habe mit Simone geredet«, sage ich. »Ich weiß nicht wirklich, wie das für dich gewesen sein muss, mich so früh zu bekommen – schließlich habe ich es geschafft, erfolgreich zu verhüten.« Ich blicke sie an und sie verdreht die Augen. »Aber ich verstehe, dass nicht alle Entscheidungen leicht sind. Du hast dein Bestes getan.«

»Genevieve.« Sie nimmt meine Hand und hält sie zwischen ihren beiden Händen fest. »Ich hatte nach deinem Vater eine Menge Männer – nicht wegen des Geldes. Meine Güte, ich kann nicht glauben, dass du das gedacht hast. Dein Vater hat mich verletzt, als er mich verlassen hat und ich wollte ihn vergessen, auch wenn ich ihn immer noch geliebt habe. Vor allem, weil ich ihn immer noch geliebt habe. Ich habe zugelassen, dass mein Schmerz meine Entscheidungen beeinflusst. Jebs neue Frau ist viel ruhiger und das ist gut so.« Sie grinst. »Ich hatte zu viel Salsa-Soße für seinen Taco.«

»Ekelhaft, Mom.«

»Aber du bist das Beste von uns beiden und ich werde immer dankbar sein, dass er mir dich geschenkt hat. Es tut mir leid, dass du für meine Fehler bezahlen musstest. Ich kann nicht versprechen, dass ich keine mehr machen werde. Aber ich werde dir nie wieder etwas vorenthalten.«

Ich nicke und wir umarmen uns für einen langen Moment. Ich bin immer noch sauer, weil sie die Dinge so gehandhabt hat. Aber sie liebt mich und ich liebe sie. Ich werde darüber hinwegkommen.

Sie setzt sich auf, ihr Gesichtsausdruck ist vorsichtig, aber glücklich. »Zu diesem Thema … Ich weiß, dass ich gescherzt habe, dass Fred und ich verheiratet sind. Aber ich meine es ernst, wenn ich sage, dass wir *heiraten* werden. Nach dem Mudder, um genau zu sein. Es ist alles vorbereitet und ich will dich an meiner Seite haben.«

Ich hebe die Augenbrauen. »Ist das dein Ernst? Ist das nicht etwas voreilig?«

Sie verdreht die Augen. »Wer von uns beiden ist hier die Mutter? Fred und ich sind seit zwei Jahren zusammen.«

»Stimmt. Aber warum wollt ihr hier heiraten?«

»Lake Tahoe ist wunderschön und wir wollten in deiner Nähe sein. Ich brauche nichts Ausgefallenes. Ich will nur, dass meine Tochter da ist. Ich habe zum ersten Mal in meinem Leben eine gesunde Beziehung zu einem Mann, den ich liebe und der mich ebenso sehr liebt. Manchmal ist Fred einfach nur im gleichen Raum und macht irgendein Kreuzworträtsel in der *New York Times* und aus irgendeinem Grund macht mich das glücklich – ihn einfach in meiner Nähe zu haben. Nicht, weil ich einsam bin, sondern weil er mir Frieden gibt. Anders kann ich es nicht erklären. Liebe ist kompliziert und manchmal schwer fassbar, aber durch ihn habe ich sie gefunden. Er ist ein guter Mann.«

»Ich weiß.« Sie hebt eine Augenbraue. »Das weiß ich schon länger. Ich mag Fred und ich bin froh, dass du einen guten Kerl gefunden hast.«

Sie zieht mich eng zu sich heran. »Ich liebe dich,

Schatz. Ich möchte, dass wir eine Familie sind. Fred, Jeb, Simone, ihre Tochter ...«

»Das wird aber ein ziemlich volles Haus.«

Sie lehnt sich zurück und runzelt die Stirn. »Du weißt, was ich meine. Ich will eine moderne, *funktionierende* Familie. Verzeih mir meine Dummheiten und meinen Egoismus und gib Jeb eine Chance.« Sie seufzt. »Er hat bewiesen, dass er ein anständiger Mensch ist. Seine Frau ist wunderbar. Seine Tochter habe ich noch nicht kennengelernt, aber ich bin mir sicher, dass sie auch großartig ist. Mir wird schlecht, wenn ich daran denke, dass du in den letzten Jahren einen Vater hättest haben können und ich das verhindert habe. Ich dachte, es wäre richtig so.« Meine Mutter schüttelt den Kopf. »Eines Tages wirst du verstehen, dass es nicht leicht ist, Mutter zu sein.« Ihre Mundwinkel zucken. »Es gibt viele schwierige Entscheidungen, und nicht immer entscheidet man sich für das Richtige. Es ist ein Wunder, dass du dich so gut entwickelt hast.«

»Ist das ein Kompliment an mich oder dich?«

»An dich.« Sie tätschelt mir das Bein.

Ich stoße einen frustrierten Seufzer aus. »Ich kann nicht behaupten, dass ich nicht wütend bin oder dass ich dir vollständig verziehen habe. Das wird einfach Zeit brauchen. Aber du hast versucht, eine gute Mutter zu sein und das ist mehr als viele Leute haben.«

Ich denke an Mira und daran, was Nessa mir über Miras Vergangenheit erzählt hat.

Im Vergleich zu anderen hatte ich es verdammt leicht.

Im Laufe des Tages gebe ich nach. Wir haben jeden Tag miteinander geredet, aber wegen des mysteriösen Familienproblems, über das Lewis nicht sprechen will, ist es fast eine Woche her, dass wir uns gesehen haben. Er hat sogar vor ein paar Tagen eine Trainingseinheit abgesagt. Seit wann lässt er sich die Gelegenheit entgehen, mich mit Übungen zu quälen? Die Situation macht mich so nervös, dass ich mir meine Informationen auf anderem Wege beschaffen muss.

»Nessa, hast du Lewis gesehen?«

Am anderen Ende der Leitung bricht trällerndes Gelächter aus. »Verdammt, Zach. Ich habe dir doch gesagt, du sollst mich nicht kitzeln, wenn ich am Telefon bin. Ich muss mit Gen reden.«

Die beiden sollten sich definitiv ein Zimmer nehmen.

»Entschuldige.« Ihre Stimme wird wieder weicher. »Lewis ist bei Mira. Ich dachte, du hättest es gehört. Sie verzockt ihr ganzes Geld. Ihre Miete ist seit drei Monaten im Rückstand und sie schuldet irgendeinem Kredithai einen Haufen Geld.«

»Was?«

»Ja, wir waren alle ziemlich schockiert. Ich meine, wir arbeiten alle in oder um die Casinos herum. Die Versuchung ist natürlich da. Ich schätze, Mira hat ihr nachgegeben. Lewis versucht, ihr zu helfen, aber sie macht es ihm schwer. Soweit ich weiß, sind sie bei ihm zu Hause.«

Deshalb hatte Lewis keine Zeit für mich? Warum sollte er das vor mir verheimlichen?

Es gehört zu einer Beziehung dazu, solche Dinge mit dem Partner zu teilen und das erscheint mir fast schon wie eine Lüge. Es sei denn, er denkt, dass ich nicht stark genug bin, einen Teil der Last zu schultern?

Als er mich das letzte Mal gesehen hat, bin ich ohnmächtig geworden, nachdem ich meinen leiblichen Vater getroffen hatte. Also ja, vielleicht denkt er das wirklich. Zu meiner Verteidigung: An dem Tag hatte ich wegen Calis Krankenpflege und der Arbeit in den zwei Tagen vorher insgesamt sechs Stunden geschlafen. Aber die Einzelheiten kannte er ja nicht.

»Lewis beklagt sich nicht über Miras Probleme, aber wir wissen alle, was er ertragen musste …« Ihre Stimme verblasst. »Gen, ich dachte du und er, ich dachte, ihr wärt …«

»Das dachte ich auch, aber er hat mir nichts davon gesagt.«

»Ich weiß zwar nicht, warum er das verheimlicht hat, aber er hat zurzeit viel um die Ohren. Gib ihm Zeit, okay? Er ist ein toller Kerl.«

Ich weiß nicht einmal, wo Lewis wohnt, was irgendwie beunruhigend ist und Erinnerungen an meine letzte Beziehung mit dem Arschloch und seiner geheimen Freundin weckt. Aber ich werde Lewis nicht mit meinem Ex vergleichen.

Ich bin Lewis wichtig und noch dazu bin ich seine Freundin. Also werde ich zu ihm hinfahren. »Gibst du mir Lewis' Adresse?«

———

DAS HÄUSCHEN, neben dem ich halte, ist klein. Es steht zwischen hohen Kiefern versteckt und ist neu, mit der traditionellen Sattelkonstruktion. Seine Form entspricht einem perfekten Dreieck mit einem roten Metalldach und unter der vorderen Veranda gestapeltem Brennholz. Seitlich entdecke ich einen Kieshaufen und unter einer Plane lugen Holzbalken hervor, als hätte jemand nach der Fertigstellung des Hauses aufgehört und den Hof, den Garten und das Fundament – für eine Garage? – einfach unvollendet gelassen. Das Haus wirkt malerisch, aber robust. Eine absolut charmante Junggesellenbude. Eine, von deren Existenz ich nichts wusste.

Ich parke neben Lewis' Jeep und gehe die drei Stufen zu seiner Veranda hinauf. Die Sonne ist inzwischen untergegangen, der Himmel fast dunkel. Lichter erhellen das Innere und bieten dank der Panoramafenster, die die Vorderseite des Hauses säumen, einen Einblick in die untere Etage. Mira steht in der Küche und ist mir direkt zugewandt, aber sie scheint nicht zu bemerken, dass ich hier bin. Lewis sitzt ihr gegenüber an einer kleinen Kücheninsel. Eines der Fenster ist offen und ihre Unterhaltung schwebt bis zu mir heraus.

»Das war nicht meine Schuld, Lewis«, sagt Mira, während sie in einer Schüssel etwas verquirlt. »Du hast dich entschieden, ein verantwortungsbewusstes Stammesmitglied zu sein. Du wusstest, dass die Jungs und ich das Treffen schwänzen wollten. Das Lagerfeuer war legendär.«

Lewis greift über den Tresen, pickt etwas von ihrem Schneidebrett und steckt es sich in den Mund. »Du hättest einen Waldbrand auslösen können.«

Ich sollte anklopfen, aber ich kann nicht. Es ist, als würde man einen Schmetterling aus einem Kokon schlüpfen sehen. Ein Teil von mir weiß, dass ich da etwas sehe, was mir einen Einblick in ihre Beziehung zueinander gewähren könnte. Ich kann diesen Moment nicht unterbrechen.

»Nicht möglich. Das liegt mir im Blut, in meinem *reinen*, indigenen Blut. Wir Ureinwohner kennen das Land wie unsere Westentasche.« Sie betont die Worte auf spielerische Art und Weise. Ich wusste nicht, dass Mira einen Sinn für Humor hat.

Lewis schnaubt und Mira wirft ihm einen Klumpen von etwas Weißem und Pudrigem an den Kopf. Ich kann seinen Gesichtsausdruck nicht sehen, aber sie lacht – und ihr Lachen ist wunderschön. So leicht und unbeschwert. Es erhellt den Raum und verwandelt ihr umwerfendes Gesicht in etwas Magisches.

Ich habe Mira noch nie so gesehen. Sie ist nie glücklich. Aber Lewis' Anwesenheit verwandelt sie in einen anderen Menschen. Wie es aussieht, kocht sie für ihn und ich sehe keinerlei Anzeichen von Depressionen oder einer finanziellen Notlage, die ihre Gesichtszüge belastet.

Lewis beugt sich über den Tresen und Mira fährt ihm mit den Fingern durchs Haar, um das weiße Pulver zu entfernen. Er dreht sich leicht und ich kann sein Profil sehen. Er grinst und sein Blick bezeugt reine Zuneigung.

Ich habe das Gefühl, die beiden zu stören und das ist nicht in Ordnung.

Mira ging es vielleicht schlecht, aber jetzt ist das offensichtlich nicht mehr so. Und dennoch verbringt Lewis Zeit mit ihr, statt mit seiner Freundin, die er seit fast einer Woche nicht mehr gesehen hat. Und das, nachdem wir zum ersten Mal miteinander geschlafen haben? Muss ich ab jetzt immer mit Mira um seine Zeit konkurrieren? Ich will ihm wichtig sein.

Warum hat er mir nicht gesagt, was in seinem Leben vor sich geht?

Das ist einfach nicht richtig. Nichts von alledem. Mein Bauch verkrampft sich und ich drücke meinen Arm gegen den Knoten, der sich dort bildet. Ich gehe einen Schritt zurück, stolpere über ein Möbelstück auf der Terrasse und taumle die Treppe hinunter. Das Rauschen in meinen Ohren übertönt alle anderen Geräusche, während ich auf mein Auto zustürme.

Er sagt, dass sie wie eine Schwester für ihn ist. Aber jetzt sehe ich nur, wie der Mann, den ich liebe, eine andere Frau zu seiner Priorität macht, während ich außen vor gelassen werde. Wieder einmal.

Kapitel Siebenundzwanzig

Als ich die Tür öffne, liegt Cali über Jaeger auf der Couch, als wäre er die Couch.

Sie lächelt kurz von ihrem kuscheligen Platz auf ihrem Freund aus und dann werden ihre Augen größer. »Was ist denn los?« Sie springt auf und auch Jaeger rappelt sich auf und macht die Lautstärke des Fernsehers leiser.

»Du hattest recht.« Ich werfe meine Handtasche auf die Küchenzeile, öffne den Kühlschrank, frage mich, was ich da eigentlich tue, weil mir beim Gedanken an Essen übel wird und schließe ihn wieder.

Cali steht neben dem Tresen, die Arme locker an ihren Seiten. Jaeger starrt von der Couch aus, sein Gesichtsausdruck ist besorgt.

»Ich habe sie zusammen gesehen.«

Cali kneift die Augen verwirrt zusammen. »Wen?«

»Lewis und Mira.«

»Du hast sie beim Sex erwischt?«

»Was? Nein. Sie sind nur zusammen rumgehangen, aber er hat mir so viel vorenthalten. Er hat mich angelogen … verheimlicht, ich weiß auch nicht. Nessa hat mir erzählt, dass Mira von einem Kredithai verfolgt wird. Als Lewis nicht angerufen hat, bin ich bei ihm vorbeigefahren.«

»Mira wird *was*?« Cali wirft Jaeger einen Blick zu. »Gen, wovon redest du? Das ergibt keinen Sinn.«

Cali ist verwirrt. *Ich bin* verwirrt.

Was ich gesehen habe, sah nicht wie eine Frau mit Schulden und Stress aus. Und Lewis schien sich nicht um sie zu sorgen. Sie sahen aus, als wäre alles in Ordnung. Aber wenn alles in Ordnung ist, warum hat er mich dann nicht besucht? Was ist mit uns?

»Hast du mit ihm geredet?«

»Nein. Ich bin abgehauen.«

Cali seufzt tief.

Ich schüttle ihren Tadel ab. »Du hast selbst gesagt, ich soll mich von ihm fernhalten. Ich werde für ihn nie so wichtig sein wie sie es ist.«

Sie lehnt ihre Hüfte gegen den Tresen. »Wir haben längst etabliert, dass ich nicht so viel weiß, wie ich zu wissen glaube, wenn es um Beziehungen geht.«

»Du hast dir Jaeger ausgesucht und er ist der ideale Freund.«

»Danke, Gen.« Jaeger grinst von der Couch aus.

Cali blickt ihn an und schüttelt den Kopf. »Nicht hilfreich.« Dann wendet sie sich wieder an mich. »Mit Jaeger habe ich es richtig gemacht. Aber dafür musste ich erst einmal tief in mich gehen und eine schmerzhafte Lernkurve durchmachen. Hör zu, Gen, es war falsch, mich in dein Liebesleben einzumischen und dir vorzuschreiben, mit wem du dich treffen sollst. Bitte glaube nicht, dass ich weiß, was das Beste für dich ist. Sprich mit Lewis. Finde die Wahrheit heraus, bevor du etwas zerstörst, was vielleicht gut sein könnte.«

»Jetzt ist er also plötzlich gut für mich?«

Sie zuckt mit den Schultern. »Na ja, anfangs habe ich die Sache mit Mira nicht verstanden. Aber er wirkt so, als wärst du ihm wichtig.«

»Nein, er lässt sich nie wirklich auf jemanden ein. Das wird nicht funktionieren.«

»Du hast gesagt, dass er dich seine Freundin genannt hat. Warum sollte er das tun, wenn er sich nie auf jemanden einlässt? Lewis wirkt nicht unaufrichtig.«

Ich beiße die Zähne zusammen. Darauf habe ich keine Antwort und ich bin noch nicht bereit, vernünftig zu sein. Selbst wenn das, was sie sagt, Sinn ergibt. Er hätte anrufen und mir sagen können, dass er mit Mira zu Abend isst, um sie zu unterstützen, oder was auch immer – aber das hat er nicht getan. Er hat mich draußen gelassen. Im wahrsten Sinne des Wortes.

Er ist ein guter Mensch. Er ist für seine Freunde da und arbeitet hart. Aber was bleibt da noch für eine Beziehung übrig? Was bleibt da für mich übrig?

Nicht genug.

Cali streckt die Hand aus, aber ich brauche Abstand. Ich schüttle den Kopf und gehe an ihr vorbei ins Schlafzimmer – meine Mutter liegt auf meinem Bett und schläft.

Ich fluche leise. Ich stecke in einer Krise, also muss meine Mutter natürlich auch hier sein, um die Last weiter zu erschweren.

Nachdem ich mich leise umgezogen habe, krieche ich unter die Bettdecke und versuche, meine Atmung zu beruhigen und meinen Verstand zum Stillstand zu bringen. Tränen stehlen sich meine Wange entlang und ich drücke meine Augen zu.

Ich bin Lewis wichtig, das weiß ich. Aber es tut weh, so außen gelassen zu werden. Ich will mich nicht schuldig oder schlecht fühlen, weil ich mehr von ihm will, als er zu geben bereit ist. Trotzdem liebe ich ihn und will ihn nicht gehen lassen.

Es ist alles so kompliziert.

Meine Mutter berührt meinen Arm. Sie rutscht näher heran und ich wische mir schnell das Gesicht ab. »Was ist passiert?«, fragt sie mit einer Stimme, die wacher klingt, als ich erwartet hatte.

»Nichts.«

»Gen, verschließ dich nicht vor mir, weil ich einen Fehler gemacht habe. Zugegeben, es war ein großer Fehler, aber ich bin immer für dich da. Außerdem liege ich in diesem kleinen, engen Bett mit scheußlichen Bettlaken. Wenn das kein Liebesbeweis ist, weiß ich auch nicht.«

Ich kichere. Sie hat recht. Für sie ist das hier ziemlich unbequem. »Ich habe mir den falschen Kerl ausgesucht. Schon wieder.«

»Ist er dir wichtig?«

Ich antworte nicht. Ich kann nicht antworten. Ich arbeite zu hart daran, den Schmerz in meinem Bauch zu ignorieren.

Meine Mutter seufzt und schmiegt sich um mich. Und so schlafe ich ein, in ihren Armen. Es ist das erste Mal seit sehr langer Zeit, dass sie mir unaufgefordert und urteilsfrei Trost spendet – und das brauche ich jetzt.

———

EIN GERÄUSCH STÖRT MEINEN SCHLAF. Ich brauche eine Minute, um herauszufinden, wo ich bin. Ich blicke zu meiner Mutter, die neben mir liegt. Sie macht ein brummendes Geräusch und wälzt sich im Schlaf, wobei sie die Decke mit sich zieht. Es muss ihr Schnarchen gewesen sein, das mich geweckt hat.

Ich schließe meine Augen und drehe mich auf die

Seite, aber das Geräusch ertönt wieder. Ein Klopfen – diesmal ist es nicht meine Mutter. Am Fenster?

Was zum Teufel?

Ich krieche aus dem Bett und ziehe den Vorhang zur Seite. Lewis steht vor dem Fenster.

Er zeigt auf die Haustür und ich nicke.

Ich greife mir ein Sweatshirt und verlasse leise den Raum. Das Haus ist vollkommen still. Ich habe keine Ahnung, wie spät es ist, aber es muss nach ein Uhr morgens sein, denn niemand ist wach, nicht einmal Tyler, und er bleibt normalerweise immer lange auf.

Ich schließe die Tür auf und öffne sie. Lewis lehnt an einem Verandapfosten, sein Blick auf mich gerichtet. Mein Magen flattert.

Meine Reaktion auf ihn war schon immer ein Problem und daran hat sich nichts geändert. »Hey.«

Er lehnt sich näher heran. »Was ist da vorhin passiert?«

Ich schlinge meine Arme um meine Taille. »Wir haben uns seit einigen Tagen nicht mehr gesehen. Ich wollte nach dir sehen. Ich habe deine Adresse von Nessa bekommen, weil du mir nie gesagt hast, wo du wohnst.«

Das scheint ihn tatsächlich zu verwirren. »Ich schätze, wir hatten viel zu tun … und ich komme gern hierher.«

Ich sehe mich um. »Du ziehst meine zehn Quadratmeter große Hütte aus den Siebzigerjahren deiner perfekten neugebauten Blockhütte im Wald vor?«

Er zuckt mit den Schultern. »Du bist hier. Viel mehr bemerke ich nicht. Wir werden zu mir gehen, ich …« Er macht einen Schritt vorwärts und ich weiche zurück. Er runzelt die Stirn. »Gen, was ist los? Du wirkst unglücklich. Warum bist du vorhin einfach so gegangen, ohne hereinzukommen?«

Offensichtlich habe ich ziemlich viel Krach gemacht,

als ich über die Terrassenmöbel gestolpert bin. »Und euch euren Moment ruinieren?«

»Was – Mira?« Er blickt zum Himmel auf. »Sie war zu Besuch, das ist alles. Da war noch nie etwas zwischen uns.«

Ich seufze und lasse meine Stimme sanfter werden. »Ich weiß, dass du mich nicht betrügst. Ich meine, mein erster Eindruck ging schon in die Richtung, aber das glaube ich nicht wirklich.«

Ich versuche, das Durcheinander meiner Gedanken zu ordnen, die mir durch den Kopf schießen. »Du bist an Mira gebunden und kannst nichts tun, was ihren inneren Frieden beeinträchtigen könnte. Du hast zum ersten Mal seit Jahren eine Freundin und Mira versaut sich ihr Leben, damit du ihr zur Rettung eilen kannst.«

»Mira braucht mich«, sagt er.

Ich schlage einen Weg ein, der die Dinge zwischen uns für immer verändern könnte. Aber ich kann jetzt keinen Rückzieher machen, weil die Dinge so, wie sie sind, nicht funktionieren – und weil jemand es Lewis sagen muss. »Sie verlässt sich so sehr auf dich, dass du nicht wirklich lebst. Denk mal darüber nach. Irgendwann muss Mira sich selbst um ihre Probleme kümmern. Das müssen wir alle. Ich verstehe, dass sie Probleme hat und dass du immer für sie da warst. Du bist dafür genau der richtige Mann. Eigentlich ist es ja schön, dass sie jemanden wie dich in ihrem Leben hat, nur kann ich nicht – Ich kann nicht –« Ich presse meine Finger an meinen Mund und unterdrücke ein Schluchzen. »Ich kann das nicht …«

Mira braucht so viel und ich werde nicht von ihm verlangen, zwischen uns beiden zu wählen. Aber ich verdiene mehr als das. Ich habe schon immer mehr als das verdient. Bei Lewis kann ich den Gedanken nicht ertragen, mich mit weniger zufriedenzugeben.

Er schüttelt den Kopf. »Was meinst du damit, du kannst das nicht?«

»Du warst distanziert und abgelenkt. Du hast mir etwas sehr Wichtiges, das dich beschäftigt, nicht mitgeteilt. Es handelt sich um Mira, aber es hat dich auch betroffen. Du hättest es mir sagen sollen. Ich muss wissen, wenn du etwas Schwieriges durchmachst, wenn du Stress hast. Ich will ein Teil deines Lebens sein – deines ganzen Lebens.«

Er schlägt mit der Hand gegen den Pfosten. »Genevieve, wir sind zusammen. Was kann ich dir denn noch geben?«

Ich zucke zusammen, überrascht von seinem Ausbruch. Normalerweise hält er seine Gefühle verschlossen. »Monogam zu sein, ist eine große Sache für dich, weil du nie auf Dates gehst. Aber es reicht mir nicht, wenn du sagst, dass du keine andere triffst. Ich brauche mehr. Ich will eine Priorität sein. Ich will alles.«

Er reibt sich über das Gesicht und sagt einen Moment lang nichts.

»Lewis?«

»Gib mir Zeit.«

Was bedeutet das?

Er macht einen Schritt nach vorn, als wolle er mich umarmen und ich trete zurück und schüttle den Kopf. Ich schlüpfe zurück in unser Häuschen und schließe leise die Tür. Sobald sie geschlossen ist, rutsche ich lautlos schluchzend an der Tür herunter und verberge mein Gesicht in meinen Händen.

Warum weiß er nicht jetzt, was er will? Wer muss sich denn bitte überlegen, ob er seine Freundin zu einer Priorität machen will oder nicht? Entweder er weiß es, oder er weiß es nicht.

Ich erstarre und lausche angespannt, was er als

Nächstes tun wird. Aber dann höre ich seine Schritte auf dem Kies knirschen und das Geräusch seines Automotors.

Tränen rinnen über mein Gesicht. Er fährt davon.

Ich konnte einfach nicht so da stehen und darum betteln, ein größerer Teil seiner Welt zu sein. Es ist deprimierend. Aber jetzt, wo er weg ist, schmerzt mein Herz. Ist es zwischen uns wirklich vorbei?

Kapitel Achtundzwanzig

Heute Abend ist meine letzte Schicht vor dem Rennen in ein paar Tagen. Irgendwie frage ich mich, warum ich mir das antue, nach allem, was passiert ist. Aber ich will aus der engen Schublade ausbrechen, in der ich mein Leben verbracht habe. Ich werde dieses Rennen zu Ende bringen, und wenn es mich umbringt. Denn ich will beweisen, dass ich körperlich und emotional stark genug bin.

Entschlossen mische ich drei Päckchen Kakaopulver in meinen Kaffee. Ich brauche den zusätzlichen Zucker, um die Nacht zu überstehen. Ohne das Promi-Turnier und seine energiegeladene Stimmung ist die Lounge wie ausgestorben. Ich frage mich, ob Maryanne mich hier einsetzt, damit sie mich im Auge behalten kann – als wäre es besser, die heulende, Ohnmacht-gefährdete Tussi aus dem Hauptbereich fernzuhalten. Die meisten Kellnerinnen können zwischen den Spielautomaten und der Lounge wählen. Aber egal wie oft ich um Spielautomaten bitte, am Ende sitze ich immer hier fest.

Vielleicht ist Drake daran schuld.

Aus irgendeinem Grund kommt Drake regelmäßig in die Lounge und es kann sein, dass er dafür sorgt, dass sie mich immer so einteilen. Die Lounge ist weniger stark besucht, mit wenigen Zeugen. Nicht, dass neugierige Blicke ihn bisher von irgendetwas abgehalten hätten. Aber scheinbar macht er sich einige Gedanken darüber, an welchen Orten er Frauen belästigen kann. Dunkle Ecken, private Suiten … Ich kann es kaum erwarten, meine Schicht zu tauschen. Es muss eine geben, in der er nicht arbeitet.

Die Jungs von Sallee Construction laufen heute Abend im Casino herum und das lässt mich ständig an Lewis denken. Nicht, dass ich nicht auch so schon ständig an ihn gedacht hätte. Ich habe die richtige Entscheidung getroffen, ihn wegen Mira zu konfrontieren. Das ist getan. Ich habe ihm gesagt, dass ich mehr brauche und er hat nichts dazu gesagt. Er ist einfach weggegangen. Die meiste Zeit bereue ich meine Worte nicht. Ich liebe ihn, aber wenn ich ihm alles gebe, verdiene ich im Gegenzug auch alles von ihm. Doch die restliche Zeit habe ich das Gefühl, dass mein Inneres langsam abstirbt.

Es ist erst einen Tag her, dass wir mitten in der Nacht miteinander gesprochen haben, aber dieses Gespräch hatte etwas Endgültiges an sich. Offensichtlich kann er mir nicht mehr geben. Wäre ich bei Lewis geblieben, hätte seine Beziehung zu Mira entweder langsam zerstört was wir haben, oder mich gebrochen.

Erst als ich ihn kennengelernt habe, ist mir bewusst geworden, wie wenig ich anderen von mir gegeben habe. Als die Mauern und die Distanz sich langsam auflösten und von anderen Leidenschaften durchbrochen wurden, wurde es mir klar: vor Lewis hatte niemand eine Chance. Mit ihm war ich ich selbst. Die guten Seiten, die schlechten und die zärtlichen. Aber all das geht in einer Dreiecksbeziehung unter.

Cali meint, dass ich verrückt bin, diese Beziehung einfach wegzuwerfen. Sie versteht es nicht. Was auch immer Lewis und ich hatten, ist nichts gegen seine Hingabe zu Mira. Moralisch gesehen ist es etwas anderes, als mein Ex-Freund, der eine geheime Freundin hatte. Aber irgendwie fühlt es sich genauso an. Lewis ist distanziert und abgelenkt, und, wie ich ihm gesagt habe, kann ich das nicht tun. Nicht mit ihm. Dafür ist er mir zu wichtig.

Vielleicht war ich in der Vergangenheit etwas zu naiv und habe zu spät entdeckt, dass ich für irgendeinen Kerl nicht so eine Priorität war, wie ich dachte. Aber das ist das erste Mal, dass ich in Betracht gezogen habe, trotzdem zu bleiben. Nur um bei Lewis zu sein. Einfach nur, um ein Teil seines Lebens zu sein. Das ist total verkorkst. Ich muss mich zwingen, ihn nicht anzurufen. An ihn zu denken ist die schlimmste Folter, also versuche ich, es nicht zu tun, aber die knallgelben Arbeitshemden der Sallee-Construction-Jungs helfen nicht.

Sie reparieren Steckdosen oder so, ich bin mir nicht ganz sicher. Wäre ich nicht so sehr auf den Namen des Unternehmens fixiert, hätte ich sie vielleicht nicht bemerkt. Trotz der auffälligen Farbe ihrer Kleidung sind die Arbeiter unauffällig, gehen den Kunden aus dem Weg und halten sich bedeckt. Sie sind ein paar Stunden vor Ende meiner Schicht eingetroffen, zu einer Zeit, zu der das Casino weniger stark besucht ist. Lewis habe ich bisher nicht gesehen. Er gehört nicht zu den Handwerkern. Aber das hält mich nicht davon ab, mich nach ihm umzusehen.

Mit einem gequälten Seufzer ordne ich die Scheine in meinem Geldbeutel neu und ärgere mich über mich selbst.

Der Barkeeper blickt auf. »Hier ist jemand für dich.«

Er dreht sich um und räumt die Gläser aus der Geschirrspülmaschine aus.

Ich stopfe das Bargeld in mein Fach und drehe mich um, um dem Kunden zu helfen. Meine Schultern versteifen sich.

Drakes Blick schweift durch den Raum, als wolle er sichergehen, dass hier wirklich niemand ist.

Warum habe ich meine Beschwerde nicht noch einmal aufgegriffen oder bin zur Polizei gegangen?

Richtig – weil in letzter Zeit viel passiert ist. Cali wäre beinahe gestorben, ich habe herausgefunden, dass ich einen Vater habe und ich habe meinen Freund verloren, alles in der letzten Woche. Mein Leben war das reinste Chaos.

Ich bin nicht sicher, wie ich Drakes Gesichtsausdruck deuten soll; berechnend, selbstgefällig – nicht gut, das ist alles, was ich weiß. Ich hasse es, mit Amber zusammenzuarbeiten, aber jetzt wünsche ich mir beinahe, dass sie heute Abend hier wäre.

Ich schiele quer durch den Raum, aber Maryanne ist auch nicht an ihrem Platz. Hat sie Pause? Verdammt.

Ich atme tief ein. Mich muss niemand retten. Ich komme damit klar. Ich habe meine Stärke schon bewiesen – mit meinem Training und dadurch, dass ich mich nicht mit Lewis versöhne, obwohl jede meiner Körperzellen danach schreit. Es ist schon spät, aber trotzdem sind noch Kunden und Sicherheitsleute da. Solange ich in Sichtweite bleibe, sollte ich in Sicherheit sein.

»Genevieve. Endlich allein.« Drakes Blick fällt auf meine Shorts. Er mustert mich, als würde er die Erinnerung an seine Finger in meinem Schritt wieder aufleben lassen. Sein Mund verzieht sich zu einem halben Grinsen.

Ich könnte kotzen ... oder ihn schlagen. »Was willst du?« Ich duze ihn einfach.

Er zischt. »Spricht man so mit seinem Chef?«

Er ist nicht mein Chef. Das weiß er. Drakes Position liegt weit über meiner. Maryanne ist für mich zuständig. »Lass mich in Ruhe, Drake.«

Seine Augen werden schmal. »Sei nicht so anstrengend. Ich habe mit dem Barkeeper gesprochen.« Wovon redet er? Der Barkeeper war bei mir, als Drake aufgetaucht ist. »Heute ist es ziemlich ruhig. Ich brauche dich oben, nur für zwanzig, vielleicht dreißig Minuten. Es wird nicht lange dauern.«

Trotz der positiven Affirmationen, die ich mir über meine Stärke und meine Fähigkeit, persönliche Konflikte zu bewältigen, erzähle, bricht kalter Schweiß in meinem Nacken aus. »Nein.«

Drake kommt langsam näher und bedrängt mich, bis seine Brust fast an meine stößt. »Ich habe hier das Sagen«, knurrt er, packt meinen Oberarm und drückt zu.

Scheiße, Scheiße. Ich zucke zusammen und sehe mich um. Der Barkeeper ist verschwunden. Vor einer Minute war er noch hier. Wo zum Teufel ist er hin?

Drakes Griff fühlt sich wie eine Metallklammer an, seine Finger überlappen auf meinem Arm. Sich zu winden verstärkt den Schmerz noch. Wenn er seinen Griff nicht lockert, platzt mir gleich eine Hauptschlagader. Es hilft nicht, dass meine Arme dünn sind – sie sind immer der schwächste Teil meines Körpers, egal wie viel Muskelaufbau ich betreibe.

»Du kommst mit.« Er zerrt mich zum Hinterausgang.

Ich sehe den Barkeeper, der zurückkommt und einen Kunden am hinteren Ende der Theke anlächelt. Er sieht nicht in meine Richtung. »Crai–«, will ich ihm zurufen, aber meine Stimme verwandelt sich in ein Wimmern.

Heißer Atem brennt mir am Ohr. »*Mach doch* –« Drake schüttelt mich. »Ich bezahle ihn. Ich bezahle sie alle.«

Meine Finger werden taub und ich schließe meine Augen in dem Versuch, dem Schmerz entgegenzuwirken. Ich bin der festen Überzeugung, dass er etwas Wichtiges verletzt hat. Drake schnaubt durch die Nase. »Ich will nur mit dir reden. Ich bringe dich nicht nach oben, abgemacht? Du weißt, dass ich hier unten nichts Vergnügliches tun kann.«

Kann er das nicht? Ich traue ihm nicht. Wie war das noch mal – niemals mit Terroristen verhandeln? Gilt die gleiche Regel auch für gewalttätige Arschlöcher?

Ja. Ich lasse mein Tablett fallen und ziehe an seinen Fingern. Doch er hält meinen Arm weiterhin fest und mir wird schwindelig, als er mich zum Ausgang hinaus zieht.

Wir befinden uns in einem Gang, der von den Angestellten benutzt wird und Drake macht den Fehler, seine Finger lange genug zu lockern, dass ich mich sammeln kann. »*Lass mich los!*«, schreie ich.

Der Blick eines vorbeigehenden Hilfskellners huscht zu mir, dann zu Drake. Er sieht schnell weg und verschwindet durch eine Schwingtür.

Was? Ich verstehe, warum das Management Drake unterstützt und meine Beschwerde unter den Teppich gekehrt hat. Drake ist Management. Aber die Angestellten, mit denen ich zusammenarbeite – was zum Teufel? Plötzlich scheint es eine sehr schlechte Idee zu sein, mich von Drake in einen ruhigen Bereich zerren zu lassen, gebrochener Arm oder nicht.

Er lässt meinen Arm los und drückt mich gegen die Wand. Ich habe kein Gefühl in den Fingern, nicht einmal eine Wärme die zeigen würde, dass er mich losgelassen hat. Seine Augen sind dunkel, seine Pupillen groß. »Ich liebe es, wenn du dich wehrst. Bitte, hör nicht auf. Das macht es so viel besser.«

Scheiße! Ich ducke mich zur Seite und er packt mich so fest an der Taille, dass ich kaum atmen kann.

Genau wie in der Grundschule, als ein Bully mich schikaniert hat, weil ich schüchtern war, lasse ich mich zu Boden fallen und werde schlaff. Die Reaktion ist instinktiv und völlig wirkungslos. Auch damals hat das Mädchen mich einfach wieder hochgezogen und geschüttelt wie eine Stoffpuppe. Diese Reaktion hat damals nicht funktioniert.

Auch jetzt funktioniert sie nicht.

Drake hebt mich hoch und bevor ich blinzeln oder schreien kann, schiebt er mich durch die Wand hinter meinen Schultern, die, wie ich jetzt erkenne, eine Tür ist. Ich lande auf meiner Hüfte, ein scharfer Schmerz schießt mir das Bein hinunter. Das Licht verschwindet mit dem Zuschlagen der Tür.

Eine Sekunde später ist er auf mir und drückt meine Hände auf den kalten Boden.

»Geh runter!« Ich stoße so hart ich kann mit meinem Knie und ziele auf die Stelle, die am verwundbarsten ist. Er blockt mich ab, als hätte er mit der Bewegung gerechnet und fixiert meine beiden Handgelenke in einer Hand. Mit der freien Hand bedeckt er meinen Mund und meine Nase. Sein großer Ring schneidet in meine Lippe.

Ich kann nicht atmen.

Er wird mich umbringen.

Ich winde mich und reiße meinen Kopf hin und her, um seinen Griff zu lösen.

»Psst, ich mag es, wenn du dich wehrst, aber nicht, wenn du Lärm machst. Sei still und ich lasse dich atmen.«

Ich höre auf, mich zu winden, denn Überleben scheint mir eindeutig Vorrang zu haben. Er nimmt die Hand von meinem Gesicht und ich schnappe nach Luft.

Mit seinem schmerzhaften Griff um meine Handgelenke zieht er mich halb hoch, knipst das Licht an und verriegelt die Tür. »Ich bevorzuge die Zimmer oben, aber wir können das auch hier machen.«

»Nein!« Ich versuche erneut, ihm das Knie in den Schritt zu stoßen. »Hilfe! *Hilfe!*« Was habe ich getan? Wie kann das geschehen?

Er packt mich an der Kehle und stößt mich zu Boden. »Ich habe gesagt, du sollst still sein. Sei nicht dumm, Genevieve. Niemand kann dich hören. Im Casino wurde auf Lärmschutz geachtet. Jeder Raum ist isoliert, sogar die Lagerräume.«

Ich dachte, ich wäre vorsichtig gewesen. Er hat mich nicht nach oben geschleppt, aber das war auch nicht nötig.

»Wenn du still bist, mache ich es schnell.« Er fummelt an seiner Hose herum.

Meine Kehle verkrampft sich und meine Beine zittern. »Hör auf, Drake. Tu das nicht. Ich gehe zur Polizei.«

Er kichert. »Kleine Genevieve.« Er zieht an meinem Bustier, aber der Houdini-Apparat ist so gebaut, dass er Tornados standhalten kann, weshalb er sich kaum rührt. »Wie eine dunkelhaarige Porzellanpuppe. Ich werde dich ficken und brechen. Wenn ich fertig bin, wirst du ein gefügiges, hübsches Hündchen sein, das mich auf Knien anbettelt.«

Die Angst trübt meine Sicht und macht meine Bewegungen ruckartig und unstet. Ich schüttle den Kopf, um den Nebel zu verscheuchen. Dann täusche ich eine Bewegung zur Seite vor, um dann in die entgegengesetzte Richtung zur Tür zu taumeln. Aber mit Drakes schwerem Körper über meinem ist das eine dumme Idee. Ich schaffe es genau einen Zentimeter weit, bevor ich die Kraft verliere und keuchend unter ihm zusammenbreche.

Er lacht in sich hinein und zieht seinen Mund an meinem Hals hinunter, leckt und beißt. »Lass mich dir ein Geheimnis verraten.« Er beißt in mein Ohrläppchen. »Niemand wird mit dem Formular, das du oben ausgefüllt hast, irgendetwas unternehmen. Außer es zu schreddern.

Das haben sie bereits gemacht. Sie stehen hinter mir und ich hinter ihnen. Ich kenne Leute in dieser Stadt.« Er sagt dies mit so viel Stolz, dass er mir fast schon leid tut. Als könne er nur Kraft schöpfen, indem er andere unterdrückt.

Das kann nicht wahr sein. Es muss doch jemanden in diesem Casino geben, der auch nur ein Fünkchen Moral besitzt. Aber selbst wenn es diese Person gibt, wird sie mir hier unten nicht weiterhelfen, wo niemand sehen kann, was gleich passieren wird … *Gott, kann mir denn niemand helfen!*

Eine starke Hand umklammert meinen Mund und blockiert meine Nase. »Ich sagte, sei still.«

Meine Kehle brennt. Vom Schreien? Das Schreien ist also nicht nur in meinem Kopf. Doch leider hat es meine Lunge entleert und Drake lässt mich nicht mehr Luft holen.

Der Raum und alle Gegenstände schwanken und verblassen. Mir ist schwindlig, mir ist übel, mein Magen …

Plötzlich fällt die überwältigende Last von mir ab. Luft rast durch meine Brust. Die runde Lampe über mir wird wieder scharf und die Geräusche des Casinos sind wieder zu hören …

Ein mir unbekannten Mann steht in der Tür. Er trägt ein gelbes Hemd von Sallee Construction und ein Schlüsselbund baumelt an seiner Hand.

Der Mann starrt Drake an. »Ich brauche diesen Raum. Wegen der Elektrik.«

»Das kann warten« Drake rutscht von mir weg, ein Knie angewinkelt, die Hand auf dem Boden abgestützt, als wäre er von mir heruntergerollt und erstarrt. »Verschwinde.«

Der Sallee-Arbeiter presst seine Lippen zusammen und schüttelt den Kopf. »Geht nicht, Chef.« Er öffnet die Tür noch weiter.

Drake steht auf, als jemand vorbeikommt und uns anstarrt. »Dafür wirst du gefeuert.« Er zieht mich so abrupt hoch, dass sich mein Kopf dreht. Der Arm, den er zerquetscht hat, ist geschwollen, schwach und pocht mit jedem Herzschlag. »Komm mit, Genevieve.«

»Oh, sie bleibt bei mir«, sagt der Arbeiter.

Mein Blick schweift zu ihm hin, als würde ich mich auf dünnem Eis bewegen.

»Wie bitte?« Drakes Stimme klingt gepresst und kalt.

»Das ist die Freundin meines Chefs, die Sie da haben. Er würde nicht wollen, dass Sie sie anfassen. Wenn er gesehen hätte, was ich gerade gesehen habe, würden Sie jetzt nicht mehr atmen. Ich schlage vor, dass Sie sie loslassen.«

Drake drängt mich hinter sich wie ein Hund, der um ein saftiges Steak kämpft. »Du bist gefeuert. *Raus hier.*«

»Klar doch.« Der Arbeiter wirft die Schlüssel auf den Boden, seine fleischigen Hände ballen sich bedrohlich an seinen Seiten. Er ist ein paar Zentimeter größer als Drake und doppelt so breit. »Aber das Mädchen nehme ich mit.«

Drake zischt tief und wütend. Er lässt mich los und stürmt zur Tür hinaus.

Ich zittere, meine Hand stützt meinen verletzten Arm.

»Nimm dir eine Minute Zeit«, sagt der Sallee-Arbeiter. »Du kannst bleiben oder nach Hause gehen, aber ich weiche nicht von deiner Seite, bis du das Casino verlassen hast.« Er holt sein Handy heraus und tippt darauf herum, als würde er eine Nachricht schreiben.

Ich lasse mich auf den Boden fallen und versuche, das Zittern zu kontrollieren. Mein Kopf schmerzt. Ich kann mich nicht konzentrieren und der Raum dreht sich. Ich lege mich hin und schließe meine Augen.

Ich spüre, dass der Typ neben mir in die Hocke geht. »Brauchst du einen Arzt?« Er berührt die Innenseite meines Handgelenks, dann fummeln seine Hände unter meinen Knien, als wolle er mich hochheben.

Ich setze mich abrupt auf, was das Schwindelgefühl nicht gerade verbessert. »Ich kann laufen. Kannst du mich zu meinem Haus bringen?« Ich huste, mein Hals kratzt und schmerzt. Ich werde ins Krankenhaus gehen, denn ich lasse nicht zu, dass Drake damit durchkommt. Ich muss einen Beweis für seine Gewalt haben, aber ich brauche meine beste Freundin an meiner Seite. Der Sallee-Mitarbeiter folgt mir, vorbei an einer neuen Kellnerin in der Lounge. Sie ist hübsch und für ihre Schicht frisch gemacht. Der Barkeeper sieht weg, aber die Kellnerin glotzt mich an.

Ich ziehe mich im Keller um, während der Sallee-Arbeiter vor dem Mitarbeitereingang auf mich wartet. In meiner normalen Kleidung achtet niemand auf das Mädchen mit den zerzausten Haaren und der verschmierten Wimperntusche, als ich den Casinobereich zum Ausgang durchquere.

Im Parkhaus zeigt der Arbeiter auf einen verbeulten grauen Truck ein paar Parkplätze weiter. »Mein Truck steht da drüben.« Ich weiß nicht einmal wie er heißt, aber er hat nicht zugelassen, dass Drake mir wehtut und er arbeitet für Lewis. Er hält mich für Lewis' Freundin.

Wir steigen in seinen Wagen und er dreht den Schlüssel in der Zündung. Wir fahren aus dem Parkhaus und je weiter wir uns vom Casino entfernen, desto stärker zittert mein Körper. Meine Kehle fühlt sich verstopft an, meine Nase brennt vor nicht vergossener Tränen und ich halte die Gefühle zurück, die auszubrechen drohen. Ich will einfach nur nach Hause.

Mein Handy summt im Inneren meiner Handtasche, die auf meinem Schoß liegt. Ich ziehe es hervor und blicke auf den Bildschirm. Drei verpasste Anrufe und eine Nachricht.

Lewis: *Joe hat mir erzählt, was passiert ist. Ich bin auf dem Weg.*

Die Aufnahmen auf dem Anrufbeantworter sind ebenfalls von Lewis, die erste ein panisch klingender Anruf, in dem Lewis sagt, dass er auf dem Weg ins Casino ist und die Polizei rufen will. Die zweite Nachricht muss er auf der Fahrt hinterlassen haben. Darin sagt er, dass Joe ihn informiert hat und dass er sich mit uns bei mir zu Hause treffen wird. Die dritte ist eine verzweifelte ‚Wo bist du?‘-Nachricht.

Lewis klingt aufgelöst und besorgt, aber ich kann mich nicht dazu bringen, mich dafür zu interessieren. Ich bin wie betäubt.

Als wir bei mir zu Hause ankommen, spricht Lewis an der Haustür mit Cali. Cali sieht uns zuerst und kommt zum Truck gerannt, Lewis einen Schritt hinter ihr.

»Oh mein Gott, Gen.« Sie öffnet die Tür und zieht mich zu sich. Ich schreie auf. »Was? Bist du verletzt?« Sie sieht mir ins Gesicht und dann nach unten, während ich mich instinktiv abwende, um meinen Arm zu schützen. »*Scheiße*«, sagt sie. »Er ist geschwollen und blau … und deine *Kehle*. Dieses Arschloch!«

Mein Arm ist furchtbar empfindlich, aber ich kann ihn bewegen, also glaube ich nicht, dass er gebrochen ist.

Lewis umrundet Cali und stützt meine Taille, wobei er mein Gewicht trägt. »Es geht mir gut«, krächze ich. Er zuckt zusammen und seine Augen wirken intensiv. Meine Stimme ist rau vom Schreien und dem Druck von Drakes Hand an meiner Kehle.

Lewis versucht immer, mein Gewicht zu tragen – das physische und das emotionale. Hat er deshalb seine

Probleme mit Mira und ihrer Spielsucht für sich behalten? Er will seine eigenen Lasten nicht teilen?

Lewis dankt Joe und hilft mir zum Häuschen. »Cali, kannst du einen Kühlakku oder einen Beutel Eis holen? Oder gefrorenes Gemüse, wenn du keins von beidem hast?«

Ich setze mich auf die Couch und er steckt ein Kissen hinter meinen Kopf. Dann kniet er sich neben mich, dreht meinen Arm um und beäugt den Bluterguss. Er hebt mein Oberteil an, als wolle er mich untersuchen und ich ziehe es wieder herunter. »Ich muss sehen, wo du verletzt bist«, sagt er. Seine Augen weiten sich und er kneift den Mund zusammen. »Er hat doch nicht – oder …?«

»Nein, der Arm ist das Schlimmste.« Ich lehne mich zurück und schließe meine Augen. Tränen fließen mir über die Wangen, doch aus meiner angeschlagenen Kehle dringen keine Laute.

Drake hat mich nicht vergewaltigt, aber er hätte es getan.

Lewis drückt sein Gesicht in meinen Nacken, seine Atemzüge sind abgehackt. Er umfasst meinen Kopf und seine Wimpern blinzeln schnell gegen meine Haut. »Ich wünschte, ich wäre für dich da gewesen.« Er blickt auf und etwas in seinem Gesichtsausdruck ist aus der Fassung geraten. »Versprich mir, dass du nicht dorthin zurückgehst.«

Ich glaube ihm, dem Blick in seinen Augen, der sagt, dass er alles tun würde, um die Situation besser zu machen. Aber das reicht nicht aus. Ich brauche mehr als nur einen Beschützer. »Mach dir keine Sorgen um mich. Du hast andere Verpflichtungen. Ich komme schon klar.«

»Gen –« Mit steifen Fingern fährt er sich durch sein Haar und beugt sich vor, wobei seine Hände die Kissen auf beiden Seiten meines Körpers eindrücken. Die Geste sollte mich einschüchtern, aber der Blick in seinen Augen –

so fürsorglich und liebevoll – hat eine andere Wirkung. Es ist, als würde er wollen, dass ich in seine Seele hineinsehen kann. »Ich bin jetzt hier.«

»Aber das wirst du nicht immer sein. Irgendwann werde ich dich brauchen, und dann wird deine Verpflichtung für jemand anderen verhindern, dass du zu mir kommst.«

Die Tür öffnet sich und meine Mutter kommt mit einer Tüte Lebensmittel im Arm und einem Lächeln im Gesicht herein. Hinter ihr trägt Jaeger vier weitere Tüten.

Mom ist mit dem Flugzeug nach Tahoe gekommen und hätte ein Auto mieten können, aber das wäre ja zu einfach gewesen. Von dem attraktiven Freund meiner Mitbewohnerin und mir herumgefahren zu werden entspricht eher ihrem Stil. Sie mag in Fred verliebt sein, aber sie ist nicht blind.

Ihr Lächeln erstirbt, als sie von Cali zu Lewis und dann schließlich zu mir blickt. »Genevieve?« Sie lässt die Tüte fallen und kniet sich vor die Couch, wobei sie Lewis fast umwirft, um mich zu erreichen. »Was ist passiert?«

Lewis steht auf und dreht sich um. Sein Rücken hebt und senkt sich in tiefen, kontrollierten Atemzügen, als würde er versuchen sich zusammenzureißen. Jaeger legt die Einkäufe auf die Theke und schlingt einen Arm um Cali. Sie umarmt ihn und flüstert ihm ins Ohr. Er sieht mich an und sein Mund verkrampft sich.

Jaeger hat Calis Begegnung mit Drake unterbrochen und weiß, was mir in der Suite passiert ist. Er ist nicht gerade der größte Fan von Drake.

Ich weiß nicht, warum ich dachte, dass Drake mich in Ruhe lassen würde, wenn ich mich nur von ihm fernhalte. Er ist schlimmer, als ich es mir je hätte ausmalen können. Die Dinge, die er zu mir gesagt hat … was er versucht hat …

Aus ein paar Metern Entfernung sieht Lewis mich wieder an und diesmal ist sein Blick so intensiv, dass ich die unablässige Befragung meiner Mutter für einen Moment komplett ausblende. Dann wendet er seine Augen ab und ich sehe hilflos zu, wie er zur Haustür schreitet.

Eine tiefe Panik erfüllt meine Brust. Er würde doch nicht …

Ich setze mich auf und sehe Calis Freund an. »Jaeger –« Ich zeige wortlos auf Lewis.

Jaeger nickt, fängt Lewis an der Schulter ab und murmelt ihm etwas ins Ohr. Lewis' Griff an der Türklinke wird fester, seine Schultern versteifen sich. Er windet sich aus Jaegers Griff, aber dieser redet weiterhin leise auf ihn ein.

Dennoch reißt Lewis die Tür auf und stürmt hinaus. Jaeger dreht sich um und mustert Calis Gesicht. Sie nickt und er folgt Lewis.

»Genevieve, sprich mit mir!« Meine Mutter drückt mir die Hand.

Ich schließe meine Augen und blende die Welt aus.

Kapitel Neunundzwanzig

Meine Mutter schnarcht. Lautstark. Vor ein paar Tagen habe ich Ohrstöpsel gekauft, aber auch das hat nichts geholfen. Gestern habe ich tagsüber ab und zu geschlafen, um meinen Arm auszuruhen, der von der Schulter bis zum Ellbogen violett-grün geworden ist. Es sieht böse aus, aber es fühlt sich schon viel besser an. Wie sich herausstellt, hat Drake keine Arterie zum Platzen gebracht und mich nicht auf Lebenszeit verstümmelt.

Cali ist mit mir ins Krankenhaus gefahren, nachdem Lewis und Jaeger gegangen waren. Meiner Mutter habe ich erzählt, dass ich bei der Arbeit eine Treppe hinuntergefallen wäre. Sie hat es mir gewissermaßen abgekauft. Und selbst wenn sie es nicht geglaubt hätte, hätte ich ihr trotzdem nicht mehr erzählt. Meine Mutter würde ausflippen, wenn ich ihr die Wahrheit sage. Und mit diesem zusätzlichen Drama kann ich im Moment einfach nicht umgehen.

Die Krankenschwester im Krankenhaus hat mich einmal angesehen und sofort die Polizei gerufen. Daraufhin habe ich meiner Mutter eine weitere ausgedachte Geschichte aufgetischt, um ihr zu erklären, warum die Polizei eine Aussage von mir verlangt hat. Während ich dem Polizeibeamten den Vorfall schilderte, war meine Mutter auf meinen Wunsch hin einen Kaffee holen gegangen. Ich hatte ja vermutet, dass Drake ein unheimlicher Perverser ist, aber so etwas? Ich weiß nicht, warum ich dachte, dass er es nicht so weit treiben würde. Die Anzeichen waren da. Ich habe sie ignoriert.

Der Gedanke an eine Ermittlung macht mir Angst, aber ich habe es satt, den Mund zu halten. Lewis' Angestellter ist bereit, eine Aussage zu machen, im Gegensatz zu den Zeugen in der Suite, die Drakes Komplizen waren. Bisher war ich passiv und ängstlich. Aber von nun an werde ich meinen Kampfgeist, den ich durch das ständige Training für das Mudder erlangt habe, gegen Drake einsetzen – und wenn es sein muss auch gegen das Casino. Was er versucht hat … Ich bin mehr als nur gedemütigt, ich bin *angepisst*. Ich lasse ihn nicht damit durchkommen.

Jaeger ist Lewis in der Nacht des Übergriffs zu Zachs Haus gefolgt. Er ließ Lewis versprechen, sich nicht vom Fleck zu rühren. Aber Cali hat mir erzählt, dass Zach den beiden letztendlich ausreden musste, auf Drake loszugehen. Lewis hatte Jaeger davon überzeugt, dass jemand etwas tun müsse und dass sie diejenigen seien, die es tun müssten.

Zach hat scheinbar eine Menge Überzeugungskraft, denn körperlich ist er weder Jaeger noch Lewis gewachsen. Ich weiß nicht, wie er es geschafft hat, ihnen ihre testosteronbedingte Aggression auszureden.

Lewis war für mich da. Sein Gesichtsausdruck, nachdem sein Angestellter mich nach Hause gebracht hatte … Ich bin ihm wichtig – vielleicht sogar mehr als das, aber ich bin mir nicht sicher, was ich mit dieser Information anfangen soll. Für die Art von Beziehung, die ich will, reicht das nicht aus. Lewis hat mir wichtige Dinge vorenthalten und ich habe einfach genug von all den Geheimnissen und der Verschwiegenheit. Ich will entweder alles oder nichts.

In unserem winzigen Badezimmer bereite ich mich auf das Alpine Mudder vor und sehe durch das Fenster der Sonne dabei zu, wie sie langsam aufgeht. Zum ersten Mal in meinem Leben hat es mir nichts ausgemacht, früh aufzustehen. Morgens ist es friedlich und ich brauche die Ruhe, um mich auf das vorzubereiten, was mich erwartet.

Ein lautes Klopfen an der Tür erschreckt mich und die Dose blauer Gesichtsfarbe, die ich in der Hand halte, purzelt aus meinen Fingern ins Waschbecken. »Beeil dich mal, Gen«, ruft Cali.

Ich bin seit einer Stunde hier drin, habe mich angezogen und die blau-schwarze Körperfarbe, die mein Team ausgewählt hat, sorgfältig aufgetragen. Ich öffne die Tür und blicke Cali an. »Nicht so laut«, meckere ich. Sie weiß, dass es noch zu früh ist, um so herumzuschreien.

Sie mustert mich ausgiebig. »Du siehst knallhart aus. Du wirst heute ganz schön absahnen, nicht wahr?«

So aussehen, als würde man gewinnen und tatsächlich gewinnen sind zwei sehr unterschiedliche Dinge, aber ich habe das dringende Bedürfnis, etwas zu beweisen, also hat sie vielleicht recht. Ich will gewinnen. Und zwar für mich. »Ich werde es versuchen.«

Ich ziehe mein Sweatshirt über das enge blaue Laufshirt, das vorn mit »Mudder and Destroy« bedruckt ist, genau wie bei meinen anderen Teammitgliedern. Lewis hat darauf bestanden, dass wir für das Rennen schnell trocknende, körperbetonte Kleidung tragen. Er hat erklärt, wie der Schlamm und das Wasser von einfachen T-Shirts aufgesaugt werden und während des Rennens ziemlich schwer werden können. Schwarze, halblange Leggings vervollständigen das Outfit.

Wegen der diesjährigen Preise behandeln die Organisatoren das Rennen wie einen Triathlon. Ich habe meine Nummer an mein Oberteil geheftet und sie mit Körperbemalung auf meine Arme und Waden geschrieben. Wie die Jungs habe ich blaue Gesichtsfarbe auf meine Wangenknochen aufgetragen, damit wir uns besser erkennen können. Die schwarze Kriegsbemalung unter meinen Augen soll angeblich vermeiden, dass die Sonne zu sehr blendet. Die blauen Zickzacklinien, die sich über meinen Waden kreuzen, stellen ein Washoe-Symbol dar.

Cali öffnet den Reißverschluss meines Sweatshirts und inspiziert meinen verwundeten Arm, wobei sie ihn herumdreht um das gelbe Symbol zu untersuchen, das ich auch dort hingemalt habe.

»Das ist Washoe und bringt Glück«, sage ich. »Die Jungs fanden, dass es eine gute Note verleiht. Ich habe es auf meinen Arm gemalt, weil – nun ja, aus offensichtlichen Gründen.«

Auch ohne den Bluterguss sind meine Arme meine größte Schwäche. Ich bin einfach nicht wie ein Mann gebaut und daran wird sich nichts ändern. Nicht einmal mit den Mini-Muskeln, die ich durch Lewis' Training entwickelt habe. Ich trete gegen einen Haufen kräftiger Kerle an, die die senkrechten Wände mit dem kleinen Finger erklimmen können. Aber wenn es ums Laufen geht, werde ich sie einholen, weil ich ohne diese ganzen Muskeln leichter und schneller bin. Aber die Hindernisse werden trotzdem in den Armen schmerzen.

»Bist du sicher, dass du bereit dafür bist?«

Ich verdrehe meinen Ellbogen und bewundere die lebhafte Farbenpracht, die Drake meinem Arm verliehen hat. Mein Körper hat sich größtenteils von dem Angriff erholt. Aber auf den Rest von mir trifft das nicht zu. »Es tut weh, aber es sieht schlimmer aus, als es ist. Ich glaube, der Bluterguss lässt mich tatsächlich knallhart aussehen und das betrachte ich als einen Bonus.«

Sie verdreht die Augen. »Um deinen Arm mache ich mir auch Sorgen, aber ich habe eher an das gedacht, was passiert ist.«

»Mir geht es gut.« Mehr oder weniger. Nicht wirklich. Ich bin mir nicht sicher, ob ich jemals ganz darüber hinwegkommen werde, was Drake da versucht hat. Das Wissen, dass er so kurz davor war, mich wirklich zu verletzen, lässt mich nachts schweißgebadet aufwachen. »Mir geht es besser, wenn ich nach vorn blicke. Wenn ich deprimiert und verängstigt zu Hause sitze, hat er gewonnen, weißt du?«

»Ich habe nicht nur Drake gemeint«, sagt sie. Mein Herz sinkt. Sie bezieht sich auf die Tatsache, dass Lewis nicht vorbeigekommen ist.

Sie schüttelt den Kopf und zerrt mich aus dem Badezimmer. »Wir sollten besser gehen. Jaeger sitzt schon im Auto. Fred hat deine Mutter gerade abgeholt. Er ist heute Morgen mit dem ersten Flug angekommen. Alle sind ganz aufgeregt –« Auf dem Weg zur Haustür macht sie einen kleinen Hüpfer und klatscht in die Hände, während ich mein Handy und meinen Ausweis in die Hand nehme.

Ich bin nervös, das erklärt also meinen Adrenalinschub … Aber ernsthaft, wie kann Cali so früh am Morgen so viel Energie haben? Das ist nicht normal. Ihre Aufregung und das Wissen, dass alle mir zusehen werden, beruhigt meine Nerven nicht sonderlich.

Es gibt überhaupt keinen Druck.

Mit Calis neuem Auto, das ihr heißer, großzügiger Freund ihr geschenkt hat, parken wir auf dem überfüllten Parkplatz des Heavenly Ski Mountains. Auf das Auto bin ich wirklich nicht eifersüchtig, aber auf den hingebungsvollen, liebevollen Freund? Zum Teufel, ja.

Jaeger hat Cali ein Auto gekauft, weil er wollte, dass sie sicher ist – und weil er wahnsinnig viel Geld hat und es sich leisten kann. Er wollte nicht, dass sie sich weiterhin Mitfahrgelegenheiten sucht, nachdem ein Mitfahrer ihr die Drogen in den Mokka gemischt hatte und sie ins Krankenhaus musste. Aber Jaeger ist nicht übervorsichtig. Er will sich um sie kümmern und die Geste hat etwas so Romantisches, dass mir die Tränen in die Augen steigen. Ich bin über emotional und das trägt nicht gerade zu meiner Krieger-Erscheinung bei.

Ich hätte diese Art von Liebe haben können. Vielleicht. Lewis wäre ein hingebungsvoller Freund gewesen – abgesehen von der Sache mit Mira.

Ich habe die richtige Wahl getroffen.

Die bewegungslosen Skiliftsessel glitzern im Sonnenlicht und heben sich wie metallene Gerippe von der braunen Landschaft ab, als wir uns durch das Gedränge zum Eincheck-Tisch begeben. In gewisser Weise wirkt der Berg ohne den Winterschnee wie ein Friedhof. Ich melde mich bei den Veranstaltern an und gehe in die Mitte der Menge, umgeben von sportlichem Adrenalin.

Die Luft um mich herum verändert sich, knistert und es kribbelt auf meiner Haut. Doch es liegt nicht an den vielen aufgeregten Menschen. Ich weiß, dass er in der Nähe ist, bevor ich seinen Kopf einige Zentimeter über dem der anderen Wettkämpfer entdecke. Wie an dem ersten Abend, an dem wir uns kennengelernt haben, wirkt seine Anwesenheit entwaffnend auf mich, schwindelerregend.

Aus etwa vier Metern Entfernung beobachte ich, wie Lewis sich unserem Team nähert. Sein Körper ist genauso bemalt wie meiner. Aber an ihm sieht es so aus, als sollte er jeden Tag Gesichtsbemalung tragen und Kämpfe ausfechten. Die eng anliegende Kleidung bringt jeden Muskel und jede glatte Linie seines männlichen Körpers zur Geltung, der von Generationen von Washoe vererbt und dazu geschaffen wurde, das Land unter unseren Füßen zu erobern.

Sein Kopf dreht sich und sein Blick erfasst meinen und hält ihn gefangen, während ich mich nähere. Mein Herz schlägt in einem unregelmäßigen Rhythmus, meine Augen huschen weg und landen instinktiv am Hang. Mit ihm hier zu sein – das ist zu viel. Ich vermisse ihn und er ist schön an diesem Ort.

Lewis folgt meinem Blick, während er auf mich zukommt. »Heiliger Boden. Das Rennen findet auf heiligem Boden statt«, sagt er.

Ich konzentriere mich auf die Stahlkabel der Liftanlagen und den verwitterten Hang – und dann sehe ich den Rest. Holzstämme, den halben Hügel hinauf – ein Hindernis?

Die Teilnehmer bekommen keine Informationen über das Layout der Strecke, aber Lewis hat das schon einmal gemacht. Er weiß, worauf er achten muss und er kennt die Landschaft, weil er hier aufgewachsen ist. »Ist das wieder so eine gruselige Geschichte, die mir Angst machen soll?«

Er zuckt mit den Schultern. »Es ist wahr. Dieser Ort wurde für Rituale genutzt.« Er spitzt den Mund. »Ich bin nicht sicher, für welche, vielleicht die Geisterbabys.«

Geisterbabys? Was zum Teufel? Ich bin wegen des Rennens ohnehin schon gestresst und mehr als nur ein bisschen erschüttert von dem, was mit Drake passiert ist. Ich brauche jetzt nicht auch noch eine Geschichte über menschenfressende Vögel oder indianische Chucky-Puppen, die mich verfolgen.

Lewis holt eine Dose mit blauer Gesichtsfarbe aus

einem kleinen Rucksack. Er greift in den Behälter und streicht mir einen warmen Finger den Nacken hinunter. Ich erschaudere und mein Körper zuckt. Der Mangel in den letzten Tagen an Berührungen von Lewis bewirkt, dass ich ein starkes Verlangen nach ihm entwickle. Seine breite Hand stützt mich an meinem guten Arm und er vollendet die Bemalung mit sanften Fingern.

Mein Blick schweift zu seinen Augen und er erwidert ihn mit einer solchen Intensität, dass ich für mehrere Herzschläge vergesse, wo ich bin. »Wozu ist das gut?«, frage ich endlich. Ich vermute, dass er ein weiteres Symbol gemalt hat, aber ich kann natürlich nicht meinen Nacken sehen.

Er schiebt die Dose zurück in seinen Rucksack. »Schutz. Glück und Reichtum.« Er geht ein paar Schritte weg und hinterlässt den Rucksack bei den Veranstaltern.

Mir steigen Tränen in die Augen. Was habe ich denn für ein Problem? Okay, ich wurde fast vergewaltigt, mein nicht vorhandener Vater ist plötzlich in meinem Leben aufgetaucht und der Kerl, in den ich verliebt bin, ist mit einer echten Beziehung überfordert. Ja, das ist alles ziemlich beschissen. Aber ich kann nicht zulassen, dass mich das jetzt behindert.

Ich werfe den Kopf zurück und sehe zu dem blauen Himmel auf. Ich werde das gemalte Schutzsymbol, das Lewis mir verpasst hat, nicht mit Jaegers Autokauf für Cali vergleichen. Das ist nicht dasselbe. Das kann es nicht sein. Ich lese zu viel hinein, weil ich mit Lewis zusammen sein will, auch wenn es mir am Ende wehtun wird.

Wir bringen Knöchelbänder an, die unsere Zeiten erfassen und Cali zerquetscht mich beinahe mit ihrer Umarmung. »Viel Glück!«, ruft sie und trällert mir und meinen Teamkollegen vom Zuschauerbereich aufmunternde ›Viel Glück!‹-Rufe entgegen.

Ich stelle mich an der Startlinie auf. Wir sind eine der

letzten Gruppen, unsere Zeiten werden mithilfe der Chips in den Knöchelbändern gemessen und nach Männern und Frauen aufgelistet. Da wir eines der letzten Teams sind, sollten wir also unmittelbar danach wissen, wie gut wir uns geschlagen haben.

Lewis tritt neben mich. »Die Jungs und ich haben beschlossen, uns in Zweier-Teams zusammenzutun. Du bist mit mir.«

Ich werfe ihm einen Blick zu. »Was?« Er starrt geradeaus. »Lewis, was redest du da?«

»Mach dich startklar. Es geht gleich los.«

Ich sehe mich um und stelle fest, dass sich unsere Teamkollegen tatsächlich in Paare aufteilen. »Du hättest mich vorher fragen können. Wir passen nicht gut zusammen«, sage ich frustriert.

Lewis erregt jedes frenetische Atom in mir und versetzt meine gesamte Existenz in einen überreizten Zustand. Er ist nicht die beruhigende Präsenz, die ich im Moment brauche. Und er ist definitiv der schlechteste Partner, den ich mir hätte wünschen können.

Sein Kiefer spannt sich an und sein Blick flackert zu mir. »Du hattest Unrecht, Genevieve. Unrecht damit, wie viel du mir bedeutest.«

»Wenn ich Unrecht habe, warum bist du dann gegangen, als ich gesagt habe, dass ich mehr brauche?«

»Was du über Mira gesagt hast stimmt. Ich habe mich nicht genug bemüht, ihr Hilfe zu besorgen. Ich hatte andere Dinge zu klären und das habe ich auch getan.«

Was will er damit sagen …? Gott, ich kann jetzt nicht darüber nachdenken. Es würde mich überfordern und ich brauche jetzt alle meine Kapazitäten für das Rennen.

Ich konzentriere mich auf den kahlen Hügel. »Das ist nicht der Grund, warum ich denke, dass du dir einen anderen Partner hättest aussuchen sollen. Du hättest einen Teamkollegen wählen sollen, der mit dir mithalten kann.«

»Das habe ich«, sagt er und sprintet davon.

Einen Herzschlag später wird mir bewusst, dass der Startschuss gefallen ist und die Leute an mir vorbei rasen.

Mist! Ich sprinte los, um aufzuholen und zwinge meine panischen Atemzüge in einen gleichmäßigen Rhythmus. Ich entspanne meine Hände, die sich nach Lewis' Worten verkrampft haben.

Die ersten zwei Kilometer geht es bergauf und sobald ich meine Atmung unter Kontrolle habe, kann ich Lewis mühelos einholen. Jetzt ist nicht der Zeitpunkt, seine Worte zu hinterfragen und zu analysieren, was sie für uns bedeuten. Wenn ich mich nicht auf das Rennen konzentriere, werde ich es nicht schaffen.

Die Wettbewerber sind eine einzige große Masse und ich kann kaum noch unsere Gruppe von anderen unterscheiden, während wir links und rechts andere Läufer überholen. Ich konzentriere mich darauf, locker zu bleiben und mir meine Energie für mein Tempo und meine Balance aufzusparen, die mit den vielen Steinen und Vertiefungen ordentlich auf die Probe gestellt werden. Hier kann man sich definitiv die Knöchel verstauchen.

Das erste Hindernis sieht aus wie ein Klettergerüst auf einem Spielplatz, aber es geht bergauf. Unmittelbar danach folgen Schwingstangen. Beide Hindernisse sind mit Schlamm und Öl überzogen.

Ich springe und klammere mich an der ersten Stange fest, wobei ich beinahe ausrutsche und in die schlammige Rinne unter mir falle. Dieser kleine Ausrutscher sorgt dafür, dass meine Konzentration nun vollständig auf die Aufgabe gerichtet ist und nicht auf den Mann ein paar Meter vor mir, der sich wie Tarzan entlanghangelt und dabei immer eine Stange auslässt. Ich kann keine Stangen auslassen, aber ich habe trainiert, was die rutschigen Geräte angeht. Dank einer Mischung aus Geschwindigkeit und Griffsicherheit schaffe ich das erste Hindernis. Als ich das zweite Hindernis bewältigt habe, hat Lewis schon fast eine Kletterwand erreicht, die etwa eine Viertelmeile von mir entfernt ist.

Die erste Prüfung meiner Oberkörperstärke besteht aus flachen, senkrechten Platten, welche mit Schlamm von Teilnehmern beschmiert sind, die es nicht ohne ein Bad durch das Klettergerüst geschafft haben. Mein Herz flattert panisch. Die Wand ist doppelt so hoch wie Lewis.

Mir blitzt eine Erinnerung durch den Kopf, als er bei den Wasserfällen über mir stand und ich fast in den Tod gestürzt wäre. Lewis winkt mir mit hektischen Armbewegungen zu und ich schiebe meine Ängste beiseite, treibe meine Beine zur Höchstgeschwindigkeit an und springe an der Wand hoch. Er hebt meinen Fuß an und schiebt mich so lange hoch, bis ich ein Bein über den Rand geworfen habe.

Deshalb wollte ich ihn nicht als Partner haben. Ich bremse ihn aus.

Ein Fremder gibt Lewis eine Räuberleiter und er dankt es ihm, indem er ihn zur Kante hochzieht. Okay, vielleicht brauchen wir alle etwas Unterstützung.

»Los!«, schreit Lewis mir ins Ohr und schubst mich auf die andere Seite.

Verdammt noch mal! In der Zeit, die ich gebraucht habe, um mich oben rumzudrehen ohne abzustürzen, hat Lewis die Wand erklettert und dem Kerl hinauf geholfen. Trotz meiner Bemühungen lande ich unsanft hinter der Wand.

Heuballen federn meinen Sturz ab, aber ich lande trotzdem hart und stoße mir die Wirbelsäule. Lewis rollt sich neben mir ab und steuert auf das nächste Hindernis zu.

Ich stolpere hinter ihm her und überhole dabei andere Leute. In diesem Stadium sehen die Teilnehmer bereits ziemlich erschöpft aus. Ein Engpass vor mir versperrt mir die Sicht auf die nächste Hürde und erst als ich sie fast erreicht habe, erhasche ich einen Blick. Das Eisbad.

Ein Mädchen vor mir steigt ins Wasser und schreit.

Kein Problem. Lewis hat mich mit der Cave-Rock-Folter darauf vorbereitet. Natürlich erinnere ich mich von diesem Tag nicht an das kalte Wasser, sondern daran, wie er mich danach aufgewärmt hat.

Konzentriere dich!

Ich klettere über den Rand und – *heilige Muttergottes!* Meine Gliedmaßen verkrampfen sich, die Hände verwandeln sich in Krallen. Ich bin in der Antarktis und Eiswürfel verbrennen mein Fleisch. Ich beiße die Zähne zusammen und hetze zur anderen Seite, wobei meine Gliedmaßen sich wie Stöcke bewegen. Dann werfe ich mich über den Rand und lande schmerzhaft auf meinem Hintern.

Ich versuche die Eiszapfen, zu denen meine Beine geworden sind, mit Wärme zu versorgen, indem ich losrenne und auf den Schlammgraben vor mir zusteuere.

Die Läufer, die aus dem braunen Graben herauskommen, stöhnen und sind von Kopf bis Fuß mit Matsch bedeckt. Ein paar unglückliche Kandidaten sehen wie Sumpfmonster aus. Mein erster Schritt gibt mir zu verstehen, warum es so aussah, als würden die Teilnehmer sich nicht vom Fleck rühren. Der Schlamm verhält sich wie Treibsand. Mit jedem Schritt stolpere ich und sinke ein, wobei der Boden meine Schuhe wie ein Schwamm aufsaugt. Meine Beinmuskeln brennen und mein Rücken schmerzt – das ist das bisher anstrengendste Hindernis.

Unser Team hat sich auf dieses Schlammhindernis

vorbereitet, indem wir unsere Schuhe eng geschnürt und dreifach geknotet haben, damit wir sie nicht verlieren. Schließlich komme ich völlig erschöpft auf der anderen Seite heraus, doch immerhin habe ich noch all meine Klamotten an. Ich bin mit braunem Matsch bedeckt und zittere, weil der Schlamm verdammt kalt war. Nach dem Eisbad wäre das wirklich nicht nötig gewesen. Ich ignoriere das Stück Dreck, das ich soeben geschluckt habe und laufe weiter. Während sich meine Gliedmaßen erwärmen, nehme ich wieder ein gutes Tempo auf.

Ich bin mir nicht sicher, ob andere Mitstreiter ausgeschieden sind, einfach nur hinter mir sind oder ob ich mich zwischen zwei Gruppen befinde, aber mittlerweile sind deutlich weniger Teilnehmer unterwegs. Lewis rennt vor mir und nähert sich dem Hindernis, das mich während des Trainings so verrückt gemacht hat, weil es keinerlei Möglichkeit gab, mich darauf vorzubereiten.

An einem Holzgebäude baumeln spannungsführende Drähte, die ausschließlich dazu konstruiert wurden, Leuten Stromschläge zu verpassen.

Manche Läufer werden langsamer. Möglicherweise um herauszufinden, wie andere das Hindernis erfolgreich durchqueren.

Ich lege einen Zahn zu.

Lewis blickt zurück. »Kinn einziehen, Arme nach vorn. Und schnell!«, schreit er, bevor er einige Sekunden vor mir in die Drähte stürzt.

Auf die Elektroden konnten wir uns nicht vorbereiten, aber wir haben darüber gesprochen. Lewis und Zach waren sich einig, dass es die beste Strategie ist, nicht langsamer zu werden. Wenn man langsam wird, ist es wahrscheinlicher, dass man einen Stromschlag bekommt.

Ich tue, was Lewis mir sagt: Ich renne mit voller Kraft voraus, als ein Typ zu meiner Linken, der eine Art

Ausweichstrategie anwendet, mit einem Aufschrei zuckt und umfällt.

Scheiße! Mein Tempo stockt und die Angst bringt meinen Verstand durcheinander. Ein Stromschlag durchbohrt meinen schlimmen Arm und treibt den Schmerz durch meine Seite. Ich schreie auf und falle fast hin.

Mit den Händen auf den Knien sehe ich auf und blinzele. Meine Seite wurde von einem Stromschlag erwischt, das ist alles. Mein Arm fällt nicht wirklich ab.

Lewis ruft mir vom anderen Ende zu, dass ich weiterlaufen soll. Ich hebe meine Arme vor mein Gesicht und kämpfe mich heraus und in seine Arme. Er drückt mich an seine Brust und schiebt mich dann mit einem harten Stoß zu der nächsten Strecke des Rennens.

Kilometerlange felsige Steigungen liegen vor mir. Lewis überholt mich, aber im Vergleich zu den anderen sind wir beide schnell unterwegs. Wie das Schiefergestein an den Kaskaden bildet der Fels steile, scharfkantige Stufen.

Schwerpunkt beachten, Beine statt Rücken. Ich wiederhole Lewis' Anweisungen in meinem Kopf und bewege mich voran, bis meine Beine brennen. Es funktioniert, denn ich hole ihn ein.

Ein großer, kräftiger Kerl versperrt mir den Weg. Er hat mehr Muskeln an einem Unterarm als ich an meinem ganzen Körper, aber er ist langsam. Ich greife die Spitze eines Felsbrockens und schwinge mich um ihn herum.

Etwas passiert. Der Typ verliert das Gleichgewicht und benutzt mich zum Ausgleichen, oder vielleicht versucht er, mich auszubremsen. Ich weiß nur, dass mein Pferdeschwanz zurückgerissen wird und mein Schwerpunkt den Bach hinuntergeht.

Diesmal kommt kein Ton aus meinem Mund. Ich falle einfach nur – meine Arme drehen sich wie eine Windmühle. Mit einem Knirschen lande ich auf meiner Hand und meinem Ellbogen, dann auf meinem Knie.

Konkurrenten rasen an mir vorbei und das Geräusch von Keuchen und harten Fußtritten hallt in meinem Ohr. Ein Typ hebt die Augenbraue, als er vorbeikommt. »Alles in Ordnung?«, ruft er.

Ich schlucke und rapple mich auf. Blut strömt an meinem Knie hinunter und es ist gut möglich, dass ich mir in meiner Hand etwas gebrochen habe. Aber alles andere scheint in Ordnung zu sein, einschließlich meines Temperaments.

Scheißkerl. Wo zum Teufel ist die Security, die die Veranstalter angeblich angeheuert haben?

Ich klettere die wenigen Meter, die ich zurückgefallen bin hinauf und überhole die Leute, die gerade an mir vorbeigelaufen sind. Mein Gesicht brennt, der Schweiß rinnt mir die Schläfen hinunter. Ich sollte nicht so viel Energie aufwenden, aber wegen des Sturzes bin ich im Rückstand.

Die nächste Meile geht bergab und ich rase in einem gefährlichen Tempo, das die größeren Jungs nicht riskieren, einschließlich desjenigen, der mich zum Sturz gebracht hat. Als ich an ihm vorbei rase und die Straße breiter wird, funkelt er mich an. Diesmal kann er mich nicht packen oder zurückziehen. Theoretisch sollte ich wahrscheinlich auch nicht so schnell rennen, aber die Angst ist weg, was mir entweder helfen oder mich das Leben kosten wird.

Einige Minuten später komme ich an Lewis vorbei, bevor wir wieder auf Hindernisse stoßen. Wir haben schon ein Dutzend oder mehr hinter uns. Ich bete, dass dies die letzten sind. Obwohl mein Adrenalinspiegel steigt und meine Ausdauer immer noch sehr gut ist, kann ich nicht umhin, mir Sorgen um meine Hand zu machen. Sie pocht und ich bin nicht sicher, wie ich die letzten Hindernisse ohne sie bewältigen soll.

Ein Feld von Baumstämmen liegt vor uns. Ich springe von einem zum anderen und halte mein Gleichgewicht. Bei der nächsten Herausforderung ist meine Hand keine Hilfe, denn jetzt geht es darum, unter Stacheldrähten hindurchzukriechen. Ich benutze meine Ellbogen, um unter ihnen hindurch zu gleiten.

Lewis rutscht auf der rechten Seite an mir vorbei. Er hat zwar mindestens fünfzig Kilo mehr Muskeln als ich, aber er bewegt sich wie eine verdammte Eidechse, den Bauch flach auf dem Boden. Sein Blick richtet sich direkt auf meinen Arm und die Hand, die ich nicht benutze, sein Mund verzerrt sich, als er an mir vorbeieilt. Er hat mich nicht fallen sehen, aber er ist aufmerksam. Zu aufmerksam.

Ich komme auf der anderen Seite hinter ihm heraus, aber in einem kurzen Sprintabschnitt hole ich ihn ein, bis wir die Baumstämme erreichen, die wir tragen müssen. Das Holz ist so dick wie mein Oberkörper und ich muss es dreißig Meter weit tragen.

Mit meiner guten Hand und dem Handgelenk meiner schlechten hebe ich den Baumstamm an und zerquetsche mir fast die Zehen, als er abrutscht und auf den Boden fällt. Lewis hat uns beigebracht, die Stämme auf den Schultern zu tragen, aber das kommt mit einer Hand nicht infrage. Mit einer Kombination aus einer Kniebeuge und meinem guten Arm schaffe ich es, das Gewicht an meine Brust zu bringen. Als ich den Baumstamm endlich zur anderen Seite geschleppt habe, keuche ich und schnappe nach Luft, doch ich folge den Rufen, die wahrscheinlich zur Zielgeraden führen.

Wir sind jetzt seit ein paar Stunden unterwegs und ich stehe so kurz vor dem Ziel. Ich meine, ich hatte gehofft, dass ich es schaffen würde, aber ich wusste es nie sicher.

Ich haste die Steigung hinauf und bete, dass es die letzte ist, als ich bei dem Anblick vor mir beinahe wieder hinunterpurzle.

Ich bin so was von erledigt.

Eine Kletterwand, die höher ist als alle anderen und noch dazu nach innen gewölbt ist, blockiert den Zugang zur Ziellinie. Die wenigen Menschen, die es hinauf schaffen, tun dies mit der Unterstützung von mindestens einer anderen Person, in den meisten Fällen sind es sogar zwei oder drei. Ich durchsuche das Dutzend Männer um mich herum. Lewis ist nirgendwo in Sicht, ebenso wenig wie meine anderen Teamkollegen, die ich seit dem Start nicht mehr gesehen habe.

Die Mauer ist zu hoch. Ich werde es nicht schaffen.

Ich bin so weit gekommen – wahrscheinlich habe ich mir sogar die Hand gebrochen, und jetzt endet es *so*?

Wut erfüllt mich, erhöht meinen Puls und lässt meinen Kopf hämmern. Das kann ich nicht zulassen.

Ich fliege den Hügel hinunter und bin bereit, die Geschwindigkeit zu erhöhen, damit ich mich möglichst weit die Wand hinauf katapultieren kann. Von hier aus sieht sie unglaublich hoch aus. Ich schiebe diesen Gedanken beiseite und springe über den gewölbten Teil, klammere mich mit meiner guten Hand fest und grabe meine Finger in die kleinen Rillen. Mit dem Ellbogen und dem Unterarm meines schlechten Arms stoße ich mich hoch, doch meine Füße finden keinen Halt und ich rutsche ab.

Ein frustrierter Schrei entreißt sich aus meiner Kehle, während ich mir das gute Knie aufschlage und von dem gewölbten Teil am unteren Ende abrutsche. Ich ziehe meine blutigen Knie an die Brust und wiege meine pochende Hand. Zwei Kerle springen über mich hinweg und krallen sich die Wand hoch.

Ich sehe erbärmlich aus, wie ich hier so sitze. Ein schwaches, zerbrochenes Ding – eine Last – und nicht der starke Mensch, für den ich so hart gearbeitet habe. So will ich *nicht* untergehen.

Ich stehe auf, schüttle meine schmerzenden Beine aus und lege meine schlechte Hand auf meine Brust. Die Wand kann ich ohne Hilfe nicht erklimmen, aber niemand beachtet mich. Die einzigen verbliebenen Teilnehmer sind ein paar Kerle, die so müde und ausgezehrt aussehen, wie ich mich fühle.

Ich jogge einige Meter zurück und rase mit aller Kraft auf die Wand zu. Meine Zehen scharren an der Seite und diesmal lande ich mit einem guten Griff. Mein guter Arm und der Ellbogen meines schlechten heben mich stetig an.

Auf halber Höhe lenkt mich der Gedanke, dass ich das Ding tatsächlich hochklettern könnte, für den Bruchteil einer Sekunde ab. Meine Finger rutschen ab und meine verletzte Hand brennt unter der Anstrengung, sie zu benutzen, obwohl ich es nicht tun sollte. Ich stürze ab und diesmal habe ich nicht die Kraft, anmutig zu landen, zu wimmern oder gar zu stöhnen. Splitter drücken sich in meinen Fingerspitzen, als sie an der Oberfläche abrutschen und mein Kopf zurückfällt.

Eine breite Hand greift mein Handgelenk und zieht mich hoch wie einen Sack.

Ich kenne dieses Gefühl. Ich muss nicht hinsehen, um zu wissen, wer es ist.

Lewis zieht mich auf seinen Schoß und umklammert mich für den Bruchteil einer Sekunde, bevor er mich über die Kante in ein Becken mit eiskaltem Wasser stößt, das mir den Atem raubt.

Die Kälte schockiert meine überlasteten Muskeln so sehr, dass sie tatsächlich funktionieren. Ich weiß nicht, wie Lewis mich gefunden hat oder warum er zurückgekehrt ist.

Darüber kann ich im Moment nicht nachdenken. Ich paddle an die Oberfläche und krabble heraus.

Ein Adrenalinschub treibt mich in Richtung des Zielbogens und das Gebrüll der Zuschauer dröhnt mir in den Ohren. Ich blende sie aus. Ich habe nur noch eine kurze Strecke, um ein Dutzend Leute zu überholen, bevor ich ins Ziel komme. Diese Konkurrenten könnten aus meiner Gruppe stammen, oder einer anderen. Es ist mir egal. Rennen ist mein Spezialgebiet und ich will jeden Einzelnen von ihnen besiegen.

Ich laufe ohne Rücksicht auf Steine, die mir noch etwas brechen könnten, falls ich falsch lande. Mit aller Kraft dränge ich weiter, wobei ich an einer Person nach der anderen vorbeifliege. Meine Form ist nicht gut, mein Körper ist überhitzt, meine Brust hebt sich rapide. Ich bin an meiner Leistungsgrenze angelangt.

Ich weiß nicht, wo Lewis ist. Er könnte hinter mir sein. Er könnte vor mir sein. Ich weiß nur, dass ich das brauche. Ich muss dieses Rennen zu Ende bringen – mit blutigen Beinen, gebrochenen Knochen, einer brennenden Brust – mit allem, was ich noch in mir habe, muss ich dieses Rennen zu Ende bringen. Um zu beweisen, dass ich den Schmerz und die Erniedrigung überwinden und für mich selbst kämpfen kann.

Ich überhole zwei, drei – vier sportliche Jungs, deren keuchende Atemzüge verblassen, während die Rufe der Menge lauter werden und andere Geräusche übertönen. Der Typ neben mir, der mit seinen geschorenen Haaren und der Bizeps-Tätowierung im Stacheldraht Muster ziemlich bedrohlich wirkt, sieht mich und beschleunigt. Er kann mein Tempo nicht halten und ich überhole ihn ebenfalls.

Ehe ich mich versehe, bin ich im Ziel und habe bereits die Hälfte der Zuschauer passiert. Meine Beine werden langsamer und Krämpfe verknoten sich in meinen Oberschenkeln. Ich jogge noch ein weniger weiter, um mich abzukühlen und zu verschnaufen. Schließlich bleibe ich stehen und beuge mich vornüber. Ich ringe nach Luft und halte meine Hand fest.

Starke Arme ziehen mich in eine Umarmung. Lewis schmiegt sich in meinen Nacken und seine Bartstoppeln streifen mein Schulterblatt. »Du hast es geschafft.« Er drückt mich und drückt mir das bisschen Luft aus der Lunge, das ich zurückgewonnen habe.

»Ich kann nicht atmen«, keuche ich.

»Tut mir leid.« Er lockert seinen Griff und setzt mich auf den Boden, die Arme schützend um meine Taille geschlungen.

Er ist verschwitzt und schmutzig, aber er riecht so gut – der typische Lewis-Geruch, nur mit Salz und Erde vermischt. Ich sollte ihn jetzt loslassen. Ich habe gesagt, dass ich nicht seine Freundin sein kann, aber dieses verdammte Rennen hätte mich fast umgebracht und ich brauche diese Umarmung jetzt. Ich brauche *ihn*.

Ich reibe mein Gesicht an seiner Brust, und er streichelt meinen Kopf. Noch nie hat sich etwas besser angefühlt, als wenn Lewis mich im Arm hält. Wenn Lewis mich hält, glätten sich die brüchigen Kanten der Welt.

»Sieh mal.« Lewis lockert seine Arme und dreht mich zur Seite.

Hinter dem Seil springt meine Mutter auf und ab und ruft meinen Namen, Fred sieht neben ihr ebenso glücklich aus. Jeb und seine Frau sind auch da und halten sich mit strahlenden Gesichtern an den Händen. Jebs Haare sehen ein wenig zerzaust aus, als hätte er an den Spitzen gezerrt. Er wischt sich den Augenwinkel ab und stemmt die Faust in die Luft.

Sie haben zugesehen. Alle zusammen: meine Mutter,

ihr zukünftiger Ehemann und ihre Jugendliebe – mein Vater. Gott, dieser Tag ist wie eine Parallelwelt.

Ich vergrabe mein Gesicht wieder in Lewis' Brust. Vielleicht sind es seine Arme, die sich zusammenziehen, oder dieses kleine Familientreffen, das ich nie für möglich gehalten hätte, aber jetzt steigen mir Tränen in die Augen.

Lewis senkt seinen Kopf an mein Ohr und drückt mich fest an sich. »Verlass mich nicht, Gen. Gib mir eine Chance, dir zu zeigen, was du mir bedeutest. Die vergangene Woche hat mich fertig gemacht. Du hast mir so sehr gefehlt.« Er drückt mich noch fester und küsst meinen Kopf. »Bitte, ich – ich will dir einfach alles erzählen.«

Ich nicke und mein Gesicht wird von seiner breiten, warmen Brust gedämpft. Lewis war für mich da, als ich es am wenigsten erwartet habe. Ich dachte, ich sei ihm nicht wichtig genug, aber jetzt bin ich mir da nicht mehr so sicher.

Ich könnte auf Nummer sicher gehen und Nein sagen. Einfach weggehen und mein Herz verschlossen lassen, so wie ich es immer tue.

Aber scheinbar gehe ich nicht mehr auf Nummer sicher.

Kapitel Dreißig

Verdammt.

Ich habe das Mudder gewonnen.

Nicht das ganze Rennen. Das ging an einen männlichen Triathleten, der sozusagen der Beste im ganzen Land ist und nur zum Spaß am Mudder teilgenommen hat – und für die fünftausend Dollar Preisgeld. Unter den Frauen habe ich die beste Zeit. Zugegeben, nur etwa ein Zehntel der Teilnehmer waren Frauen, also standen meine Chancen ziemlich gut. Aber trotzdem habe ich tausend Dollar für den ersten Platz erhalten.

Meine Mutter, Jeb und ihre Lebensgefährten haben das Rennen über eine App für Zuschauer verfolgt. Sie wussten die ganze Zeit, dass ich eine Chance auf den Sieg hatte. Lewis hätte sich den fünften Platz erkämpft, hat meine Mutter gesagt, aber er hat mir in letzter Minute geholfen. Wäre er auf dem fünften Platz geblieben, hätte er ein ähnliches Preisgeld gewonnen. Tausend Dollar sind kein Kleingeld und das hat er für mich aufgegeben. Für mich.

Die Sanitäter vor Ort rieten mir, wegen meiner Hand

einen Arzt aufzusuchen und meinten, dass sie wahrscheinlich gebrochen sei. Sie versorgten meinen Arm mit einer Schlinge, verbanden meine aufgerissenen Knie und entfernten die Splitter. Nachdem Mom sich von Lewis beteuern ließ, dass er mich nach den Feierlichkeiten ins Krankenhaus bringen würde, machten sie und Fred sich auf den Weg, um mit Jeb und Simone etwas essen zu gehen, als wären sie alte Freunde. Das ist völlig bizarr und ich bin mir nicht sicher, was ich davon denken soll, also denke ich nicht darüber nach.

Ich trinke etwa drei Liter Wasser und ein Bier. Das Bier war obligatorisch, eine Alpine Mudder Tradition. Einen Moment lang hatte ich Angst, dass es mir wieder hochkommen könnte. Denn wie sich herausstellt, ist es keine gute Idee, seinen Körper bis an die Grenze zu treiben und sich dann Alkohol in den Hals zu schütten.

Cali hält mir meine Handtasche entgegen. Irgendwann hat sie auch die schwarze Kriegsbemalung unter den Augen aufgetragen, um die Wettkampfatmosphäre zu unterstreichen. »Bist du sicher, dass ich nicht bleiben soll? Um mit dir ins Krankenhaus zu gehen?«

Ich schlinge mir die kleine Tasche um die Brust und schüttle den Kopf.

»Wir sorgen schon dafür, dass sie wieder zu Hause ankommt«, schreit einer meiner betrunkenen Teamkollegen viel zu laut. Keiner von ihnen hat einen Platz belegt, aber nach dem Rennen haben sie trotzdem so getrunken, als hätten sie alle gewonnen.

Ich werde mich auf keinen Fall von diesen versoffenen Kerlen nach Hause fahren lassen. Aber Cali und Jaeger haben etwas anderes vor, und da möchte ich mich nicht dazwischen drängen. »Ich komme schon klar«, sage ich.

Mein Team und ich mischen uns eine Stunde lang

unter die anderen Alpine-Mudder-Teilnehmer und sonnen uns in der Gewissheit, dass wir wie Navy SEALs oder Green Berets trainiert haben – oder worum auch immer es bei diesem Rennen ging. Für mich ging es darum, aus meiner Komfortzone auszubrechen und mich in einem von Männern dominierten Wettkampf zu behaupten.

Nessa und ihre verborgenen buddhistischen Weisheiten. Sie hatte recht. Ich *bin* stärker. Diese Stärke hat in dem Moment begonnen, als ich mich entschied, mich einer meiner Ängste zu stellen. Sie hat sich ausgebreitet und mich geprägt. Ich konnte mich nicht nur einer Angst stellen, ohne mich auch anderen zu stellen. Was mich zu Lewis bringt.

Er ist der Inbegriff all meiner Ängste – mich zu öffnen, mein Herz offenzulegen, zu vertrauen. Ich habe jede Gelegenheit genutzt, ihn wegzustoßen. Und trotzdem hat er mich gebeten, ihm eine Chance zu geben. Er war auf eine Weise für mich da, die es niemand sonst jemals war. Deshalb werde ich mir anhören, was er zu sagen hat.

Und, weil ich ihn liebe. Den Menschen, der er ist, welche Gefühle er in mir weckt – all das.

Auf der Seite plaudert Lewis zögerlich mit einer anderen Mudder Teilnehmerin, die ihm unverfroren ihre Doppel-D-Brüste ins Gesicht steckt. Ich kann dem Mädchen keinen Vorwurf machen. Mit angetrocknetem Schlamm, blauer Kriegsbemalung und vom Wettkampf angeschwollenen Muskeln wirkt Lewis ein wenig geheimnisvoll und unglaublich heiß. Ich sabbere in seiner Gegenwart; also tun andere Frauen das natürlich auch.

Er nippt an seinem Wasser und sieht mich alle paar Sekunden durch das Gedränge hin an.

Meine betrunkenen Teamkollegen feiern in einer Ecke. Ich schnappe mir mehr Wasser und gehe wieder zu ihnen hinüber.

»Hey, unsere Siegerin!« Ein komischer Kerl mit grünem Stirnband lauert mir im Vorbeigehen auf und legt mir einen Arm um die Schultern. »Alter, du hast mich auf einer der Steigungen echt platt gemacht.« Er schwankt zur Seite, weil er offensichtlich etwas zu tief ins Glas geblickt hat und steuert mit mir auf das Fass zu, in die entgegengesetzte Richtung von Zach und den anderen. »Was ist deine —«

Lewis nimmt meine gute Hand, beugt sich vor und wirft mich über seine Schulter, wobei sich meine Tasche in meine Seite gräbt. »Sie gehört zu mir«, ruft er dem Kerl zu, während er weggeht.

Was zum Teufel?

Ich blicke zurück. Der Kerl erholt sich schnell wieder und nähert sich einer halb nackten Frau, die gerade einen Shot vom Körper eines Typen trinkt.

»Hey.« Ich klopfe Lewis auf den Rücken und mein Blick wird von seinem muskulösen Hintern abgelenkt, während er mich fortträgt. »Was machst du da, du Höhlenmensch?«

»Ich bringe dich hier weg.«

Ich habe gesagt, dass ich ihm zuhören werde, nicht dass ich seine Freundin bin, aber wem mache ich etwas vor? Genau das will ich. »Was ist mit dem Mädchen, mit dem du geredet hast? Willst du nicht herausfinden, ob sie dir ihre Nummer gibt?«

»Oh, ich weiß, dass sie mir ihre Nummer geben würde.«

Okay, das habe ich wohl provoziert, aber trotzdem. »Etwas arrogant?«

»Nicht wirklich. Es ist die Wahrheit.«

Er war nicht an dem Mädchen interessiert, das ihn bedrängt hat. Denn er hat mich die ganze Zeit über nicht aus den Augen gelassen. Das weiß ich zwar, aber irgendwie macht mich diese Diskussion sauer. So will er mir also versichern, dass er sich für unsere Beziehung engagieren wird? Ich zapple auf seiner Schulter herum und versuche, herunterzurutschen.

»Hör auf damit, Genevieve. Ich könnte dich fallen lassen.«

»Dann lass mich *runter*.«

Er wirft mich ab, als wolle er mich wegschleudern, fängt mich dann jedoch auf und geht mit seinen Armen unter meinem Hintern auf den Parkplatz zu. Er sieht mir in die Augen, während er Brust an Brust mit mir voranschreitet. »Wir lassen deine Hand untersuchen, dann reden wir.«

»Meine *Hand*, Höhlenmensch. Die Beine funktionieren einwandfrei.« Ich trete demonstrativ mit dem Fuß.

Er schnaubt. »Ja, die funktionieren zu gut. Ich muss dir noch ein paar Dinge sagen, bevor du wieder abhaust.«

»Hey, ich war die ganze Zeit erreichbar. Du bist es, der sich distanziert hat.«

Er hält neben der Beifahrertür seines Jeeps an. Wir sind einander so nah, dass sich unsere Nasen berühren und ich die Schweißperlen an seinem Haaransatz sehen kann – zusammen mit dem Schlamm, der glatten Haut und den dunklen Augen. Erst dann lockert er seine Arme und lässt mich langsam an jeder Kontur seines Körpers heruntergleiten, bis ich den Boden berühre. Seine Hand stützt mein Kreuz und er zieht mich zu sich heran, als würde er mich lieber nicht loslassen wollen. »Das tut mir leid. Ich habe versucht, die Dinge in Ordnung zu bringen, aber es hat Zeit und eine Menge Aufwand gekostet.«

Ich habe keine Ahnung, wovon er redet, aber ich schätze, dass wir das diskutieren werden. Ich trete von ihm weg und schwanke, denn aus der Entfernung sieht Lewis vielleicht heiß aus, doch aus nächster Nähe ist er ein verdammtes Inferno. »Was ist mit den Jungs?« Ich werfe einen Blick hinter uns und denke dabei etwas zu spät an unsere alkoholisierten Kameraden, die ebenfalls eine Mitfahrgelegenheit brauchen. Nessa musste heute für jemanden im Casino einspringen, sonst hätte sie sie nach Hause gefahren.

Lewis öffnet meine Tür und wartet darauf, dass ich einsteige. »Das ist alles geregelt. Zach hat einen nüchternen Fahrer organisiert.«

Die Bereitschaftspraxis ist laut Lewis näher als die Notaufnahme, also fahren wir dorthin. Tatsächlich ist mein Mittelfinger direkt unterhalb des Knöchels gebrochen, weshalb ich eine sehr attraktive Schiene bekomme. In den nächsten drei Wochen werde ich jedem ständig den Finger zeigen.

Der Arzt sagt, dass der Knochen ausgerichtet ist und kein schwerer Bruch vorliegt. Wenn ich die Schiene anbehalte, sollte er gut heilen. Aber das ist meine rechte Hand, also kann ich natürlich nicht schreiben oder als Cocktail-Kellnerin arbeiten. Nicht, dass ich vorhatte, ins Blue zurückzukehren. Drake hat die Arbeit dort nicht gerade angenehm gestaltet, aber ich hatte keine Ahnung, wie gefährlich er wirklich war.

»Warum fährst du nach Norden?« Meine Augen folgen den vorbeiziehenden Casinos. Mein Haus liegt in der entgegengesetzten Richtung.

»Ich dachte, dass mein Haus besser geeignet wäre, um ungestört reden zu können. Ist das in Ordnung?«

Ich nicke und sehe aus dem Fenster, die Augen nicht wirklich auf etwas Bestimmtes konzentriert. Ich habe Angst, doch ich bin auch aufgeregt. Das sind die beiden Emotionen, die meine Erfahrungen mit Lewis widerspiegeln. Eine berauschende Mischung.

Wir biegen um die Kurve einer langen Straße in Richtung Osten zu Lewis' sprichwörtlicher Skihütte ab, die inmitten von uralten Felsblöcken und Wäldern liegt. Sonnenstrahlen strömen durch die Bäume und werden vom roten Dach seines Hauses reflektiert. Das dumpfe Stechen flackert in meiner Brust auf, das mir seit dem Abend, in der ich ihn hier mit Mira gesehen und erkannt habe, dass sie immer eine Barriere zwischen uns sein würde, Gesellschaft leistet.

Lewis zieht den Schlüssel aus der Zündung und wir gehen auf seine kleine Veranda. Er schließt die Haustür auf und bittet mich hinein.

An jenem Abend hatte ich einen ziemlich guten Blick auf das Innere, sodass es diesbezüglich nur wenige Überraschungen gibt. Der einzige Teil seines Hauses, den ich nicht sehen konnte, war die Treppe und der zweite Stock. Wenn man bedenkt, dass das Wohnzimmer mit einer übergroßen Männercouch und die Küche aus Granit und Kiefernholz fast das gesamte Erdgeschoss einnehmen, ist dort oben wahrscheinlich ein Schlafzimmer. Das Haus hat ein Satteldach, also ist nicht mehr viel Platz für andere Räume.

Lewis geht an mir vorbei in die Küche und wirft seinen Rucksack auf die Kücheninsel. Die Küche ist klein und die Insel ist eher eine Halbinsel, die in Wand mit dem Ofen übergeht. Aber alle Arbeitsplatten bestehen aus hochwertigem, grau gesprenkeltem Granit, kombiniert mit Kiefernschränken.

Er schürzt seine maskulinen Lippen, was in mir Fantasien hervorruft, die diesen Teil von ihm aus nächster Nähe erleben. Er legt seinen Kopf leicht zur Seite. Dann stößt er einen langsamen Atemzug aus und blickt an meinen Körper hinunter. »Wir sollten duschen.«

Hitze blüht in meinen Wangen auf und meine Atmung wird schneller. »Wie bitte?« Ich ersticke.

Er schlendert durch den Raum, geht die Treppe hinauf und verschwindet aus meinem Blickfeld.

»Lewis?«

»Komm schon. Die Handtücher sind hier oben«, ruft er.

Wie soll eine Dusche die Situation erleichtern?

Von oben ertönt das Geräusch einer sich öffnenden Tür, zusammen mit einer laufenden Dusche. Ich bin mit Schmutz bedeckt und es wäre wohl wirklich angenehmer, vor unserem Gespräch zu duschen.

Scheiß drauf. Ich werfe meine Handtasche auf den Tresen und folge ihm nach oben.

Oben steht das größte Bett, das ich je gesehen habe, und nebenan ist sein Badezimmer. Ich kann also nur in sein Schlafzimmer gehen.

Lewis zieht ein schlichtes weißes T-Shirt aus einer Kommode und hält es mir hin. »Reicht das? Ich würde dir Boxershorts geben, aber ich bin mir ziemlich sicher, dass sie zu groß sind. Das Hemd sollte dir bis zu den Oberschenkeln gehen.« Sein Blick bleibt dort hängen, und ich funkle ihn an.

Das Hemd ist einfach und sauber, aber wenn ich nichts anderes dazu anhabe wird es nicht viel verdecken. Ich hatte eigentlich vor, nach dem Rennen nach Hause zu fahren, also habe ich keine Ersatzklamotten dabei. »Wir sind doch zum Reden hergekommen, oder?«

Er legt das T-Shirt auf das Bett. »Ja, nachdem wir uns sauber gemacht haben. Der Schlamm juckt langsam.«

Gutes Argument. Ich blicke an mir herunter und stelle fest, dass ich auf seinem sauberen Teppich eine Schmutzspur hinterlassen habe. Ich schlüpfe aus meinen Schuhen und nehme das Handtuch, das er mir reicht.

Dann halte ich meine Schiene hoch. »Was ist damit? Hast du eine Badewanne? Es wäre vielleicht besser, wenn ich meinen Arm über die Seite legen könnte.« Er hebt die Augenbrauen und ich bemerke, dass es aussieht, als würde ich ihm den Finger zeigen. Ich verkneife mir ein Lächeln.

»Keine Badewanne. Aber wir könnten ihn einwickeln. Und ich könnte dir beim Duschen helfen.«

Oh, ich kann mir schon vorstellen, wie er mir helfen würde. »Auf keinen Fall.«

Das ist die schlimmste Idee, die ich je gehört habe. Ich bin vielleicht naiv, aber ich bin keine Amateurin.

»Das ist keine große Sache, Gen. Ich habe dich schon mal nackt gesehen.« Er versteckt das verschmitzte Grinsen, das an seinen Mundwinkeln zerrt, ziemlich schlecht.

»Du bist verrückt, wenn du denkst, dass ich mich vor dir ausziehe.« Das würde garantiert auf Sex hinauslaufen. So viel Selbstbeherrschung habe ich nicht. Okay, in seiner Nähe habe ich überhaupt keine.

Sein Grinsen verblasst. »Es könnte funktionieren, wenn du versuchst zu verstehen, wie ernst es mir mit dir ist und uns eine Chance gibst.«

Ich schüttle den Kopf. »Mira —«

»Ich arbeite daran, die Dinge mit Mira zu regeln. Das wird alles anders.«

»Du hast mich draußen gelassen und das kann ich nicht hinnehmen. Ich brauche einen richtigen Freund.«

»Du hast recht und —« Er kratzt sich am Arm und getrocknete Schlammflocken rieseln auf dem Boden. »Lass uns erst duschen und dann reden. Du kannst deine Unterwäsche anbehalten, wenn du willst.«

An diesem Moment ist nichts romantisch. Ich bin mir nicht sicher, ob eine gemeinsame Dusche eine gute Idee ist, aber er hat recht, wir haben uns schon nackt gesehen. Und meine Sicherheit habe ich ohnehin schon aus dem Fenster geworfen. »Schön.«

Das Badezimmer ist überraschend groß, wenn man bedenkt, wie klein das Obergeschoss ist. Die Dusche umfasst eine ganze Wand mit einem eingebauten Sitz. Lewis greift hinter sich und zieht sich das Hemd über den Kopf, wobei mich seine nackte Brust einen Moment lang hypnotisiert, bevor ich die Augen von ihm abwende und den Reißverschluss meines Sweatshirts aufmache. Er zieht sich die Hose runter – und steht völlig nackt da.

»Ähm?«

Er blickt auf. »Du kannst dein Höschen ja anbehalten. Ich mache mich jedenfalls sauber … Was denn? Ich vertraue darauf, dass du mich nicht begrapschst.« Er grinst.

Mein Mund klappt auf und ich verenge die Augen zu Schlitzen. So will er das also angehen?

Ich ziehe mein Oberteil aus, wenn auch nicht sonderlich elegant, da meine verdammte Schiene ziemlich sperrig ist. Anschließend wackle ich aus den Leggings, bis ich nur noch mit Höschen und Sport-BH dastehe. Lewis schafft es tatsächlich, wegzusehen, bis ich um Hilfe bitte.

»Kannst du meinen BH aufmachen?« Es ist einer dieser kompakten Sport-BHs mit einem vierfachen Haken im Rücken. Er ist überhaupt nicht sexy, aber darunter befinden sich Brüste. Ich schrecke nicht vor der Herausforderung zurück, die er mir soeben gestellt hat.

Für den Bruchteil einer Sekunde senkt er den Blick, bevor er seine Gesichtszüge korrigiert und die Finger kreist, damit ich mich umdrehen soll. Die Geste ist beiläufig, aber als er den Verschluss aushakt, zittert seine Hand und sein Daumen folgt für einen Moment meiner Wirbelsäule, bevor er die BH-Träger über meine Schultern streift. Als ich mich umdrehe, sieht er weg und stellt die Duschdüsen ein.

Ich grinse. Er kann mir so viel vorspielen, wie er will, aber Erektionen lügen nicht.

Ich ziehe mein Höschen aus und lege es zu dem Haufen schmutziger Kleidung auf seinem sauberen Schieferboden. Aus irgendeinem Grund habe ich den Drang, ihn zu testen, was keinen Sinn ergibt, da ich diejenige bin, die die Dinge rein platonisch halten will – zumindest bis wir das alles geklärt haben. Aber irgendwie ist es wahnsinnig anziehend, wenn Lewis so versucht, die Hände von mir zu lassen, nachdem ich ihn so oft angefallen habe.

Er bedeutet mir, hineinzugehen, wobei sein Blick ausnahmslos auf meinem Gesicht verharrt. Nur sehe ich diesmal eine Anspannung in seinen Augen, die es vorher nicht gab.

Ich gehe in die Dusche und tauche meinen Kopf unter das Wasser, wobei ich meine geschiente Hand hoch und aus dem Strahl heraus halte. Ich habe völlig vergessen, sie in einer Tüte oder etwas anderem einzupacken, aber das macht nichts. Lewis führt mich zur Seite und seine Brust streift meinen Rücken. Er macht die ganze Arbeit, schäumt mein Haar mit Shampoo ein und massiert meine Kopfhaut.

Mein Kopf sinkt auf seine Brust zurück und ich schließe meine Augen, denn, Gott, seine Hände fühlen sich gut an. Und plötzlich bin ich ihm näher als denke. Mein Hintern streicht über seine Erektion.

Seine Hände verharren.

Ich sehe mich um und stelle fest, dass seine Augen geschlossen sind. Als sie sich wieder öffnen, sind sie dunkler als zuvor. Er fängt an, meine Kopfhaut weniger sanft, aber dafür intensiver zu massieren. Er spült das Shampoo aus und wiederholt den Vorgang mit einer Haarspülung, dann macht er dasselbe mit seinem Haar.

Der Schlamm läuft in den Abfluss, doch die Körperbemalung auf unseren Gesichtern, Hälsen und Beinen ist wasserfest.

Lewis schnappt sich ein grünes Stück Seife und schäumt sich ein, wobei er mich die ganze Zeit beobachtet. Mein Blick folgt seinen breiten Händen, während er die Seife über seine Brust, seine Arme entlang und über die Rillen seiner Bauchmuskeln verteilt, vorbei an seiner riesigen Erektion und über seine muskulösen Beine. Er duckt sich unter den Duschkopf, lässt das Wasser über seinen breiten Rücken und seine Schultern fließen. Dann hebt er seine Augenbrauen auf eine Art und Weise, die besagt: *Du bist dran.*

Ich mache mich innerlich bereit – Gott, das war so eine schlechte Idee. Warum dachte ich, dass ich ihm einfach bei so etwas zusehen könnte, ohne eine Hormonüberlastung zu erleiden? Das ist Lewis, der Typ, der die prüde Gen in Brand gesteckt hat.

Er schäumt seine Handflächen auf. »Schließe die Augen.«

Ich tue, was er sagt und spüre, wie weiche, effiziente Finger über meine Wangenknochen, meinen Nacken und meine Schultern gleiten.

Mein Rücken wird schwach.

»Spüle dein Gesicht ab und dann mache ich den Rest.«

Oh, Gott, *der Rest.*

Ich halte meinen verwundeten Arm aus dem Wasser und stelle mich unter die Düse. »Das reicht schon«, sage ich. »Ich dusche später sowieso noch einmal.« Ich bin mir nicht sicher, wie viel mehr ich noch ertragen kann, ohne mich auf ihn zu stürzen. Mein Plan, ihn zum Einknicken zu bringen, ist nach hinten losgegangen.

»Du hast Farbe an deinen Armen und Beinen. Das dauert nur eine Sekunde.« Er hält die Seife hoch.

Lewis' Selbstbeherrschung hat sich als hartnäckig und

stabil erwiesen. Ein Teil von mir will sie weiter testen, nur um zu sehen, wer zuerst nachgibt. Nur befürchte ich, dass ich es sein werde. Wir müssen reden, aber plötzlich scheint diese körperliche Anspannung wichtiger zu sein. Wer sagt, dass wir uns nicht auf andere Weise verständigen und dann später ins Gespräch kommen können? In all dem gibt es keine Logik – eigentlich sollte ich alles Körperliche vermeiden, bis wir die Sache geklärt haben – aber ich denke gerade nicht wirklich mit meinem Gehirn.

Ich nicke und er fängt an, meine Arme hinunter und dann meinen Hals hinauf zu streichen. Seine Finger verweilen auf meinem Schlüsselbein und sein Blick trifft meinen, bevor er seine breiten Handflächen über meine Brüste und meinen Rippen entlang gleiten lässt. Ich presse meine Lippen zusammen und ersticke ein Stöhnen.

Lewis scheint es nicht zu bemerken. Er konzentriert sich, als würde er ein Meisterwerk malen, oder vielleicht versucht er auch, sich zurückzuhalten.

Gott sei Dank bin ich nicht die Einzige.

Er schäumt mehr Seife auf und fährt mit den Fingern meine Beine hinunter, wobei er sich auf ein Knie beugt. Seine Handflächen gleiten meine Waden hoch, seine Lippen nehmen sich einen Moment Zeit, um sanft entlang des Verbandes an meinem Bein zu streichen. Und dann bewegen sich seine Finger über die Rückseite meiner Oberschenkel bis zu meinem Hintern.

Ich schließe die Augen, lehne meinen Kopf gegen die Fliesen und bemühe mich, mich zusammenzureißen. Es dauert eine Sekunde, bis ich merke, dass seine Hände innehalten. Als ich nach unten blicke, ist sein Gesicht auf gleicher Höhe mit meinem Schritt. Er atmet schwer und seine Finger graben sich in meine Haut.

»Gen?« Sein Blick trifft meinen. Ihm steht eine leise Frage ins Gesicht geschrieben – ist das in Ordnung?

»Ja«, seufze ich als Antwort.

Er beugt sich nach vorn und drückt seine Nase genau zwischen meine Oberschenkel. Ich keuche, während er gleichzeitig stöhnt.

Er hebt mein Bein hoch und legt es auf seine Schulter und ich stütze mich mit der Hand an der Wand ab. Seine Lippen streichen über die Stelle, die sich jeder seiner Bewegungen bewusst ist, und sie reagiert mit einem Pochen.

Ich kann nicht glauben, dass ich es bin, die das hier tut. Ich habe Oralsex immer gemieden, und jetzt sehne ich mich nach Lewis' Mund.

Seine feuchte Zunge schnellt hervor und fängt an zu lecken. Ich stöhne und lege meine gute Hand auf seine andere Schulter, während seine Zunge eine Art Akrobatik vollführt, die jeglicher Logik trotzt und mich erzittern lässt. Er greift nach oben, umfasst meine Brust und fährt mit seinem Daumen über meine Brustwarze. Ich wölbe mich und meine Hüften drücken gegen seinen Mund. Ich stöhne, greife nach seinen Haaren und kurz vor meinem Höhepunkt breitet sich ein Flattern in meinem Bauch aus. Sein Finger dringt in mich ein und ich explodiere, zittere und schreie vor Lust.

Lewis stöhnt und reibt die Stelle, die er mit seiner Zunge gequält hat, bis schließlich auch das letzte Bisschen meines Orgasmus verblasst, während sein Mund meinen Körper hinauf wandert. Er legt sich meinen Arm mit dem gebrochenen Finger um den Hals, hebt meine Oberschenkel und drückt mich gegen die Wand. Dann küsst er mich tief.

Ich greife nach unten, umschließe ihn mit meiner guten Hand und ziehe ihn zu meinem Eingang.

Sein Körper verkrampft sich. »Scheiße, warte, ich habe kein –«

»Ich nehme die Pille. Und du wurdest getestet?«

Er wartet nicht darauf, dass ich meine Hand bewege und gleitet in mich hinein, küsst mein Gesicht und meinen Hals. »Ja.«

Nach einer Sekunde löst er sich von der Wand, während unsere Körper immer noch verbunden sind und trägt mich zum Bett, wobei er die laufende Dusche ignoriert. Wir fallen auf die Matratze und ich keuche bei der Penetration aus diesem Winkel.

Lewis hält inne, als wolle er sich vergewissern, dass es mir gut geht. Ich bewege meine Hüften und dränge ihn, weiterzumachen.

Er gibt einen gleichmäßigen Rhythmus vor, berührt meine Hüfte, meine Taille und meine Brüste – er berührt mich überall dort, wo er hinkommt, als könne er nicht genug bekommen. Ich lege meine Hand auf seine Brust und fahre die Vertiefungen seiner Schulter hinauf, über seinen muskulösen Hals, um dann sein Gesicht mit meiner Hand zu umfassen. Er lässt seinen Kopf sinken und küsst mich. Dabei kann ich nur eines denken: *Das ist wahre Liebe. Das ist es, was mir gefehlt hat.*

Sein Rhythmus wird immer intensiver. Seine Armmuskeln spannen sich an. Er unterbricht unseren Kuss und sein Gesicht verkrampft sich. Er stöhnt und sein Körper zittert.

Lewis drückt seine Wange an meine Schläfe, seine Lippen streifen meinen Haaransatz. Seine Atmung verlangsamt sich und er zieht mich zu sich heran, rollt sich auf die Seite, sodass wir uns gegenüber liegen und mein Kopf unter seinem ist.

Ich hätte das nicht zulassen dürfen. Wir müssen reden, aber der Sex nach dem Mudder hat mich meine letzten Reserven gekostet. Ich kann mich buchstäblich nicht bewegen – ich kann nicht einmal mehr meine Augen offen halten.

Ich spüre gerade noch, wie Lewis aufsteht und das Wasser in der Dusche abdreht. Sekunden später manövriert er meine Gliedmaßen wieder in Position, weil ich nur noch ein Zombie bin. Und so schlafe ich ein, in seine Arme gehüllt.

Kapitel Einunddreißig

Als ich aufwache, streicht eine Nase über mein Ohr und weiche Lippen küssen meinen Nacken. Lewis' Herzschlag trommelt gegen meinen Rücken, ein starker Arm schlingt sich um meine Taille und drängt mich näher an seinen harten Körper. Ich drehe mich um und drücke mein Gesicht auf seine geschmeidige Haut und lausche dem gleichmäßigen Rhythmus in seiner Brust, der sich zu steigern scheint, als meine Finger über seinen Unterbauch gleiten.

Er stützt sein Gewicht auf seinen Armen und beugt sich über mich, wobei er ein Knie zwischen meine Beine schiebt. Seine Lippen wandern einen Weg meinen Hals hinunter bis zu meiner Brust. Nach dem Rennen und unserer Aktion in der Dusche sollte ich eigentlich immer noch ausgelaugt sein. Trotzdem überschlagen sich meine lüsternen Gedanken, bis ich mich erinnere, warum wir überhaupt hier sind.

Seine Augen wandern über meinen Körper. »Hey.« Ich tippe ihm auf die Schulter und er blickt auf. »Wir wollten doch *gestern* reden. Versuchst du, mich mit Orgasmen zu überzeugen?«

»Hmm.« Seine Augen verengen sich auf meinen Mund, als würde er das tatsächlich in Betracht ziehen.

»Lewis« – Ich spreize meine Hand auf seiner Brust, weil sie so nah und so heiß ist, wie kann ich sie da nicht berühren? – »wir *müssen* reden.«

»Okay.« Er reibt meine Brust so, wie ich seine reibe. Ich lasse meine Hand fallen und runzele die Stirn. Er sieht mich unschuldig an. »Du hast damit angefangen.«

Ich ziehe das Laken zwischen uns und diesmal blickt er finster drein und zieht mich mitsamt dem Laken näher heran. »Gut.« Sein Blick sieht jetzt nachdenklich aus. »An dem Abend, an dem du vorbeigekommen bist, habe ich versucht, eine Intervention zu starten.« Er sieht mich spielerisch an und sagt anschuldigend: »Wärst du länger geblieben, hättest du gesehen, dass meine Eltern Minuten später eingetroffen sind. Ich habe versucht, dich anzurufen, aber dein Handy war ausgeschaltet oder so – die Anrufe gingen direkt auf die Mailbox. Ich konnte nicht weg, weil ich die Intervention organisiert hatte.«

Ich lächle verlegen. Ich war an diesem Abend ein wenig impulsiv. Meine Ängste hatten mich überwältigt.

Er fährt sich mit der Hand durchs Haar und seufzt. »Mira ist eine Herausforderung. Sie war schon immer zerbrechlich. Seit wir sie gefunden haben.«

»Als sie drei Jahre alt war.«

Er nickt, die Lippen zusammengepresst. »Egal, was sie den Leuten weismachen will, sie ist wie eine Schwester für mich. Wenn wir zu zweit sind, necken wir uns zwar und machen Witze, aber da ist sie nicht so anhänglich wie vor allen anderen. Sie ist einfach – Mira. Aber … sie kann den Gedanken nicht ertragen, mich zu verlieren. Und es ist nicht so, wie du denkst«, fügt er schnell hinzu. »*So* ist es nicht. Sie flirtet, um andere Leute fernzuhalten und glaube mir, es ist verdammt nervig. Ich habe ihr gesagt, dass sie aufhören soll, aber – na ja – sie hört nicht wirklich zu. Vielleicht glaubt ein Teil von ihr, dass ich für sie die sichere Wahl wäre, aber da irrt sie sich. Wir haben beide keine solchen Gefühle für den anderen.«

Er ist ihre *sichere* Wahl? Wow, wie verschieden sie und ich doch sind.

»Wir stehen uns nahe, näher als sie meinen Eltern steht. Miras Vater starb, als sie noch ein Baby war und ihre Mutter ist ein Wrack. Diese Frau hat alles Mögliche getan, um Mira zu ruinieren. Ich habe Mira gesagt, dass sie mich nicht verlieren wird, aber sie versteht es nicht. Es ist eine völlig irrationale Angst.«

Er rollt sich zur Seite und rutscht nach unten, bis sein Gesicht nur noch wenige Zentimeter von meinem entfernt ist. »Ich will mit dir zusammen sein. Und zwar immer. Wenn ich nicht Angst hätte, dass du ausflippst, würde ich dich fragen, ob du bei mir einziehen willst. Ich habe noch nie so für jemanden empfunden. Ich hasse es, dass ich meine Beziehung zu Mira zwischen uns geraten lassen und dir das Gefühl gegeben habe, dass du für mich an zweiter Stelle stehst. Ich habe alles getan, was ich konnte, um Hilfe für Mira zu organisieren und dafür zu sorgen, dass sich das ändert und du nie wieder so empfindest. Aber ich werde sie nicht im Stich lassen.«

Ich stecke immer noch ein paar Sätze vorher fest. *Er will, dass ich bei ihm einziehe?*

Mein Herz schlägt auf Hochtouren und ich versuche, es dazu zu bringen, sich zu beruhigen und nicht mehr so laut in meinen Ohren zu klopfen, damit ich hören kann, was er sagt. »Ich will nicht, dass du sie im Stich lässt. Deshalb …«

Er drückt einen Finger auf meine Lippen. »Lass mich ausreden. Mira ist einfühlsam. Sie kennt mich und sieht, wie ich mich in deiner Nähe verhalte. Ich bin mir sicher, dass sie sich deshalb so verrückt verhält, aber es ist mehr als das. Sie braucht einen Therapeuten. Das ist schon lange nötig, aber mit dieser Spielsucht hat sie es zu weit getrieben.«

Er seufzt und reibt sich die Stirn. »Ich hätte dir sagen sollen, was los ist. Ich dachte, es wäre weniger kompliziert, wenn ich mich einfach darum kümmere. Aber das hat alles noch schlimmer gemacht. Mir war es noch nie so ernst mit jemandem und ich habe es vermasselt. Ich war nicht für dich da, als du mich gebraucht hast.«

»Du konntest nicht wissen –«

»Nicht das im Casino. Ich habe dafür gesorgt, dass die Jungs auf dich aufpassen und ich bin froh, dass ich das getan habe. Wenn dieses Arschloch –« Er schüttelt den Kopf und atmet scharf durch die Nase ein. »Ich rede von dem Tag, an dem du deinen Vater kennengelernt hast. Ich hätte mich öfter melden sollen, um sicherzugehen, dass es dir gut geht. Ich wollte dich nicht mit meinen Problemen belasten, wo du doch schon so viel durchgemacht hast.«

»Aber ich will belastet werden. Auch wenn es vielleicht so wirkt, als wäre ich schwach.«

Er starrt mich ungläubig an. »Machst du Witze? Du bist das stärkste Mädchen, das ich kenne. Aber das ändert nichts an der Tatsache, dass ich dich instinktiv beschützen will.«

Okay, das ist irgendwie süß. Und heiß. Ich küsse seine Lippen. »Du musst mich in dein Leben lassen. Schließ mich nicht aus.«

Er gluckst. »Glaube mir, ich habe meine Lektion gelernt.«

»Was passiert jetzt mit Mira?«

»Der Therapeut hat gesagt, dass sie mit dem Glücks-spiel versucht, die Leere in ihrem Inneren zu füllen. Mira sieht, wie ich mich zurückziehe, um Zeit mit dir zu verbringen und sie weiß nicht, wie sie mir den Freiraum geben soll.«

»Was ist mit deinen Eltern? Können sie nicht helfen?«

»Das haben sie, aber sie hat sich an mich geklammert, als wir jung waren und sie hat nie losgelassen. Abwesend reibt er die Narbe an seiner Lippe.

Sie sieht zackig und gefährlich aus. «Woher hast du die?»

Er streicht mir eine Haarsträhne aus der Stirn. «Ich war sechzehn. Mira wollte ihre Mutter besuchen. Nach ein paar Stunden war sie immer noch nicht zurück und ich habe mir Sorgen um sie gemacht, also bin ich sie suchen gegangen.» Er schluckt und seine Hand erstarrt. «Die Haustür ihrer Mutter stand offen. Ich hörte Geräusche. Als ich hinein ging … er schlug auf Mira ein, der Freund ihrer Mutter. Da war alles voller Blut. Ich dachte, sie sei tot.«

Er küsst meine Stirn und atmet meinen Duft ein, als wolle er sich selbst beruhigen. »Ich war ziemlich groß für einen sechzehnjährigen Jungen. Ich riss den Kerl von ihr herunter und schlug ihm so fest ich konnte ins Gesicht – ich habe ihm die Nase gebrochen. Ich dachte, dass er einen Rückzieher machen würde. Als ich mich bückte, um Mira aufzuhelfen, begann sie zu weinen. Ich war so erleichtert, dass sie noch lebte, dass ich weder die Flasche brechen gehört noch den Kerl kommen gesehen habe, aber Miras Augen wurden groß. Ich konnte mich gerade noch umdrehen und ihm die zerbrochene Flasche aus der Hand schlagen, bevor er mir in den Rücken stechen konnte. Eine Kante hat meinen Mundwinkel erwischt.«

Ich küsse die Narbe und drücke meine Lippen auf seine. »Es tut mir sehr leid, dass dir das passiert ist. Ich bin froh, dass sie dich hatte.«

»Es ist schon lange her«, sagt er. »Ich will, dass sie echte Hilfe bekommt. Ich dachte, dass es ihr besser geht.«

Ich kneife die Augen ungläubig zusammen. Er blinzelt und sieht weg. »Nicht wirklich besser, aber besser als es ihr jetzt geht. Mit meinen bisherigen Beziehungen war sie ja auch einverstanden. Erst als ich dich kennengelernt habe, wurde mir klar, dass es ihr nicht gut geht. Nachdem sie gesehen hat, wie ich auf dich reagiere. Sie hat Angst davor, niemanden mehr zu haben.«

Er verschränkt unsere Finger und hält sie zwischen uns. »Genevieve, ich glaube, dass ich mich an dem ersten Abend in dich verliebt habe.« Er reibt sich die Stirn und lächelt schuldbewusst. »Vielleicht war es Lust auf den ersten Blick. Wie auch immer es angefangen hat, es ist zu etwas geworden, das ich nicht erkannt habe, weil ich mich noch nie so gefühlt habe. Ich bin irgendwie lockerer, wenn du in der Nähe bist, glücklich. Du bist anspruchsvoll, wundervoll und innerlich und äußerlich so schön, dass es schon fast blendet. Bitte, gib uns eine Chance. Lass mich dich lieben.«

Diese süße Ansprache wird mich nicht zum Weinen bringen. Dieses Gespräch ist noch nicht beendet. »Ich habe noch nie jemanden so nah an mich herangelassen wie dich. Lass mich nicht außen vor. *Ich muss wissen*, dass du und ich zusammen da drin stecken.«

»Ja.« Er drückt unsere verschränkten Hände über sein Herz und küsst mich, bis es in meinem Bauch kribbelt.

»Immer.«

Erneut beugt er sich vor und ich küsse ihn mit meiner ganzen Leidenschaft. »Ich liebe dich«, sage ich. »Ich habe dich so sehr vermisst. Das hier ist alles, was ich je wollte. Nur uns beide.«

Kapitel Zweiunddreißig

Ich starre verblüfft auf mein Spiegelbild. »Mom, du hast dich wirklich selbst übertroffen.«

Sie lächelt breit und sieht gut aus in ihrem cremefarbenen Seidenkostüm, auf das Jackie Kennedy sicher stolz gewesen wäre. Wer ist diese Person? Und versucht sie, mich in die alte Chantelle zu verwandeln, denn dieses Kleid … Ich hebe meine Hand, um es zurecht zu ziehen, was aber nicht möglich ist, ohne dabei an einer anderen Stelle einen wesentlichen Körperteil zu entblößen.

In Erwartung ihrer Tahoe-Hochzeit nach dem Alpine Mudder hat meine Mutter mein Brautjungfernkleid vor ihrem Besuch hier ausgesucht. Es ist ein tailliertes, silbermetallisches Kleid im Leoparden-Muster und einem überkreuzten Oberteil. Die Seiten meiner Taille, die Mitte meines Dekolletés und der gesamte Rücken liegen frei. Oh, und das Kleid geht mir nur bis zur Mitte meiner Oberschenkel. Ich wage es nicht, mich zu bücken, denn sonst würde ich wahrscheinlich jedem die Farbe meiner Unterwäsche zeigen.

Heilige Scheiße, kann ich das überhaupt in der Öffentlichkeit tragen? Ich meine, ich trage es, weil es der Hochzeitstag meiner Mutter ist und sie es ausgesucht hat, aber wird man mich deswegen vielleicht verhaften?

»Es ist hübsch, Mom.« Das ist es − zumindest das bisschen Stoff, das es gibt. Ich grinse und umarme sie. Sie flitzt schon den ganzen Morgen herum, legt unsere Handsträuße bis zur Zeremonie ins Wasser und trifft die letzten Vorbereitungen in dem Restaurant, das sie und Fred für eine private Feier mit engen Freunden und der Familie reserviert haben. Bei ihr gibt es keinerlei Anzeichen einer gestressten Brautzilla, nur reine Freude.

Ich bin immer noch wütend, dass meine Mutter Jeb von uns ferngehalten hat, obwohl er bereits clean geworden war. Aber ich kann ihr nicht verübeln, dass sie mich beschützen wollte. Man beschützt die Menschen, die man liebt.

Mom und ich steigen aus der von Fred gemieteten Limousine und Lewis, Cali und Jaeger stehen bereits vor der kleinen Kapelle im Blockhaus Stil. Die Jungs tragen Anzüge und Cali ein fliederfarbenes, enges Wickelkleid, das ihre Kurven betont.

Lewis dreht sich um und mustert sofort mein Outfit. Sein Blick wird hitzig und er wendet ihn nicht von mir ab, während wir uns nähern.

Ich kenne diesen Blick. Vielleicht sollte ich mich bei meiner Mutter bedanken. Die Leidenschaft im Gesicht meines Freundes strotzt vor Verlangen und es wird eine echte Herausforderung, sich derer erst nach der Hochzeit anzunehmen.

Cali beißt sich auf die Unterlippe und sie unterdrückt ein breites Grinsen. »Hey«, sagt sie und ihre Augen funkeln. »Schönes Kleid.«

Ich sehe sie an und sie versteckt ihr Grinsen hinter

ihren Fingerspitzen. »Nein, im Ernst, kann ich es mir ausleihen?«

Das ist die Art von Kleid, die Cali tragen würde. Sie lacht, weil sie weiß, dass ich das normalerweise nicht tragen würde. »Du bist so ein Arsch«, sage ich und sie kichert.

»Du siehst wunderschön aus, Gen«, sagt Jaeger. Lewis wirft ihm einen bösen Blick zu. »Was denn?«, fragt er. »Das tut sie.«

»Lass die Augen einfach über ihrem Hals«, murmelt Lewis.

Ich lege meinen Arm um seine Taille und küsse seinen Kiefer. Ich bin mir ziemlich sicher, dass diese besitzergreifende Art für Lewis so ungewohnt ist wie eine Freundin.

Jaeger drückt Cali an sich. »Kein Bedarf. Ich habe hier alles, was ich will.« Er küsst ihre glänzenden rotbraunen Haare und sieht sie liebevoll an.

Gott sei Dank ist Jaeger wieder in sein Haus gezogen. Cali hat die letzten Nächte bei ihm verbracht und das ist auch gut so. Ich habe nie irgendwelche Geräusche aus dem Zelt gehört, aber so hitzig wie die beiden sich ansehen bin ich froh, dass sie nie zusammen in unserem Häuschen übernachtet haben.

»Du bist wunderschön.« Lewis küsst mich. »Du hast mir meine Fähigkeit zu sprechen, zu denken oder verantwortungsvoll zu handeln geraubt, als ich dich zum ersten Mal an Zachs Tisch gesehen habe. Du siehst sogar in zu kurzen Jogginghosen und High Heels gut aus. Aber in diesem Kleid −« Sein Blick wandert meinen Körper hinunter. »Machst du mich wirklich fertig.«

»Nicht jeder kann zerknitterte Jogginghosen und High Heels tragen«, sage ich frech.

»Genau das meine ich.« Er grinst.

Ich habe sein Leben sozusagen auf den Kopf gestellt.

Und sicherlich habe ich auch einige Komplikationen verursacht. Aber sein Leben war festgefahren. Ich habe es sozusagen wieder in Schwung gebracht – mit Gewalt. Und er hat auch mein Leben ebenfalls zum Besseren verändert.

Ich stelle mich auf die Zehenspitzen – was nicht viel ausmacht, da Mom mir zwölf Zentimeter hohe Schuhe passend zum Kleid ausgesucht hat – und küsse ihn. »Danke, dass du dir noch Mühe gegeben hast, obwohl ich dich weggestoßen habe.«

»Versuch einfach, das nicht mehr zu machen«, sagt er. »Es wäre schön, wenn es ab und zu einfach sein könnte.«

»Einfach ist mein zweiter Vorname.« Er wirft mir einen prüfenden Blick zu. »Sieh dir nur mal mein Kleid an ...« Ich deute auf mein Outfit. »Das schreit förmlich nach ›einfach‹.«

Seine Augen glühen, als er das Outfit erneut mustert. »Mmm«, murmelte er mir ins Ohr und küsst die Stelle darunter. »Mir gefällt dieses Kleid.«

»Genevieve!«, ruft meine Mutter aus der Kapelle.

Scheiße, sind sie schon drin? Ich habe nicht einmal bemerkt, dass sie weggegangen sind, dank all der lüsternen Gedanken über meinen ungezogenen Freund.

Seit wann ist meine Mutter die Anständige von uns beiden? Meine Güte, der Spieß hat sich wirklich umgedreht.

Und das ist auch gut so.

Epilog

Drei Wochen später …

Wir sitzen im Beacon und Jeb winkt der Kellnerin gerade zu und signalisiert ihr, noch einen Eistee zu bringen. »Die Polizei befragt Drake gerade noch einmal.«

Die Terrasse des Restaurants und der nahegelegene Strand sind voller Touristen, aber nach Jebs Ankündigung rückt all das in den Hintergrund.

Vor einer Woche sind Lewis und ich in die Personalabteilung des Blue Casinos gegangen und Lewis hat ihnen erzählt, was er in der Hotelsuite gesehen hat. Das Casino war wegen des Vorfalls im Lagerraum bereits von der Polizei kontaktiert worden und Drake zu einer Befragung vorgeladen. Ich habe dem Casino meine Version der Geschehnisse im Lagerraum und aller anderen Vorfälle, bei denen Drake mich bedroht oder verletzt hat, mitgeteilt. Mein Körper hat die ganze Zeit über gezittert, aber ich habe kein einziges Detail ausgelassen. Angesichts all dieser

Fakten musste das Casino eine Ermittlung gegen das Management einleiten – auch wenn sie wahrscheinlich alle unter einer Decke stecken.

Drake wird mit dem, was er getan hat, nicht davonkommen. Cali will als Nächstes zur Polizei gehen und ihnen schildern, was in der Nacht nach dem Clubbesuch passiert ist. Ihre Geschichte allein mag vielleicht nicht ausreichen, um die Aufmerksamkeit der Polizei zu erregen. Aber zusammen mit meiner Geschichte können wir beweisen, wie gewalttätig und vorsätzlich Drakes Taten waren.

Der Beamte, den die Polizei mir für meinen Fall zugeteilt hat, überzeugte mich davon, meiner Mutter zu erzählen, was im Casino passiert ist. Von dieser Vorstellung war ich nicht begeistert, aber erstaunlicherweise ist Mom nicht komplett durchgedreht. Sie hat Freds Hand nur fast zerquetscht, während ich ihr die Informationen mitteilte. Aber trotzdem hat sie sich zusammengerissen – und es dann sofort Jeb erzählt.

Offenbar war Mom nicht so zuverlässig in dem Bestreben, Jeb Fotos von mir zu schicken. Scheinbar waren es ab und zu mal ein paar Stapel und dann jahrelang gar keine mehr. Aber sie hat sich seit meiner Geburt daran gehalten, Jeb alle zwei Monate ein kleines Update zu geben. Jeb gab sich nicht mit weniger zufrieden – angeblich musste er wissen, dass mit mir alles in Ordnung war. Und dass Drake mich angegriffen hat, fiel eindeutig in die ›nicht in Ordnung‹-Kategorie.

Kurz gesagt: Der ruhige, kultivierte Jeb ist wegen des Drake-Vorfalls total ausgeflippt.

Zusammen mit meinen Eltern habe ich die Ermittlungen zu dem Vorfall im Lagerraum nachverfolgt und Jeb hat sogar einen Detektiv und einen Rechtsanwalt für mich angeheuert.

Es ist sehr seltsam, einen Vater zu haben. Oder zu realisieren, dass ich all die Jahre einen hatte und es nie wusste.

Jeb bietet mir etwas von seiner Vorspeise an und ich schüttle den Kopf. »Also warten wir jetzt? Glaubst du, es wird ein Gerichtsverfahren geben?«

»Wahrscheinlich, nachdem sie alle Beweise gesammelt haben«, sagt er. »In Bezug auf die Mitwisserschaft des Casinos könnte es hässlich werden.«

Unsere Burger werden serviert und Jeb reicht mir den Ketchup. Er hat den Beacon-Burger, eine Calamari-Vorspeise und einen Salat bestellt. In den wenigen Wochen, in denen wir über Skype in Kontakt geblieben sind und nach den paar Treffen, die wir seit dem Alpine Mudder hatten, habe ich gelernt, dass mein Appetit wohl genauso groß ist wie seiner. Scheinbar liegt das in der Familie – väterlicherseits. Für einen Mann seines Alters ist er gut in Form, weshalb ich hoffe, dass ich in der Stoffwechselabteilung ebenfalls nach ihm komme.

Ich lege meinen Burger wieder auf den Teller und plötzlich ist meine Kehle trocken. »Ich werde vor Gericht aussagen und allen erzählen müssen, was passiert ist, oder?«

Er nickt und um seine Augen bilden sich Sorgenfalten.

»Okay. Dann mache ich das.«

Ich will es nicht tun, aber das werde ich. Wie viele Frauen hat Drake vor mir eingeschüchtert und *angefasst?* Der Happen Fleisch, den ich geschluckt habe, liegt mir wie ein Stein im Magen. Ich hatte Glück, aber andere werden es nicht haben.

Jeb stellt langsam seinen Eistee ab. »Ich kann nicht behaupten, dass ich einen Beitrag zu der wunderbaren Frau geleistet habe, zu der du geworden bist. Aber ich verstehe, wie viel Mut es erfordert, für Gerechtigkeit zu kämpfen und ich bin stolz auf dich.«

Er hatte mehr mit meiner Erziehung zu tun, als er sich zugesteht. Mehr als ich mir bewusst war. Und das ist etwas, was mir bei all dem klar geworden ist. Jeb hat mir als Kind nicht die Rotznase abgewischt, aber er hat dafür gesorgt, dass meine Mutter und ich etwas zu essen und ein Dach über dem Kopf hatten. Meine Mutter hatte nie Geldsorgen. Sie hatte immer jemanden, an den sie sich wenden konnte, wenn sie Unterstützung brauchte.

Jeb verputzt die erste Hälfte seines Burgers und erledigt auch die zweite ziemlich schnell. Er wischt sich die Finger an der Stoffserviette ab. »Also, hast du über mein Angebot nachgedacht?«

Ich nippe an meinem Wasser und überlege mir eine Antwort. Als Jeb herausgefunden hat, dass ich mir einen anderen Job suchen wollte, um die Kosten für mein Masterstudium zu decken, hat er mir angeboten, die Kosten zu übernehmen, damit ich nicht arbeiten muss.

»Ich bin mir nicht sicher. Ich weiß es zu schätzen, dass du all die Jahre für Mom und mich gesorgt hast. Mom hatte es ziemlich einfach, wenn ich so darüber nachdenke.«

Er zuckt mit den Schultern. »Sie hat viel durchgemacht, als ich sie verlassen habe. Sie hätte ein ganz anderes Leben führen können, wenn ich nicht so nachlässig gewesen wäre.« Ich glaube nicht, dass Jeb allein daran schuld ist. Ich kenne meine Mutter und für eine Schwangerschaft braucht es immer zwei. »Es war meine Pflicht, mich um sie zu kümmern und du bist meine Tochter. Es stand außer Frage, dass ich für dich sorgen würde.«

Jeb winkt ab, als ich meine Brieftasche zum Bezahlen heraushole. Er gibt der Kellnerin seine Kreditkarte. »Deine Mutter ist jetzt mit Fred verheiratet und er ist ein guter

Mann. Außerdem ist er ein sehr reicher Mann. Ich möchte, dass sie das Haus behält, das ich ihr gekauft habe. Aber wir haben darüber gesprochen und ich werde ihr keinen Unterhalt mehr bezahlen. Zumindest das, was ich als eine Form von Unterhalt betrachtet habe, obwohl wir ja nie verheiratet waren. Du bist hingegen ein ganz anderes Thema. Du bist meine Tochter und ich werde dich unterstützen, bis du auf eigenen Beinen stehst. Ich bezahle für dein Studium und deine Unterkunft. Simone und ich haben genug, um für unsere beiden Kinder zu sorgen.«

Wahrscheinlich tut er das, was er für seine Verantwortung hält, aber … »Das war mir nie wichtig. Ich wollte einen Vater.«

Er atmet langsam aus. »Das verstehe ich und das will ich auch. Das wollte ich schon lange. Ich hoffe, dass du erkennst, dass die Dinge von jetzt an anders sein werden.«

Jeb hat uns oft besucht, seit die Wahrheit ans Licht gekommen ist, also ja, ich habe es bemerkt.

»Ich wünschte, ich könnte die Vergangenheit ändern«, sagt er. »Deine Mutter und ich haben Fehler gemacht und ich kann nur sagen, dass ich von jetzt an für dich da bin. Es mag schwer zu glauben sein, aber du warst immer in meinem Herzen, immer meine Tochter, auch wenn du nicht wusstest, dass ich dein Vater bin.«

Ich wollte die Kosten für mein Studium nur selbst tragen, weil ich dachte, dass meine Mutter sich für uns prostituiert. Wenn ich jetzt so darüber nachdenke, war das eine ganz schön verrückte Theorie, aber was hätte ich denn sonst glauben sollen? Die Beweislage und die Tatsache, dass sie meinen Vater vor mir versteckt hat, ließen extreme Theorien zu.

Durch die Arbeit im Casino konnte ich mir eine kleine Geldsumme ansparen, aber sie reicht bei Weitem nicht aus. Die eintausend Dollar, die ich beim Mudder gewonnen habe, habe ich dem Washoe-Förderprogramm gespendet. Lewis hat seine gute Platzierung im Rennen aufgegeben, um mir zu helfen. Das Gleiche hätte auch er mit dem Geld getan. Ich war es ihm schuldig, auch wenn er anderer Meinung war.

»Es wäre großartig, wenn du mir mit den Studienkosten helfen könntest. Vielen Dank, Jeb. Aber ich habe vor, mir einen Job zu suchen, um meine Lebenshaltungskosten zu decken. Ich bin erwachsen und trage die Verantwortung dafür selbst.«

»Wie du willst, aber ich werde trotzdem ein Treuhandkonto für dich eröffnen, auf das du nach deinem Abschluss zugreifen kannst.«

»Jeb.«

»Das machen Simone und ich auch für unsere zweite Tochter, die wir dir so bald wie möglich vorstellen möchten. Sie ist drei Jahre alt und hat ein ziemliches Temperament.«

Ich lächle. Als ich zum ersten Mal gehört habe, dass ich eine Halbschwester habe, war ich wütend, weil mein Vater ohne mich mit seinem Leben weitergemacht hat. Jetzt bin ich nur noch dankbar. Ich habe mir immer eine Schwester gewünscht.

Wir essen zu Ende und Jeb begleitet mich zu meinem Auto. Er umarmt mich zum Abschied. Es ist mir etwas unangenehm, aber ich gewöhne mich langsam an seine starken väterlichen Umarmungen. Er gibt mir einen Kuss auf den Scheitel. »Wir sehen uns in ein paar Wochen.«

Jeb ist im Ruhestand und er sagt, dass diese Reisen für ihn keine große Sache seien. Simone hat mich auch schon besucht. Das ist eine seltsame neue Welt.

Er hält auf dem Weg zu seinem Auto inne und dreht sich um. »Hey, was hältst du davon, das nächste Mal eine Runde Golf spielen zu gehen?«

Offensichtlich hat Mom erwähnt, dass wir zusammen Golf spielen. »Sicher, nur – versteh das nicht falsch, aber was ist dein Handicap?«

»Drei. Deines?«

Ich seufze vor Erleichterung. Ich liebe meine Mutter, aber mit ihr Golf zu spielen ist eine Qual. Es ist etwas angenehmer, jetzt, da ich Fred als Mitleidenden habe. »Fünf.«

Er neigt den Kopf zur Seite, als würde er nachdenken. »Weißt du, mit deinen sportlichen Fähigkeiten könntest du —«

»Dad, Psychologie-Studium, erinnerst du dich?«

Er lächelt ganz langsam und ich realisiere, was ich gerade gesagt habe.

Ich habe ihn Dad genannt.

All die Jahre ohne einen Vater und innerhalb weniger Wochen habe ich nicht nur jemanden gefunden, auf den ich all meine väterlichen Gene zurückführen kann, sondern auch jemanden, der sich tatsächlich wie ein Vater verhält. Unglaublich.

»Ich werde dir den Leistungssport nicht aufzwingen, aber vielleicht melde ich uns irgendwann zu einem Vater-Tochter-Golfturnier an, also poliere schon mal deine Schläger. Ich könnte eine gute Spielerin an meiner Seite gebrauchen.«

Ich lache. »Abgemacht.«

———

Das Häuschen wirkt von außen so friedlich. Abgesehen von den vielen Autos, die in der Einfahrt parken. Die Haustür klemmt dank Tylers riesiger Reisetasche und ich öffne sie mit Gewalt, wobei ich mehrmals stoßen muss, bis die Tasche aus dem Weg ist. Jaeger, Cali und Lewis sitzen auf der Couch, Tyler in dem Sessel und alle vier schreien den Fernseher an. Auf dem Boden liegt Popcorn verstreut. Eine Pyramide aus leeren Bierdosen wackelt neben der Couch.

Was ist das, eine Männerhöhle? Was ist mit unserer Mädchenhöhle passiert?

Lewis blickt endlich auf und lächelt. Ich gehe zu ihm herüber und setze mich auf seinen Schoß. Es gibt keinen anderen Platz mehr, außer vielleicht den Boden und es scheint ihm nichts auszumachen, denn er schiebt seine Hand sofort an meinem Bein hoch. Er drückt mich fest an sich.

Meine größte Offenbarung seit dem Mudder war, dass ich das Rennen eigentlich nicht hätte meistern müssen, um Selbstvertrauen zu gewinnen. Ich musste mich einfach meinen Ängsten stellen. Meine größte Herausforderung war es, Lewis in mein Herz zu lassen.

»Was geht hier vor sich?«, flüstere ich.

»Wir sehen uns Football nach australischen Regeln an«, sagt er.

»Mark!«, schreit Tyler.

»Er hat's verbockt!«, entgegnet Cali. Die Jungs johlen und schreien den Bildschirm an.

Offenbar ist ein Mark, wenn der Ball mitten in der Luft gefangen wird. Das Spiel selbst scheint eine Kombination aus Fußball und American Football zu sein.

Ich kuschle mich an Lewis' Kiefer. »Dieser Sport ist verrückt.«

»Ist er nicht klasse?«, fragt er und meint es vollkommen ernst.

Ich schüttle den Kopf und sehe Cali an. »Weißt du, was hier los ist?«

»Keine Ahnung. Ich sage einfach das Gegenteil von dem, was sie sagen und das macht sie wahnsinnig.« Sie stopft sich eine Handvoll Popcorn in den Mund und ich stelle fest, dass sie nicht einmal auf den Fernseher blickt. Sie stachelt die Jungs an und das ist ihre Unterhaltung.

Ich liebe dieses Mädchen.

Lewis' Hosentasche vibriert an meinem Hintern. »Gahh.«

»Entschuldigung.« Er hebt mich mit einem Arm hoch, greift nach seinem Handy und setzt mich wieder auf seinen Schoß. »Was ist los, Dad?« Lewis' Körper zuckt, als ein Spieler im Fernsehen überrumpelt wird. Dann erstarrt er und sieht nach unten. »Wo ist Mira hin? Zu welchem?« Er hält inne. »Scheiße.«

Nach der Familienintervention mit seinen Eltern willigte Mira ein, einen Therapeuten aufzusuchen. Sie geht dreimal pro Woche dorthin und macht bereits Fortschritte. Sie sieht mich in Gruppensituationen nicht mehr so finster an und scheint ihre Probleme tatsächlich zu bewältigen.

Lewis drückt meine Hand, hebt mich dann sanft an und steht auf. Er geht ans andere Ende des Raumes, weg vom Fernseher und tauscht noch ein paar Worte mit seinem Vater, bevor er sein Handy wieder in die Tasche steckt. Unsere Blicke treffen sich und ich merke, dass wirklich etwas nicht stimmt.

Ich gehe zu ihm hinüber. »Was ist passiert?« Er zieht mich zu sich heran.

Tyler reduziert die Lautstärke des Fernsehers, er sitzt auf der Kante seines Platzes, sein Blick ist auf Lewis gerichtet. Auch Cali und Jaeger sehen uns jetzt an.

Lewis schielt zu ihnen hinüber und sein Arm hält mich immer noch fest. Denn egal, was passiert, wir stecken jetzt gemeinsam in dieser Sache. »Ich habe gerade mit meinem Vater telefoniert. Mira ist verschwunden und ich glaube, dass ihre Mutter daran beteiligt ist. Das letzte Mal, als sie vermisst wurde und ich sie bei ihrer Mutter gefunden habe …«

… wäre Mira beinahe umgebracht worden, ergänze ich in Gedanken.

Tyler flucht und wir alle drehen uns zu ihm um. »Ich glaube, ich weiß, wo sie ist«, sagt er.

———

Weiter von Jules

Lassen Sie sich das nächste Buch in der spannenden »Die Männer aus Lake Tahoe«-Reihe nicht entgehen!

Sie glauben sicher, Mira und Tyler zu kennen. Doch Sie ahnen nicht, wie verworren ihre gemeinsame Geschichte wirklich ist, und wie tief die Wunden sind, die ihre gemeinsame Vergangenheit hinterlassen hat. Laden Sie sich ***Seine zweite Chance*** herunter und erkunden Sie eine emotionale Liebesgeschichte, die Sie nicht so schnell vergessen werden.

Greifen Sie jetzt zu und holen Sie sich ***Seine zweite Chance***!

Seine zweite Chance

Sie ist die einzige Frau, die ich um jeden Preis vergessen will – und jetzt muss ich mit ihr zusammenleben.

Meine dickköpfige Schwester hat Mira trotz meiner Proteste in unserem kleinen Sommerhäuschen untergebracht. Ich mache einen Neuanfang in Lake Tahoe und ich will verdammt sein, wenn ich wegen Mira ausziehe.

Leider hat sich in den Jahren seit meiner letzten Begegnung mit Mira nichts geändert. Ihr verführerischer Körper und ihr cleveres Mundwerk verfolgen mich auf Schritt und Tritt. Ich habe nur noch eine Hoffnung, bei Verstand zu bleiben: das Wissen, dass Mira etwas zu verbergen hat.

Früher oder später werde ich Miras Geheimnis aufdecken. Und wie ich sie kenne, wird es verhängnisvoll sein.

Aber zuerst muss ich den Drang ignorieren, sie zu küssen, zu berühren und Mira wieder mein zu machen.

Wenn die Mauern erst einmal eingestürzt sind, kochen die Gefühle über. Holen Sie sich diese sexy Romanze, und finden Sie heraus, ob diese zweite Chance sich bezahlt machen wird!

Holen Sie sich **Seine zweite Chance** jetzt!

Nachwort

Die Washoe (Wa She Shu) sind ein indianisches Volk, das ursprünglich am nordamerikanischen Lake Tahoe und in den angrenzenden Gebieten des Großen Beckens lebten. In Bezug auf einige ihrer kulturellen und mythologischen Überzeugungen, die in *Er ist unwiderstehlich* dargestellt sind, habe ich mich meiner kreativen Freiheit bedient. Das gilt besonders für die Szene, in der Gen bei Cave Rock schwimmt. Lewis erzählt eine Geschichte über einen riesigen menschenfressenden Vogel namens Ong, der jeden angreift, der Cave Rock unbefugt betritt. Der Legende nach soll Ong in der Mitte des Sees gehaust und die Dorfbewohner gejagt haben, bis ein mutiger Washoe ihn vernichtete. Ich habe mich entschieden, der Existenz von Ong ein offenes Ende zu lassen und ihn für die Zwecke der Geschichte mit Cave Rock in Verbindung zu bringen.

Cave Rock ist in der Tat eine heilige Stätte für die Washoe, wo Heiler Opfergaben für die spirituelle Regeneration darbrachten, da sie glaubten, besondere Kräfte zur Heilung von Geist und Körper zu besitzen. In der Geschichte erzählt Lewis Gen, dass es am Heavenly Ski

Mountain Wasserbabys gab, aber die tatsächliche Washoe-Legende besagt, dass Wasserbabys an Wasserstellen wie Cave Rock gesichtet wurden.

Jegliche Irrtümer bezüglich des Washoe-Volkes und ihrer Kultur sind Produkte meiner Fantasie und wurden zu rein fiktiven Zwecken geschaffen.

Keine Regeln

Vermieter küsst man nicht (Band 1)

Mitbewohner küsst man nicht (Band 2)

Die Cade-Brüder

Levis Versuchung (Band 1)

Wes' Herausforderung (Band 2)

Brans Verführung (Band 3)

Hunts Bekehrung (Band 4)

Die Männer aus Lake Tahoe

Er ist tabu (Band 1)

Er ist unwiderstehlich (Band 2)

Seine zweite Chance (Band 3)

Mehr als nur Freunde (Band 4)

Er ist mein Feind (Band 5)

Jules Barnard ist *USA Today*-Bestsellerautorin und schreibt Liebesromane und Romantic Fantasy. Zu ihren Contemporary-Reihen gehören die *Men of Lake Tahoe* und die *Cade Brothers*, die nun erstmals auch auf Deutsch erscheinen. Ganz gleich, ob sie über sexy Kerle in Lake Tahoe oder eine Feenwelt schreibt, die sich auf einem College-Campus verbirgt, Jules' Geschichten machen sofort süchtig und sind voller Herz und Humor.

Wenn Jules nicht gerade in Jogginghose am Schreibtisch sitzt oder sich fürs Schreiben mit Pralinen belohnt, verbringt sie ihre Zeit mit ihrem Mann und zwei Kindern in einer Kleinstadt in Washington an der Pazifikküste. Auf ihre Fähigkeit, auch auf dem Laufband oder beim Kochen lesen zu können, ist sie mächtig stolz. Manchmal brennt dabei allerdings auch das Abendessen an.

Ihr wollt mehr über Jules erfahren?